# 爱尔兰文学思潮的流变研究

The Concussed Trends of Thoughts in Irish Literature:

A Study

冯建明 等◎著

上海三联书店

《爱尔兰文学思潮的流变研究》

## 本书作者及分工

冯建明（博士、上海对外经贸大学爱尔兰研究中心主任、教授） 设计、立项、组织、全书审校、定稿、绪论、第一章、第二章部分内容、第七章部分内容、结语、参考文献和后记

刘　燕（博士、北京第二外国语学院教授） 第五章、第七章部分内容、部分文稿审校

秦　宏（博士、上海对外经贸大学副教授） 第六章

陈　丽（博士、北京外国语大学爱尔兰研究中心副主任、教授） 第四章

陈瑞红（博士、南京师范大学文学院副教授） 第三章

韩　冰（河北建材职业技术学院副教授，上海对外经贸大学爱尔兰研究中心客座研究员） 第二章绝大部分

# 目录

CONTENTS

## 第三章　爱尔兰唯美主义思潮



## 第四章　爱尔兰文艺复兴思潮

## 第五章 爱尔兰意识流小说



## 第六章 爱尔兰荒诞派戏剧

## 第七章 当代爱尔兰的后现代戏剧

# 绪论

在本书中,“爱尔兰文学”并非单指爱尔兰共和国文学,它有双重含义:第一,在爱尔兰岛产生的文学;第二,爱尔兰人(包括旅居海外的作家)所创作的文学作品。关于爱尔兰文学的界定,有两点值得关注:其一,北爱尔兰(爱尔兰北部六郡)现隶属英国,因此北爱尔兰文学既是英国文学的一部分,也是爱尔兰文学的一部分。其二,1801 年 1 月 1 日至 1921 年 12 月 5 日,爱尔兰岛上的文学既是爱尔兰文学,也是英国文学;1801 年 1 月 1 日之前和 1921 年 12 月 5 日之后,在爱尔兰文学中,仅有一部分(北爱尔兰文学)属于英国文学。

“思潮的流变”是指,受历史转折、政治区域变动、宗教改革、艺术形式革新、科学变革和哲学发展等因素的影响,爱尔兰作家群的创作思想总体特征在不同时期所呈现的变化、发展及其特质。在学术讨论已向纵深发展的形势下,本书侧重以历史的维度和思潮中的代表作家为个案,对爱尔兰文学思潮的流变进行全面梳理和深入研究。

目前,爱尔兰文学研究的特点体现在以下三个方面:

第一,由于受历史因素的影响,爱尔兰文学的主体部分常被视作英国文学的一部分。这导致在有意无意之间,爱尔兰文学常被英国文学的光芒遮盖,甚至被淹没在英国文学的海洋中。人们忽视了从爱尔兰历史与文化的视角理解爱尔兰的文学特征。

第二,人们大都依据爱尔兰文学的结构来展开学术研究。长期以来,学者们习惯于把爱尔兰文学的结构一分为二。在讨论爱尔兰文学时,采用二分法的学者主要有两种：其一，根据文学主体构成，认为爱尔兰文学含“凯尔特文学”和“英爱文学”两个部分；其二，基于语言，主张爱尔兰文学由“凯尔特语文学”和“英语文学”组成。

第三，对于爱尔兰文学的讨论，主要分为两种类型：其一，通过导读式介绍，启发和帮助读者尽快步入爱尔兰文学天地；其二，采用文本分析的方式，进行文学评论。

本书在讨论爱尔兰文学时，采用的是“三分法”而不是“二分法”。本书基于爱尔兰的不同历史时期，把爱尔兰文学结构一分为三，并分别为这三个时期的爱尔兰文学命名：将约公元前3000年至公元1800年之间的爱尔兰文学称作“古代爱尔兰文学”；将1801年1月1日至1921年12月5日的爱尔兰文学视为“英爱文学”；将1921年12月6日至今的爱尔兰文学命名为“现当代爱尔兰文学”。当然，上述三个术语在具体的论述过程中会有重叠。尤其是“古代爱尔兰文学”与“英爱文学”在内容上有重叠；“现当代爱尔兰文学”中的一些作家可能既被纳入到“英爱文学”，也被视为“现当代爱尔兰文学”。

对于爱尔兰文学思潮的流变研究，本书采用如下思路：

其一，以爱尔兰的历史进程为序，把爱尔兰文学思潮的流变放在历史长河中考察，讨论诸多外在因素对爱尔兰作家思想形成、发展、变化的影响。

其二，把作为思想载体的作品作为研究平台，关注爱尔兰作家创作思想的转型，揭示不同时期爱尔兰作家创作思想的差异与统一之关系，从而探索出爱尔兰文学思潮的变化和发展之轨迹。

其三，重视将外因作为变化条件，讨论爱尔兰文学思潮的流变。长期以来，爱尔兰岛都充满了动荡和激变，这块岛屿上的作家从宇宙观、人生观、审美观，到思维方式、生存方式、行为方式，都会随之发生剧烈变化。

爱尔兰文学思潮是爱尔兰岛的凯尔特文化基因的产物，是爱尔兰历史的印记，是整个人类群体意识特质的影像的构成元素。在爱尔兰历史上，先后涌现出几大文学思潮，本书从凯尔特神话、爱尔兰启蒙主义、爱尔兰唯美主义、爱尔兰文艺复兴、爱尔兰意识流小说、爱尔兰荒诞派戏剧、爱尔兰的后现代戏剧等几个方面，以核心作家为枢纽，呈现这些文学思潮的历史演变及其所蕴含的爱尔兰性。

第一,爱尔兰文学之泉:凯尔特神话。古代爱尔兰岛的凯尔特人曾遭受巨大挫折,有过悲伤体验,但他们不畏强权、反对压迫,通过不断抗争,为自己的美好未来迎来希望。这些经历无不通过凯尔特的"远古时代""库胡林[①]时代"和"芬恩[②]和芬安纳勇士团时代"中的神话和山水传说,以文学艺术形式记录下来。凯尔特神话传说的作家用充满艺术魅力的叙事形式,表现了爱尔兰岛凯尔特民族集团或语言集团的悲惨命运,宣泄了被压抑的情怀,反映了现实矛盾、社会危机和凯尔特族群意识。"悲伤""抗争""希望"是古代爱尔兰文学的重要主题,神话中的各种英雄形象成为爱尔兰文学取之不尽用之不竭的原型人物。这些主题和英雄人物形象的原型贯穿着爱尔兰岛凯尔特文学史,成为爱尔兰文学传统的重要元素,对乔纳森·斯威夫特(Jonathan Swift, 1667—1745)、奥利弗·哥德史密斯(Oliver Goldsmith, 1728—1774)、萧伯纳(George Bernard Shaw, 1856—1950)、威廉·巴特勒·叶芝(William Butler Yeats, 1865—1939)、詹姆斯·乔伊斯(James Joyce, 1882—1941)、萨缪尔·贝克特(Samuel Beckett, 1906—1989)和布赖恩·弗里尔(Brian Friel, 1929—2015)等作家产生了影响。至今,爱尔兰文学大师们仍注重描写人物的悲伤情感、英雄抗争、牺牲精神,推崇无等级性、宣泄性、颠覆性、大众性,他们暗示凯尔特的巫术传统之影响力,自愿履行一种既带政治色彩又含美学意义的颠覆任务。爱尔兰人的悲伤、抗争、希望让世人感知了爱尔兰的文化身份,是爱尔兰被入侵和被征服的历史印记,凸显了爱尔兰的凯尔特人抵御侵略的力量,有助于搭建凯尔特人在"绿岛"生存的自由范围和精神空间,是凯尔特人在爱尔兰岛上自我认同和集体记忆的依据,折射出爱尔兰岛凯尔特人的生命力、凝聚力、希望。

第二,爱尔兰启蒙主义思潮。爱尔兰启蒙主义思潮可以被归入"古代爱尔兰文学"范畴,也可以被纳入"英爱文学"领域。在17、18世纪,欧洲教会权威与封建专制遭到怀疑和反对,理性被推崇为思想和行动的准则,兴起了以解放思想为宗旨的启蒙运动。谈及启蒙运动,人们不会忘记笔名为伏尔泰(Voltaire),原名为弗朗索瓦-马利·阿鲁埃(François-Marie Arouet,

① 也可译作"库赫林"等。
② 也可译作"芬"。

1694—1778)的法国启蒙思想家，并且一定会提到法国启蒙思想家让-雅克·卢梭(Jean-Jacques Rousseau，1712—1778)和德尼·狄德罗(Denis Diderot，1713—1784)等人，但也不应忽略埃德蒙·伯克(Edmund Burke，1729—1797)、弗朗西斯·哈奇生(Francis Hutcheson，1694—1747)和乔纳森·斯威夫特(Jonathan Swift，1667—1745)等爱尔兰作家。斯威夫特是启蒙运动激进民主派的创始人，他对欧洲文学的发展产生了巨大影响，引领了当时爱尔兰文学天地的风骚。他凭借对欧洲启蒙运动的贡献，推进了作为欧洲文学一部分的爱尔兰文学思潮之发展。在文学创作上，斯威夫特以讽刺手法，表达爱尔兰叙事传统中的"抗争"思想，以风格朴实、选词贴切的一系列"典范英语"作品，辛辣地讽刺了教会内部的宗派矛盾，大胆揭露了封建专制下英国社会的丑恶现象，强烈抨击了大英帝国对爱尔兰人的控制和压迫，充分表现出爱尔兰岛民的抗争倾向，旗帜鲜明地表达了启蒙运动的核心观点，即运用批判的理性，从偏见、未受检验的权威、教会或国家压制中解放思想，强调理性、判断、礼仪，重视容忍、人道、民主、自由。

第三，爱尔兰唯美主义思潮。在本书中，爱尔兰唯美主义思潮是"英爱文学"的主要思想潮流。在19世纪后期，资产阶级的功利主义和庸俗风尚受到排斥，法国诗人泰奥菲尔·戈蒂耶(Théophile Gautier，1811—1873)首倡的唯美主义文艺思潮盛行。在爱尔兰作家中，奥斯卡·王尔德是唯美主义的杰出代表，他"为艺术而艺术"，把艺术视为具有最高内在价值的人类产物，否定艺术的社会功能。为表达艺术的自足性，王尔德等人以一系列优秀的文学作品，创作出有别于现实社会的充满文学想象力的新文学天地，艺术地向世人呈献出现实与自然的"他物"。他们用异于现实的文学艺术，通过表现客观世界尚未存在的人和物，体现了对实际生活中尚未存在事物的先期把握，表达出不同时代人们的美好理想和主观愿望，体现了文学的认识作用。尽管王尔德的被捕标志着唯美主义运动的终结，但是王尔德的影响力并没有消失，他的艺术表达方式始终都在影响着后世爱尔兰作家的创作。尤其在名著《尤利西斯》(*Ulysses*，1922)和《为芬尼根守灵》(*Finnegans Wake*，1939)中，爱尔兰作家詹姆斯·乔伊斯表达了对艺术技巧和形式完美的重视与追求，表现了作品的纯粹美，让读者感受到"为艺术而艺术"的深远影响力。

第四,爱尔兰文艺复兴思潮。爱尔兰文艺复兴思潮是“英爱文学”的重要组成部分。可以说,19 世纪末至 20 世纪初的爱尔兰文艺复兴运动属于新时代的“抗争”思潮。“爱尔兰文艺复兴”也叫“凯尔特复兴”,既是对爱尔兰盖尔语复兴的渴望,也是对爱尔兰的神话传说、盖尔语诗歌、凯尔特传统的赞美,更是对民族独立斗争的讴歌。在爱尔兰文艺复兴运动中,爱尔兰诗人、戏剧家和小说家把艺术创作扎根在爱尔兰岛,重视弘扬具有悠久历史的凯尔特传统,使得爱尔兰作品带有浓烈的“爱尔兰风情”。他们顶住社会嬗变的内在因素和外在因素之冲击,坚持追寻和确证自己的文化身份;他们借助文学艺术,刻意地展现出爱尔兰人的精神和情感、世态习俗、政治倾向、社会伦理道德等特性,表达了爱尔兰人民的民族意识,象征性地描写了传统习俗与现实生活理念之间的演变。在爱尔兰文学史上,爱尔兰文艺复兴运动的影响力长盛不衰。可以看到,不仅现代作家威廉·巴特勒·叶芝(William Butler Yeats, 1865—1939)、肖恩·奥凯西(Sean O'Casey, 1880—1964)和弗兰克·奥康纳(Frank O'Connor,原名 Michael Francis O'Connor O'Donovan, 1903—1966)艺术地表达了爱尔兰岛凯尔特的民族集团或语言集团意识,当代诗人谢默斯·希尼(Seamus Heaney, 1939—2013)也讴歌了爱尔兰乡村生活和凯尔特古老道德的魅力。总体上,爱尔兰文艺复兴思潮一方面是对浪漫主义与现实主义的回归,另一方面也是以象征主义的文学手法展现了 19 世纪末 20 世纪初爱尔兰文学的丰富维度。在这个各种文学思潮不断蜕变、转型的过程中,作家众多,风格比较多元化。

第五,爱尔兰意识流小说。爱尔兰意识流小说是“现当代爱尔兰文学”的标志性作品。关于意识流小说,有人认为意识流是创作手法,而非理论流派,亦非文学思潮;也有人把意识流小说视为现代主义文学流派。在 20 世纪二三十年代,意识流小说一度成为西方文学的主流,显示了一种文学创作倾向,表达了一种观念或思想意识。意识流小说再现了人物的直觉、无意识和意识流活动,突出了人类心理活动的重要性,强调了理性远不足以处理人类复杂的精神世界,因此不仅要适度地运用理性,而且要敢于超越理性,以便从更加广泛的领域去理解生命的价值。19 世纪以前,同古典哲学一样,整个西方文学由理性主义占主导地位，即理性主义占据了人本主义的核心位置。进入20世纪后，人本主义哲学中的非理性主义占据上风。以詹姆斯·乔伊斯(James Joyce，1882—1941)为代表的爱尔兰意识流作家紧随时代大潮，借助文学想象力，保护受理性压抑的非理性，对理性统治发起了全面的挑战。他们采用意识流手法，艺术地表现了非理性的潜能，创造性地再现了人的非科学、非理性和非逻辑的心灵活动，可信地凸显了人的本质力量中的非理性因素，从而既体现了非理性的新价值观，又暗示了其具有改造世界的强大力量。

第六，爱尔兰荒诞派戏剧。在“现当代爱尔兰文学”中，荒诞戏剧是一个重要流派，体现了爱尔兰文学思潮的发展进入了重要阶段。两次世界大战加速了人的信仰破灭，而人们在信仰破灭之后，会感到与外界脱节，产生幻灭感，呈现出主观世界的荒诞。受法国荒诞戏剧的影响，爱尔兰作家如萨缪尔·贝克特(Samuel Beckett，1906—1989)等人采用戏讽手法，把情节的意义放在历史的维度上，有意放弃传统的、理智的表现手法，大胆采用荒诞的叙事方式，从而表现了荒诞的社会存在，进而反映出人类生活的荒诞特征。在爱尔兰荒诞戏剧和小说中，“无意义”是审美内容的一种审美存在。在一系列爱尔兰文学作品中，缺乏逻辑性和连贯性的结构、情节、语言，本身就是表达某种主题的象征或暗喻。爱尔兰荒诞戏剧作家借助轻松的喜剧模式来表达悲剧的主题，以此表达他们对异化社会的深入批判；爱尔兰作家永远紧跟时代的发展，拒绝静止不变，充分体现出文学的时代性、发展性、开放性。在爱尔兰岛，荒诞戏剧体现了现当代社会的荒诞性。在创作上，爱尔兰的荒诞戏剧作家放弃了传统的戏剧手法。

第七，当代爱尔兰的后现代戏剧。文学发展与政治、经济、文化等多种因素有关，并且其不断发挥自身内在规律的作用。如果现代主义被用来概括艺术领域的印象主义、象征主义、唯美主义、表现主义、超现实主义、意识流等前卫运动，那么后现代主义则被用来描述出现在现代主义之后的，并与之决裂的文艺实践和美学取向。20世纪下半叶，爱尔兰戏剧的发展进入新阶段，其新特征尤其通过爱尔兰戏剧体现出来。新一代爱尔兰戏剧家对传统和新旧艺术提出了新思考。尤其是20世纪八九十年代以来，全球化势力异常强盛，深刻影响着人类社会的多个层面。全球化意识也冲击着爱尔兰岛，影响着当代爱尔兰作家的创作理念，爱尔兰身份在全球化语境下变得“模糊”起来。在主题思想和创作手法上，当代爱尔兰戏剧并不完全统一，可谓众声喧哗。不过，以布赖恩·弗里尔(Brian Friel，1929—2015)为杰出代表的具有创新精神的爱尔兰戏剧作家紧随新时代潮流，他们的戏剧创作呈现出后现代主义文学的许多特质。布赖恩·弗里尔关注物质世界的不确定性，尤其注重挖掘凯尔特文化传统，他不再关注因果关联的戏剧情节，也不纠结于往昔痛苦的民族回忆，而是塑造了新一代爱尔兰人的生命经验，重视历史记忆、后殖民、语言、文化身份、移民、流散、性别等主题，并采用独白、戏仿、越界等多种有助于表现主题的实验手法，以后现代艺术所特有的不确定性与去中心化，体现了日新月异的世界形势下价值观的可变性与重塑性，反映了现代欧洲社会变革带给20世纪下半叶爱尔兰岛民的震撼力，书写了当代爱尔兰人多重身份的杂糅特征，挖掘了新旧爱尔兰重叠的艺术内涵。

在爱尔兰岛上，历史的发展和政治区域变化深刻影响着爱尔兰文学思潮。从美学上看，爱尔兰作品的内容永远不会完全与社会现实划等号。尽管如此，爱尔兰文学既没有脱离社会现实生活，也不是机械模仿和照抄生活原样。爱尔兰的传统习俗、文化思潮、学术流派彼此联系，共同构成了爱尔兰文学思潮的各个方面，使得爱尔兰文学作品辉光日新。

本书借鉴了国内外爱尔兰研究已取得的学术成果，聚焦爱尔兰文学思潮的流变，全面、系统、深入地讨论爱尔兰历史变革与爱尔兰文学发展的直接和间接联系。同时，本书也以点带面，在讨论某一个具体的文学思潮时，突出该思潮的领军人物，注重文学文本分析，强调爱尔兰的文化、历史、宗教、语言等因素在该思潮中的显现及其“爱尔兰性”或爱尔兰文化特征，梳理各个思潮之间的承前继后、推陈出新之关系。

此外，本书重视跨学科性、开放性及实际意义，希望以跨学科方式，揭示爱尔兰的历史、文学、哲学之间的相互影响，探讨不同学科的联系，关注全人类经验中的共相特征；分析社会变迁与不同时代爱尔兰作家思想变化的关系，希望留给读者一定空间去思考，把对爱尔兰文学思潮流变的讨论作为一种信息源，通过读者的介入，达到不断辐射信息的目的；讨论爱尔兰文学思潮的根源时，结合社会现实问题，启发读者思考当今西方世界及不同国家与区域的热点话题，但愿能引发读者对爱尔兰文学思潮流变与全人类命运共同体价值观联系的思考。

本书是爱尔兰研究团队成员合作的结晶，注重学术研究与教学实践相结合，旨在推动我国爱尔兰文学研究和教学的进一步发展。本书通过深入探究爱尔兰文学思潮流变的历程，揭示爱尔兰文学和凯尔特文化的独特魅力，以期更多学人参与中爱文化交流和爱尔兰学术领域的合作，为中国的爱尔兰研究向更高水平的发展添砖加瓦。

是为绪论。

冯建明<br>上海对外经贸大学<br>教育部国别与区域研究中心爱尔兰研究中心<br>2021 年秋

# 第一章　爱尔兰[1]文学之泉：凯尔特神话

## 引论

神话传说带有地域特色，常以口头形式流传，是文学形成和发展的基础，在一定程度上反映了远古人民对自然的崇拜。在文学史上，神话传说有十分重要的地位，其题材、人物、母题[2]和原始意象等对历代作家影响巨大，兼具历史价值和美学价值，成为研究地域特征、风俗习惯、宗教文化的宝贵材料。神话(myth)不仅仅是一种结构，也是人类集体无意识的原型，是人类从先祖继承下来的原始经验的总和。依据批评家弗莱的原型批评理论，“原型”(archetype)是“一种典型的或反复出现的形象象征……是可供人们交流的象征”。[3] 原型通常是一个形象，它在文学作品中经常出现，可以看作是人类整个文学经验的一个基本因素。

爱尔兰岛的凯尔特神话传说属于珍贵的民间文学传奇作品，不仅充满想象力，还富含诗意，更包含大量的优美古诗，其作者的创作取向是文学的。凯尔特神话是研究爱尔兰文学思潮流变的重要资料，它们成为17—19世纪的英爱文学和20世纪的爱尔兰文艺复兴运动之重要源泉。17、18世纪，欧

① 本书中的“古代爱尔兰”指约公元前3000年至公元1800年的爱尔兰岛。本书讨论的“爱尔兰文学”既指“绿岛”产生的文学，也指爱尔兰人(包括旅居海外的爱尔兰作家)创作的文学作品。

② 依据陈淳等主编的《比较文学》(北京：高等教育出版社，1997年)第117页：“作品中的这些不能再分解的组成部分，称作母题。”在学术讨论中，“母题”与“主题”可不分。故此，本章中的“母题”也可指“主题”。

③ [加]诺斯罗普·弗莱：《批评的剖析》，陈慧、袁宪军等译，天津：百花文艺出版社，2006年，第142页。

洲兴起了思想解放运动，给了乔纳森·斯威夫特(Jonathan Swift, 1667—1745)阐发激进民主思想和民族集团悲伤情怀的良机；19世纪后期，奥斯卡·王尔德(Oscar Wilde, 1854—1900)高举“为艺术而艺术”的旗帜，否定艺术的社会功能，反对资产阶级的功利主义和庸俗风尚，突出了爱尔兰作家叛逆、抗争、不屈不挠的英雄精神；19世纪末至20世纪初的“爱尔兰文艺复兴”也叫“凯尔特复兴”，其核心领导人格雷戈里夫人(Isabella Augusta, Lady Gregory, 1852—1932)、威廉·巴特勒·叶芝(William Butler Yeats, 1865—1939)和约翰·米林顿·辛格(John Millington Synge, 1871—1909)等作家深入挖掘作为民族精神支柱的凯尔特文化传统，热衷于在民间采集歌谣，收集各种神话传说，并对它们进行改写，使它们能够在舞台上演出，把它们作为摆脱英国殖民统治、复兴民族精神、获得国家独立的抗争武器。同样，乔伊斯(James Joyce, 1982—1941)和贝克特(Samuel Beckett, 1906—1989)等一些旅居海外的作家始终心系爱尔兰传统文化之根，从本土神话中吸取灵感，并把这些神话融入具有世界性的现代主义和后现代主义的文学创新中，共同塑造了现代爱尔兰人走向国际舞台的文化自信形象。“对于长期受到英语强势文化影响和打压的爱尔兰本土人士而言，(重新)发现一个属于自己的灿烂辉煌的古代文明是一个去殖民化的过程。重继一个因为殖民压迫而断裂的文化链条不仅有助于提振民族自信心，还提供了一个与英国不同的文化基础，方便他们在一个全新的文化史的框架内完成‘去英国化’和重塑本民族文化的工作。”[①]应该说，现代爱尔兰作家重新复兴的爱尔兰民谣、诗歌、故事和英雄神话，正好提供了一个帮助爱尔兰人摆脱英国文化殖民影响的抗争利刃。

爱尔兰岛上的居民主要是凯尔特人。爱尔兰岛遭受英王统治之前，其主人为盖尔人。盖尔人属于凯尔特族，爱尔兰人就是盖尔人或凯尔特人。公元前6世纪，凯尔特人抵达爱尔兰岛，带来了较为统一的语言与文化。公元432年，圣帕特里克(St. Patrick)接受了罗马教皇的委任，作为主教带领24位随从到达爱尔兰进行传教，为本土古老的神话传说、多神原始宗教和

① 陈丽：《爱尔兰文艺复兴与民族身份塑造》，天津：南开大学出版社，2016年，第95页。

圣人文化崇拜注入了基督教与罗马文化的精神内涵，二者糅合为一体。传说圣帕特里克找到了国王莱里，并向当时担任祭司、法官或导师的一批有学识的“德鲁伊”(Druid)解释“三叶草”(Shamrocks)的神学寓意。[①] 莱里深受感动，皈依了基督教，并授予圣帕特里克在爱尔兰传播基督教的自由。公元493年3月17日，圣帕特里克去世。爱尔兰人为了纪念圣帕特里克，将每年的3月17日定为“圣帕特里克节”(St. Patrick's Day)。实际上，这个节日糅合了祭祀“德鲁伊”的凯尔特多神论传统，体现了爱尔兰不同于其他基督教国家的本土特点，如三片心形叶子连在一起的“三叶酢浆草”(象征着圣父、圣子、圣灵“三位一体”)、凯尔特式十字架、传说中的绿衣老矮人(Leprechauns)等。

12世纪，英格兰人入侵爱尔兰岛，并在都柏林之围中取胜。英王在16世纪成为爱尔兰国王，并于19世初通过《合并法》，将爱尔兰全岛纳入到大英帝国的版图。第一次世界大战期间，爱尔兰于1916年爆发了复活节起义，在都柏林宣布成立自由邦。1921年，《英爱条约》缔结；1949年，爱尔兰共和国被英国承认。由此可见，先后来到爱尔兰岛定居的凯尔特人、维京人、诺曼人、英格兰人和苏格兰人陆续带来了各自不同的文化传统与生活方式。这些文化传统和生活方式彼此冲突交织，逐渐形成了具有爱尔兰特色的宗教信仰、神话传说、民俗，共同构成了古爱尔兰人充满着嬉笑与幽默的生活方式。不论哪个时期，为驱逐外来入侵者，爱尔兰岛的凯尔特人不断抗争，力图维护岛内纯正的凯尔特人习俗。面对不幸的命运，爱尔兰岛的凯尔特人绝不屈服，不断为美好未来编织希望。

凯尔特神话传说源远流长，颇具时代、地域、文化特色，间接地反映出古代爱尔兰岛凯尔特人的性格、宗旨、兴趣、习俗等特征。爱尔兰文学由凯尔特语文学作品和英语文学作品组成。在凯尔特神话传说中，“传说”极具“传统”价值，暗示了凯尔特神话传说对思想、道德、制度、文化、风俗及行为方式等颇具影响力，古凯尔特人的社会行为会受到传说的控制。“文学不同于历

① 公元前，西欧的爱尔兰、苏格兰、威尔士一带尚处于原始社会状态，不存在严格意义上的国家，统称为希伯尼亚和不列颠。公元前1世纪中叶，不列颠首次遭到罗马统帅凯撒军队的入侵。今爱尔兰、苏格兰、威尔士一带的居民属古代凯尔特人，语言学家把遗存至今的爱尔兰语、苏格兰盖尔语和威尔士语归为“印欧语系的凯尔特语族”。“德鲁伊”(Druid)在凯尔特语中意为“知道橡树”，属于古代凯尔特人的原始宗教，该名源于祭司德鲁伊。

史，但文学以其特有的方式记载着历史，同时又创造着历史。”[①]爱尔兰文学由爱尔兰岛的历史文化与社会基础决定，其文学思潮的流变受到了爱尔兰岛人文环境的影响，并受制于爱尔兰社会的发展轨迹。古代爱尔兰文学思潮与爱尔兰岛的自然状态和人文环境密切相关，是爱尔兰文学传统的重要组成部分，也是“爱尔兰性”(Irishness)的体现，对后世爱尔兰思潮的产生、变化、发展具有深远影响。可以说，“过去”让“现在”继承，而“现在”则在“未来”延伸。凯尔特民族集团或语言集团的生命洪流来自远古，对当今和未来的“爱尔兰性”都有不可忽视的影响力。

爱尔兰岛凯尔特文学传统源远流长，诸多古代爱尔兰岛凯尔特神话传说构成了爱尔兰文学的源头。以凯尔特人为主体的爱尔兰岛充满了冲突和战争，而这些争斗尤其通过凯尔特的“远古时代”“库胡林时代”和“芬恩和芬安纳勇士团时代”的神话传说，以文学艺术形式记录了下来，成为爱尔兰文学研究的重要组成部分，它们孕育的文学原型、文化理念、民族性格，可作为研究“爱尔兰性”的重要切入点。本章从悲伤(Sorrow)、抗争英雄(Fighting hero)与希望(Hope)三个方面揭示凯尔特神话传说的主题与原型人物，展示作为爱尔兰文学之源的凯尔特神话及其对现代爱尔兰作家的深远影响，这有助于我们从历史的维度理解爱尔兰文学思潮流变之下坚忍不拔的毅力、潜在的创新能量与爱尔兰民族的集团精神。

## 一、古代爱尔兰人的悲伤

尽管神话充满了文学的想象，但是其所包含的重复母题与爱尔兰岛早期社会不无关联。在爱尔兰岛凯尔特神话中，人物的“悲伤”母题反复出现，是爱尔兰文学中值得研究的叙事元素。悲伤贯穿着古代爱尔兰岛凯尔特人的生活，这与其复杂的历史密切相关。因为悲伤，所以抗争。于是，出现了抗争英雄。这些英雄在悲剧性的命运中不屈不挠，怀抱着对未来的希望和梦想。

悲伤是人类的负面情绪，常由丧失、分离、失败、苦难等事件引起。有压

① 李维屏、张定铨等：《英国文学思想史》，上海：上海外语教育出版社，2012年，第1页。

迫的地方，自然会有反抗。在爱尔兰的历史长河中，残酷的厮杀和伤亡令人难忘，并且让爱尔兰岛凯尔特族群长期笼罩在悲伤之中。即便是作为爱尔兰文化要素的"都柏林人的幽默"，也是基于"悲伤"而产生的。

对于"都柏林人的幽默"，《新不列颠百科全书》（*The New Encyclopædia Britannica*）的定义为：

"Dubliners' humour is built on a long heritage of sorrow."[①]

上述引语可译作：

"都柏林人的幽默建立在长期的悲伤传统之上。"

在这里，"都柏林人的幽默"也可被称作爱尔兰幽默，它带着一缕爱尔兰人的忧伤，贯穿着爱尔兰文学经典文本或艺术杰作，构成了爱尔兰文学（或爱尔兰岛凯尔特文学）[②]的显著特色，堪称爱尔兰传统文化的核心要素之一。

在爱尔兰神话传说中，包含"悲伤"母题的故事很多，如《杜伦三兄弟寻宝还债记》《利尔的子女》和《乌斯那契三兄弟的命运》等。在这些悲剧故事中，《利尔的子女》[③]以及《乌斯那契三兄弟的命运》中的迪尔德丽（或译作"黛达丽""黛特"等）悲剧尤为出名，它们是凯尔特"远古时代"的故事，是展示爱尔兰岛凯尔特民族悲剧命运的代表作，在爱尔兰早期叙事文学中塑造了一系列令人难忘的悲剧人物。

《利尔的子女》讲述了一个含有古诗的凄美神话传说。"海神之父"利尔娶了国王鲍夫的大女儿伊芙，过上幸福生活。次年，这对夫妇生了一对双胞胎，即男孩艾特和女孩芬诺拉（或译作菲奥诺拉）。之后，这对夫妇又生了一

① 引自 *The New Encyclopædia Britannica* Vol. 5, Chicago: Encyclopædia Britannica, Inc., 1984, p. 1072。

② 严格意义上，以凯尔特研究为学术语境，在讨论"凯尔特文学"时，侧重分析凯尔特语文学作品。凯尔特语包括诸多内容，如现代或早期盖尔语、康沃尔语、威尔士语、曼克斯语、布列塔尼语和苏格兰语盖尔语。在广义上，讨论爱尔兰的凯尔特文学时，一般会侧重如下方面，即分析爱尔兰岛的文学作品，或聚焦凯尔特语小说、诗歌、散文、戏剧等，或选择非凯尔特语创作的文学作品。

③ 参见丁振祺编译：《爱尔兰民间故事选编》，昆明：云南人民出版社，2011 年，第 36—55 页。本书作者依据《爱尔兰民间故事选编》的故事情节，在译文上，基本采用该作品中的人名译名和地名译名。

对双胞胎，即两个男婴菲阿克拉和康恩。伊芙于产后去世，利尔娶了国王鲍夫的二女儿伊娃。伊娃嫉恨利尔的子女，便用德鲁伊巫师法杆，把他们变成白天鹅，并让他们流浪 900 年：在德拉伐拉湖，生活 300 年；在莫伊尔海上，待 300 年；在格鲁拉岛，过 300 年。国王鲍夫得知伊娃的劣迹之后，用巫师法杆，把她变成雨云里的魔鬼。等到一个王子来娶一位公主，再听到耶稣基督钟声，利尔的子女们才恢复人形。此时，利尔的四个孩子都已变成老人。芬诺拉求助圣凯莫克，让他们四个苦命人死后葬于同一坟墓。这里，“耶稣基督钟声”及“圣凯莫克”暗示了基督教的信仰。可见，神话《利尔的子女》是基督文明和凯尔特文明融合与蜕变的体现。

在《利尔的子女》中，利尔的子女可谓十足的悲剧人物。《利尔的子女》是探讨爱尔兰“悲伤”母题的佳作，属于神话作品，充满了超能力和想象等元素，表现出古代爱尔兰人的悲伤，是远古时代爱尔兰岛的凯尔特人思考、探索、想象的艺术结晶，其情节曲折、人物丰满、冲突不断、悬念迭起，唤起读者的怜悯情感。《利尔的子女》在如下方面表现了爱尔兰岛凯尔特人的悲伤：

### (一)《利尔的子女》：无辜弱者的悲伤

从象征手法上看，作为神话故事标题，“利尔的子女”可以被视为一个原创符号，象征着“无辜弱者的悲伤”。

#### 1. 无辜的人

利尔的四个子女尽管善良、孝顺、积极，一生中也没有做错任何事，但是都成为厄运的受害者，是爱尔兰神话中典型的悲剧人物。作为民间文学形象，利尔的子女虽然无辜，但是遭受人生痛苦，其命运暗示，古代爱尔兰岛的许多凯尔特人的运气极差，他们虽无过错，却受厄运摆布，无端遭受天惩，令人怜悯。在多个童话或神话中都有类似的情节，即国王娶了后妻，而后妈(继母)惩罚前妻的孩子。可见，在文明特征上，早期的爱尔兰岛凯尔特人与世界其他地区的人有相同点。

#### 2. 弱者形象

在《利尔的子女》中，利尔是海神之父，娶公主为妻，他虽然有较高的社会地位，但是并没有让自己的孩子成为社会的强者。在一定程度上，母亲过世后，利尔的子女们堪称任人宰割的弱者，其弱者形象表明，在爱尔兰人眼中，古代爱尔兰岛的部分凯尔特人虽然具有高贵血统，却无法支配个人命运，他们在严酷的世界中，面对悲惨命运却无能为力。

3. 悲伤命运

《利尔的子女》是爱尔兰神话中揭示"悲伤"母题的代表性作品。在利尔的子女中，无论是利尔的独女，还是他的三个儿子都遭到虐待。利尔子女的悲伤让读者想起爱尔兰人的悲伤。对于爱尔兰人来说，外因是爱尔兰人悲伤之源。部分爱尔兰人终生遭受磨难，他们即便有幸看到希望之光，也无福充分享受人生幸福。

在这则爱尔兰神话中，利尔的子女最终化作美丽的天鹅，能带给世人快乐，却在苦难中了却一生，这难免令人产生联想。自古至今，许多爱尔兰人极具艺术天赋，虽不断造福全人类，却往往被迫流亡异乡，满怀焦虑感、异化感、孤独感而度日。

悲伤不仅出现于《利尔的子女》中，也深深扎根于爱尔兰文化土壤，被诸多爱尔兰作家选为叙事作品的要素。在三幕剧《流亡者》(*Exiles*, 1918)中，乔伊斯刻画了现代爱尔兰人的"悲伤"和"流亡"两大母题。该剧中，爱尔兰人理查德·罗恩、柏莎、阿特丽斯·贾斯蒂斯和罗伯特·汉德等离开爱尔兰岛，在异国流浪，自我流放，体验人生悲苦，深切地感受到爱尔兰文化中的悲伤之情。

(二) 神话人物塑造与悲伤

《利尔的子女》包含的人物不多，但是这些人物都有象征意义，可视为悲伤的原创性符号，很适合用于"悲伤"主题的探讨。

1. 利尔的子女：悲伤的原创性符号

《利尔的子女》这一题目虽包含利尔，却并非聚焦利尔，而是关注利尔的孩子们。也就是说，利尔的孩子们虽是故事发展的核心要素，却通过一则美丽的神话故事，让其父亲被大家牢记。然而，利尔的孩子们的悲哀不在于未通过神话题目被牢记，而在于他们是嫉妒和咒语的牺牲品。

在文学创作方面，利尔的子女们可谓悲伤的原创性符号，他们在厄运中成长，在悲伤中消亡，没有遇到爱情，没有享受过婚姻的幸福，都失去了成为别人父母的机会。利尔的子女们遭受人生磨难，其不幸在于，他们虽是“海神之父”利尔之后，却并未“大树底下好乘凉”。他们虽有依托，却不好办事，没有借其父威名而终生享福，却先后经受丧母之痛、失去人形之悲、九百年离乡之苦、恢复人形后的苍老之哀和预感死亡之恐惧。《格林童话》(*kinder-und hausmärchen*)中的白雪公主虽受其后娘迫害，却得到七个善良小矮人的陪伴。最后，她还嫁给高贵的王子，过上幸福的婚姻生活。作为典型的悲剧人物，利尔的子女们身处厄运，他们遭到后娘迫害，一直无法找到摆脱人生痛苦的出路。在姐弟四人中，芬诺拉是领头人，也是《利尔的子女》中的主要角色。她本希望能帮助兄弟走出痛苦，但心有余而力不足，等到她熬至恢复人形的时候，却变成一个丑老太婆，令人惋惜。

一个人若既痛苦又丑陋，此人可谓可怜人或苦命人。乔伊斯的小说《尤利西斯》第一章有一个蔑称，即“流浪的干瘪老丑婆”①。在《尤利西斯》研究中，这个蔑称暗指爱尔兰。该蔑称不禁让人联想到《利尔的子女》中的芬诺拉。芬诺拉的形象包含了“流浪”“干瘪”“丑”和“老”四个元素。芬诺拉在外漂泊(流浪)了九百年，恢复人形后，她瘦弱不堪(干瘪)，面无血色(丑)，预感生命即将终结(老)。如果说芬诺拉是《尤利西斯》中“流浪的干瘪老丑婆”的原型，那么她就可以被视为爱尔兰文学中的爱尔兰之母，是因悲哀而变为丑女的凯尔特神话原型。

神话与传说能揭示人类的集体无意识，也可艺术地展示人在面临困境时的自然反应。通过奥德修斯的漂泊，希腊神话史诗《奥德赛》(*ΟΔΥΣΣΕΙΑ*)暗示，在大自然面前，人的能力尽管有限，却可以在夹缝中生存，在逆境中获得荣誉。通过对芬诺拉等人悲惨命运的描写，爱尔兰神话《利尔的子女》让人感觉，若遭遇邪恶的强大对手，善良、无辜而弱小的人难免遭遇不幸。芬诺拉的命运令人惋惜，其成为了乔伊斯短篇小说集《都柏林人》(*Dubliners*, 1914)之《两个浪子》(*Two Gallants*)中的典故，并通过下列的爱尔兰民谣或诗歌《芬诺拉之歌》(或译作《菲奥诺拉之歌》，*The Song of*

① James Joyce, *Ulysses*. Ed. Hans Walter Gabler, with Wolfhard Stepe and Claus Melchior, and an Afterword by Michael Groden. The Gabler Edition, New York: Random House, Inc., 1986, p. 12.

*Fionnuala*)，引发人们的忧伤：

**The Song of Fionnuala**[①]

Silent, oh Moyle, be the roar of thy water,
Break not, ye breezes, your chain of repose,
While, murmuring mournfully, Lir's lonely daughter
Tells to the night-star her tale of woes.
When shall the swan, her death-note singing,
Sleep, with wings in darkness furl'd?
When will heav'n, its sweet bell ringing,
Call my spirit from this stormy world?

Sadly, oh Moyle, to thy winter-wave weeping,
Fate bids me languish long ages away;
Yet still in her darkness doth Erin lie sleeping,
Still doth the pure light its dawning delay.
When will that day-star, mildly springing,
Warm our isle with peace and love?
When will heav'n, its sweet bell ringing,
Call my spirit to the fields above?

即

**菲奥诺拉之歌**[②]

哦，莫伊尔，让你那咆哮的波涛沉寂吧，

① 英语原文见 http://www.james-joyce-music.com/tracks_cd1.html。

② 在本译文中，人名翻译依据郭国荣主编的《世界人名翻译大辞典》(北京：中国对外翻译出版社，1993 年)，地名翻译依据周定国主编的《外国地名译名手册》(北京：商务印书馆，1993 年)。此译文也用于冯建明等编译的《乔伊斯作品中的凯尔特歌谣》中。

那一阵阵微风折不断你的憩息锁链，

李尔那个孤独的女儿在忧伤地低语

向夜之星倾诉她的悲惨故事。

啼唱死亡音符的天鹅，何时才会阖起双翅，

在黑暗中入睡？

天堂悦耳的钟声何时敲响，

把我的灵魂从这个风暴世界召回？

哦，莫伊尔，命运使我长期丧失活力，

令我面朝你那冬季的浪涛而伤心地哭泣；

而艾琳仍躺在黑暗中睡眠，

纯洁之光依然延迟来临。

启明星何时会冉冉升起，

用和平与关爱温暖我们的小岛？

天堂悦耳的钟声何时敲响，

把我的灵魂召至岸上的田野？

在此爱尔兰民谣中，芬诺拉（或译作菲奥诺拉）是人们眼中的"利尔那个孤独的女儿"。该民谣通过诸如"忧伤""悲惨""死亡音符""丧失活力"和"伤心地哭泣"等词，讲述了爱尔兰岛上的一位凯尔特女子的不幸，体现了百姓对她悲剧命运的同情。通过刻画个体人物的痛苦经历，上述民谣印证了以爱尔兰人为代表的凯尔特族群所特有的"长期的悲伤传统"[①]。

2. 伊娃：因妒忌而致人悲伤的祸根

在爱尔兰神话传说中，伊娃是一个典型的反派人物，她完美地演示了一些人心目中某些后娘心狠手辣的特征。在《格林童话》中，白雪公主的后娘也是这类形象。这位后娘因嫉妒白雪公主的美，多次谋害白雪公主，显示了某些女人妒忌心的可怕之处，也暗示了某些后娘的残忍。在《利尔的子女》中，作为利尔子女的后娘，伊娃深怀对无辜孩子们的妒意，通过虐待来表达

① *The New Encyclopædia Britannica* Vol. 5, Chicago: Encyclopædia Britannica, Inc., 1984, p. 1072.

对非亲生子女的排斥之心。她用德鲁伊巫师法杆和咒语，把利尔的子女变作白天鹅，令孩子们遭受九百年丧失人形之哀、流浪之苦、与亲人分离之悲，可谓因妒忌而致人悲伤的祸根。《格林童话》中的后娘没有达到目的，却被雷电劈死，因其恶行而遭到恶报；《利尔的子女》中的伊娃因其恶行而被剥夺人形，最终变成乌云里的魔鬼，但她却令人感到恐怖。伊娃的可怕之处在于，她虽被惩罚，却致使无辜的受害者死前长期遭受苦难。

依据原型分析理论来讨论，在爱尔兰神话传说《利尔的子女》中，伊娃可被视为异类迫害者的原型；若从文学象征的手法来看，伊娃象征着无辜者的悲伤源头或祸根。

首先，伊娃象征着利尔子女的"异类"。从神话的象征意义上看，她是"异类"原型。嫁给利尔前，伊娃是芬诺拉、艾特、菲阿克拉和康恩的亲姨。一旦嫁给利尔，她似乎与这四个孩子的关系更近，成为他们的母亲。看起来，伊娃与利尔的子女亲上加亲，但她却是"外人"的形象。若依据中国文化，利尔的子女要么是伊娃的外甥女，要么是她外甥；在一定程度上，"外"字或有"异类"之嫌。无论是否参考中国文化，利尔的子女都非伊娃亲生，与伊娃没有直接的血缘关系，是伊娃的"外人"。若论象征意义，或从某个角度上看，利尔的子女是伊娃的"异己"。反之，从象征性上看，或在一定程度上，伊娃也是芬诺拉、艾特、菲阿克拉和康恩的"异类"或"异己"。依据神话原型分析理论，伊娃可谓爱尔兰文学的"异类"原型。

其次，对于伊娃，利尔的子女都是无辜的人。若按神话原型定位，利尔的子女是无辜者的化身。芬诺拉、艾特、菲阿克拉和康恩非伊娃亲生，这是天意或命运的安排，绝非他们的过错。利尔的子女为人善良、天真、可爱，他们尊重、爱戴其后母，让伊娃无可挑剔。只因他们受到父亲和外公等人的喜爱，招致伊娃的妒忌，从而被心地狭窄的伊娃迫害，他们可谓神话世界中无辜者的原型。

最后，伊娃是致使利尔的子女悲伤的人。若论其象征意义，伊娃就是导致无辜者悲伤的人或邪恶力量的化身。在诸多神话世界里，伊娃比厄里斯更恶，也比美狄亚更狠。希腊女神厄里斯并非无缘无故发泄恶意，她因未受邀于帕琉斯和忒提斯的婚礼而借助金苹果，令世人遭受战火之苦，以发泄她的受辱之恨，彰显不和女神的淫威；在希腊神话中，美狄亚也并非无理取闹，她为了爱情而背叛父亲、杀死弟弟，却被爱人伊阿宋抛弃，因此为了让负心人也遭受痛苦，她忍痛害死亲生子。在凯尔特神话传说中，伊娃形象的可怕性在于，她出于自身的性格缺陷，罔顾大局、不计后果，欺压善良的弱小者。

在历史上，爱尔兰岛凯尔特人长期遭受压迫，却在自己的神话中刻画出伊娃这样的邪恶形象。这看似不可思议，实则容易理解。在爱尔兰岛凯尔特人眼中，伊娃象征异族势力，是爱尔兰神话中的"异类"原型，是给无辜、善良、弱小的爱尔兰人带来悲伤和厄运的邪恶力量。正如年轻、美丽的芬诺拉变成"老丑婆"就是拜伊娃所赐，在爱尔兰岛，无辜的凯尔特人也长期遭受异族欺压而经受人生的悲苦。在《利尔的子女》中，利尔的子女们化作白天鹅，而白天鹅是高贵纯洁的象征符号。[①] 可见，在爱尔兰岛凯尔特人的心目中，爱尔兰人虽历经磨难，但永葆高贵气质和纯洁特征。

《利尔的子女》是典型的爱尔兰神话，被赋予了多重象征含义，并通过爱尔兰民谣被世人熟悉和传唱。《利尔的子女》蕴含着爱尔兰特有的悲伤元素，暗示着爱尔兰岛上的凯尔特人普遍具有善良人品、高贵气质和纯洁心地，纵然面对强大的恶势力也不屈从。

## 二、古代爱尔兰的英雄抗争

凯尔特神话包含了古爱尔兰岛凯尔特人的悲伤意象，也讴歌了凯尔特人的大无畏气概。在凯尔特神话里，爱尔兰岛凯尔特人的诸多性格（如粗犷、好勇、侠气等）受到推崇。爱尔兰岛的凯尔特神话刻画了诸多战神、斗士、骑士形象，也勾勒出宁死不屈的美女角色，暗示了爱尔兰岛居民所崇尚的宁死不屈的抗争精神，揭示出古代爱尔兰岛凯尔特人所引以为豪的英雄品质。

关于古代爱尔兰岛的抗争，有诸多迷人的神话传说。这些故事构成了爱尔兰岛传统文化的一个重要方面，它们也是推动欧洲文明发展的元素之

① Hans Biedermann, *Dictionary of Symbolism*. Trans. James Hulbert, New York: Facts On File, Inc., 1989, p. 333.

一。在所有爱尔兰的凯尔特神话传说中，描写“库胡林时代”[①]和“芬恩和芬安纳勇士团时代”的系列故事很有影响力，它们是体现古爱尔兰岛抗争精神的代表作。在这些神话传说中，《库尔尼夺牛战记》《乌斯那契三兄弟的命运》和《库胡林之死》尤为著名。《库尔尼夺牛战记》和《库胡林之死》聚焦库胡林，而《乌斯那契三兄弟的命运》则主要描写了迪尔德丽的悲剧命运。迪尔德丽是爱尔兰文学中最典型的悲剧美人之一，属于爱尔兰的凯尔特神话中不屈女性的代表。

《乌斯那契三兄弟的命运》内含古诗，其虽把“乌斯那契三兄弟”放在题目内，但该故事是围绕美貌绝伦的迪尔德丽展开的，而非聚焦乌斯那契三兄弟奈西、安纳和阿登。“命运”虽是《乌斯那契三兄弟的命运》中的关键词，却不在于强调乌斯那契三兄弟的不幸，而是突出了迪尔德丽的人物悲剧命运和拼死抗争精神。依据德鲁伊巫师的预言，迪尔德丽将给她所在区域和爱她的人招致灾难。她成年后，嫁给自己深爱的奈西，却亲眼看到丈夫因她而死。为了捍卫爱情的尊严，她以死来拒绝国王康诺尔对她的贪婪之心，表达了对厄运的抗争。

迪尔德丽的英雄行为和爱情故事感动了无数人，更打动了诸多爱尔兰作家，成为爱尔兰文艺复兴作品的重要题材。从 19 世纪中期到 20 世纪中期，就戏剧而言，至少有 35 部作品以此为题材，其中最成功的改编戏剧包括：1902 年乔治·拉塞尔的《迪尔德丽》(*Deirdre*)；1907 年叶芝的《迪尔德丽》(*Deirdre*)；辛格去世时未完成的剧作《悲伤的迪尔德丽》(*Deirdre of the Sorrows*, 1910)；1923 年詹姆斯·斯蒂芬斯(James Stephens, 1882—1950)的《迪尔德丽》(*Deirdre*)。经过这么多爱尔兰作家的演绎，迪尔德丽成为一位与命运抗争的女性英雄形象。

在凯尔特神话传说中，既包含迪尔德丽这样的女中豪杰，更有以“库胡林时代”中的库胡林(Cuchulian)为代表的好男儿。“库胡林时代”的作品主要讲述发生在古代的一系列神话传说，其中涉及两大要素，即公牛和库胡

① 参见丁振祺编译：《爱尔兰民间故事选编》，昆明：云南人民出版社，2011 年，第 36—55 页。本书作者依据该书故事、情节，采用其人名译名和地名译名。

林[①]。在当今的爱尔兰社会,"公牛"和"库胡林"已经联系在一起,它们相互辉映,共同成为爱尔兰文化的组成部分,是一代又一代爱尔兰作家笔下的重要原型。

(一) 牛: 古爱尔兰岛的化身和英雄形象的神话原型

依据《象征手法词典》(*Dictionary of Symbolism*, 1989),公牛(bull)以力量而著称,是力量的代名词;远古时代的公牛也是生命力与男性力量的化身,多与英雄人物有关,是生命力与男性力量的自然显现;[②]而母牛(cow)代表地球的母性和养育力量。[③] 在神话原型批评中,公牛的原型象征分为两个层面,第一个层面是男性力量或力量的象征,要表达和显示的是力量与征服。"原始时代的公牛一定是生命力和男性力量的强有力的深刻象征……当未经驯服的力量得以充分展示的时候,人类体会过进攻型动物公牛令人生畏的残酷。在宗教和神话史上,公牛尤为重要: 它被不同的文化敬奉,特别是作为性与力量的象征……另一方面,在无数的象征仪式中,公牛都要被打败或当作牺牲者。"[④]而当象征着力量的公牛被某位英雄打败时,就产生了最早的斗牛英雄原型,这可追溯到希腊神话中的英雄忒修斯远航克里特岛杀死米诺陶洛斯(牛首人身的怪物)。当象征着性与力量的公牛被人类征服时,就产生了这种勇敢、大胆的屠牛仪式以及英雄崇拜。在另一个层面上,丰饶和繁殖等意义与公牛和母牛的象征意义相关,反映出原始的丰殖仪式。

与希腊神话一样,凯尔特神话中的公牛意味深长,具有特殊的象征意义。在"库胡林时代"的神话传说中,公牛是一种暗喻。在"库胡林时代"的诸多场景里,库尔尼棕色公牛被刻画为极为神奇的动物,是最具威力动物的原型,代表了不可征服的古爱尔兰形象,可看作一种古代英雄形象的神话原型。

在爱尔兰岛凯尔特人眼中,公牛往往被视为古爱尔兰岛的象征,其雄姿

① 有人译作"库丘林""库胡林"或"库·丘林"。

② Hans Biedermann, *Dictionary of Symbolism*. Trans. James Hulbert, New York: Facts On File, Inc., 1989, pp. 51 - 52.

③ Ibid., p. 77.

④ [德]汉斯·比德曼:《世界文化象征辞典》,刘玉红等译,桂林: 漓江出版社,1999 年,第 96—97 页。

和活力受到当地居民的喜爱和崇拜，它暗示着古代爱尔兰岛充满生命活力，古代爱尔兰岛上的凯尔特男人孔武有力，是人们眼中无畏的古代斗士。

无论是在古爱尔兰岛的凯尔特神话传说中，还是在爱尔兰现当代作品中，牛的形象都被反复描写，暗示了爱尔兰人所珍视的一种英雄情怀。例如，在《艺术家年轻时的写照》(*A Portrait of the Artist as a Young Man*, 1916，或译作《青年艺术家的肖像》)开头，爱尔兰小说家詹姆斯·乔伊斯便提到有关牛的童谣，暗示牛与爱尔兰未来的"斯蒂芬英雄"[①]之间的密切联系：

> 从前，那可是一段美好时光，有一头牛沿着路走来了，这头牛走着走着，遇到一个乖乖的小男孩，这个小男孩叫塔库娃娃……
>
> 他的父亲给他讲过那个故事：他的父亲透过一只单片眼镜瞅着他：他长着一个毛绒绒的脸。
>
> 他就是塔库娃娃。牛从贝蒂·伯恩家旁的路上走下来……[②]

该引语中的"牛"的原文是"moocow"，也可译作"哞哞"，是儿童对牛的称呼。在爱尔兰习语中，"moocow"暗指"silk of the kine"(牛的丝)，即"最美的牛"，它在寓言中象征爱尔兰。[③] 在这个童谣中，"从前，那可是一段美好时光"以轻松而愉悦的语调，讲述了爱尔兰的一则传奇故事；"有一头牛沿着路走来了，这头牛走着走着，遇到一个乖乖的小男孩……牛从贝蒂·伯恩家旁的路上走下来……"通过动态意象，刻画了爱尔兰岛传说中的一头牛的可爱神态；"这个小男孩叫塔库娃娃……他就是塔库娃娃。……他唱那首歌。那首他的歌。"[④]这里，这头牛的行程暗示了一位未来艺术家"斯蒂芬英雄"的

① 《艺术家年轻时的写照》的初稿是《斯蒂芬英雄》，其将小说主人公比作未来的斯蒂芬式英雄。

② James Joyce, *A Portrait of the Artist as a Young Man*. *The Portable James Joyce*. Ed. Harry Levin, New York: Penguin Books, 1976, p. 245. 此文中，人名翻译依据郭国荣主编的《世界人名翻译大辞典》(北京：中国对外翻译出版社，1993 年)，地名翻译依据周定国主编的《外国地名译名手册》(中型本)(北京：商务印书馆，1993 年)。译文见冯建明：《乔伊斯长篇小说人物塑造》，北京：人民文学出版社，2010 年，第 20 页。

③ Don Gifford, *Joyce Annotated*: *Notes for "Dubliners" and "A Portrait of the Artist as a Young Man."* Rev. ed., Berkeley: University of California Press, 1982, p. 131.

④ 冯建明：《乔伊斯长篇小说人物塑造》，北京：人民文学出版社，2010 年，第 21 页。《艺术家年轻时的写照》头几行文字为欢快的童谣或诗行，带有浓厚的爱尔兰色彩，由一位父亲为其儿子讲述一则神话传说。

成长道路。像圣斯蒂芬[①]一样,《艺术家年轻时的写照》的主人公斯蒂芬·代达罗斯也愿为一种艺术事业而献身。[②]

这则神话故事十分有趣,吸引了一代又一代爱尔兰人。至今,它仍在爱尔兰西部的康内马拉地区流行。在古代,一头神奇的白牛下山,把一群孩子带至一个孤岛;在此孤岛,这群孩子都很独立,他们经过训练,一个个都变成勇士;等他们返回家乡后,他们的父老乡亲无不万分惊喜。不仅在爱尔兰西部的康内马拉地区,在爱尔兰北部地区也有关于孩子们变成勇士的传说。依据"库胡林时代"的神话传说,阿尔斯特[③]国王建立了童子军,以便为红枝骑士军团储备人才。在阿尔斯特王国的童子军中,有一个小孩叫塞泰塔或库胡林。库胡林曾到阿尔巴,向一位女武士学武艺。他崇尚荣誉,看淡生死,不仅成为阿尔斯特童子军的骄傲,也被视为爱尔兰岛凯尔特人英勇骑士的标杆。

无论是"斯蒂芬英雄"斯蒂芬·代达罗斯,还是爱尔兰岛最伟大的英雄库胡林,他们都与以力量而著称的牛有关,显示了爱尔兰岛凯尔特人粗犷、豪迈、无畏的英雄气概。在冷兵器时代,勇气和力量是保家卫国的最基本要求,自然会受到以英勇而著称的凯尔特人的珍视。

### (二) 库胡林:古代爱尔兰人抗争英雄的化身

在古代爱尔兰岛,有无数勇于抗争的凯尔特英雄。在爱尔兰岛的凯尔特神话传说中,库胡林被塑造成古代爱尔兰的理想勇士形象,是古代爱尔兰抗争英雄的化身。库胡林是"库胡林时代"的神话传说里当之无愧的主角。"库胡林时代"是以人物命名的一个时代,凸显了库胡林在爱尔兰文学中的重要地位。根据神话描写,库胡林是半人半神的骑士,在北爱尔兰阿尔斯特被称作"库伦之猎犬""邱林猎犬""库兰猛犬"或"光之子"等,他是威震艾仑[④]的勇士。

库胡林的英雄名声得益于他在战争中的伟大成就。为保卫古爱尔兰岛

① 或译作"圣司提反"。
② 在乔伊斯笔下,斯蒂芬·代达罗斯想成为艺术家,把文学创作当成事业,愿为文学艺术而献身。
③ 古代阿尔斯特(Ulster,或译作"乌尔斯特")的大部分地区为现今的北爱尔兰区域。
④ 即爱尔兰。

的阿尔斯特，库胡林历经争夺“库尔尼的棕色公牛”的系列战斗，并取得了无比光辉的战绩。关于库胡林的神话传说，可参考《爱尔兰民间故事选编》[①]中的“库胡林时代”部分。依据《爱尔兰民间故事选编》的版本，“库胡林时代”包含了《康诺尔·麦克内萨怎样当上阿尔斯特国王的：〈库尔尼夺牛战记〉的前事》《库尔尼夺牛战记》《乌斯那契三兄弟的命运》《库胡林之死》和《国王弗格斯·麦克利德和小小人》。在这五篇故事中，《康诺尔·麦克内萨怎样当上阿尔斯特国王的：〈库尔尼夺牛战记〉的前事》的主角是康诺尔·麦克内萨；《库尔尼夺牛战记》和《库胡林之死》聚焦英雄库胡林；《乌斯那契三兄弟的命运》主要描写迪尔德丽的抗争事迹；《国王弗格斯·麦克利德和小小人》讲述了弗格斯·麦克利德和小小人们之间的来往。

《库尔尼夺牛战记》和《库胡林之死》都包含着许多古诗，围绕爱尔兰岛凯尔特大英雄库胡林，完美地展示了古爱尔兰人的抗争倾向，对后世的爱尔兰文学和文化都有重要影响。其中，尤其以描写库胡林的打斗和牺牲的部分最为精彩，故事的高潮是库胡林的夺牛经历，即《库尔尼夺牛战记》。下文将主要基于《库尔尼夺牛战记》和《库胡林之死》，讨论古爱尔兰的理想勇士形象和抗争英雄的代表库胡林。

依据《爱尔兰民间故事选编》的版本，《库尔尼夺牛战记》由“枕边战”“库胡林坚守北谷孤军御敌”“库胡林和玛伊芙的战地谈判”“与费迪亚的搏斗”“阿尔斯特觉醒了”和“公牛之战”六节或六个小故事组成。《库尔尼夺牛战记》内含诗歌，主要讲述库胡林在争夺库尔尼棕色公牛期间的英雄事迹。作为阿尔斯特红枝骑士，为了维护自己王国的尊严，库胡林孤身奋战，多次搏命抗敌，阻止了前来抢夺库尔尼棕色公牛的艾仑联军，给阿尔斯特勇士们的觉醒争取了时间，为阿尔斯特王国的最终胜利奠定了基础。

《库尔尼夺牛战记》之所以被珍视为爱尔兰神话中的经典，不仅在于其独特的爱尔兰场景、古朴而简洁的语言、迭出的成语典故、张力十足的情节，更是因为其通过爱尔兰神话故事中的一系列矛盾冲突，刻画了古爱尔兰人的完美勇士形象，揭示了有关古爱尔兰岛不屈不挠的抗争精神，讴歌了古代

① 丁振祺编译：《爱尔兰民间故事选编》，昆明：云南人民出版社，2011 年。该书基于 *Irish Sagas and Folk-tales*（《爱尔兰英雄传奇和民间故事》）编译，主要收录基督教传入爱尔兰岛之前的神话传说。

爱尔兰的抗争英雄。

1. “枕边战”和英雄情结

《库尔尼夺牛战记》是纯地方性的神话传说，反映了古代爱尔兰岛的地域风情。该传说虽夹杂着神与人的互动，却突出描写了人性特征。该故事中，英雄的夺牛过程虽包含了超自然的元素，但库胡林的夺牛起因却是“枕边战”。在爱尔兰岛的康诺特王国中，王后与国王之间的“战斗”不是一场雌雄比武较量，而是一次夫妻炫富赛。在这对夫妻之间的斗法中，康诺特王后玛伊芙志在赢得对国王的胜利，她要体现“窝里横”的做派。她只有得到库尔尼棕色公牛，才能战胜其夫艾莱尔，从而最终满足她的虚荣心。作为女人的一大特征，虚荣在该“枕边战”中被提到，可谓无意中旁证了古希腊女神赫拉、雅典娜、阿芙罗狄忒争夺“送给最美女神”的金苹果之起因。

英雄情结和古代骑士精神是古代人文思想的重要内容，也是驱动库胡林捍卫王国尊严的核心动力，更是他抗击专门夺牛的艾仑联军的基本原因。对于康诺特王后玛伊芙，库尔尼棕色公牛是赢得“枕边战”的决定因素；对于库胡林，这头阿尔斯特王国的棕色公牛则另具含义：它是阿尔斯特国王之宝，也是检验阿尔斯特国王达勒能否保存颜面的标准，[①]象征着王国尊严和骑士荣誉。在库胡林眼中，前来夺牛的艾仑联军是“失道者”、阿尔斯特国王的掠夺者与入侵者；阿尔斯特国王是“得道者”、捍卫者、康诺特王国的受害者。对于古代骑士来说，荣誉大于个人生命，捍卫王国和家园是男儿本分。所谓时势造英雄，国难之时，英雄辈出。库胡林就是国难之时涌现出来的大英雄。

在爱尔兰岛凯尔特神话传说中，诸如《库尔尼夺牛战记》中的战争英雄情结被反复描写，凸显了爱尔兰岛凯尔特人对自身民族集团或语言集团的自豪感。自古以来，爱尔兰岛曾多次遭遇战火和争端。爱尔兰岛上的居民渴望和平，但绝不忍受外来势力的欺凌。为了捍卫国家（王国）尊严，不同时期的爱尔兰岛凯尔特人美化英雄情结，让英雄情结成为民族集团文化的重要元素。

① 康诺特王国士兵曾夸口，若达勒不识相而拒绝交出库尔尼棕牛，玛伊芙则用武力夺牛，让达勒难看。

## 2. 孤身御敌的单挑英雄之化身

爱尔兰的凯尔特神话传说重视彰显英雄本色，以朴素的语言，描写古代爱尔兰勇士的非凡事迹。在这些神话传说中，古代凯尔特英雄个个不怕牺牲、勇武过人、威震敌胆。作为神话传说，《库尔尼夺牛战记》记载库胡林战绩时，难免存在超自然和夸张的内容，却意在歌颂古代战场上的英雄气魄。故事中既有诸多单打独斗场景，也有以寡敌众的情节，使得悬念不断，令人感到刺激。

库胡林以其在《库尔尼夺牛战记》中的战功，成为爱尔兰岛凯尔特神话英雄之首，可对应希腊史诗《伊利亚特》（*ΙΛΙΑΣ*）中的半神英雄阿喀琉斯。在特洛伊战争的两次战役中，阿喀琉斯以一己之力，扭转了一度对阿卡亚人[①]联军不利的战争局面。他打死了特洛伊的头号勇士赫克托耳，大大提升了联军的士气。古代爱尔兰神话中的"夺牛战"期间，库胡林砍倒无数由玛伊芙带来夺牛的士兵，打死了艾仑联军的顶级勇士费迪亚，极大地挫伤了入侵者的士气，成为抗击外来势力的英雄代名词，被誉为爱尔兰文学中抗争形象的标杆。在攻打特洛伊的战争中，阿喀琉斯身后有阿卡亚人的联军，并非孤身作战；在"夺牛战"中，库胡林孤身御敌，其背后没有军队提供支援，他以一己之力，以少胜多，通过不断单挑，成功阻止了艾仑联军入侵自己的王国。在阿尔斯特红枝骑士团勇士尚未御敌之前，他独自守卫王国边境，坚守北谷，不断袭击前来抢夺库尔尼公牛的玛伊芙人马，迫使玛伊芙进行战地谈判，可谓"一夫当关，万夫莫开"[②]。至少，在战争处境上，库胡林所遇到的比阿喀琉斯更加艰难。

《库尔尼夺牛战记》的主要魅力在于着重描写了一位勇士孤身御敌的经历，细腻地刻画了单挑英雄形象。爱尔兰岛凯尔特神话传说颇具地域特色和民族集团魅力，吸引了不同时代、不同年龄段的读者，满足了大家对英雄崇拜的心理，体现了人们对无限提升自身能力的渴望。爱尔兰岛占地面积小，人口也不多，虽因美丽的植被而享有"翡翠岛"美誉，却仍无法摆脱与"弱小"相关的概念。爱尔兰的凯尔特人借助神话传说，强调了

① 特洛伊战争出现于迈锡尼文明（约公元前2000—前1150年）期间。当时，进攻方被称作阿卡亚人。

② 中国唐朝诗人李白（701—762）《蜀道难》中的名句。

孤身御敌的重要性，始终保持着一种决心，他们面对强敌，都愿做单挑英雄，让强敌恐惧。

3. 为王国捐躯的英雄形象

“库胡林时代”的作品主要讲述了典型的凯尔特悲壮英雄库胡林的形象，成为爱尔兰岛凯尔特民族集团文化传统宝库的璀璨明珠。在爱尔兰岛凯尔特神话传说中，库胡林为阿尔斯特建立战功后，遭遇仇敌报复，最终为他的王国捐躯，践行了战死沙场而死得其所的勇士理念。《库胡林之死》则描述了库胡林战死的经过，即康诺特王后玛伊芙夺牛失败后，设计报复库胡林，请六个畸形人施展妖术害死了库胡林。

在文学作品中，英雄会令敌对势力恐惧，也难免遭受敌对势力报复。若故事以悲剧收场，则会唤起读者对邪恶势力的强烈憎恨。在传统叙事文学作品中，正邪对立，善恶分明。在“库胡林时代”的作品中，英雄库胡林象征着正义力量的化身，而玛伊芙王后则代表了邪恶力量。作为正义力量的化身，库胡林必然会引起玛伊芙王后的恐惧。对于库胡林，玛伊芙王后感到既怕又恨，因此她会千方百计除掉他。那么，她能否杀掉凯尔特人的头号英雄呢？这个悬念吸引读者完成对故事的阅读。当这个悬念解开，读者自然会为库胡林之死而叹息。玛伊芙王后之所以害怕库胡林，是因为她了解对手。为了让玛伊芙王后了解库胡林，《库尔尼夺牛战记》的作者通过第三人之口，安排艾仑联军侦察兵司令弗格斯亲自介绍。对于自己人提供的信息，玛伊芙王后相信库胡林有超人的战斗力，她目睹过库胡林孤身御敌和单挑的过程，从而更确信了她的个人判断。可以理解，库胡林的英勇战绩是玛伊芙王后的耻辱，也是他在《库胡林之死》中遭受骄傲的玛伊芙王后报复的主要原因。

矛盾冲突是文学叙事作品的重要元素，既便于吸引读者，也为塑造人物的善恶形象提供了条件。玛伊芙对库胡林的报复情节展示了“库胡林时代”作品中的重要冲突。在“库胡林时代”的作品中，玛伊芙王后被刻画成邪恶力量的化身，她对英雄库胡林的报复，是邪恶力量对正义力量的反扑。正是由于库胡林的形象十分高大，这位英雄的就义场面才带给读者巨大的震撼，从而使得“库胡林时代”的作品具有扬善抑恶的艺术效果。

作为凯尔特神话传说中的悲剧英雄，库胡林不仅让人同情，更使读者敬佩于他为王国捐躯的坚强决心。同样是神话传说中的悲剧英雄，库胡林与阿喀琉斯既有相同方面，也有不同特点。阿喀琉斯和库胡林都认为荣誉重于生命，也都最终死于有毒利器。阿喀琉斯看重尊严和荣誉，才接受奥德修斯及狄奥墨得斯的邀请，奔赴特洛伊城下，最终战死沙场；库胡林虽意识到死亡的危险，但对阻止他冒险的妻子说："声誉重于生命……现在我不挺身而出，保卫阿尔斯特抗击侵略者，我将终生蒙受耻辱，死后也是这样。"[①]但是，关于战死沙场，库胡林与阿喀琉斯有明显不同：在特洛伊战争中，阿喀琉斯没有死于特洛伊勇士，却被太阳神阿波罗用毒箭射中脚踵而丧生；库胡林为了"抗击侵略者"，被玛伊芙选的六个畸形人先后用妖术和毒茅害死。

英雄库胡林抵御外来侵略，不断坚持抗争，以生命捍卫国家（王国）尊严，他珍惜勇士的荣誉，是爱尔兰岛凯尔特人的骄傲。在围攻他国的战争中，阿喀琉斯大显神威，其形象暗示着，在古代，人类具有敢于征服和勇于探索的特征；在保卫王国的战争中，库胡林英勇无敌、屡建战功、血洒战场，其形象暗示着，在古代，人类便具有保家卫国和舍生取义的品质。库胡林坚决抗争，勇敢打击入侵者，以死保卫家园。身为阿尔斯特红枝骑士团的杰出代表，他是古代崇尚勇敢、忠诚、荣耀的骑士化身。

库胡林的卫国神话传说不仅具有娱乐性，也颇具教育意义，它构成了爱尔兰岛凯尔特文化传统的重要元素，不断激励着一代又一代爱尔兰战士发扬"古老的骑士精神"，勇于抗争，不怕牺牲。这种文化元素早已在爱尔兰岛扎根，并被写入爱尔兰歌谣：

**Yes! Let Me Like a Soldier Fall**[②]

Yes! Let me like a Soldier fall,
Upon some open plain,

① 丁振祺编译：《爱尔兰民间故事选编》，昆明：云南人民出版社，2011 年，第 154 页。

② 英语原文见 http://www.james-joyce-music.com/tracks_cd1.html。

This breast expanding for the ball
To blot out ev'ry stain.
Brave manly hearts confer my doom
That gentler ones may tell
Howe'er forgot, unknown my tomb,
I like a Soldier fell.
Howe'er forgot, unknown my tomb,
I like a Soldier fell.
I like a Soldier fell.

I only ask of that proud race,
Which ends its blaze in me,
To die the last, and not disgrace
Its ancient chivalry!
Tho' o'er my clay no banner wave,
Nor trumpet requiem swell,
Enough they murmur o'er my grave
He like a Soldier fell.
Enough they murmur o'er my grave
He like a Soldier fell.
He like a Soldier fell.

即

**对！让我像战士一样倒下[①]**

对！让我像战士一样倒下，

① 此诗歌中，人名翻译依据郭国荣主编的《世界人名翻译大辞典》(北京：中国对外翻译出版社，1993年)，地名翻译依据周定国主编的《外国地名译名手册》(中型本)(北京：商务印书馆，1993年)。此译文也用于冯建明等编译的《乔伊斯作品中的凯尔特歌谣》中。

在某一开阔的平原上，
这个胸膛为子弹敞开
以便抹去每一处污点。
一颗颗勇敢而阳刚的心赋予我死亡的权力
较温和的人们也许会说
无论是否忘却，不知道我坟墓在何处，
　　我像战士一样倒下。
无论是否忘却，不知道我坟墓在何处，
　　我像战士一样倒下。
我像战士一样倒下。

我只渴求那令人自豪的民族精神，
在我身躯内彻底燃烧，
直到战死，也不辱没
那古老的骑士精神！
虽然我的躯体之上没有旗帜飘扬，
也没有安魂曲被小号奏响，
但已无憾，只要他们在我墓前低语
　　他像战士一样倒下。
但已无憾，只要他们在我墓前低语
　　他像战士一样倒下。
　　他像战士一样倒下。

在爱尔兰歌谣《对！让我像战士一样倒下》中，源于爱尔兰古代的抗争要素被用于爱尔兰现代社会。该歌谣或诗歌提到“勇敢”“死亡”和“古老的骑士精神”，体现了爱尔兰斗士英勇抗敌的决心、不怕牺牲的胆量和发扬爱尔兰“古老的骑士精神”的愿望，表达了爱尔兰岛凯尔特人的真实想法，受到诸多爱尔兰作家的喜爱。这首歌谣或诗歌作为典故，出现于《都柏林人》(*Dubliners*，1914)的《死者》(*The Dead*)中，为乔伊斯表现爱尔兰性起到重要作用。骑士精神被视为远古时期的一种高尚品格，在歌谣《对！让我像战士一样倒下》里，爱尔兰骑士精神是爱尔兰岛的文化符号，包含着爱尔兰岛凯尔特人的文化理念、理想追求与人文情怀。

库胡林等人的英勇抗争故事成为爱尔兰岛凯尔特人维护民族集团传统的精神力量，为爱尔兰文学和世界文学创作提供了精美素材。1902年，格雷戈里夫人出版了《默河弗纳的库胡林》(*Cuchulian of Muirthemne*)，她用现代英语改写了库胡林的古老民族史诗；她深入民间收集各种材料，把支离破碎、信息不完整的故事片段组合为一个具有很强情节的故事集，并创造性地将爱尔兰方言中的句型、节奏韵律与优美的英语糅合在一起，提供了一个英爱文学的写作范本，促进了爱尔兰民族意识的觉醒。叶芝依据库胡林的形象，创作了一系列剧作，如《在贝乐的沙滩上》(*On Baile's Strand*, 1904)、《绿头盔》(*The Green Helmet*, 1910)、《在鹰井旁》(*At the Hawk's Well*, 1917)、《与海浪战斗》(*Fighting with the Waves*, 1930)、《艾默尔唯一的嫉妒》(*The Only Jealousy of Emer*, 1919)、《库胡林之死》(The Death of *Cuchulian*, 1939)等。后来，托马斯·金塞拉(Thomas Kinsella, 1928— )根据爱尔兰语的《库尔尼夺牛战记》，用英语将其改编为《夺牛记》(*The Táin*, 1969)，这引发了广泛关注。中国学者曹波把《夺牛记》译成汉语，译作发表于2008年。1983年，《今日爱尔兰》报道，《库尔尼夺牛战记》被改编成爱尔兰芭蕾舞，于1981年在都柏林戏剧节上演。[1]

古代爱尔兰英雄库胡林等的抗争故事虽具有神话传说性，却是对古代爱尔兰岛凯尔特勇士的赞歌，是爱尔兰非物质文化宝库的重要组成部分，彰显了古代爱尔兰岛凯尔特人的顽强斗志和无畏的抗争精神，表达了古代爱尔兰岛凯尔特人愿以生命来保卫家园的坚强决心，构成了爱尔兰岛凯尔特文化传统的核心内容，丰富了欧洲神话传说和文化内容，也对爱尔兰岛的长远发展具有积极意义。

① 参见丁振祺编译：《爱尔兰民间故事选编》，昆明：云南人民出版社，2011年，第384页。

## 三、古代爱尔兰人的希望

古代爱尔兰岛的凯尔特人曾遭受巨大挫折，有过悲伤体验，但他们不畏强权，反对压迫，通过不断抗争，为自己的美好未来迎来希望。

在诸多爱尔兰的叙事作品中，"悲伤""抗争"和"希望"三大主题彼此联系，共同推动情节发展，从而深化故事内容。"芬恩和芬安纳勇士团时代"[①]里的神话传说尤其凸显了古代爱尔兰人的希望。

"芬恩和芬安纳勇士团时代"包含了古爱尔兰优秀的神话传说与民谣集。这些作品以充满想象力和张力的情节吸引了无数读者，在研究古代凯尔特人的生活方式、传统习俗、价值取向等方面颇具价值，是不同时期爱尔兰作家的创作题材，对理解"爱尔兰性"或爱尔兰文化特色具有很大的参考意义。

依据《爱尔兰民间故事选编》的版本，"芬恩和芬安纳勇士团时代"内含多首诗歌，包括《年轻的芬恩》《芬恩怎样成为芬安纳勇士团的首领的》《芬恩和芬安纳勇士团》《乌辛[②]的母亲》《追捕特莫德和格拉尼亚》和《乌辛到了长生不老的乐土》六个故事，主要讲述了芬恩·麦克库尔的传奇故事，歌颂了芬安纳勇士团（或译作"费奥纳骑士团""芬尼亚武士"等）的英雄传说，讲述了凯尔特奇女子的情感历程，刻画了芬恩、乌辛（或译作"莪相"）、奥斯卡、戈尔·麦克莫那（或译作"高尔·麦克莫纳"）、特莫德、萨娃、格拉尼亚和妮维雅等人物的神奇经历。在这些故事中，凯尔特勇士们不惧强敌、英勇善战，而凯尔特神奇女子们则追求爱情自由，对爱情坚贞不屈。这些传奇人物共同谱写了新一代凯尔特人的英雄篇章。其中，《年轻的芬恩》是最优秀的故事之一，芬恩若"要成为安纳勇士团的一员……必须熟记一些古老的传说"[③]。

① 参见丁振祺编译：《爱尔兰民间故事选编》，昆明：云南人民出版社，2011年，第36—55页。本书作者依据该书的故事情节，采用其人名译名和地名译名。

② 或译作"奥依辛""莪相"等。

③ 丁振祺编译：《爱尔兰民间故事选编》，昆明：云南人民出版社，2011年，第195页。

总体上,“芬恩和芬安纳勇士团时代”围绕芬安纳勇士团的传奇展开。作为叙事主线,芬恩的传奇经历贯穿了《年轻的芬恩》《芬恩怎样成为芬安纳勇士团的首领的》《芬恩和芬安纳勇士团》和《乌辛的母亲》;在《追捕特莫德和格拉尼亚》中,芬安纳勇士团成员特莫德是主角,而老年芬恩仅起陪衬作用;在《乌辛到了长生不老的乐土》中,芬安纳勇士团成员、芬恩的儿子乌辛担当了故事主角。

《年轻的芬恩》《芬恩怎样成为芬安纳勇士团的首领的》《芬恩和芬安纳勇士团》和《乌辛的母亲》包含非凡的想象力,以古朴而生动的语言,设计了曲折的情节,主要讲述了芬恩在年轻时期的传奇经历,蕴含了“悲伤”和“抗争”,更突出了“希望”。通过对多种人物冲突的细腻描写,作品勾勒出一幅幅古代爱尔兰岛凯尔特理想人物的美丽画面。下文将基于上述四篇故事展开讨论。

### (一) 重复出现的“悲伤”

在文学作品中,每一个母题都会重复出现。在《年轻的芬恩》中,芬恩父亲的死亡暗示了凯尔特作品中“悲伤”母题的再现。

在古代爱尔兰岛,凯尔特勇士以加入芬安纳勇士团而自豪,并以担任芬安纳勇士团首领为荣。依据凯尔特神话传说,勇士的这份荣誉,芬恩和他父亲都拥有过。芬恩成为芬安纳勇士团首领之前,他父亲战败而死。因此,麦克库尔家族一度丢掉凯尔特勇士的至高荣誉,其追随者也纷纷被驱逐,从而使得麦克库尔家族及其追随者一度处于悲伤之中。可见,“悲伤”母题不仅出现于《杜伦三兄弟寻宝还债记》《利尔的子女》和《乌斯那契三兄弟的命运》等作品之中,也重现于“芬恩和芬安纳勇士团时代”的《年轻的芬恩》。

### (二) 不断凸显的“抗争”

抗争方显勇士本色,方能体现侠义、胆识、力量等勇士特征。“芬恩和芬安纳勇士团时代”中的芬恩是爱尔兰岛凯尔特人心目中的超级勇士,他失去父亲后四处流浪,但凭借无畏的抗争精神,报了家仇,赢回麦克库尔家族一度丢掉的荣誉,打退外来入侵者,是凯尔特人抗争传统的理性继承人。

通过古代爱尔兰岛凯尔特神话传说,我们可以看到,“抗争”形成了一条精彩迷人的叙事主线，反映了古代爱尔兰岛的社会状况，构成了爱尔兰文学的一个重要母题或主题。“芬恩和芬安纳勇士团时代”中的故事个个都颇具特色，无不再现了古代凯尔特人珍惜荣誉、不畏强敌、敢于斗争的价值倾向。

### （三）展望未来的“希望”

在古代爱尔兰岛，凯尔特人虽然不断遭受厄运捉弄，却通过坚定不屈的抗争，显示出侠义、粗犷、善战的凯尔特民族集团或语言集团的特色，时刻准备迎接美好的未来。古代凯尔特人的特征和意愿通过凯尔特神话传说反映了出来。在叙事作品中，人物的最终命运既暗含着作家对世界的客观看法，也能表达作家的主观愿望。在凯尔特神话传说中，相比利尔的子女和库胡林的最终命运，芬恩的命运[①]要好很多。从如下几个方面看，芬恩象征着爱尔兰岛凯尔特人的“希望”使者：

其一，芬恩为人善良，珍惜友情，熟记凯尔特古老传说，善于写诗，拥有“全世界的智慧精髓”[②]，获得真挚爱情。他不仅报了家族仇恨，还打退入侵的北欧强盗，为维护艾仑岛的安宁作出了杰出贡献。芬恩以完美的个人生活和英明首领形象，成为爱尔兰岛凯尔特人对于未来的希望。

其二，芬恩·麦克库尔家族人才辈出，享誉爱尔兰岛。芬恩继承其父亲的高贵血统，在战绩上超过其父亲，成为芬安纳勇士团史上最杰出的首领。他把儿子乌辛培养成传奇武士和诗人，把孙子奥斯卡训练成著名勇士。由芬恩带来的家族伟业象征着一种集体荣耀，体现了凯尔特人对爱尔兰岛美好未来的期盼。

其三，芬恩勇于抗争，但不恃强欺弱。在《追捕特莫德和格拉尼亚》中，年老时期的芬恩喜欢上年轻美女格拉尼亚。他虽曾出于领袖尊严，与其手下武士特莫德争抢女人，却最终能明辨是非，成人之美。芬恩放弃利己思想，以宽容之心，凭借行动，为爱尔兰岛的和谐而美好的未来指出一条明路。芬恩的宽容之心重现于乔伊斯的小说名篇《死者》（*The Dead*）的结局。在

① 《爱尔兰民间故事选编》未涉及。关于芬恩的结局有两种说法：(1)芬恩死于河中；(2)同亚瑟王一样，芬恩没死，他睡在都柏林城下洞穴，还会回来挽救爱尔兰。第二种说法流传更广，被本书作者认可。

② 丁振祺编译：《爱尔兰民间故事选编》，昆明：云南人民出版社，2011 年，第 195 页。

《死者》结尾处，主人公加布里埃尔流出宽容的泪水。他的泪水暗示着，为了婚姻的未来，他以宽容之心，体谅其妻子对她过世初恋的怀念。作为《死者》的作者，乔伊斯借用故事结局，为欧洲的和平未来指出一个方向，即“生存于世，人需宽容”。

“芬恩和芬安纳勇士团时代”的神话传说融合了“悲伤”“抗争”和“希望”，主要塑造了古代爱尔兰理想的英雄芬恩，暗含了古代凯尔特人对美好未来的希望。它以充满张力的情节、栩栩如生的人物、颇具地域特色的故事背景、饱含诗意和充满意象的文字，为现代爱尔兰文学的发展提供了无穷的动力。幽默的爱尔兰民谣《为芬尼根守灵》(*Finnegan's Wake*)深受大众喜爱，该歌谣题目中的“Finnegan”是爱尔兰人的姓氏，意为“芬恩的后裔”[①]。该歌谣中的主人公芬尼根死而复生，看似演出了一场闹剧，实则暗示了一种历史轮回观。在《新科学》(*Scienza nuova*，1725)一书中，意大利学者詹巴蒂斯塔·维科(Giambattista Vico，1668—1744)曾提出，人类历史呈现螺旋式循环模式。这个人类历史循环观在乔伊斯的小说《为芬尼根守灵》(*Finnegans Wake*，1939)中得以再次呈现。爱尔兰人希望新一代的芬恩(芬恩的后裔)能重建第一代芬恩的伟业，带领爱尔兰人再次走向辉煌。“芬恩和芬安纳勇士团时代”里的芬恩是完美的抗争勇士，也是爱尔兰岛未来的“希望”，他永远照耀着成长道路上的爱尔兰岛凯尔特人。

## 结语

在历史的长河中，过去与现在之间存在着对话(Dialogism)或双向影响。对此，俄国评论家米哈伊尔·巴赫金(Mikhail Bakhtin，1895—1975)和英国作家托马斯·斯特恩斯·艾略特(Thomas Stearns Eliot，1888—1965)都有过相关论述。关于凯尔特人，零星记录、民间口头传说、传教士的收集文件等颇具研究价值。古代凯尔特人以神秘色彩、粗犷风格、淳朴气质、宿命论倾向，建构了一种神话，形成了一种地方文化上的存在。爱尔兰早期的

① 高玉华等：《英语姓名词典》，北京：外语教学与研究出版社，2002年，第141页。

叙事文学多披上了神话色彩。爱尔兰岛的凯尔特神话传说寓教于乐，兼具思想性、艺术性、趣味性，它们以个性鲜明的人物、古朴而充满诗意的语言、迭出的悬念、曲折而生动的情节、富有哲理的主题，赤裸裸地揭示出人性的光辉与黑暗，并通过个性描写，展示了人类潜意识的共性特征。凯尔特神话传说是凯尔特文化之根，是爱尔兰文学之泉，是爱尔兰岛的非物质文化遗产，堪称爱尔兰人的精神本源，勾勒了“绿岛”凯尔特人的悲伤特征，塑造了凯尔特人在“翡翠岛国”的英雄抗争形象以及展望未来的希望，为具有爱尔兰民族特色的爱尔兰文艺复兴提供了基石。

在凯尔特神话传说中，古代爱尔兰岛凯尔特人的“悲伤”“抗争”和“希望”三个主题相互关联，它们从过去、现在与未来三个时间维度一起构成了古代爱尔兰文学的重要音符，帮助世人感知爱尔兰非物质文化身份特质，是爱尔兰岛被入侵和征服的历史印记，凸显了古代爱尔兰岛凯尔特人抵御侵略的力量，是凯尔特人在“绿岛”生存的自由范围和精神空间的要素，也是凯尔特人在爱尔兰岛自我认同和集体记忆的依据，它们折射出爱尔兰岛凯尔特人的生命力、凝聚力、美好愿望。通过凯尔特神话传说，古代爱尔兰岛凯尔特人的悲伤经历、抗争精神、希望之光被世人了解或感悟，它们被广泛用于不同时代的爱尔兰文学创作。20 世纪伟大的爱尔兰文学作家，都致力于挖掘凯尔特神话，复兴爱尔兰民族传统。毫无疑问，神话学(mythology)和原始主义(primitivism)的思想倾向成为叶芝、辛格、乔伊斯创作的重要特点之一。例如，叶芝专门编写了《凯尔特曙光》[①](*The Celtic Twilight*, 1893，或译作《凯尔特黄昏》)，记载了家中女仆讲的民间传奇故事，展现了爱尔兰本土的生活风貌和精灵传说、魔法、神话幻想，为叶芝的象征主义和神秘主义诗歌提供了具有浓厚爱尔兰特色的民间资源。乔伊斯标新立异，将凯尔特神话、希腊神话和基督教神话融为一体，在维科式的历史循环中为爱尔兰人重构了一部现代史诗，试图为失落彷徨中的现代人提供关于爱与团圆的精神家园。贝克特借用讽刺手法和戏谑语气，以荒诞的叙事

① “Twilight”一般被译作“黄昏”“薄暮”或“暮色”等。因为有学者认为叶芝将“Twilight”的时间改写为黎明时分，所以在我国爱尔兰研究界，*The Celtic Twilight* 常被译作《凯尔特曙光》。其实，在凯尔特文化中，“黄昏”“薄暮”或“暮色”颇有魔力，属于凯尔特族群文化的重要标志。

方式，反映战后现代人的荒诞性困境，在希望中"等待戈多"式的姿态体现了爱尔兰人的滑稽超脱与黑色幽默。20世纪下半叶，布赖恩·弗里尔(Brian Friel，1929—2015)等爱尔兰作家对凯尔特文化传统提出反思，更多关注新时代爱尔兰身份的复杂性与多重性，促进爱尔兰岛文学的变革和创新。这些作家通过重新挖掘、整理和创作一个共享的民间神话传说故事和非物质物化遗产，尝试建构现代爱尔兰民族独特的文化身份和民族自信心。

值得注意的是，神话主义成为20世纪现代文学的标志之一，爱尔兰现代文学中涌现的各种思潮也体现出这个特点。那么，为什么现代作家如此关注神话、迷恋神话呢？有学者认为，"现代主义作家对于历史的关注几近痴迷，这是从两种意义上说的：他们既关心他们的世界里正在发生的事，也关心诸如此类的以历史为依据的理解方法的本质。历史的神话基础，其各个方面是迥然不同的，但重要的是，它从根本上承认一切历史意义的突出本质。由于神话是对价值的肯定，它或许就是一种历史动机的形式"。[①] 也就是说，神话关心的价值在某种程度上超越了具体的某一个历史时代。当作家在创作中引入、挪用、改写神话时，就可以在永恒的时空中展示主人公的悲喜命运，使得短暂平凡的个人得以在历史不朽的长河中获得存在的意义。历史和个人的时间里发生的偶然过程，与神话里象征性地表现出来的价值形成了比较。神话为特定的社会或现实世界引入了这些价值，神话主义就成为弥补20世纪相对论时代带给人类精神失落感的有效载体之一。

以上提及的这些著名的爱尔兰现代作家都不约而同地开启了凯尔特神话之源，因为他们触及到了本民族身份的无意识记忆，能够超越碎片混乱、价值匮乏的现在，在期待中塑造爱尔兰民族的文化身份。与历史时间和现在时间相比，"神话时间"是一种最为古老的时间，它把历史的线形时间和短暂的现时时间置入了圆形循环时间或永恒轮回之中，从而把不可逆转、转瞬即逝的个体生命消解、融入到宇宙的永恒轮回之中，使得个人的生命在群体

① [美]迈克尔·莱文森编：《现代主义》，田智慧译，沈阳：辽宁教育出版社，2002年，第18页。

的生命链接中获得了存在的价值和意义，使得有限与孤独的个体存在得以克服有限时空的束缚，获得对于民族历史与个体生命的觉悟和创新性阐释。无论是叶芝还是乔伊斯，他们在创作中把凯尔特神话、基督教神话和其他文化中的神话纳入包罗万象的文本中，都是为了向古代的神话与史诗获取写作灵感和文化资源，在古代与现代之间建构跨越时空的桥梁，获得一种未完成的、走向未来的开放性，进而铸造现代爱尔兰人的民族气质、国家认同和爱尔兰文学的血脉精神。

# 第二章 爱尔兰启蒙主义思潮

## 引论

启蒙运动是欧洲的思想运动,具有改革性,其最终成为一场革命性运动。17 世纪至 18 世纪,天文学、物理学和数学等自然科学在欧洲蓬勃发展起来。自然科学的发展带来了很多新变化:在欧洲大陆,一方面,教会的权威性遭到挑战;另一方面,理性主义(rationalism)成为文化运动的重要部分。与此同时,涵盖各人文学科的、旨在解放思想的启蒙运动(enlightenment)应运而生,成为当时欧洲大陆的强劲大潮,对社会习俗造成了巨大冲击,给欧洲人的日常生活带来了巨变。

启蒙运动赞扬并运用理性,重视对自由、知识和人生幸福的追求。英国哲学家约翰·洛克(John Locke, 1632—1704)与杰里米·边沁(Jeremy Bentham, 1748—1832),法国思想家让-雅克·卢梭(Jean-Jacques Rousseau, 1712—1778)、夏尔·德·塞孔达、孟德斯鸠男爵(Charles Louis de Secondat, Baron de La Brède et de Montesquieu, 1689—1755)与伏尔泰(Voltaire, 1694—1778),以及美国政治家托马斯·杰斐逊(Thomas Jefferson, 1743—1826)纷纷批判专制体制,主张"天赋人权"和政治民主。

哲学思想是启蒙思想的发端,具体的文学作品是启蒙思想的具体表现。启蒙思潮与散文、小说、诗歌、戏剧等作品的创作互相促进、共同发展。启蒙主义运动强调作品对教育的影响作用,指出了作品带给读者欢愉的重要性。

在启蒙运动思想与文学创作相结合的浪潮中，很多爱尔兰哲学家也成为了“弄潮儿”。

虽然启蒙运动的发源地不是爱尔兰岛，但是爱尔兰作家埃德蒙·伯克(Edmund Burke，1729—1797)、弗朗西斯·哈奇生(Francis Hutcheson，1694—1747)和乔纳森·斯威夫特(Jonathan Swift，1667—1745)等，都为启蒙运动的发展贡献了力量。

埃德蒙·伯克生长于爱尔兰都柏林，他的作品《关于我们崇高与美观念之根源的哲学探讨》(*A Philosophical Enquiry into the Origin of Our Ideas of the Sublime and Beautiful*，1757)以深邃的美学观，吸引了法国启蒙理性美学家德尼·狄德罗等人的注意。至今，人们在讨论欧洲启蒙主义思潮时，还时常提及伯克。

弗朗西斯·哈奇生出生于爱尔兰岛北部，曾在都柏林创建私立学院，发表过《论美与德行观念的根源》(*An Inquiry into the Original of Our Ideas of Beauty and Virtue*，1725)和《论情感与激情的本性与品行，并举例说明道德感》(*An Essay on the Nature and Conduct of the Passions and Affections，with Illustrations on the Moral Sense*，1728)等作品。这些作品观点鲜明、内涵深邃，不失为论述审美与道德的佳作。由此，哈奇生为启蒙主义贡献了自己独到的美学观点，即审美感与道德感相互联系、互为补充。他的观点构成了启蒙时期积极因素的重要部分。[①]

17—18世纪的爱尔兰文学既可归入“古代爱尔兰文学”(约公元前3000年—公元1800年)，也可纳入“英爱文学”范畴。爱尔兰独立之前的英爱作家在英国文学史中也有被探讨。斯威夫特亦来自都柏林，早年在都柏林圣三一学院攻读学士学位，从过政，上过战场，也写过文章。几经浮沉，斯威夫特深知资本主义统治下爱尔兰人民的苦难，其作品饱含激情，极尽辛辣讽刺，文学价值极高。因此，他被视为英国文学的骄傲，也被誉为欧洲启蒙运动激进民主派的创始人，对世界文学的发展具有巨大影响，其激进的民主观构成了欧洲启蒙运动发展的动因，值得深入研究和讨论。

① 参见范明生：《西方美学通史(第三卷)：十七十八世纪美学》，上海：上海文艺出版社，1999年，第238页。

在爱尔兰文学史上，斯威夫特的作品颇具影响力，其讽刺手法受到现当代人的喜爱和借鉴，启发了一代又一代爱尔兰作家的创作灵感。在爱尔兰作家中，斯威夫特对启蒙运动的发展贡献最大，他善于运用讽刺手法，借助文学所特有的社会批判功能，强调自由、民主、人道、容忍的重要性。斯威夫特凭借对欧洲启蒙运动的贡献，推进了作为欧洲文学一部分的爱尔兰文学思潮的发展。有鉴于此，本章将主要围绕斯威夫特及其作品，讨论爱尔兰启蒙主义思潮。

## 一、时代语境与爱尔兰岛启蒙主义思潮的源泉

启蒙主义之所以能在欧洲大陆和爱尔兰岛得到发展，是因为它顺应时代发展，具有强大的生命力，用唯物主义思想反对唯心主义思想。启蒙思想家否定上帝创世和君权神授，肯定世界的物质性及国家权力属于人民，他们提出"自由、平等、民主"的口号来号召民众对抗专制暴政与宗教压迫。然而，在17世纪经过资产阶级革命洗礼的英国，启蒙主义者的思想和主张出现分歧。以蒲柏、笛福及爱迪生为代表的温和派认为，英国既然已经进行了革命，现在只需采取某些局部改革即可；以斯威夫特、菲尔丁等为代表的激进派则主张国家管理应该彻底民主化；另有后期的感伤主义者从根本上否定现存制度，追求理想王国。

鉴于历史缘由，人们每当谈及18世纪的爱尔兰启蒙思潮，都不会把爱尔兰岛与当时的大英帝国彻底分离开来。18世纪前半期，英国的启蒙作品具有不可忽视的时代影响和历史意义。18世纪的英国启蒙思想，在理性光辉的照耀下暗涌着一股对社会分裂趋势的担忧，这种担忧孕育于哲学、政治、经济、军事、社会思想等方面的深刻背景中。城镇化与资本主义化过程中的严重贫富分化，政治民主、法治化的激烈推进，以及国内外复杂的政治、宗教环境，都使各个阶层在不断分化与整合的同时，出现阶层主导意识和主导道德观念的分流倾向。在某些偏远地区，甚至出现常态化的阶层对抗局面。宗教改革之后，旧有的贵族阶层所主张并紧密依赖的神学道德体系，在新的经济形态与社会意识形态和阶级形态面前已经难以为继。17世纪后

期至18世纪初，英格兰出现了“道德真空”的现象，一场从上层开始的道德腐化蔓延至全国各阶层，各类伤风败俗的行为打着经济发展的幌子，在天灾人祸的催化下愈演愈烈。于是，一时之间，爱尔兰人民的贫困加剧，盗匪横行、流民四窜，可谓生灵涂炭。在此关键时刻，英国启蒙思想家和文学家大力提倡中产阶层新道德，力图用其思想与文章匡扶世风、矫正世态、重立民心，期望在物质利益至上、个人主义膨胀、社群关系松解、道德沦丧的社会风气之中，构建注重道德、传统和人性的新社会。在新的社会背景下，这些思想家与小说家多少都已有被中产阶层化的倾向，至少他们不自觉地表达出了这一阶层的意图。他们希望使中产阶层道德成为社会的主导价值观念，从而对上层与底层阶级进行道德约束与思想驯化，以期达成整个社会价值观的相对统一。笛福和理查逊站在启蒙理性主义道德观的立场上，强调了一种中产阶层经济理性所具有的现代性，在某种程度上赞扬了中产阶层道德观念中的“个人主义层面”的一些积极特质。尤其是笛福这个理性主义的秉持者，用一生的奋斗践行了这种中产阶层的理性经济道德，却也用悲剧性的生命结局揭示了这种道德本身的困境。于是，在某种程度上，整个世纪英国社会所面临的都是“笛福的问题”。另一方面，斯威夫特和菲尔丁在当时思想家的启示下，敏锐地意识到了所谓唯理主义与人性本质的冲突。而洛克、霍布斯哲学思想走向了经验论这种开放性的哲学领域模式，为后来的巴克莱、休谟、伯克等启蒙思想家留下了辗转翻腾甚至质疑、对立的余地。

爱尔兰启蒙思潮是存在于爱尔兰岛的一种思想趋势，它是属于爱尔兰作家的一种思想倾向，与大英帝国有千丝万缕的联系。爱尔兰长久以来作为大英帝国的殖民地，在政治上一直处于外族势力统治下的瘫痪状态，或者说是英国政治风气的附庸。在经济上，大英帝国极尽所能地压迫剥削爱尔兰人，妄图将其变为自己永久的产品倾销地和原料产地。18世纪初，英国从各方面强化对爱尔兰的殖民统治，使得爱尔兰民族岌岌可危。时势呼唤英雄，面对民族危亡和殖民者的丑恶行径，斯威夫特义愤填膺，挺身而出，为爱尔兰仗义执言。斯威夫特以笔为矛，通过一篇篇辛辣无比的斗争檄文，沉重打击了英国殖民者的嚣张气焰。同时，在与爱尔兰人民为伍的斗争过程中，斯威夫特一步步唤醒人民的民族意识，激活了爱尔兰人民压抑已久的对自由和独立之渴望。

爱尔兰的区域文化、悠久历史和地方传统是斯威夫特创作的重要根基，也是爱尔兰启蒙思潮的源头。众所周知，简单地对一种思想进行地域或者民族区分是有失偏颇的，只有把该思想放进该时期特定的社会历史背景中，且在纵向上对该思想进行谱系学的追溯，才能得出某种思想的民族气质而不显草率。

斯威夫特独特的英爱双重身份，铸就了他非凡的人生经历。斯威夫特的先祖出自英格兰名门，迁居至爱尔兰，到他时已然家道中落。然而，斯威夫特身体里流淌着英国贵族独有的血液，优雅高贵和自命不凡的气质烙刻在他的血脉中。一方面，斯威夫特骄傲于自己的血统；另一方面，家境的困顿和尴尬的身份积淀了斯威夫特内心的愤懑。这一点既成就了斯威夫特的性格底色，也预示了他以后曲折的命途。1699年，籍籍无名的斯威夫特因缘际会地破格进了英国一家党报做编辑。初涉政坛，他渴望大展身手，然而那激进不羁的性格让他只会勇往直前，不会左右逢缘，更无法长袖善舞，最终落到了几近流放的境地，其境遇不可谓不悲惨。但是，正是作为爱尔兰人在英格兰的挫折，让斯威夫特开始反思英国文明。他开始以爱尔兰人的“异族”身份重新审视英格兰。此刻，那些英国人引以为傲的政体、制度、政策显得如此的荒诞、卑劣、丑陋。坎坷的人生经历让斯威夫特的整个胸腔充满了愤怒，这愤怒迫切需要一个宣泄口，而客观的反思则让斯威夫特的批判更加深刻、宽广。这些因素成为他创作《格列佛游记》(1726)的主要动力。《格列佛游记》出版之际，斯威夫特的怒火终于喷涌而出，染红了爱尔兰的天空，也震惊了当时的英国民众以及执政者。

## 二、斯威夫特的创作艺术与爱尔兰启蒙主义思潮

斯威夫特最主要的创作活动都在18世纪。18世纪的欧洲正处在启蒙运动阶段，而启蒙主义一个极为重要的思想就是对欧洲封建专制制度进行重新思考，并且以对封建王权合理性进行再认识为要点。实际上，斯威夫特对时政的讽刺和批判与那个时代的背景难以分割，这种时代背景为斯威夫

特研究政治问题提供了大量的帮助。因此,在思考《格列佛游记》时,不可低估这个时代背景对作家本身的影响。

斯威夫特对欧洲启蒙运动的发展有很大的贡献。他以笔为剑,将自己所代表的爱尔兰激进民主派的重要观点表达在唯一的小说《格列佛游记》中。《格列佛游记》以游记为题材,其创作历时数载,代表了斯威夫特毕生讽刺创作的巅峰,承载了爱尔兰人独特的启蒙理念。该小说创意非凡、天马行空,以主人公格列佛在小人国、大人国、飞岛国、慧马国等幻境的辗转,影射了黑暗的社会现实,对英国进行了全方位的批判,表现出了深刻的批判现实主义力量,堪称一部蕴含爱尔兰启蒙精神的杰作。在爱尔兰岛凯尔特神话传说中,有对德鲁伊原始宗教的描写,也有对古代凯尔特英雄传奇的讲述,还存在小小人国[①]的神奇故事。或多或少,爱尔兰岛凯尔特神话传说为斯威夫特创作《格列佛游记》提供了灵感和素材。爱尔兰岛凯尔特神话人物乌辛自长生不老国归故土时,遇见圣帕特里克,并与其发生争执。这段描述暗含讽刺手法,对斯威夫特创作风格的形成也会有影响。[②]《格列佛游记》连同他的其他政论文、信件、评论等,在爱尔兰人的启蒙运动中起到了开启民智、唤醒民族觉醒的重要作用。这一系列著作主要体现了批判的理性实践,也蕴含了从偏见和权威压制中解放思想的启蒙观。

### (一) 谴责殖民罪恶的启蒙观

斯威夫特的启蒙理念源于其爱尔兰生活背景,体现了爱尔兰人特有的价值观。斯威夫特生长于爱尔兰民族被英国奴役践踏的时期,他目睹了爱尔兰人民生活的困顿和爱尔兰产业的凋敝。在斯威夫特看来,这一切惨状出现的主要原因:一是英国政府残酷的压榨;二是爱尔兰民族自身的愚蠢。1649 年,克伦威尔亲率大军入侵爱尔兰,先是占领了都柏林,三年内又占领了爱尔兰的大半领土,一手把爱尔兰变更为英属殖民地。在政治上,英国剥夺爱尔兰议会和法院所剩无几的自由和权力;在经济上,英国不仅限制爱尔兰的商品出口,还对爱尔兰农民课以沉重地租。此外,连续三年的农作物歉

① 丁振祺编译:《爱尔兰民间故事选编》,昆明:云南人民出版社,2011 年,第 163 页。
② 同上,第 382 页。

收使农民苦不堪言,饿殍遍野,民不聊生。斯威夫特对爱尔兰的政治和经济现状深感担忧,开始将他强大的号召力和卓越的文字表达能力投入到爱尔兰人民反抗英国殖民统治的独立斗争中。可以说,英国对爱尔兰的无底线压迫,是激发斯威夫特启蒙精神崛起的外因,客观上成为斯威夫特这座激进民主派"火山"爆发的导火索。《格列佛游记》就是完成于这段政局动荡的岁月。该书中的飞岛国本身极具科幻色彩,这种高高在上、御风而行的国家远远超乎当时人类的想象。然而,飞岛国人同样过着"超然"的生活,他们不事劳作,专门奴役他国。这是作者对现实中的剥削者的一种艺术上的影射。庞大的国家机器离不开底层百姓的供养,而暴力则是维持其运转的有效手段。但凡有附属国不服或叛乱,统治者或者让飞岛悬浮在属地的上空,遮天蔽日,让居民遭受饥荒和疾病,或者让飞岛以雷霆万钧之势泰山压顶,把人畜房屋等夷为平地。显然,飞岛国影射英国,也可以延伸为所有同属一丘之貉的压迫者和殖民者。英国对爱尔兰的殖民统治是如此,其他一些宗主国对其殖民地的统治亦是如此。因此,在欧洲启蒙思潮的大背景下,斯威夫特的这种描述有普遍的现实批判意义。在飞岛国的篇幅中,斯威夫特着墨于林大力诺的故事,意在说明只要殖民地人民团结一心、坚定信念、多方筹备,反抗终将取得成功。对飞岛国的描写彰显了作者强大而丰富的想象力和创造力,其笔触辛辣而深刻,让人在享受之余产生深刻思考,不啻于一种艺术的升华。

(二) 批判英国政坛的启蒙观

在大家喜闻乐见的格列佛游记体小说中,斯威夫特运用高超的叙事手法,充分表达了启蒙运动的激进民主思想。在小人国的故事中,君臣的种种劣行影射英国政治的黑暗。利立浦特国(小人国)的国王凭借超出他人一个指甲盖的身高优势,自命不凡地成为了国家的主宰。和他荒诞的登基理由如出一辙,他不以学识、能力以及出身任命重要官员,而只以绳索上的舞技高低为评价依据。正因如此,大批官员为了谋得高位,拼命练习灵巧的身法,铤而走险在绳上起舞。这种选官制度极为荒唐,又令人唏嘘。英国国王贤愚莫辨,官僚投机钻营,社会现实的黑暗跃然纸上。这不禁让人联想到中国文学名著《水浒传》中宋朝选官制度的特点——全凭皇帝好恶。正是如此，高俅一介市井无赖凭着一身过人的球技居然官拜太尉，祸乱朝纲。这显示了文学的世界性特征。文学来源于生活，却又高于生活，这得益于文学书写的高度抽象性。文学著作虽然不免有虚构成分，但是虚构得有凭有据、真实可信。再如小人国的篇幅所述，小人国的国土面积狭小，人口稀少，建国时间短，官员们搞起党派斗争却丝毫不逊于现实中的国家。国内大臣分为两派，因为对鞋跟的高低意见相左，矛盾日积月累，最后发展到双方水火不容的程度。这一情节无疑是 18 世纪的英国两大政党——辉格党与托利党两党互相攻讦相争的翻版。格列佛亲身体会了处于党争漩涡中的可怕，随时都有被吞噬的危险。这其实也可以看作斯威夫特当时在辉格党和托利党之间周旋的艺术再现。格列佛来到这个国度后谨小慎微，争取与国民和谐相处，甚至以一人之力击败了强敌的侵略，为小人国立下了汗马功劳。但是，他非但没得到应有的奖赏，反而因为忤逆国王命其吞并敌方的要求而被任意安上罪名。随后，格列佛又因为撒尿扑灭了王宫大火而得罪了王后。格列佛一次次遭到以怨报德的不公对待，这充分暴露了当时官场的黑暗和尔虞我诈。除非同流合污，否则正直善良的人无法见容于这污浊之所。之后，格列佛又被财政大臣和海军大臣嫉妒构陷。幸有善良的内务大臣冒险相告，主人公才得以虎口脱险。斯威夫特用小人国的故事讽喻了 18 世纪前期英国政界的黑暗现实，并且在第三部第八章借巫人岛上诸亡灵之口揭露了国王与众多官员的丑恶嘴脸。这种前后呼应的创作手法，体现了斯威夫特对小说艺术高超的驾驭之术。细致入微的刻画和描写，煞有其事的数据罗列，让读者不自觉地信以为真。

斯威夫特的高妙之处在于，他抽象出了英国政坛乃至世界政坛的本质。如书中所述，政党间虽无本质差别，却因鞋跟的高低而明晰地分裂为两派。读者难免会将现实中英国等国家的弊病代入其中。这种书写看似没有指名道姓地批判大英帝国和任何他国，却起到了声东击西的效果，甚至是对世界上类似政体的国家起到了普遍抨击的效果。

### （三）反驳理性至上的启蒙观

启蒙运动是源自法国的一场声势浩大的思想运动，18 世纪时得到了遍及欧洲和北美的统治阶层及知识阶层的呼应和支持。运用批判性理性将人们的思想从偏见、未被认可的权威,以及教会和封建王国的压迫下解放出来,是此次运动的主要特征。因此,启蒙运动时代有时也被称为"理性时代"。在各个方面,18世纪的爱尔兰岛也受欧洲大陆思潮的影响。当时,涌现在欧洲的启蒙主义总体说来是一种作为进步阶级的资产阶级对封建阶级的抗争表达。启蒙主义者们反抗阶级不公、通货膨胀等封建余孽的偏见,他们试图通过实际行动,将一切科学分支运用到为人类服务上,尤其是着眼于科学和技术应用。18世纪的英国见证了蒸汽机等前所未有的科技创新产物,而新工具的出现及快速增长的工商业都极大地影响和改变着社会生活方式。

最初,理性作为一种"祛魅"工具出现;后来,其却变成了一种新的神话。这种反拨通过《格列佛游记》的讽刺性描绘得以展现。在《格列佛游记》的大人国故事中,格列佛向国王谈到火药和枪炮的用法和威力,企图用军械制造技术献媚邀功。出乎意料的是,在了解到火器的破坏力后,国王居然视之为祸害,宁可放弃社稷也不愿意得到这种秘密武器。这真是对沾沾自喜的、以理性与文明自居的人类的犀利嘲讽。火药原是人类最伟大的发明之一,此处却被国王视作邪物。联想资本主义开疆拓土时普遍的烧杀掳掠行径,拒绝这样的杀伐利器在当时算得上是惊世骇俗的理念。

《格列佛游记》否定理性至上的理念被广泛研究。飞岛国实际上是按18世纪启蒙主义思想所建立的虚拟之国,但该国过于注重理性,将理性上升到了凌驾于一切外物的地位之上,从而显得整个国家的人似乎都在为了科学规则和工具理性而活,因此有失人性。通过列举各种华而不实的荒唐发明,斯威夫特对科学的合理性以及合法性进行了深度的思考,他的这种质疑精神显然是超越所处时代的。在飞岛上的科学院里,所谓的科学家们热衷研究一些毫无意义的事情,如从黄瓜里提炼阳光、把人粪再还原成可食用物、盖房时先造屋顶后打地基等。这些发明让人瞠目结舌,而那些科学家自己却乐此不疲,他们正是以这种看似高端的发明研究来显示其优越感的。这些从事伪科学研究的科学家们,连同他们的主子——国王的大臣和王族中的妻妾,都脱离土地和人民,高高在上地陶醉在空中楼阁里。这和当今社会的某些现状何其相似？斯威夫特不仅讽刺挖苦了那个时代想入非非的伪科学家们，他的故事更对后世有着精辟的警示作用。

在叙事中，斯威夫特暗示，科学技术的进步让人们得以认识自然，继而改造自然，也逐渐适应了机械操作的原则和生产方式。于是，人役于物，变成了机械的一部分。这一观点揭示了人类自蒸汽时代以来的一种异化现象。在荒诞的发明和科学研究的背后，斯威夫特想表达的是，近代社会虽然是一个物质丰裕的社会，但是其同时也变成一个畸形的社会。在这个社会体制中，人们只认同并顺从物质原则，丧失了自己的思考能力。所谓"启蒙"，指的正是人本精神的觉醒。当时，宗教规条在精神上麻痹大众，而封建王权则在政治上统治人民。在此大背景下，爱尔兰人民受到大英帝国的殖民压榨，苟延残喘、民生凋敝。斯威夫特正是力图用自己的努力来唤醒爱尔兰民众，乃至促成全欧洲广大人民的民主精神之觉醒。科技的进步固然有其积极的一面，然而过犹不及。当科技凌驾于人类之上，成为一种人手所造的"金牛犊"被顶礼膜拜时，便违背了斯威夫特所倡导的民主理念，与斯威夫特掀起的启蒙思潮背道而驰了。因此，斯威夫特在小说中对这种科技理性至上的思想进行了深刻的批判，这也是其启蒙精神的一种体现。

斯威夫特的激进民主思想在飞岛国的故事中得以彰显，那些统治者在思想上耽于幻想或妄想，被苍白的理想冲昏了头脑，将理性变为了一种宗教来膜拜。在此思想的指导下，技术生产极度脱离实际，显得荒诞不经。以这种迷信理性的极端理念来治理国家，自然是走向反动，走向人民的对立面。哪里有压迫，哪里就有反抗。林大力诺人民奋起反抗飞岛国的压迫，他们发挥了集体的智慧，"以子之矛，攻子之盾"，运用科技的力量(安装了巨大磁石的四座塔楼)对飞岛造成了某些致命的打击，迫使飞岛决策者不得不做出让步。这显然也影射了爱尔兰人民对英国殖民统治运动的反抗。同时，作者也向世人揭示了，治理国家空有所谓的理性，却丢掉了人性的仁爱之心，其结果注定是失败的。

笛卡尔认为，人人都有理性，理性就是良知。他肯定人的理性，主张用理性克制情欲。这种唯理主义在解放宗教束缚之时，的确有着历史进步意义，然而其在后期却掉入一种工具理性包打天下的方法论陷阱之中。笛卡尔将几何学的推理法和演绎法应用于哲学,奉清晰明白的概念为真理。同时,他认为,所有物质的东西,包括人体,都是为同一机械规律所支配的机器。这种几何思维的无限放大扼杀了人性的一切特质,而机械思维导致了对人性的漠视,对人权的践踏,从而走向一种暴力思维,乃至暴力行动——法国大革命便是其极端表现。法国大革命以异常激烈的手段终结了波旁王朝的统治,摧毁了旧秩序,但接踵而来的却是一轮又一轮的暴力、恐怖和屠杀。各方势力粉墨登场,利用权力草菅人命。国王、王后、教士、贵族,甚至雅各宾党人,只要阻碍了当权者的道路,都被送上了断头台。这种大规模的屠杀行为震骇了整个欧洲。革命中的残暴和恐怖,不仅至今让人们心有余悸,更是暴露了唯理主义的人性泯灭、冷血无情,同时也唤起了众多有识之士的警觉,他们开始冷静地审视其弊端和缺陷。在小说中,斯威夫特用古今对话的手法,安排了先贤亚里士多德和笛卡尔的正面交锋,暴露出这些今人眼中的圣贤名士所鼓吹的理论并非无懈可击的真理,而是谬误百出的荒诞之言。

斯威夫特的启蒙思想是对社会实践和社会现实再思考的产物。斯威夫特虽出身上层社会,但行事风格保守,一直旗帜鲜明地质疑、嘲讽皇家社会的机械论者和科学家们。无疑,这些人大多是弗朗西斯·培根(Francis Bacon, 1561—1626)的信徒。在斯威夫特看来,这些人妄想用想象来改造这个世界,他们是一群伪科学主义者。斯威夫特对这些伪科学家的抽象科学理论和技术没有丝毫好感,他通过《格列佛游记》中对飞岛国科学家们的详细描写,毫不留情地进行了讽刺。但是,他并不反对确有用途的科学理论和科学实验。例如,他曾阅读了培根的《学术的进步》(*Advancement of Learning*, 1605)一书,并赞许其中的观点。斯威夫特并非反智人士,但是他一直强烈地批判招摇撞骗的庸医、江湖骗子与投机分子。这些观点在《格列佛游记》的飞岛国等情节里均可见到。更难能可贵的是,当启蒙主义者们还在幻想用理性原则来建设人类的理想国之时,斯威夫特已然预见到了这种所谓的理性背后所深藏着的巨大危机。斯威夫特想要表达的正是,人类借助科学工具不断满足人性中贪婪的欲望,企图无限地占有资源和财富。这也是科技的进步带给人类的巨大灾难。这种科学技术的进步虽然使人类从繁重的体力劳动中解脱出来，极大地丰富了人类的物质财富，但是因其理性崇拜的根源，人类在无意识中完全依赖于新兴的社会生产方式。人们越来越关注物质的拥有，变成只注重物质享受而丧失了精神追求的人。这样的人在作者看来其实与耶胡无异，只是拥有了一点点所谓的理性而已，而由这样的人构建的社会也成为了畸形、病态的社会。在这里，斯威夫特彻底粉碎了18世纪的欧洲对理性的崇拜，揭露了理性外衣下欧洲人的狰狞面目。这种狰狞可怖是盲目将理性变为崇拜所带来的后果。在人们以为自己打破了宗教束缚，使自己得到解放的同时，无形之中也将自己置于理性至上的桎梏之下而无法自拔。

### （四）斯威夫特启蒙思潮与理想国情结

斯威夫特的理想国情结也是其爱尔兰启蒙思想的一个重要特征。经典作品应该具有时空跨越性，确切来说是一种远瞻性，纵使历经岁月，依然生机盎然、发人深省。这种特质源自作家超越所处时代的深邃观察和卓绝思考。此外，他强大的自省精神和胸怀世界的博爱主义，同样激发了其孜孜不倦的自由求索之路。对先贤优秀思想的继承，让他犹如先知一般指点江山，纵览千年。饱读诗书典籍的斯威夫特深受柏拉图的《理想国》影响，以至于其启蒙思想中含有浓厚的乌托邦要素。他将乌托邦思想和社会现实编成了活跃的音符，终于谱成了《格列佛游记》这一恢宏华章。当读者阅读小人国和大人国的故事时，可以明显看到人治社会里存在的诸如权力倾轧、内忧外患等弊害，这些都是当时英国社会所面临的现实问题。所以，在小说的最后两卷，斯威夫特为读者构想了两个根本不可能存在的国家，即飞岛国和慧马国，这两个国家的统治方式是以理性治国。这种统治方式看起来完全符合18世纪的理性崇拜观念，但是斯威夫特却让我们看到这种对理性的过度推崇是如何使人性一步一步泯灭的。

慧马国实际上是一个建立在由纯粹的本性和理性管制的、简单的共产主义社会，柏拉图的《理想国》和莫尔的《乌托邦》就有这样的国家原型。对乌托邦式的小人国、大人国、慧马国文化的描述，显然采用了超乎读者想象的讽刺口吻。那些有着深刻自省意识的读者会像格列佛那样，起初如被洗脑般的对慧马国的理性信以为真，但随之会突然意识到格列佛不过是斯威夫特所创造的一个“工具”，用来描绘乌托邦式的道德和行为。正如理查多·昆塔纳(Richardo Quintana)描述的那样，“用一种计算过的行为羞辱了我们自身的缺陷”。[①] 在慧马的世界里，表达权力、政府、战争、法律、刑罚等无数与国家机器相关的词汇销声匿迹，这是一个人人自律、根本无需所谓的管理机构和制度的国家。在论及法律的功用时，慧马们更是满腹狐疑，因为他们视自己为“理性动物”，坚信“自然和理性”足以实现“理想和目标”，任由“自然和理性”支配。[②]

在现实社会中，慧马国这样的理想国注定成为空想，其内部的统治形式退回到了最原始的奴隶制度。这一点历来受到批评家的质疑，因为如果这个国家存在这样森严的等级制度，只能说这里也并非一个令人向往的完美国度。然而，斯威夫特正是用这种与生俱来却又无法改变和逾越的等级制度，表现出慧马的世界是一个完全丧失欲望的世界。理性至上，人性被理性统治，带来了严重的弊端和后果，这间接批判了理性至上的危害。慧马们坚守职责、安分守己，从不争名夺位。这样无欲无求的慧马们，使这个国度的理性、道德和秩序上升了到了一个极端的高度。在这个国度中，人类的一切情感欲望都被摒弃，绝对道德和绝对理性成为主宰，国民则成为绝对理性的奴仆。理性原本是一种手段，在此却成了一种目的，因而本末倒置。

显而易见，这种绝对的理性，无论是在当时，还是在现世，都是难以建成的空中楼阁。究其原因，这需要社会成员具有较高的觉悟和良好的教育基础，也需要社会有完善的制度和政策，还需要极其丰富的物质财富等条件。而且，理想国的建立并非关系到一个国家，而是关系到世界上所有的国家。在一个强国林立的黑暗森林中，如何生存下来都是问题，更遑论海市蜃楼般的理想之国。

人类所谓的理性，可以说是基于自身动物性之上的生存本能。这种理性的表现之一，是一切生命皆有趋利避害的自我图存本能。在有限的生存资源前提下，为了保证自身族类的生存繁衍，人类不惜抛却人性大开杀戒，

① Richardo Quintana, *The mind and art of Jonathan Swift*, London: Methuen & CO. LTD., 1953, p. 82.

② [英]乔纳森·斯威夫特：《格列佛游记》，孙予译，上海：上海译文出版，2006 年，第 44 页。

为自己杀出一条血路。

文学以其漫无边际的触角和超前性的理念，甚至为人类揭示了未来世界的生存状况。当代小说家刘慈欣在其科幻小说《三体》中，为我们揭示了一个残酷的未来——在宇宙的资源有限的情况下，不同文明之间为了自身的绝对安全，只有猜疑，没有信任；各文明必须先发制人，才能扼杀潜在威胁于萌芽之中。

在天生的"本能"面前，"理性"多次败下阵来。在慧马国，作为斯威夫特的"喉舌"，格列佛曾天花乱坠地向其慧马主人描述英国的朝廷风貌，解释英国的宪法，介绍欧洲诸国之间发生战争的原因，却遭到了慧马的鄙视和批判。斯威夫特之所以虚构出一个慧马国，以及勾画出一群将理性和本能平衡得恰到好处，甚至使理性压倒本能的慧马，其用意有二：其一，这是斯威夫特对人类"兄弟"善意的批判。当时，人类在科技飞速发展的助力下，盲目自大，目空一切，甚至自认为成了掌握绝对"理性"的上帝。然而，斯威夫特以辛辣的笔触，让"低等动物"慧马表演了达到空前高度的"理性"之治，让作为人类代表的"耶胡"丑态百出，让"高等动物"人类在"低等动物"慧马面前自惭形秽。这种强烈的反差，给了人类当头棒喝，让其意识到自身的局限性，低下不可一世的头颅，好自为之。其二，这种书写无疑也是斯威夫特对自我长久以来激进民主意识的一种深刻反思。斯威夫特对慧马国的奇思妙想，今天看来依然叹为观止，在当时更是作者激进思想的体现。所谓先贤都对未来有着精准的预判，而对理想国的不懈求索，最终却让斯威夫特精疲力竭、沮丧不已。人类能达到慧马理性的高度么？答案无疑是否定的。在《格列佛游记》篇尾，格列佛在被慧马主人驱逐回人类世界后性情大变。他对慧马无比留恋，对自己的"耶胡"家人则厌恶作呕，甚至力图要和这些"耶胡"划清界限。为了表达对慧马们的怀念，格列佛居然买回了两匹小公马，"将它们养在一间很讲究的马厩里……那股马厩里的气味令我重新振作起精神"[1]。他甚至每天和小马谈上四个小时，相亲相爱，乐此不疲。这种描写令人震惊。旁观者看来，格列佛医生定然是经历了非人的遭遇而精神失常，因

① [英]乔纳森·斯威夫特：《格列佛游记》，孙予译，上海：上海译文出版，2006 年，第 44 页。

为这种行为可是赤裸裸的“厌人症”表征。这一点后来也成为敌对者攻击斯威夫特的把柄。理想和对现实期待的背离是斯威夫特讽刺的主题之一。实际上，无论是作者还是读者，都有理由认为格列佛是一个反社会分子或者精神病患者；但是，如果以更高的准则衡量的话，格列佛无疑又是正确的。试想，如果世界真是一个美好的地方，格列佛又怎会变成精神错乱呢？

其实，这些荒诞的书写背后，流露的是格列佛幕后真身斯威夫特深深的无奈，乃至绝望之情。慧马已达到如此理性地步，仍然难称完美。慧马在这样看似“公正”的环境中生活，这种无为而治、自发的顺性生活，其实也是一种弊端。它本质上走向了另一个极端，妄图回到过去的宗法制社会。所谓“公正”，所谓“民主”，都不过是属于处在统治阶级的慧马们的“公正”和“民主”。当慧马面对耶胡时，便毅然决然地撕下温情的面纱。他们因耶胡的劣根性而对其严加防范，将其驯养并驱使其劳作。更有甚者，在一次代表大会上，慧马们进行了前所未有的争论，即讨论“究竟是否该把耶胡从地球上消灭掉”[①]。最后，格列佛的慧马主人向大会提出了一个权宜之计——这也是从格列佛那里学来的经验，即像人类阉割慧马那样如法炮制，对耶胡进行阉割，因为这样做耶胡们更易驯服、更能干活，还能体现慧马的仁爱之心，使耶胡的种族自我灭绝。[②] 如此看来，慧马国同样难以逃出“暴政”的窠臼——慧马国不是没有暴力，而是缺少施暴的机会。一旦条件具备，理性的慧马同样会毫不留情地对敌对分子痛下毒手，除之而后快。慧马国政体俨然成了罗马议会制的翻版，国家政权由议会把持，元老奴隶主们对奴隶们生杀予夺、视之草芥，令人发指。正如琼斯·特劳戈特(John Traugott)所言，“当一个人渴望使人类善良而智慧，自由而理性，他就不可避免想将人类都杀掉。愤怒是理想主义的另一面”。[③] 斯威夫特将慧马们的乌托邦发明视为一种游戏，一种理想主义游戏，其另一面则是对自身惩罚性的失望。其实，斯威夫特在此处已揭示了世上不可能存在慧马这样一种绝对善良和绝对超然的生

① [英]乔纳森·斯威夫特：《格列佛游记》，孙予译，上海：上海译文出版，2006年，第211页。
② 同上，第213页。
③ Claude Rawson, ed., *English Satire and the Satiric Tradition*, Oxford and New York: Basil Blackwell, 1984, p. vii.

物，并且他们也无法理解作为善恶结合体存在的人类。慧马国再理想，也不可能在现实中出现。慧马国注定只能存在于理想中的国度，因为从那些智慧的理性生物——慧马身上，我们只能讨论绝对抽象和永恒不变的东西，不能以此作为更为复杂形态下的人类社会制度的理想范本。可见，这种理想国度的存在注定只是人类空想中的“乌有之乡”，现实世界没有其存在的条件和依据，这也意味着斯威夫特承认了对政治体制探索的最终失败。

当然，囿于时代的局限性，斯威夫特无法预见到百年后的马克思所提出的共产主义社会美好图景。斯威夫特在当时能提出这样的观点，已是难能可贵。迄今为止，理想国还是一种理论，人类一直还在苦苦探索之中。斯威夫特已然超越了他的时代，为当时的人们展现了最好的政体形式。人类不能没有理性，也不能用理性完全取代人性，二者之间需要达到一个平衡。人之所以为人，正是因为其内心闪耀着人性光芒。也正因为人类是善与恶相结合的生物，才让这个世界充满了丰富的色彩。斯威夫特在书中通过格列佛的游历所表达的，只是对当时流行和推崇的政治体制的否定。他要启示人类的是，我们虽然是地球上的统治者，但是绝不是完美的存在。人类仍然走在一条寻求改进政治体制和提高自身素质的道路上。因此，斯威夫特的思想绝不是一种厌世思想，其中蕴含着作家对人类深沉的爱。

## 三、共性存在于个性之中：对爱尔兰启蒙主义思潮范本的讨论

### （一）讽刺艺术的丰碑：启蒙运动的经典

讽刺性可以说是斯威夫特引领的爱尔兰启蒙思潮的一大鲜明特色。斯威夫特继承了西方中古时期的讽刺传统，是世界文学史上最伟大的讽刺作家之一。他不喜欢直抒胸臆，很少直截了当地驳斥政敌，有时故意隐而不发，甚至站在敌人的立场说话。他的讽刺手法姿态万千、灵活多变，以退为进地让敌人自相矛盾，不战而屈人之兵。斯威夫特极注重个人隐私和安全，文章很少署真名，大多讽刺作品都匿名发表。他每一部作品的标题看起来

彼此之间毫无联系,《格列佛游记》乍看是格列佛医生传奇一生的自传,《布商的信》(*The Draiper's Letter*, 1724,1725)的作者顾名思义是一位商人,《桶的故事》(*A Tale of a Tub*, 1704)似乎出自典型的现代作家手笔,提出《一个温和的建议》(*A Modest Proposal*, 1729)的谋士自然也不是斯威夫特本人。斯威夫特对人名和读者心理的熟稔令人叹为观止。他的作品各具特色,除了上文论述的《格列佛游记》外,篇幅同样长的《桶的故事》也具有代表性,其最酣畅淋漓地体现了斯威夫特的讽刺之才。

以下的相关探讨都可以建立在斯威夫特讽刺才华的基础上,因为在当时启蒙思潮的大背景下,写作成了斗争的需要,讽刺可以说是让论战更有力量的最佳选择。斯威夫特的讽刺有种欲擒故纵的意味,先顺着论敌的理论说开去,再经过演绎夸张放大其荒谬之处,让其荒谬曝光于天下,如此其歪理邪说不攻自破。例如,斯威夫特在《一个温和的建议》中,以高超的讽刺手法,淋漓尽致地向读者展示了当时大英帝国的吃人嘴脸。在文中,他奉劝爱尔兰人生育孩子作为英国人的食物,以解决爱尔兰的社会问题,这不啻是斯威夫特对英国殖民者的完美讽刺。“我的方案只针对一岁大的孩子,与其让他们成为父母、教区的负担,终生缺衣少食之苦,不如让他们供人食用——有的也可以做衣服。”[①]“这个方案还有一大好处,即杜绝堕胎,防止妇女们扼杀私生子的可怖行为。”[②]斯威夫特不仅煞有介事地提出了貌似合理而实则丧心病狂的建议,并且还给出了其合理性的所在:一是减轻负担,二是解决当时爱尔兰社会杀婴的严重问题。其实,斯威夫特的这种方式是对爱尔兰政治庸医的讽刺,也是对所有政治小册子的否定。斯威夫特模仿那些爱出馊主意、把国家当实验室的现代策士们的口吻,对他们进行了无情的抨击。他用反讽的方式,道出了一个真理,即越是在国家风雨飘摇之际,越要戒除恐惧,在貌似走投无路之际,不能病急乱投医,一头扎进激进派的怀抱,采取疯狂的政策,否则会祸国殃民。

斯威夫特的讽刺艺术体现了一种现代性。以《桶的故事》的篇章安排为例,全文主要分为两部分,一是借三兄弟的故事来批判社会主流宗教的弊

---

① [英]乔纳森·斯威夫特:《桶的故事书的战争》,管欣译,北京:商务印书馆,2016年,第278页。
② 同上,第278页。

病，二是借絮絮叨叨的所谓题外话来指摘学术界的症候。两部分交织在一起，一节叙事紧随一节离题的议论。正文永远断断续续，题外话像气泡偶尔冒出来，将小说的叙述打断，给读者带来恍若读詹姆斯·乔伊斯（James Joyce，1882—1941）或伊塔洛·卡尔维诺（Italo Calvino，1923—1985）的现代或后现代小说的阅读体验。

斯威夫特的讽刺艺术还表现在《桶的故事》中。对于斯威夫特而言，流行的写作方式就是正文越短，序言就要写得越长。如此来看，题外话与"桶的故事"交叉编排，甚至喧宾夺主，前者的体量大大超过后者。

相较于其他重要的讽刺作家，斯威夫特的作品往往带有强烈个人化的、有关死亡的诅咒，并且这种诅咒从施加于某个"靶子"延伸到人类各阶层（乞丐、银行家、国家代表），实际上就是祸及人类自身。斯威夫特曾半开玩笑地说要"溺死这个世界"（Drown the World），这是他在《格列佛游记》一封写给蒲柏的信中唤起了《圣经》里的洪水意象。在《格列佛游记》的慧马国一章，慧马争论"究竟是否该把耶胡从地球上消灭掉"[①]。这句话立即让人想起《创世纪》中的大洪水之前神说的话："我要将所造的人和走兽，并昆虫，以及空中的飞鸟，都从地上除灭……"[②]这种互文并不常见，批评家也很少相信这种讽刺是为了表达对慧马的谴责以及格列佛对慧马的敬畏。然而，这种对集体的侵害不管是否被幽默或愤怒的夸张削弱了，在斯威夫特的笔下都是随处可见的。无论是慧马对耶胡的决议，还是上帝除灭人族的决定，这种字面上的近似表达，并非意味着斯威夫特在可能的情况下要像上帝一般大开杀戒，而是指耶胡正如《创世纪》中的人类那样罪有应得，理应受到惩罚。然而，"讽刺"这种杀人冲动一发不可收拾，已经从惩罚一个人扩大到惩罚所有的人。值得注意的是，两个案例中的报应虽然都是出于对世界堕落的道德上的愤怒，但是强调的却是一种惩罚性而不是教化改造，这恰恰体现了斯威夫特对《圣经》权威性的肯定。在斯威夫特看来，"有一个反对上帝存在的论证其实有力地证明了其存在"。[③] 并且，在肯定上帝权威的同时，他不忘理性

① [英]乔纳森·斯威夫特：《格列佛游记》，孙予译，上海：上海译文出版社，2006 年，第 211 页。
② 《圣经》（启导本），香港：香港海天书楼，2003 年，第 37 页。
③ [英]乔纳森·斯威夫特：《桶的故事书的战争》，管欣译，北京：商务印书馆，2016 年，第 272 页。

地指出，“上帝也留下了不完善的东西，并赋予人类力量，通过知与行来改变现状，目的是激发人类的活力，否则人生会变成一潭死水，甚至难以维系”。[①]

《桶的故事》告诉读者，无论是天主教还是马丁路德教，抑或加尔文教，任其如何粉饰美化自己，如何改头换面，各教派终究出于同宗——原始基督教，并无高低贵贱之分。因此，作为弱势的爱尔兰国教亦应当有存在和发展的权利。斯威夫特还认为，《圣经》是人们唯一应该信奉的权威，对于《圣经》上没有明确解释的教义难题，也不必去盘根问底；国教纵使有不足之处，可以改革先行，但绝对不能任由一教独大，为实现独裁化而肆意戕害异教徒，因为宗教之争也可能成为国家的动乱之源。这体现了斯威夫特的宗教宽容思想，启蒙思潮于此可见一斑。他认为没有人能凭一己之力掌握绝对的理性和真理，宣称“只有按照他的意见治国才能繁荣昌盛”的人无异于走火入魔、痴人说梦。[②] 由此可以看出，宗教宽容思想是斯威夫特对理性至上进行反驳的深化表现。

### (二) 斯威夫特启蒙思想与帝国征服

最显著的自相矛盾例子是格列佛在小说结尾的“反帝”意识之爆发，这段文字颇有趣味的同时竟蕴含了万钧之力。格列佛告知其读者，他不打算履行自己作为一个英格兰国民的义务，即向政府报告自己所到过国家的经历。

这一段可谓斯威夫特对帝国征服的强烈谴责，这种雄辩的愤慨是典型的斯威夫特式的檄文。这里，斯威夫特极其罕见地抛开作为传声筒的格列佛，跳出幕后，亲自操起充满如此崇高热情的论调，让人充分感到了作者那股直抒胸臆的、对大英帝国的批判是如此难以抑制。这种充满活力的修辞也体现了斯威夫特勇于超越自身范畴的文体学家风范。这种愤怒也证实了读者体会到的格列佛当时的心境。格列佛继续说道：

……他们将生活节俭谈吐严肃的人从母国派往殖民地省份，一心

① [英]乔纳森·斯威夫特：《桶的故事书的战争》，管欣译，北京：商务印书馆，2016 年，第 273 页。
② 同上，第 10 页。

想的只是要实施仁政和正义；派出最具才干、毫无腐化习气的官吏对所有殖民地实施文明的管辖，为了统管天下，他们一心想的只是治下子民的幸福和他们的主子、国王陛下的荣誉。①

格列佛的变脸速度之快，让人始料不及。除非他是在尖锐地讽刺大英帝国，否则这不可能是同一个格列佛。但是，格列佛这段有意识的尖锐讽刺文体，和前一段雄辩的义正言辞并行而置。如果将其中任何一段作为格列佛的性格体现，读者难免会为这种难以置信的巨大反差所震撼，这不啻一种作为傀儡的格列佛对斯威夫特本人的极端藐视和反抗。在可读性上，这种反差带给人一种极度的不适感，但是似乎将两段文字视为斯威夫特而非格列佛发出的最终声音则更为自然。第一段在字面上抒发愤慨，第二段则笔锋一转，讽刺性地表达愤怒。斯威夫特对那些曾经或之后经常为游记作家和帝国探险家们所歌功颂德的大英帝国式自负进行了变本加厉的变相挖苦。

后者这种挖苦体现了斯威夫特圆滑世故的批判风格。直白地说，这是回归到了格列佛早期的、对他的国家以及国家种种行径的自满式追捧的路子上。事实上，这宣告了将格列佛视为体现斯威夫特自身权利的重要人格的荒谬。早期的格列佛已经不复存在，斯威夫特在这里将格列佛短暂的"复活"，其实是他以一种幽默的方式打碎了自己虚构的"工具"——格列佛。无论如何解读这两段文字，读者都可以发现，在格列佛这个代言人的背后是斯威夫特本人在发出或直接批判或间接讽刺的声音。

可以说，主人公格列佛的形象在小说中作为一个独特的讽刺工具而存在。有时候，格列佛是各种讽刺的操纵者或者见证人；有时候，他也是讽刺的客体和受害者。在最终的分析中，读者可以通过格列佛，对人类的本质有一个深刻的洞悉。格列佛在展现斯威夫特的讽刺艺术上扮演了一个重要角色。

这种"垂帘听政"的叙述策略，使得斯威夫特对"英国最棒"的挖苦展现

① [英]乔纳森·斯威夫特：《格列佛游记》，孙予译，上海：上海译文出版社，2006年，第232页。

得淋漓尽致。无论平等与否，殖民者对这些人畜无害的土著进行压迫的理由根本站不住脚。在后面的延续阅读中，随着不断的曝光，读者可以毫无困难地得出这个结论。从格列佛游访的“遥远国度”到类人的耶胡之国，在这些慧马们眼中的“所有野蛮国家”里，作者对这种邪恶人性的揭露达到了高潮。斯威夫特厌恶压迫者，因为他们被视为普遍存在的人类劣根性，是人类堕落的极端例证。

### (三) 斯威夫特启蒙思想与慧马国的理性圈套

格列佛在《格列佛游记》的结尾回顾了自己的航海经历，他在表达对得到理性慧马的谆谆教诲而心怀感激的时候，引用了以下文字：“即使残酷的命运已使西农惨遭不幸，但它却没法使他假仁假义欺骗众人。”[①]这是奥德修斯的亲属兼密友西农在特洛伊人面前的慷慨陈词，目的是骗取特洛伊人的信任，诱导他们将木马拖入城里，为攻破城池创造便利。奥德修斯将木马“送”给特洛伊人，意在用木马来摧毁那些接受它的特洛伊人，特洛伊人是为了帕里斯王子而战。格列佛将慧马带回到人类世界则是一种追随慧马生活方式的表达，甚至其写作《格列佛游记》的目的就是将自己喜爱的马塑造成偶像。格列佛似乎没有意识到，特洛伊木马和他送给人类的某种“木马”之间的互文性。因为在格列佛眼中，耶胡象征激情，他们在外形上与人类相似，但却野蛮不堪、毫无理性。他们任由激情肆虐，放肆横行，不受约束。他们不讲卫生，沉迷食色，傲慢且残暴，还有强烈的占有欲。例如，他们“极度喜爱”彩色石头，不择手段地收藏石头，“生怕被同伙发现自己的宝藏”。他们莫名地和附近的同类殴斗，甚至自相残杀(第 4 次旅行，见第 7 章)。总之，格列佛发现他们“狡猾、狠毒、阴险且报复心强”等一切人类身上的劣根性，而慧马则祛除了耶胡身上的一切丑恶，他们友爱、仁慈，拥有高度的理性，成为丑恶世界中天使般的存在。

格列佛强烈的“恋马情结”其实表现了他对人类的哀其不幸、怒其不争的另类隐喻，流露出想要借助慧马这面“理性”的镜子来观照并改造人类之“激情”的迫切心情。然而，格列佛，或者说他的创造者斯威夫特，囿于时代





① [英]乔纳森·斯威夫特：《格列佛游记》，孙予译，上海：上海译文出版社，2006 年，第 229 页。

的局限性，无法在探索理想国和理想人性的道路上更进一步。证据就是，斯威夫特在他的另一部讽刺作品《一个温和的建议》中，清楚地表明他无法完全欣赏慧马的"理性"。这部作品提议让爱尔兰的穷人通过卖孩子来减轻负担，被卖掉的孩子将被做成殖民者口中的美食和身上的华装。斯威夫特不露声色、冷静理性的陈述，反而让读者体会到这项"温和"建议背后的残忍野蛮。试想，当慧马面对这样的建议时，一定会欣然接受，因为这项建议完全是为慧马量身定制的。按斯威夫特的设想，爱尔兰穷人在儿女死掉时不会痛苦，正如慧马不会因子女死去而痛苦，因为他们立刻就会过继一个他人的小马作为替代者。斯威夫特这个"温和"的建议，完全是建立在人们会像慧马那样为了公共或私人的利益而毫不犹豫放弃自己儿女的前提之下的。例如，斯威夫特认为，如果母亲希望孩子在一岁时就能出售的话，就会因为有利可图而更好地去照顾这些孩子。这就是说，追逐利益也成为一种理性的表现。事实上，斯威夫特是以讽喻的手法揭示了这项建议的不合理性或反人类性，因为这个建议要求将人当成畜生去对待。在慧马国，当格列佛对慧马大加推崇甚至顶礼膜拜时，他的主人也不过是把他当成某种奇物，应允不称其为耶胡而已，以使"心情愉快"的格列佛变得更加有趣(第 4 次旅行，见第 3 章)。

如此再反观格列佛"无意"引用木马计的典故，可以得出结论，即作者引用它是为了表明格列佛关于有理性的慧马的完美描述就像特洛伊木马一样危险、空洞和虚假。对于当时包括英国、爱尔兰等在内的欧洲国家之现实来说，慧马的高度理性无异于空中楼阁，可望而不可及。

### (四) 斯威夫特启蒙思想与人性关照

斯威夫特对四次出海经历的描写，往往是通过细节来表现其理性和人性的启蒙思想，其中运用了反讽、象征等众多写作手法，对很多细节的表述颇显自然主义和形式主义之妙。可以说，斯威夫特不仅仅是激进民主派的创始人，其文学创作在某种程度上也开了后世之先河。

通过格列佛在小人国和大人国的跌宕经历，我们可以看出他的处世策略之圆滑，也可以说是不卑不亢，其中包含着人性思想。格列佛具有强烈的自省特质。在与异国他邦之人的相处中，他会及时发现和比较彼此的优劣，并做出强烈的反应。例如，在作者介绍小人国法律风俗时，格列佛好心想要为罪犯开脱，但却给出了被小人国视为重罪的理由。另外，格列佛以绅士的标准衡量自己的行为，言谈举止竭力做到文明。例如，在与海军大臣夫人这位“正直的女性”的交往中，他严格恪守礼仪，没有丝毫的不敬之举，然而却被奸人诬蔑和海军大臣夫人有染。这深刻体现了人性的黑暗面——欲加之罪，何患无辞？即使强大如天神一般的格列佛，在奸人们的迫害下依然败下阵来。可以看到，面对奸臣们的进攻，格列佛并未倚仗身体力量的强大去反击，这体现了格列佛的和平主义理性思想。这种源自古代骑士精神的绅士做派是英国社会男性公民引以为豪的品德，然而格列佛在生命遭到威胁时，仍然抱着这种陈腐规训不放，暴露了其性格里的迂腐不智。其实，这也间接批判了英国人以绅士自居的保守僵化。格列佛的意识中有反对暴力的倾向，因此他拒绝了小人国国王怂恿其再展身手吞并邻国的建议，并且在之后两国的磋商中起到了友好的促进作用。作品对小人国国王也有不少正面描写，比如他外表、气质、学识等方面无不有明君风范，然而随后相处中发生的一些事件则暴露了小人国国王的局限性，如选拔人才的荒唐、对格列佛的制裁、对邻国的敌视、个人崇拜的自负等。格列佛同样揭露了小人国腐败的法律制度。为了治罪格列佛，海军大臣和财政大臣在皇后的授意下炮制了一纸诉状，里面罗织了不少莫须有的罪名。格利佛得知此消息后，经过一番思想斗争，还是决定走为上策，他对该国的法律制度实在没有信心，因为关于审判最后都是“根据法官们的认可便加以结案”[①]。屡屡受挫后，格列佛开始反思人类大概含有堕落的先天因素。这揭示了人并非理性的动物，人治政体的弊端是难以克服的顽疾。

对大人国的描述，斯威夫特显然有一种向《巨人传》致敬的心情。巨人们并未像哲学家所描述的那样身材越高大，智力发展就越欠缺，就越野蛮，离人类的文明就越远。

如果对小人国的叙事视角是以俯瞰进行全览，那么对大人国则是微观。格列佛在小人国威猛无敌，仿佛天神下凡，到大人国则瞬间变得渺小不堪，

① [英]乔纳森·斯威夫特：《格列佛游记》，孙予译，上海：上海译文出版社，2006年，第46页。

这也是对人类自身局限性的一个讽刺。人外有人，天外有天。格列佛眼中的巨人们无比丑陋，而自己在小人国的国民眼中同样面容狰狞。这种对比讽刺了某些人以貌取人，其实这种行为极为肤浅。只是因为观察视角的原因就对其他民族妄下定论，这显然是一种偏见。《巨人传》作为文艺复兴时期的文学经典，对法国封建社会的黑暗现实进行了多方面的揭露和猛烈抨击，还从资产阶级立场出发，满腔热情地歌颂了人文主义。卡冈都亚和庞大固埃这两位巨人体格健硕、豪迈疏狂、天纵英才、知识渊博，他们紧握着自己命运的脉搏，体现了资产阶级上升期的豪迈旷达。

启蒙文学作品是启蒙思潮的产物和写照。18 世纪初，英国等欧洲国家进入启蒙思潮阶段，资本主义经济发展更加迅速，欧洲封建社会已经腐朽不堪，作为第二次思想文化运动的启蒙运动拉开大幕。《格列佛游记》自然也追随了这一时期的启蒙思想大潮。在"大人国"一章，作者借格列佛之口，对大人国君主的开明之治进行了歌颂。此章也揭露了人类自身的一些局限性。格列佛如同宠物一般被大人国居民展览赏玩，玩弄于股掌之间，这体现了斯威夫特理性的自省精神。人类终究不是无所不能的。新航路的开辟、各种新式工具的发明和已知疆域的拓展都让人类沾沾自喜，以大自然的主宰自居。然而，人类在神秘莫测的大自然面前依然微小如蝼蚁。斯威夫特对格列佛的窘态描写，揭示了人类在超越自身的力量面前那种深深的无力感。斯威夫特对英国政体等方面的弊端揭露，主要通过格列佛与大人国国王的交谈体现出来。格列佛虽然面对巨人们难掩自身体型的劣势，但是仍然要逞口舌之能，尽力美化自己的国家形象。例如，他声称本国的法官个个德高望重，精通法律，擅长断案；财务人员节俭可靠；海陆部队欧洲最强；甚至体育娱乐也为祖国增光。然而，这番说辞却遭到大人国国王有理有节的质疑和诘问，以至于格列佛无言以对。大人国国王敏锐地分析、指责了英国法律的不道德、政府的营私舞弊和残害百姓，将英国发生的一系列历史事件，无论是叛乱、屠戮还是革命，定义为不同派别权力的重新洗牌，并把政治斗争的恶果归结为助长了人性的阴暗[①]，最后还称格列佛及其国人大多为自

① [英]乔纳森·斯威夫特：《格列佛游记》，孙予译，上海：上海译文出版社，2006 年，第 96 页。

然界最有害的“可憎小毒虫”。格列佛的弄巧成拙更表明了作者批判英国的意图，并且通过作为他者的巨人之口说出，让人无可辩驳。

另外，格列佛对自己眼中巨人们的微观描写也凸显了人类的丑陋，这对于自恋的人类来说无异于一个巨大的讽刺。格列佛后来从大人国带出的一个杯子，居然是用巨人的鸡眼做成的。这些描写让人类自诩的美好荡然无存。这种夸张的描写极具震撼力，在传统的航海游记中也难得一见。而且，这种极尽能事的夸张手法突破了传统小说描写客体的局限，因而能够以骇人之势对丑恶进行淋漓尽致的讽刺和抨击。此外，斯威夫特不厌其烦地描写人物的体貌、行为、做派，提供了大量的生活细节，展示了启蒙时期的社会风貌和人们的精神特征。把斯威夫特对小人国和大人国两章的描写结合起来分析，可以对人类的外在和缺点有一个较为全面的了解。无论在小人国还是大人国，无论是他者眼中的巨人还是“爬虫”，终究“人外有人，天外有天”，妄图靠生理力量的强大去征服别人是不切实际的。人类应学会和平相处，这也是斯威夫特所希望看到的人类理性光辉。另外，在治国方式上，两国虽然都建立了法律体系，但是都是人治社会。相对来说，大人国的政治更加纯朴开明，象征了英国早期的政治统治；小人国则政治腐败、尔虞我诈、党派相争，影射了英国当时的政治风气。两相对照，可以看出作者对大人国政体的推崇，这是其启蒙思想进步的一面。然而，这种进步也有局限性，因为大人国依然没有取消国王的统治。

后文关于大人国学者对人与自然关系的评述，彰显了作者天人合一的人文意识。该学者认为，今人之所以渺小不堪，是因为大自然在退化，人种从体型上来看也在退化[①]，王国出土的巨大骨殖和头骨也可以佐实这一点。之所以如此，是因为人类与大自然的矛盾加剧。大自然为了惩罚人类的大肆破坏掠夺，使人类的身体变得矮小无力。可以说，这完全是人类的咎由自取。联系现实，人类的确因为无节制地开发自然，一次次遭到大自然的报复打击。早在300多年前，作者能提出这样的观点，实在是具有惊人的预判性和警示意义。然而，面对学者提出的几点帮助人类摆脱困境的道德原则，格

① [英]乔纳森·斯威夫特：《格列佛游记》，孙予译，上海：上海译文出版社，2006年，第101页。

列佛却不屑一顾，矢口否认人类的道德缺失。这无疑也是对当时人性缺乏自省之弊端的影射。这段叙述给人的启示是，人类也曾经像大人国的国民一样有着清明之治，但是随着时代的发展，人类的思想愈发复杂，自私、贪婪、狡猾、残暴等各种劣根性日益膨胀，为了一己私利不择手段，对同类尔虞我诈、勾心斗角，对自然涸泽而渔、焚林而猎。人类面对千疮百孔的自然境况不思悔改，反而变本加厉地掠夺自然资源，长此以往，不堪想象。其实，今天的境况已明了，斯威夫特的预言已成真。面对现实，现代读者会对书中的预言有着深刻的体会。人类只有及时悬崖勒马，遵循自然的规则，与大自然和谐相处，才能力挽狂澜，久居自然。

在飞岛国，作者对拉格多科学院的文字描写可谓不堪入目。过于细致的描写与 19 世纪后期出现的自然主义文风相比，有过之而无不及。一群荒诞的科学家整天醉心于华而不实的“科学实验”——将粪便还原成粮食，从粪便颜色辨别忠奸，从黄瓜里提取阳光，用冰块制造火药，废除语言而以物示意……不可否认，飞岛国科学家们的实验初衷是良好的，然而却南辕北辙，他们乘着极端理性的马车，飞奔在荒谬的道路上。作者用讽喻的手法，揭示了人类动机和行为的悖论。好的动机未必会产生好的结果，合理的途径才是落实行动的良方。当然，这一途径应该从理性出发，而非极端理性或非理性。在“飞岛国”一章，作者运用了极为经典的象征手法，讽喻了唯理主义的荒谬。一个“名医”用治疗人体的方法诊治政体的问题，例如，为了治疗官员们的各类疑难杂症，每次开会前三天要体检，开会时统一给他们开各自疾病的药剂；又如，建议将议员开颅切下一半头颅和对立议员互换，以消除矛盾成见。这种描写一是揭示了科学和政治的差异性，二是指明科学并非万能灵药，不能包治百病，将科学生硬照搬到政治领域只会落得劳民伤财、祸国殃民的结果。其实，斯威夫特不厌其烦地使用污秽粗俗的粪便、鸡眼等字眼，也是一种象征性的隐喻。在斯威夫特看来，世界并非大英国民眼中那般美好，而是充满着种种丑恶。如果人类不能正视这些丑恶，只为自己的一点“理性”而自满，那么人类的一举一动不过是自欺欺人的闹剧，进步、文明犹如痴人说梦，无从谈起。这里显示出斯威夫特对世人的警喻。经过作者对描写对象的种种变形，人们重新获得了强烈的刺激与新奇的感受。这里的“审丑化”描写起到了唤起民众的理性意识，使他们重新客观思考世界的妙用。可以说，在小说和散文中，斯威夫特善于用象征等手法讽世喻人，展现了作品的民主、理性主题，并以此表达了他的启蒙思想。

《格列佛游记》最具魔幻色彩的片段要数巫师岛之行。该岛的统治者“首脑”具有奇特的招魂术，可以召唤并驱使死人的灵魂。于是，格列佛借此机会实现了和古代众多历史人物直接对话的夙愿。这一章里，斯威夫特的讽刺之火灼烧了从古代至18世纪的漫长历史中的众多杰出人物。例如，荷马与亚里士多德即便是亡魂也不怒自威，令一干评论家自惭形秽，纷纷避其锋芒。在亚里士多德眼中，这些靠批评大贤著称的评论家与蠢货没什么两样。另外，即便是笛卡尔这样的名家，面对亚里士多德依旧被批驳得无言以对。这里，斯威夫特显然延续了《书战》中的厚古薄今风格——古贤的光芒是今人难以匹敌的。当然，古贤也不是完美的，但是他们能坦率承认自己的错误，这更彰显了他们的高风亮节。此章虽作为飞岛国的插曲呈现，但是不可低估其讽刺力量以及背后的象征意义。时代一直在向前发展，科技也在不断进步，但是历史是什么时候都不容忽视的。不同的历史时期，尤其是古希腊罗马时期，涌现出了无数杰出人物，他们的光辉思想和人文力量历经数个世纪依然夺目铿锵。这也是历史上诸如文艺复兴、古典主义以及启蒙主义等文化思潮一再寻根溯源地取法古人的原因。这里可以窥探出斯威夫特启蒙精神的力量源头——古人之法，他对古人的推崇其实是对今世某些现状的变相否定。以古非今，就像书中所描写的那样，今世的所谓“名人”根本不堪一击，笛卡尔之流的理论自然也站不住脚，尤其是斯威夫特借亚里士多德之口对牛顿的万有引力下了判决——“自然的新体系只不过是些一时的新风尚，随着不同的时代翻新而已……”，经不起时间的考验。① 以今日的情况作为对照，斯威夫特的判断又一次得到应验。作者能对未来进行精准预判，这是启蒙精神的核心——理性——在斯威夫特身上的最佳诠释。论年龄，牛顿的出生早于斯威夫特，但是斯威夫特却敢于大胆预言，质疑前辈的光辉理论，这是一种勇气，也是一种自信，尽显激进民主派创始人的风采。

① [英]乔纳森·斯威夫特：《格列佛游记》，孙予译，上海：上海译文出版社，2006年，第152页。

对于斯威夫特来说，他自己就是时代的巨人，站在启蒙思潮的山巅，因而能够高瞻远瞩，远远超越自己的时代。

在“慧马国”一章结尾，格列佛在回到人类世界的家中后，对自己多年来的航海经历进行了反思，并对之前此类的航海游记进行了深刻的反省和批判，揭露了这类不负责任、胡编乱造的游记的危害性。除此之外，格列佛还现身说法，以自己的经历印证了这类游记害人匪浅。格列佛否定了这类书籍的谬误之处，因其滥用世人的信任[①]，便义愤填膺，不再阅读。

格列佛对游记的抵制，堪比堂吉诃德对骑士小说的深恶痛绝。堂吉诃德用毕生的游侠经历揭露了骑士小说对民众思想的毒害，其强烈的讽刺性和批判性让人们看清了骑士小说的弊端。自此以后，骑士小说渐渐失去了市场。《堂吉诃德》作为文艺复兴时期的代表作品，高度弘扬了人文主义精神。另外，堂吉诃德的游侠行为也是一种追求自由和个性的象征，这和启蒙精神相契合。斯威夫特对航海游记的抨击，一方面固然有着批判目的，另一方面在于践行为自己确立的一条原则，即“绝不违背真实，永远恪守真实”[②]。其实，这句话有双重含义：其一，它指的是格列佛的真实原则，源自格列佛在慧马国所受的文明熏陶；其二，它指的是斯威夫特的真实原则。作者虽然在作品中乐此不疲地炮制了众多荒诞的人、物和事件，但是实际上是在贯彻其民主思想和启蒙精神。从格列佛的角度来看，这种表述是为了强化自己游记的真实性。但是，显然这是不可靠的。实际上，这只是斯威夫特很高明的反语手法而已。

紧接着，格列佛就声称“尽自己最大的努力避免自己的不公正与偏心……写这本书的目的是严肃而高尚的，唯一的目的是想向人类传递见闻，开阔视野”。[③] 这段冠冕堂皇的陈述将作者的反讽手法表现得淋漓尽致。这段话是经不起推敲的，但凡有点常识的读者都不会信以为真。这种一本正经的口吻其实反衬出了一种荒诞性。

斯威夫特在小说中如同一位巫师，用巫术幻化出一幅幅奇诡绚丽的图

---

① [英]乔纳森·斯威夫特：《格列佛游记》，孙予译，上海：上海译文出版社，2006年，第228页。

② 同上，第229页。

③ 同上，第230页。

画。小说虚虚实实，真真假假，似褒实贬，欲扬先抑，杀敌于无形之中，实在是讽刺小说的集大成者。同时，他继承古人的优秀文学传统，并且推陈出新，开后世之先河，这种文坛与政坛的双料翘楚，罕有能出其右者。

## 四、对爱尔兰启蒙思潮主要特征的讨论

在启蒙思潮之前，欧洲大陆盛行古典文学，其首要特征是具有为君主专制王权服务的鲜明倾向性，其次是崇尚理性。另外，古典主义还把古希腊和古罗马文学作品奉为典范，追求艺术形式的完美。随着资本主义的发展，资产阶级对自由和权力的渴望日益高涨。到了18世纪，资产阶级把政治革命提上议事日程。此时，作为在文化上的反映和舆论准备，启蒙思潮则更多地体现了对古典主义的反叛。作为爱尔兰岛启蒙思潮的旗手，斯威夫特的文学创作也体现了鲜明的时代特征，标志着爱尔兰启蒙思潮的最高成就，体现了爱尔兰启蒙思潮的主要特征。

第一，爱尔兰启蒙主义抵制封建体制和教会，带有明显的政治色彩和革命性。斯威夫特的写作除去他与丝黛拉等女性互通情愫的通信及诗作，大部分是出于政治目的而作。斯威夫特非常激进，几乎炮轰所有虚伪卑劣之徒，让一切丑恶无处遁形。

第二，爱尔兰启蒙主义强调民主精神。在文学作品中，爱尔兰启蒙主义中的民主精神得以有力体现，加快了文学平民化的进程，本质上反映了资产阶级表达思想观点和为资本主义道路营造声势的政治诉求。以斯威夫特的《格列佛游记》为例，主人公格列佛本为医生出身，地地道道的小人物，酷爱航海，多次作为船医随船队出海讨生活。其实，更早于斯威夫特的笛福有着现代小说之父之称，其《鲁滨逊漂流记》已经让名不见经传的平民人物鲁滨逊登上了文学舞台的中心。而在《格列佛游记》中，虽然出现了国王、宫廷、群臣，但是这些角色更多是作为故事背景的小人物，他们的存在是为了与主人公格列佛形成鲜明对比，加强其讽刺意味。

第三，爱尔兰启蒙文学通常兼具政论性和鲜明的哲理性。斯威夫特作为激进民主派的代表作家，其写作文笔犀利，针砭时弊，以高超的讽刺手法，

深刻地批判了当时大英帝国的种种弊端。在《格列佛游记》中，斯威夫特以小人国低跟党和高跟党长期暗中较劲、吃鸡蛋是应该先打破大端还是先打破小端之争，讽刺了英国的政党倾轧和政坛腐败。与一般的启蒙作家相比，斯威夫特对理性有着清醒的认识，拒绝盲目的理性崇拜。在其笔下，《格列佛游记》力图成为一种对"人是理性动物"的哲学回应。斯威夫特通过对飞岛国人高高在上、耽于空想、醉心于脱离实际的伪科学之叙述，讽刺了理性至上的荒谬。事实上，这群看似超然世外的"理性"人士，在面对黎民百姓时则暴露出了冷酷无情的嘴脸，一言不合便泰山压顶般地对地面上的生灵进行毁灭性打击。由此，斯威夫特批判了空有理性却丧失人性的可怕后果。

第四，爱尔兰启蒙文学的艺术手法愈加丰富多彩。在文体形式方面，启蒙作家不再延续古典主义体裁分高低的陋习，平等地采用各种文体进行创作。除了散文，斯威夫特还留下了像《格列佛游记》这样的经典小说、讽刺诗、书信以及形式丰富的各种政论文集，可谓是才子中的才子，一支笔神出鬼没，妙文佳句信手拈来。

显然，《格列佛游记》不同于康拉德、福特和福克纳等人笔下的小说，也与笛福、理查德森和菲尔丁的作品有差异，呈现栩栩如生的人生经历并非斯威夫特的目的。格列佛有妻子、家庭、家庭住址，以及自传性的记录等要素，但他却不具备完全的人类性格特征，他从一个默认的同类爱慕者变为一个异化的厌恶人类者。格列佛尽管可视为斯威夫特的代言人，但是他并不等同于斯威夫特，他作为"工具"言斯威夫特所思，行斯威夫特所欲。可以说，在斯威夫特笔下，"人物及其行为都是抽象概念和社会行为的具体化身，是承载作者'匕首'和'投枪'的工具"[①]。格列佛观点的转移和相左，更适合理解为一种斯威夫特式讽刺的调整，而不仅仅是人物自身的心理转变。

伴随着悬而未决的紧张感，以一种从容不迫的亲切口吻叙事，随后对读者的期待进行不动声色的突然反转，可谓是斯威夫特式讽刺艺术的个性化标签。在《格列佛游记》中，斯威夫特结合虚实，为读者营造出亦真亦幻的文学图景，让人眼花缭乱、拍案叫绝。这种气势恢弘的叙事手法赋予了《格列

① 李维屏主编：《英国小说人物史》，上海：上海外语教育出版社，2008 年，第 79 页。

佛游记》强大的艺术性和批判性。毕竟,斯威夫特未能充分地从他所有复杂经历中洞察智慧。但是,格列佛绝不是一个刻板的扁平人物,他在一次次游历中学习和成长,从一个荒谬的体系漫游到另一个体系,最终却只收获了更多的挫败甚至绝望。他最终的发疯是由斯威夫特精心设计的、一系列逐渐强化的、诸多事件的必然结果。斯威夫特没有疯掉,他只是冷血地让格列佛代替自己疯掉。慧马国的经历最终粉碎了格列佛最后的信仰——人类的理性。

斯威夫特的写作手法灵活多变,尤其是在政治书写上将讽刺风格发扬到极致。在《一个温和的建议》中,斯威夫特"以子之矛,攻子之盾",用看似理性的口吻,罗列出众多精确的数字,以论证其建议的合理性。看似理性十足,实则人性泯灭,这让人在读后感到荒诞不经的同时,却也被这吃人的社会深深震撼。斯威夫特以这种反讽,深刻地揭露了爱尔兰统治阶级和殖民者貌似合理的理性外衣下包藏祸心、草菅人命,达到了巨大的批判效果。文学如果只局限于文学,则显得肤浅。正是因为《格列佛游记》融入了对人性,对社会,对政治的思考,才以其强大深刻的批判性脱颖而出、流芳百世,其深度与广度远远超越了同时期乃至后期的游记小说。无论是肉体还是精神,作者深邃的目光都审视了整个人类世界。

## 结语

爱尔兰岛的启蒙思潮是欧洲启蒙运动的组成部分,其通过伯克、哈奇生等爱尔兰作家的作品得以深化,并在启蒙运动激进民主派创始人斯威夫特及其杰作的引领下发扬光大。爱尔兰的区域文化、悠久历史和地方传统是斯威夫特创作的重要根基。英爱双重身份让斯威夫特得以跨越一国的界限,将文化的多元化和本土的悠久传统相结合,使得这种启蒙思潮兼备独特的广度和深度。

通过讨论,我们可以看到,欧洲的时代语境是爱尔兰岛启蒙主义思潮的源泉,而斯威夫特的创作艺术是爱尔兰启蒙主义思潮的核心内容。对斯威夫特杰作的讨论,是运用"共性存在于个性之中"的哲学理念来探究爱尔兰启蒙思潮的美学价值，从而更有助于理解爱尔兰启蒙思潮的如下主要特征：爱尔兰文学基于爱尔兰岛的传统，采用了爱尔兰的凯尔特神话元素，适当涉及了“德鲁伊”的凯尔特宗教理念，合理借鉴了基督教文明和希腊文化精华，紧跟欧洲思潮发展，联系与爱尔兰岛相邻的大不列颠岛社会现状，带有明显的政治色彩；借用讽刺等手法，抵制专制体制，拒绝盲从，摒弃宗教偏见，反对宗教狂热，尊重知识，崇尚自由，追求个人幸福，注重理性，把真理追求与美德修养结合起来，身兼创作和批评之职，体现出真、善、美的统一。

以斯威夫特为杰出代表的爱尔兰启蒙主义者以锐利的眼光观察社会，以优美典范的语言在作品中书写了凯尔特作品的多种母题或主题，借用文学想象力，艺术地反映了爱尔兰岛的风情，又以颇具特色的美学理念、叙事主题、创作技巧，在不同程度上启发了 19 世纪的爱尔兰唯美主义者奥斯卡·王尔德(Oscar Wilde，1854—1900)、19 世纪末至 20 世纪初的凯尔特复兴领袖威廉·巴特勒·叶芝(William Butler Yeats，1865—1939)、20 世纪的意识流小说家詹姆斯·乔伊斯、20 世纪的爱尔兰荒诞派剧作家萨缪尔·贝克特(Samuel Beckett，1906—1989)、20 世纪下半叶的爱尔兰戏剧代表布赖恩·弗里尔(Brian Friel，1929—2015)等文学巨子，为爱尔兰文学传统的传承和发展作出了贡献。可以说，爱尔兰启蒙主义思潮不仅推动了爱尔兰文学的创新，而且丰富了欧洲文学的发展，其成为世界文学宝库的一道独特风景。

# 第三章　爱尔兰唯美主义思潮

## 引论

爱尔兰岛文学思潮的形成与发展，得益于其优越的地理位置。作为国家，爱尔兰与西欧诸国地缘接近，又与它们处于共同的文化圈，其文化艺术领域的思潮、运动与流派都不同程度地受到西欧国家——尤其是英格兰——的影响。实际上，爱尔兰岛自中世纪起就是大不列颠王国的属地。尽管早期的爱尔兰人[①]不断发起对英国的抵抗运动，爱尔兰议会甚至在18世纪末一度宣布独立，但是爱尔兰岛直到19世纪末也未能真正摆脱这种共主联邦的局面。1800年，爱尔兰王国和大不列颠王国联合颁布了《联合法令》(Act of Union 1800)。次年起，爱尔兰岛再次并入大不列颠王国，整个19世纪都在英王的治理之下。尤其随着诸如蒸汽船等现代交通工具的出现，爱尔兰岛与英伦诸岛以及欧洲大陆之间的交通更加方便，使得英国人增加了对爱尔兰岛的关注和兴趣，也便于更多爱尔兰人到英国——尤其是伦敦——去发展事业。因此，不列颠群岛之间的文化艺术交流与互动也更加频繁，英伦与欧洲文化艺术界的新思潮、新动向便自然波及到了爱尔兰。19世纪，爱尔兰文坛也像欧洲其他文坛一样，先后出现了浪漫主义、哥特元素、现实主义、自然主义、唯美主义、象征主义等多种审美趣味，涌现出一批能够

① 泛指出生或生活于爱尔兰岛的人。

代表以上诸种审美范式的作家与作品。在此类作家群中,出生于都柏林的奥斯卡·王尔德(Oscar Wilde, 1854—1900)颇具影响力。事实上,唯美主义也影响着20世纪的爱尔兰作家。尤其在《尤利西斯》(*Ulysses*, 1922)和《为芬尼根守灵》(*Finnegans Wake*, 1939)等名作中,爱尔兰作家詹姆斯·乔伊斯(James Joyce, 1882—1941)表现了对艺术技巧和形式完美的重视与追求,体现了作品的一种纯粹美,让世人领略到"为艺术而艺术"的深远影响力。王尔德不仅是爱尔兰唯美主义文学最重要的作家,也是英国维多利亚后期唯美主义运动最杰出的代表。本章主要围绕王尔德唯美艺术在爱尔兰的发生与发展,讨论爱尔兰唯美主义思潮。

## 一、时代语境与爱尔兰唯美主义思潮的源泉

政治危机、宗教变革与大饥荒把爱尔兰人推入反英运动的新阶段。19世纪以英爱于1800年颁布《联合法令》开始,以维多利亚女王于1900年访问爱尔兰结束。对于爱尔兰来说,这是一个发生了太多大事的"拥挤的世纪"。[①] 在这100年间,爱尔兰在政治、宗教、文化、经济等各方面都经历了重大的变化,发生在上半叶的有天主教解放运动、全国基础教育制度的设立、什一税的取消、禁酒运动、取消英爱联盟运动等。1845年至1849年,爱尔兰人赖以维持生计的马铃薯因受病菌影响而连续几年严重歉收,导致了全岛范围内的大饥荒。在随后短短几年内,爱尔兰原来的800万人口,锐减了近四分之一。其中,约100万人死于饥饿或疾病,另有约100万人因饥荒而移居海外。实际上,在大饥荒发生之前,英国多年的殖民政策与殖民掠夺早已使爱尔兰的广大农民陷于贫困。即使在大饥荒期间,仍然有大批甚至更多的小麦、大麦和肉类从爱尔兰出口到英格兰。而且,面对灾变中的爱尔兰,英国政府在本来能够伸出援手的情况下却反应迟缓,救助不力,以至于极大地伤害了爱尔兰人民的民族感情。爱尔兰民族主义者约翰·米切尔(John Mitchel, 1815—1875)甚至义愤填膺地声称:"是英国人制造了这次

① Alexander Norman Jeffares & Peter Van De Kamp, *Irish Literature: The Nineteenth Century*, Volume I: Introduction, Dublin: Irish Academic Press, 2006, p. 39.

饥荒。"[①]20世纪的理论家伊格尔顿回顾这段历史时也指出,"大饥荒是英国政府漫不经心地对待它费尽心力得来的联合王国而产生的致命后果",是"英国自私地决定把爱尔兰丢在一边所造成的"。[②] 19世纪中期的大饥荒,成为一个重要的分界。到了19世纪下半叶,反抗英国殖民统治的独立运动就成为爱尔兰人民社会政治生活中的主旋律,如青年爱尔兰运动、芬尼亚党人武装起义、爱尔兰圣公会解散、爱尔兰自治运动、国家土地联盟的成立、盖尔联盟与爱尔兰农业组织的组建,以及旨在弘扬民族文化的爱尔兰文学剧院的创立等。大饥荒之后,许多原来对英爱联合持认可态度或立场模糊的作家,都开始转而支持民族独立运动,如新教徒出身的诗人塞缪尔·弗格森(Samuel Ferguson, 1810—1886)从一个坚定的联合主义者,变成了英爱联合的反对派;奥布里·德·维尔(Aubrey De Vere, 1812—1904)作为一个华兹华斯式的梦幻诗人,变成了支持民族独立的行动派;诗人托马斯·达奇·麦基(Thomas D'Arcy McGee, 1825—1868)本来热衷于研究古物,灾变之后成为一位反抗英国殖民统治的政治家;还有一些诗人,如丹尼斯·弗洛伦斯·麦卡尔蒂(Dennis Florence MacCarthy, 1817—1882),在经历灾荒之后改变了诗风,变得深沉了。尽管英国政府试图对爱尔兰人恩威并施,但是始终未能平息他们争取民族解放的斗争,直到爱尔兰南部26郡在20世纪上半叶实现真正独立。

唯美主义思潮在爱尔兰的出现可谓学界的一个谜。按照常理推论,在如此内忧外患的社会背景下,唯美主义这样超脱的文艺思潮应该不太可能在爱尔兰文学理论与实践中扎下深根。事实也的确如此,尽管有很多学者将奥斯卡·王尔德作为自己的研究对象,但是我们至今也看不到一部集中阐述爱尔兰岛内唯美主义文艺思潮的专著,甚至连一篇这个专题的论文也找不到。那么,为什么又恰恰是19世纪后期的爱尔兰培养出了奥斯卡·王尔德这样一位最具影响力和代表性的唯美主义者呢? 其中的原因特别耐人寻味。

① Alexander Norman Jeffares & Peter Van De Kamp, *Irish Literature: The Nineteenth Century*, Volume I: Introduction, Dublin: Irish Academic Press, 2006, p. 21.

② 转引自王苹:《〈简·爱〉里的"爱尔兰问题"》,载《外国文学评论》,2012年第2期,第152—165页。

要想追寻上述问题的答案，首先需要分析一下爱尔兰社会阶层构成的特殊性。自12世纪下半叶起，不列颠岛内的萨克逊—诺曼人就开始入侵爱尔兰岛，开启了英国对爱尔兰的漫长殖民统治。然而，在16世纪的英格兰宗教改革以前，来到爱尔兰的诺曼人并不多。即使那些早期来到爱尔兰定居的盎格鲁—诺曼人，也试图在多方制衡之中取得当地居民的支持，开始向爱尔兰人归化，包括说爱尔兰语言、采用当地的衣饰和习俗等；在政治和军事上，他们也越来越站在爱尔兰一方了。在亨利八世倡导的宗教改革时期，这些早期的移民与爱尔兰原住民一起，依然信奉天主教。1542年，亨利八世敕令爱尔兰由英格兰国王直接管辖，强迫爱尔兰的天主教徒皈依英国国教，并宣布岛上所有的教会财产国有化。他还唯恐外国势力（如西班牙）会在爱尔兰挑唆叛乱，特意将其从一个公国提升为一个王国，并将英爱关系定位为共主邦联。到了伊丽莎白一世时期，为了强化对爱尔兰的控制，英国政府开始有组织、有计划地向爱尔兰迁移信仰新教的英格兰人与苏格兰人，以占领爱尔兰岛肥沃的平原地带。然而，爱尔兰人民的起义与各种抵抗运动也几乎从未停止过。在17世纪不列颠岛的清教革命中，爱尔兰的天主教徒也曾作为清教徒的反对派参与其中，但遭到清教领袖奥利弗·克伦威尔的残酷镇压。1652年，克伦威尔在镇压爱尔兰民族起义后，又颁布了《爱尔兰拓殖法案》（*Act for the Settlement of Ireland*, 1652），规定没收香农河（*River Shannon*）以东200万公顷良田，将大批爱尔兰人驱逐到荒凉贫瘠的康诺特郡和多沼泽的科勒尔地区居住。光荣革命后，至18世纪中叶，执掌爱尔兰议会和政府的英国新教徒又颁布了一系列针对本土天主教徒的宗教歧视法律，剥夺了他们基本的公民权利。天主教徒不能担任公职，无法出席议会，没有选举权，也不得担任陪审员、律师和教师，更不允许购买土地；同时，禁止天主教徒携带武器，禁止他们的孩子在学校读书，甚至也禁止他们把孩子送往国外受教育。天主教神职人员被驱除，新教成为爱尔兰的国教，所有国民都必须向英国教会（即圣公会）缴纳什一税。也就是说，从16世纪中叶起，爱尔兰的社会就逐渐形成了两个对立的阶层，一个是新教移民阶层，另一个是本土的天主教阶层。前者与后者相比，虽然数量上仅占少数，但是其由于身为英国在爱尔兰的利益代表而被赋予了很大的权力，在政治、经济、文化、教育、商业等各方面享有广阔的发展空间，多处于社会的中上层；后者虽然是在人口总量中占据优势的原住居民，但是却成为脖子上套着奴隶枷锁的被压迫阶层，他们大多数处于贫困的底层，处境悲惨。因此，爱尔兰近代史上的起义与抵抗运动都主要是由本土的天主教阶层推进的。

到了19世纪，随着天主教解放运动的开展、全国基础教育制度的设立及什一税的取消，天主教徒的地位有所提高。社会地位的提高带来了更强的民族认同感，"中间的爱尔兰人"的诞生为唯美主义思潮的出现奠定了群众基础。见识深远的青年爱尔兰运动领袖们于1842年创立了《民族》(*The Nation*)周报，开始以"民族"的观念来整合新教、天主教以及其他各方面的力量，他们声称不仅要让人民摆脱贫困，还要引导他们热爱自己的国家和民族，他们的民族概念包括了新教徒、天主教徒，乃至持异议者和外来人口。《民族》的销量一度攀升至25万份，由此可见其社会影响之大。大饥荒之后，虽然政治运动受到当局的遏制，但是爱尔兰的民族认同感却得到进一步强化。许多新教徒，甚至是一些处于社会上层的新教徒，站到了民族主义的立场上。于是，在新教和天主教这两大对立的阶层之间，出现了一个为数众多的中间地带，理查德·派恩称其为"中间的爱尔兰"(Middle Ireland)[①]。这个中间派群体有前文提及的诗人塞缪尔·弗格森，还有《民族》的创建者之一、作家托马斯·奥斯本·戴维斯(Thomas Osborne Davis，1814—1845)，也包括奥斯卡·王尔德的父母，即威廉·王尔德爵士和女诗人简·弗朗西斯卡·埃尔吉。弗格森曾声称："我是一个爱尔兰人和一个新教徒……但我首先是一个爱尔兰人，然后才是一个新教徒。"[②]他的这一立场在"中间的爱尔兰"中颇具代表性。

威廉·王尔德的祖父叫拉尔夫·王尔德，是英格兰人，大约在17世纪末，从杜伦(Durham)郡附近的沃尔辛厄姆(Walsingham)来都柏林，从事建筑业。当时的爱尔兰正大兴土木，因此拉尔夫也很快发家致富，他娶了来自康诺特显赫家族的玛格丽特·奥弗林(Margaret O' Flynn)，并在罗斯康芒

① Richard Pine, *The Thief of Reason: Oscar Wilde and Modern Ireland*, Dublin: Gill & Macmillan Ltd., 1995, p. 82.

② Ibid., p. 84.

郡(County Roscommon)的卡斯尔雷(Castleregh)一带置办了产业,成为一位农场主。威廉·王尔德的父亲托马斯是一名内科医生,他和妻子艾米丽雅·芬恩有三个儿子和两个女儿。在三个儿子之中,两人担任了爱尔兰圣公会的牧师,第三个儿子则继承了父亲的职业,做了眼耳科医生,他就是威廉·王尔德——作家奥斯卡·王尔德的父亲。

威廉·王尔德小时候生活在乡间,在乡村生活中培养了对爱尔兰民间风俗与历史的热爱。他 17 岁时被家人送到都柏林学医,22 岁从皇家爱尔兰外科医学院获得医学学位,24 岁即被接纳为皇家爱尔兰学会会员。他是一位非常成功的眼耳科医生,于 1844 年在都柏林创立了自己的私人医院——圣马克眼科医院(St Mark's Ophthalmic Hospital)[①],还做过《都柏林医学季刊》(*Dublin Quarterly Journal of Medical Science*)的编辑。他撰写的《流行性眼病》(1851)和《耳外科》(1853)是该领域最早的教科书。甚至到今天,外科医生还在使用"王尔德切口"(Wilde's incision)、"王尔德光锥"(Wilde's cone of light)、"王尔德索"(Wilde's cords)这样的术语。1851 年,英国政府在爱尔兰展开人口普查,威廉·王尔德被委任为普查专员,并负责管理医学信息的收集。他忘我地工作,统计了耳聋和眼盲等疾病的发病率。这是爱尔兰历史上第一次汇编此类统计数据。1863 年,他被委任为维多利亚女王眼外科医生。次年,由于医学上的成就和声望,以及在多次爱尔兰人口普查中的杰出贡献,维多利亚女王授予他爵士爵位。威廉·王尔德还曾访问斯堪的纳维亚半岛,在瑞典皇室受到很高的礼遇,曾获得瑞典国王授予的"北极星勋章"。

除了医学上取得的巨大成就,王尔德爵士口才与文采俱佳,还爱好考古与民俗研究。作为凯尔特学会(Celtic Society)的理事会成员,他自觉地将该学会的宗旨"发掘能够解说爱尔兰的历史、文学与文物的原始文献"作为己任,写出了《爱尔兰流行的迷信》(*Irish Popular Superstitions*, 1852)、《博因河的美景》(*The beauties of the Boyne and its tributary the Blackwater*, 1849)、《克里布胡》(*Lough Corrib, its shores and islands*;

① 1862 年,威廉·王尔德把圣马可医院的经营权移交给一家董事会,用于治疗贫穷的爱尔兰人。

*with notices of Lough Mask*, 1867)、《爱尔兰的早期人种》(*The Early Races of Mankind in Ireland*, *The Irish Builder*, 1874)等多部著作,内容涉及民俗学、考古学、历史学、地理学等多个领域。作为一位在多个领域取得杰出成就,并且在爱尔兰和英格兰都获得荣誉甚至爵位的成功人士,威廉·王尔德自然而然成为上流社会的一员,他交往的朋友有诗人塞缪尔·弗格森、小说家查尔斯·莱弗(Charlse Lever, 1806—1872)与谢里丹·勒·法努(Sheridan Le Fanu, 1814—1873),以及许多当时科学界和政治界的名人,还通过青年爱尔兰派的文艺圈子,结识了他未来的妻子简·弗朗西斯卡·埃尔吉。

简的祖上也是来自英格兰杜伦郡的建筑工人,他们迁入爱尔兰的时间大约在1730年前后,后来在劳斯郡(County Louth)的邓多克(Dundalk)发家致富。[①] 简的祖父约翰·埃尔吉毕业于都柏林圣三一学院,后来做了爱尔兰圣公会的副主教,在韦克斯福德(Wexford)任教区牧师。她的父亲查尔斯·埃尔吉从事法律行业,1821年离开爱尔兰到印度去,1824年在那里去世。简的母亲萨拉也是神职人员的女儿,外祖父托马斯·金斯伯里不仅是基尔代尔(Kildare)的教区牧师,还担任了破产事件调查员的世俗职位。值得一提的是,简的一位姨母嫁给了作家查尔斯·罗伯特·马图林(Charles Robert Maturin, 1782—1824)。马图林从都柏林圣三一学院毕业后,成为新教的神职人员,在都柏林的圣彼得教区任副牧师。他以写作具有哥特色彩的小说和戏剧闻名,其小说代表作《漫游者梅尔莫斯》(*Melmoth the Wanderer*, 1820)[②]深受司各特、罗塞蒂、波德莱尔和萨克雷的欣赏。后来,简常跟儿子奥斯卡提起这位叔祖,而奥斯卡也从小熟读其作品,他的《多里安·格雷的画像》直接受到《漫游者梅尔莫斯》的影响。

作为家里四个孩子之中的幺女,简是一个堪称早慧的才女。早年,她曾

---

① 不过,埃尔吉家族的来历也有另一种说法。海斯凯茨·皮尔森(Hesketh Pearson)在其所著的王尔德传记里提出,简的曾祖是一位意大利人,于18世纪来到爱尔兰。但埃尔曼与其他学者未曾认可这一说法。同时,关于简的家族世系的说明,还参考了给埃尔曼传记纠错的一本书的说法。Horst Schroeder, *Additons and Corrections to Richard Ellmann's Oscar WILDE*, Braunschweig, 2002, Print Privately.

② 小说《漫游者梅尔莫斯》套用了浮士德的故事基调,描写了一位名为梅尔莫斯的巫师与魔鬼订约,以换取150年漫长的青春,最后因对长生苦恼,厌倦生活,渴望死亡而跳崖。小说因其生动的人物与离奇的情节而引人入胜。

在韦克斯福德怀着浓厚的兴趣学习了拉丁语、法语、德语和意大利语等多种语言。20 岁左右随母亲来到都柏林的时候，简就开始从事一些法语和德语的翻译工作。因为受到青年爱尔兰派的感召，尤其是在读了戴维斯编选的诗集《民族的精神》(*The Spirit of the Nation*, 1843)之后，简也开始用笔名"斯珀兰扎"(Speranza)[①]为《民族》写作爱国主义诗歌。简的诗风受到诗人理查德·道尔顿·威廉斯(Richard D'Alton Williams, 1822—1862)的影响，后者常在《民族》上发表民族主义诗歌，曾召唤爱尔兰的妇女："现在，别为我们唱其他的歌曲，除了关于祖国的歌曲。"简的作品尽管在诗歌艺术上还不够成熟，但是其中充沛的爱国激情受到《民族》主编查尔斯·加万·达菲(Charles Gavan Duffy, 1816—1903)的赞赏，后者称赞她为一座"煽动叛乱的新火山"，甚至鼓励她说有一天她的名声"将会不亚于勃朗宁夫人"[②]。

简不仅写爱国主义诗歌，也写抒发个人情怀的诗；她不仅写诗，也善属文。简的文字表现力强，风格也十分优美。1849 年，她在《民族》上发表了一篇书评，对威廉·王尔德医生的新书《博因河的美景》赞扬备至，而该书的第一章恰好收入了"斯珀兰扎"(简的笔名)的一首关于古凯尔特德鲁伊的诗歌。显然，这本书和这篇书评是两人之间友谊的凭证。尽管两人的年龄、外貌看起来并不是那么匹配，但是他们互相欣赏，门当户对，于是在 1851 年 11 月结为夫妇。[③] 婚后，王尔德夫人对于放弃自己的诗人身份虽然有些无奈，但是也不得不像普通女性一样，将更多的精力投入到家庭中去。夫妇俩养育了长子威利、次子奥斯卡、女儿伊索拉共三个孩子。奥斯卡 1 岁的时候，全家迁至梅里恩广场北(Merrion Square North)1 号的高端住宅区，与当时都柏林最具威望的医生和律师们比邻而居。家里经常举行大型聚会，来往的客人中有作家、大学教授、政府官员、音乐家以及来都柏林访问的艺术家等，可谓高朋满座、名流雅集。对于这样一个家庭，王尔德感到十分自豪，把它视为创作动力。

① Speranza 来自意大利语，意为"希望"。
② Richard Ellmann, *Oscar Wilde*, London: Penguin Group, 1988, p. 7.
③ 威廉·王尔德在婚前已经有过不少恋爱经历，并已有一儿两女共三个私生子女。在当时的爱尔兰，上流社会与下层阶级之间壁垒森严，上流社会的人能够接受私生子女，却不能接受一桩社会地位不相称的婚姻。

毋庸置疑，王尔德夫妇都是民族主义者，但作为英格兰新教徒的后裔和拥有丰富的物质文化生活的社会名流，他们的民族意识远不如那些长期处于被压制、被掠夺境况中的天主教徒那么沉痛剀切，也没有那么迫切峻急。何况，他们主要还是知识分子，而非政治人物。正如研究者已指出的那样，威廉·王尔德的民族主义主要表现在他对爱尔兰的自然、历史与文化的热爱，而王尔德夫人的民族主义则染上了浓郁的理想主义和浪漫主义色彩，也可以说那是一种审美色彩。王尔德夫人对政治学没有多少研究，反而在文学和美学方面造诣颇深。作为诗人、撰稿人和翻译家，她不仅活跃在爱尔兰文化界，而且与当时的欧洲大陆文学界保持着精神上和事实上的联系。她曾翻译过法国诗人拉马丁的两本书，并得到这位大诗人的亲自致谢。而且，早在 1863 年，也就是奥斯卡 9 岁的时候，简就译出了德国作家 M. 施瓦布(M. Schwab)的小说《第一次诱惑》，该书讲述了一个自负的唯美主义者将美学变成一种美的宗教并悲剧性地死去的故事。奥斯卡·王尔德不仅秉承父亲的学者天赋，也沿袭了母亲的诗人气质。他天资聪颖，又有一种爱幻想的浪漫天性，在思想与美学趣味上深受母亲影响，幼年时候起就表现出对于美好事物的敏感和热爱。

王尔德的父亲不仅在梅里恩广场拥有豪宅，在西部的梅奥郡(County Mayo)也有产业。梅里恩广场有一个非常优美的花园，当时禁止外人进入，仅供广场的居民享用。王尔德家的孩子们在这里可以尽情地游玩，不用担心会碰到下层阶级的孩子，或是在大饥荒后流落到城里的乞丐。夏天，王尔德一家通常会到西部乡下去度假，住在风景宜人的克里布湖滨别墅里，远离当地贫民的生活。有一个名叫康纳·马奎尔(Conor Maguire)的少年，是当地医生的儿子，经常会来王尔德家的乡间别墅拜访。马奎尔总是跟哥哥威利玩，奥斯卡却通常不跟他们一起玩。马奎尔后来回忆："每次遇到他，他都看起来像个很无趣的同伴。我猜他是把所有的人都看作没头脑、无知、不值得交谈的，认为他们的灵魂从来不会超过天气、庄稼、钓鱼和打猎之上。而他的思想却全集中在那些希腊诗歌上面。"[1]由此可见，先天的禀赋气质再加

① Davis Coakley, *Oscar Wilde: The Importance of Being Irish*, Dublin: Town House, 1994, p. 97.

上优越的、远离苦难的底层生活的成长环境，使奥斯卡·王尔德自然而然地形成了早期那种超然的，更加注重个体自由、审美趣味、物质享受和精神探索的人生态度。

## 二、都柏林文化圈与爱尔兰唯美主义思潮

在维多利亚时期的都柏林，文艺气氛与自由气息是核心要素。王尔德的童年时期，正好处于维多利亚女王统治的中期。当时，都柏林是大不列颠及爱尔兰联合王国中，仅次于伦敦的大城市。作为爱尔兰的首府和重要的港口城市，都柏林聚集着来自不同阶层、持有不同态度、从事不同职业的约26万人。当时，代表大不列颠王国利益的爱尔兰总督在都柏林城堡中执掌着总督衙门，许多顶着官方头衔的贵族和统领驻军的军官住在城里，他们手握重权，也是社交界广受欢迎的人物。与此同时，爱尔兰的法律、医学、教会、文艺、学术界的精英也聚居在这里，在城市的社交和文化生活中发挥着重要的影响。当时，城里与近郊的交通依然要依赖马匹，但全国交通干线的铁路网已经建成，出入都柏林十分方便。便利的交通有助于上流社会的家庭夏天到乡下去度假，也令一些文艺界的巡回演出与展览成为可能，城市生活因此变得更加丰富多彩。由于当时爱尔兰社会正处于新旧更替与嬗变的过程中，都柏林聚集了各个阶层的人，也汇聚了许多持不同政见的社会精英。许多都柏林人都觉得，他们这儿的社交生活更活跃、更自由，甚至优于伦敦的社交圈子。

在维多利亚时期的都柏林，绘画艺术促进了人们对新生活的渴望。19世纪后期，爱尔兰国家美术馆在伦斯特花园落成。伦斯特府邸的建筑规模仅次于都柏林城堡，曾经是该市最大的贵族私人府邸。不过，在19世纪上半叶，伦斯特府邸被卖给了都柏林学会(即后来的皇家都柏林学会)，逐渐发展成为全市的文化中心。伦斯特府邸的南侧建有一座演讲厅，后来又在伦斯特花园里建成了爱尔兰国家美术馆，并于1864年1月30日正式开放。新美术馆被称为“女王的美术馆”，许多地方借鉴了法国卢浮宫的设计与布置，馆内的藏品有古希腊与古罗马雕塑原作的复制品，也有欧洲著名画家路

易斯·德·布洛涅(Louis de Boulogne the Elder, 1609—1674)、彼得罗·德拉·韦基亚(Pietro della Vecchia, 1603—1678)和帕多瓦尼诺(Padovanino, 1588—1648)的真迹。美术馆吸引了人们浓厚的兴趣,第一年的接待量就达到170,000人。梅里恩广场位于市中心的南侧,毗邻伦斯特府邸(Leinster House),王尔德家就在美术馆的斜对面,很方便小奥斯卡随家人去那儿观赏雕塑与绘画珍品。在这些作品中,许多绘画的主题都来自《圣经》,其中至少有4幅藏品画的是施洗者约翰,而他也是奥斯卡·王尔德后来的独幕悲剧《莎乐美》中的人物乔卡南的原型。

除了绘画、雕塑外,都柏林还兴起了一种新的艺术形式,那就是银版照相艺术。银版照相艺术促进了王尔德的浪漫主义审美情趣的形成和发展,留存的照片也是这种情趣的一大佐证。当时,有一位可能来自匈牙利或德国的人称利昂·格鲁克曼"教授"('Professor' Leon Gluckman)的照相师,在萨克维尔街(Sackville Street)开了一家照相馆,他为王尔德一家留下了最早的一批相片。在现存最早的一张王尔德的相片上,他还是个5岁左右的孩子,穿着一件女式的裙子。有研究者说,之所以把小奥斯卡打扮成一个女孩的样子,是因为母亲当初期望奥斯卡是个女孩,而这种女装打扮让奥斯卡从小就发生了性别意识的错乱。爱尔兰学者戴维斯·科克利却认为,在维多利亚时期的爱尔兰,给小男孩着女装很常见。实际上,这种习俗源于一种换生灵的传说。在爱尔兰的某些地方,人们相信,如果把一个男孩装扮成女孩,仙灵们就不会把这个男孩偷走了。也就是说,王尔德的这张童年小像,不过是表明了母亲对他煞费苦心的珍爱。[1] 然而,无论母亲的初衷如何,反正结果是奥斯卡的着装习惯与审美趣味深受童年时期的影响。中学时,他穿"深红色""丁香色"的衬衫;成年后,他也是一位穿着讲究、敢于标新立异的纨绔子(dandy),成为纨绔主义(dandyism)[2]风尚在维多利亚后期的代表。与同时代的作家相比,王尔德一生中留下的照片数量——包括单人照与合影——是相当多的。相片上的王尔德和他的伙伴大多衣着漂亮、丰神俊逸,

① Davis Coakley, *Oscar Wilde: The Importance of Being Irish*, Dublin: Town House, 1994, p. 107.

② 关于纨绔主义的来龙去脉请参阅陈瑞红:《奥斯卡·王尔德:现代性语境中的审美追求》,北京:中国社会科学出版社,2015年,第三章。

一副名士气派，而照相留影也是王尔德表达纨绔主义审美姿态的一种浪漫方式。

美妙的戏剧打开了未来唯美主义者的艺术心窗。王尔德一家还经常去剧院看戏。当时，都柏林最好的剧院是1820年建于霍金街（Hawkin's Street）的皇家剧院。这是一家非常宽阔的剧院，最多可容纳2000名观众，舞台与音响效果卓尔不群。另一家规模相似的剧院是女王剧院，建得稍晚一些，位于伯恩斯维克街（Brunswick Street）。除以上两家大剧院外，都柏林还有几家小剧院。在都柏林剧院里，最经常上演的是莎士比亚的戏剧，一些18世纪爱尔兰本土剧作家的剧作也经常演出。在都柏林当时的戏剧家中，作家和演员迪翁·布希高勒（Dion Boucicault，1820—1890）最活跃和高产，影响也最大。他的情节剧（melodrama）深受大西洋两岸人民的喜爱，在美国巡演时也获得巨大成功。维多利亚女王是布希高勒的热心观众。据说仅《科西嘉兄弟》（*The Corsican Brothers*）一剧，女王就看了5遍。布希高勒最成功的作品是他在美国访问期间编导并主演的《鲍恩姑娘》（*The Colleen Bawn*），该剧改编自杰拉德·格里芬（Gerald Griffin）的《大学生》（*The Collegians*），在纽约首演即大获成功。1860年9月在伦敦演出时，它打破了上座记录。1861年，布希高勒将其新剧带回都柏林，自4月1日起在皇家剧院连续演出24个晚上，场场爆满。当时，布希高勒被《纽约时报》誉为"19世纪最知名的英语剧作家"，在爱尔兰被当作民族英雄一样看待，他也是《都柏林邮报》等报刊谈论与关注的重点人物。作为戏剧界的名流，他还被威廉·王尔德夫妇延请到梅里恩广场北1号的家里做过客。当时，奥斯卡已经6岁，已经能够感受到这样一位戏剧家客人给家里带来的光彩与兴奋了。根据传记家的描述，布希高勒的口才十分出色。尽管他的剧本大多是改编自其他故事，但是其中活泼、机智的对话以及精巧的故事结构，却是布希高勒本人的创造。布希高勒的创作活动一直持续到1885年，几乎伴随着奥斯卡·王尔德的成长。鉴于两人之间亲密的地缘关系，王尔德后来的戏剧创作显然受到布希高勒的影响。戴维斯·科克利认为，布希高勒的某些剧本，如《禁果》（*Forbidden Fruit*，1876）中的对话，几乎可以看作王尔德喜剧中的对话之预演。但科克利同时也指出，王尔德后来居上，在戏剧艺术上已经毋庸置疑地超越了他的这位前辈。[①]

除了本地的一些剧团，都柏林的剧院也经常接待一些巡回演出，如著名的英国演员巴里·萨利文(Barry Sullivan，1821—1891，爱尔兰裔)与亨利·欧文(Henry Irving，1838—1905)在19世纪70年代都曾到都柏林巡演，并得到爱好戏剧艺术的都柏林人——尤其是都柏林圣三一学院大学生——的热烈追捧。[②] 剧院除了上演喜剧之外，还有一些轻歌剧、音乐会之类的演出，但当时的都柏林还没有组建起强大的民族戏剧团体，这个重要的使命将来会由叶芝等人来完成。

1871年10月，奥斯卡·王尔德进入都柏林圣三一学院攻读古典学。圣三一学院紧挨着梅里恩广场，由伊丽莎白一世女王于1592年敕建。学院仿照牛津大学和剑桥大学建制，数百年间已发展成为爱尔兰最富盛名的大学。自建校之初，它就是为培养盎格鲁—爱尔兰人才、巩固英国在爱尔兰的统治地位而服务的，仅招收新教徒子弟。其毕业生中，很多人都在爱尔兰担任要职。1793年，都柏林圣三一学院才开始招收来自天主教家庭的学生，但仍然禁止他们领取奖学金。到王尔德入学就读的时候，新教徒学生仍然占在校生总数的90%左右，而且学校依然保留着唯有新教徒才可以担任大学的教授席位、研究员职位的传统。所以，都柏林圣三一学院几乎可以被视为一所设在爱尔兰的英国大学，它与英格兰的大学有很多互动，在不列颠岛内流行的各种文艺思潮与流派也会很快传入这所大学。实际上，王尔德的唯美主义就是在这里萌芽的。

美学在西方国家源远流长。近代的美学观主要受到德国古典美学的“为艺术而艺术”之影响。德国古典美学不仅是欧洲浪漫主义运动的重要思想资源，也是唯美主义“为艺术而艺术”主张的发源地。“为艺术而艺术”最初作为对康德关于艺术独立性、艺术无功利性等观点的概括，在19世纪初率先进入法国文人的口头话语。1835年，戈蒂耶在小说《莫班小姐》的序言

① Davis Coakley, *Oscar Wilde: The Importance of Being Irish*, Dublin: Town House, 1994, p. 117.

② 都柏林圣三一学院的学生对戏剧艺术的热情从如下事例中可见一斑：1876年，亨利·欧文在都柏林皇家剧院巡演期间，有一个晚上的全部座位都被都柏林圣三一学院的大学生订完；当晚演出结束时，大学生们卸掉欧文马车的马匹，他们自己热情高涨地把演员拉回宾馆！

中，阐述了艺术无目的性、无实用性的观念，因而被圣伯夫归入“为艺术而艺术派”。此时，这一短语成为了文艺批评界的流行话语。戈蒂耶之后，“为艺术而艺术”“为美而形式”的美学观，在福楼拜、波德莱尔和马拉美等人的创作中得到独特的、鲜明的体现。“为艺术而艺术”文艺观在法国的流行，很大程度上是缘于当时大众文化的冲击与纯艺术的日趋边缘化。它除了强调艺术独立于认知活动、伦理判断外，至少又融入了以下两层意味，即捍卫艺术纯洁性和用艺术取代宗教。由此，我们不难理解为什么卡林内斯库声称：“‘为艺术而艺术’是审美现代性反抗市侩现代性的头一个产儿。”[①]

唯美主义思潮在英国和爱尔兰岛的传播影响了都柏林文化圈，也造就了圣三一学院的唯美主义氛围。19 世纪 60 年代，法国唯美主义思潮开始由诗人斯温伯恩、画家惠斯勒等人传入不列颠岛，并与本土早些时期的柯勒律治、济慈等诗人的唯美主义思想合流，同时又与当时的约翰·罗斯金、沃尔特·佩特等批评家及威廉·莫里斯等先拉斐尔派艺术家的美学思想互相碰撞、激发，在不列颠岛内形成了一股非常活跃的尊崇美、推崇艺术、强调艺术自律的唯美主义思潮。这股思潮也以其强劲的势头，很快扩散到爱尔兰岛，尤其是都柏林的文化圈。譬如，约翰·罗斯金的艺术评论系列著作《现代画家》不仅在不列颠岛产生了广泛的影响，在都柏林也拥有许多忠实的读者。罗斯金本人并不是唯美主义者，但他推崇艺术与美，向往中世纪和文艺复兴早期的艺术，支持和赞赏先拉斐尔派画家的作品，对 19 世纪资本主义工商文明的庸俗阴暗面展开批判。罗斯金的创新之处在于，他认为美是改造世界的伟大力量，主张以美的力量来重塑生活。或许正是由于以上观点，他的名字总是与唯美主义运动紧密相连。除了著作的影响，罗斯金与爱尔兰也有一些实际的关联，最著名的就是他对爱尔兰年轻女弟子罗斯·拉·图什(Rose La Touche, 1848—1875)小姐的爱。此外，他与牛津大学的钦定药学教授亨利·阿克兰(Henry Acland)是终生的好朋友。阿克兰不仅是药学专家，还具有很高的文化艺术修养，曾与基督学院的利德尔院长(Dean Liddell)一起推进了牛津大学的艺术与考古学研究的改革。罗斯金和阿克

① [美]马泰·卡林内斯库：《现代性的五副面孔》，顾爱彬、李瑞华译，北京：商务印书馆，2002 年，第 52 页。

兰都是爱尔兰建筑师本杰明·伍德沃(Benjamin Woodward)的好友。作为建筑设计师,伍德沃最著名的两件作品就是都柏林圣三一学院的博物馆(1854—1857)和牛津大学的自然历史博物馆(1854—1860),而这两座建筑的设计都深受罗斯金艺术思想的启发和影响。在罗斯金《威尼斯之石》(*Stones of Venice*)和《威尼斯建筑撷英》(*Examples of the Architecture of Venice*)的影响下,伍德沃在都柏林圣三一学院博物馆的设计中,融入了很多威尼斯建筑的元素,十分巧妙地利用了石雕艺术,其内部装饰则采用了摩尔式的设计风格。1861 年,罗斯金曾专程来都柏林参观这座新建的博物馆,并认为该建筑为"从我的教学所生发出的最高尚的事物"。1867 年,罗斯金再次回到都柏林圣三一学院作题为《生活的秘密和艺术》的演讲时,仍然禁不住怀着欣慰的心情称赞该博物馆为第一次实现了其美学原则的"美丽的建筑"。此外,先拉斐尔派的艺术家与爱尔兰的文学家和艺术家之间也有许多互动,如但丁·加百利·罗塞蒂与爱尔兰诗人威廉·阿灵厄姆(William Allingham, 1824—1889)是朋友,前者曾为后者的诗集《日与夜之歌》(1855)作过插图。爱尔兰著名画家弗雷德里克·威廉·伯顿(Frederic William Burton, 1816—1900)的绘画也受到先拉斐尔派画家的影响,他与先拉斐尔派的创建者之一、著名英国画家约翰·艾佛雷特·米莱以及后来加入该派的艺术家爱德华·伯恩·琼斯等都曾是好友。如果说爱尔兰与英国文化艺术界的密切交流,让都柏林圣三一学院的许多年轻学子们感染了唯美主义的风尚,那么都柏林学者对美学问题的探讨则更引发了王尔德的深度思考。

都柏林学者对美学的探讨可以追溯到 18 世纪早期,其中最著名的两部著作是弗朗西斯·哈奇生(Francis Hutcheson, 1694—1746)的《我们关于美和美德的原始观念的探究》(*An Inquiry into the Original of Our Ideas of Beauty and Virtue*, 1725)和埃德蒙·伯克(Edmund Burke, 1729—1794)的《我们关于崇高与美的思想起源的哲学探究》(*A Philosophical Inquiry into the Origin of Our Ideas on the Sublime and Beautiful*, 1757)。伯克的论著据说就是他在都柏林圣三一学院的时候撰写的。也就是说,该校本来就有研究美学的传统,也不缺少崇尚美、热爱艺术的氛围。

在王尔德入读的时期，都柏林圣三一学院的古典学专业设有美学课程，学生在学术团体"大学哲学学会"的讨论中也探讨美学问题。或许是受到欧陆与不列颠岛唯美主义思潮的影响，美学这时成为学生们关注的热点。如先拉斐尔派的代表人物画家兼诗人但丁·罗塞蒂、诗人阿尔杰农·斯温伯恩等人的作品，都曾在学会上被讨论过，就连奥斯卡的哥哥威利都曾撰写并在学会上宣读过题为《审美的道德》的论文。奥斯卡也是"大学哲学学会"的成员，虽然对学会的活动不像哥哥那么积极，但是他对美学问题的思考更深入，对唯美主义者的作品涉猎更广。

诗歌之爱是王尔德独特的审美情趣和创作风格的催化剂。王尔德向来喜爱济慈的诗歌，他在同时代的英语诗人里则最喜欢斯温伯恩，对后者的《诗歌与谣曲》(1866)、《日出前之歌》(1871)、《阿特兰塔在卡吕冬》(1872)等作品都熟稔于心。他在后来写的诗歌《爱神的花园》里赞美过斯温伯恩。斯温伯恩不仅以倡导"为艺术而艺术"而著称，还因其诗歌中有违道德规范的性爱描写、颓废情调以及反宗教倾向而饱受时人非议。王尔德后来在一篇未能发表的评论中，把斯温伯恩与古希腊的欧里庇得斯相提并论，认为欧里庇得斯"所遭受的来自他的时代的保守派的批判正如斯温伯恩所遭受的来自我们这个时代的非利士人的攻击"。[1] 出于景仰，王尔德后来还结识了诗人本人，斯温伯恩曾将后来出版的《诗歌研究》(1880)题赠给他。除了斯温伯恩、罗塞蒂等人外，王尔德还喜爱另一位先拉斐尔派的画家、诗人、工艺美术运动的推动者威廉·莫里斯的作品。王尔德藏有威廉·莫里斯的诗集《爱情就足够》，并曾在诗中赞美他。王尔德还通过斯温伯恩等人，了解并阅读了戈蒂耶、波德莱尔、惠特曼等欧美诗人的作品。他赞赏戈蒂耶《莫班小姐序言》里的观点，陶醉于波德莱尔诗歌的"有毒的甜蜜"，而《草叶集》敢于冒犯传统道德禁忌的自由大胆风格也令他十分钦仰。这时，沃尔特·佩特已经开始在《威斯敏斯特评论》和《双周评论》上发表富于唯美主义思想的论文，王尔德在都柏林是否已经读到这些论文尚未见到记载，但约翰·阿丁顿·西蒙兹的著作《希腊诗人研究》(1873)确实已经给他留下了深刻的印

① Richard Ellmann, *Oscar Wilde*, London: Penguin Group, 1988, p. 30.

象。西蒙兹与佩特一样，受到温克尔曼希腊研究的影响，并且倾向于把希腊与审美感性联系起来，认为“希腊人本质上是一个艺术家的民族……当我们说希腊人为一个审美的民族时，我们的意思是：他们不是由超自然的启示或摩西的律法指导，而是相信他们的 aesthesis（希腊语：感觉），精细地训练并将其保持在最纯粹的状态中。”[①]以上所有这些具有唯美主义倾向或新异审美趣味的作品，都在王尔德的美学观点和创作风格之形成中发挥着潜移默化的作用。

同一时期对王尔德产生关键影响的还有他的导师、都柏林圣三一学院的古代史教授约翰·马哈菲（John Pentland Mahaffy，1839—1919）。马哈菲出生在瑞士西部的小城韦威（Vevay），他的父亲在当地说英语的宗教社区做牧师。后来，随着父亲工作的调动，马哈菲又到过几个不同的欧陆国家，直到 1848 年才随家人回到爱尔兰。马哈菲聪明且勤奋，有非凡的语言天赋和学术研究才能。他 16 岁进入圣三一学院读书，曾为“大学哲学学会”的主席，毕业后留校任教，30 岁时即被聘为古代史教授。他德语流利，精通法语、意大利语甚至希伯来语，兼做希腊、罗马研究，尤以希腊研究成果最为丰硕。马哈菲酷爱希腊文化，他在《希腊的社会生活：从荷马到米南达》（1874）中，试图重构希腊人生活的“主观方面”，包括“他们在宗庙、集会、居家、漫游时的感受”，将古希腊人描绘成“完全现代的”“与我们自己的文化相似的人”。[②] 在该书中，马哈菲还第一次冒险地、小心翼翼地对英语学界论及古希腊的同性恋问题，称其为“一个男子和一个俊秀的少年之间的完美的依恋”，并指出希腊人认为这种依恋甚至优于男女之情。[③] 马哈菲关于希腊的观点深深影响着王尔德，而且激发了他探寻希腊文化对于现代社会之意义的兴趣。在一封大约写于 1893 年的信中，王尔德称马哈菲为自己“第一位和最好的老师”，是“教我如何喜爱希腊事物的学者”。[④] 反过来，王尔德优异的学习成绩及其在希腊语言与文化学习方面的杰出天赋，也得到马哈菲的

---

① See Richard Ellmann, *Oscar Wilde*, London: Penguin Group, 1988, p. 31.

② Stefano Evangelista, *British Aestheticism and Ancient Greece: Hellenism, Reception, Gods and Exile*, Basingstoke: Palgrave Macmillan, 2009, p. 129.

③ See Richard Ellmann, *Oscar Wilde*, London: Penguin Group, 1988, p. 27.

④ Ibid.

肯定与赞赏。他们的师生关系一度相当亲近。王尔德参与了导师的研究工作，并且到牛津大学就读后，还曾分别于 1875 年 6 月与 1877 年春假期间，两次跟随马哈菲游历意大利和希腊。后来，王尔德在《作为艺术家的批评家》中曾这样比较希腊文化与中世纪文化："事实上，我们生活中所有现代的东西，都应归功于希腊人；任何属于时代错误的事情，都应归咎于中世纪精神。"其实，无论是马哈菲还是王尔德，他们都在对希腊文化的肯定和赞赏之中，融入了反对基督教文化传统的精神，并且展现了对维多利亚时期保守的价值观与道德观的批判与背离。在这一点上，王尔德日后要比他的导师走得更远。在王尔德那里，希腊文化常常与感性、美、艺术、现代、理想等联系在一起，成为其唯美主义思想的一部分。

马哈菲还影响着王尔德的生活风格。除了希腊研究者的身份，马哈菲还是一个多才多艺的人：他懂神学，是兼职牧师[①]；他爱好音乐，也擅长体育运动，担任过圣三一学院板球队的队长，还参加过国际射击比赛；在鉴赏红葡萄酒、雪茄、古董银器和家具方面，他也很有造诣。此外，还有很重要的一点就是，马哈菲口才出众，应对机智，是受上流社会欢迎的座上宾，曾被邀请到英国皇家的桑德林汉姆庄园和温莎城堡做客，并且他还是希腊国王的朋友。马哈菲曾自诩地说："综合起来考虑，我是圣三一学院最棒的人。"[②]显然，这样一位导师，是容易引起年轻弟子们的效仿和崇拜的。王尔德曾说，马哈菲"审慎地从艺术立场来看待事物，而我的立场也越来越接近这一点"。[③] 王尔德的母亲也认为是马哈菲教授给了儿子智力上最初的"高贵的冲动"，启发了他更高层次的追求。[④] 多年后，王尔德的次子维维安・霍兰德[⑤]提及此事时又说："人们常说罗斯金塑造了我父亲的性格，但更确切一点，应该说：罗斯金浇灌了马哈菲早就播下的种子。"[⑥]

---

① 当时，圣三一学院的研究员都要担任圣职，马哈菲也被任命为爱尔兰教会的神职人员。但有迹象表明，担任此圣职并非他本人的真实意愿。

② Davis Coakley, *Oscar Wilde: The Importance of Being Irish*, Dublin: Town House and Country House, 1994, p. 148.

③ [美]弗兰克・哈里斯：《奥斯卡・王尔德传》，蔡新乐、张宁译，郑州：河南人民出版社，1996 年，第 25 页。

④ Davis Coakley, *Oscar Wilde: The Importance of Being Irish*, Dublin: Town House and Country House, 1994, P. 149.

⑤ 王尔德的两个儿子在王尔德案之后，都改了姓氏，即由 Wilde 改为 Holland。

⑥ Vyvyan Holland, *Son of Oscar Wilde*, London: Oxford University Press, 1987, p. 26.

需要说明的是，王尔德对马哈菲的思想与言行并非全盘接受，他们的性情也并不相同。马哈菲言语刻薄、为人势利，政治上更是完全站在英国政府一边；而王尔德性情更加温厚，政治上也更倾向于民族主义。所以，有时候王尔德也会觉得他的导师缺乏魅力和风格。[①] 除了约翰·马哈菲，圣三一学院其他优秀的古典学学者，如拉丁文教授罗伯特·耶尔弗顿·蒂勒尔(Robert Yelverton Tyrrell, 1844—1914)，也在一定程度上影响了王尔德的学习和成长。1896 年，蒂勒尔教授满怀同情地签署了一份请求提前释放王尔德的请愿书，而马哈菲却为了避嫌，公然拒绝在这份请愿书上添上自己的名字。

王尔德在圣三一学院读书的时候，还出现了亲近天主教的倾向，甚至产生过改宗天主教的念头。他之所以会产生这样的想法，一方面是受到母亲的影响，王尔德夫人早年就流露过改宗天主教的愿望；另一方面也受到牛津运动的中坚人物、宗教思想家约翰·纽曼的影响。纽曼原先担任圣公会牛津大学圣玛丽教堂的教区牧师，他在 1833 年牛津运动开始后，曾撰写了许多书册，还出版了布道文选，表达自己的宗教思想，遭到来自英国国教会方面的排斥和压力。内在的信仰与外在的压力，共同促使纽曼在 1845 年改宗天主教。纽曼是一位真诚热情的信徒，具有深厚的宗教文化修养和罕见的布道才能，他也写诗和小说。爱尔兰阿尔玛大主教卡伦(Archbishop Cullen, 1803—1878)曾邀请纽曼创建都柏林天主教大学。大学于 1854 年创立，纽曼付出了很多心血。后来，卡伦又因对纽曼的工作方式不满，迫使他于 1858 年 11 月辞去校长职务。纽曼虽然离开了，但是他的热情、思想与高尚的人格魅力却在其工作过程中全面地散发出来，在都柏林产生了很大的影响。特别是随着 1864 年《辩解书》的面世，纽曼的威信在经过长久的沉淀之后变得越来越高，他的宗教思想、改宗事迹以及散文风格之美也深深地吸引着年轻的王尔德，并在一定程度上影响了王尔德日后的宗教态度。

综上所述，在维多利亚时期，都柏林虽然地处爱尔兰，但是它的文化生

① Richard Ellmann, *Oscar Wilde*, London: Penguin Group, 1988, p. 27.

活依然可以被视为英国文化生活的一部分，不列颠岛的唯美主义氛围也通过多种媒介扩散到这里。正是都柏林，尤其是圣三一学院独特的人文环境，培育了奥斯卡·王尔德。他的思想、性格、态度、趣味与追求，在离开爱尔兰去牛津读书以前就已经初具雏形了。也正是在此种意义上，理查德·埃尔曼说："在圣三一学院读书时，王尔德就是一个唯美主义者了。"[①]

## 三、王尔德的创作艺术与爱尔兰唯美主义思潮

作为爱尔兰唯美主义思潮的标志性作家，王尔德在形成个人艺术理念时，受过不同美学观的启迪。王尔德在都柏林圣三一学院读书的最后一学年，即1874年，获得了希腊文优等成绩伯克利金质奖章。同年10月，王尔德申请到牛津大学的半津贴生资格，得以进入莫德林学院继续攻读古典学。当时，55岁的罗斯金是牛津大学深孚众望的斯莱德美术讲座教授，他与在布拉斯诺斯学院(Brasenose College)任教、时年35岁的沃尔特·佩特都是牛津爱好艺术的年轻学子追慕的对象，也是王尔德最渴望结识的人。然而，这两位美学家所走的是截然不同的审美之路：在罗斯金心中，美与善必然相连；而在佩特眼里，美与道德判断并无必然关系。罗斯金强调遵守规则与克制，佩特允准快乐与任性；罗斯金斥责非道德性的放纵为罪恶，佩特却视之为愉悦。王尔德既关注个人灵魂，也贪恋感官享受。与此同时，王尔德继续受到天主教和希腊文化的吸引，他对天主教的向往与佩特一样，与其说是企求灵魂得救，不如说是欣赏它的种种华美仪式；同样，他对希腊文化的爱好，也因受到马哈菲、佩特、西蒙兹等人的影响而带上了鲜明的唯美主义色彩。总体来看，在牛津，王尔德受到各种思想与行为风格的吸引，包括罗斯金、佩特、天主教、希腊文化、共济会、唯美主义等，在气质、趣味上趋同于唯美主义，理性上却又不停地产生犹疑和反思。尽管有犹疑和反思，他还是遵循自己的禀性与趣味，走上了唯美主义的艺术道路。

在王尔德眼中，与艺术无关的就与艺术家无关。1879年秋，王尔德来

① Richard Ellmann, *Oscar Wilde*, London: Penguin Group, 1988, p. 29.

到伦敦寻求自我发展。为什么他牛津大学毕业后选择去伦敦而没有回爱尔兰的都柏林？我们可以从以下两段谈话中推测其中的原因。1882年，王尔德在美国巡回演讲，在此期间他曾经谈到："（在爱尔兰）并不缺少文化，但是几乎所有的东西都被政治吸收进去。如果我留在那儿，我的职业生涯将会是从政。"[①]后来在另一个场合，他也曾这样对叶芝说："我们爱尔兰人，太政治化了以至于没办法成为诗人；我们是一个拥有光辉失败的民族，但我们是希腊以降最伟大的健谈者。"[②]通过以上两段话可以看出，在艺术家使命与民族主义责任感之间，王尔德还是选择了前者。

在伦敦，王尔德起初尝试诗歌创作，还自费出版了诗集，但并未获得评论界的认可。由于父亲威廉·王尔德爵士已经于1876年4月去世，分到他名下的遗产又很有限，为了谋生，他积极结交名流并利用他的社交圈，做展览，写戏剧，谈论时尚，当然还撰写各类评论，从历史书籍到小说，从服饰、旅游、婚姻到书籍装帧、室内装潢等，经常是一个星期要评论几本书或几件事。由于唯美主义言行和夸张的纨绔主义做派，他还在伦敦的文化圈里获得"美学教授"的雅号，成为《潘趣》(*Punch*)杂志一系列讽刺漫画影射的对象。1882年，王尔德还应邀到美国作了一年的巡回演讲，介绍并宣扬英国的唯美主义运动及自己的唯美主义思想。回国后，他又在英国各郡陆续作了一年的巡回演讲。1884年5月，王尔德与一位已故爱尔兰律师的女儿康斯坦斯·劳埃德(Constance Lloyd，1859—1898)成婚，定居在伦敦切尔西的泰特街(Tite Street)16号(今天的泰特街34号)。他生活开始稳定下来，两个儿子也相继出生。1887年，他陆续在《法庭与社会》《世界报》等报刊发表一些短篇故事，其中包括《坎特维尔的幽灵》《亚瑟·萨维尔勋爵的罪行》《百万富翁模特儿》等篇目。同年6月，王尔德被一家出版公司聘为时尚杂志《妇女世界》(*The Women's World*)[③]的主编。

1888年5月，王尔德的短篇故事集《快乐王子及其他童话》出版，获得

---

① Richard Pine, *The Thief of Reason: Oscar Wilde and Modern Ireland*, Dublin: Gill & Macmillan, 1995, p. 10.

② Ibid., p. 24.

③ 本来该刊名为《女士世界》(*Lady's World*)，后来经王尔德提议改为《妇女世界》，刊发一些有艺术品位的、介绍上流社会妇女潮流与时尚的文章。

成功。王尔德由此进入文学创作的丰收期。从1888年至1995年，这7年间，王尔德写出了两部童话故事集《快乐王子及其他童话》(1888)和《石榴之家》(1891)，一部长篇小说《多里安·格雷的画像》(1890)，一部评论集《意图集》(1891)，一部独幕悲剧《莎乐美》(法文，1891)，以及四部社会讽刺戏剧，即《温德米尔夫人的扇子》(1892)、《一个无足轻重的女人》(1892)、《一个理想丈夫》(1895)和《认真的重要》(1895)。这些作品都取得了很高的艺术成就，并具有鲜明的唯美主义风格，奠定了王尔德作为19世纪末期爱尔兰和英国重要作家的地位，也使他成为唯美主义文学在爱尔兰和英国的最杰出代表。

早在1886年，王尔德就结识了时年17岁的罗伯特·罗斯(Robert Ross)，开始与其发展同性恋人关系。1891年6月，他又通过朋友介绍，结识了阿尔弗雷德·道格拉斯勋爵(Lord Alfred Douglas, 1870—1945)，与其坠入一种激情之爱。1895年2月，道格拉斯勋爵的父亲昆斯伯里侯爵开始公开侮辱攻击王尔德。在道格拉斯勋爵的极力怂恿下，王尔德向法庭提起诉讼，指控昆斯伯里侯爵犯有诽谤罪。但这一控诉的结案结果是，昆斯伯里侯爵被无罪释放，而王尔德却被逮捕，并最终以"同其他男子发生有伤风化肉体关系"的罪名被判处两年有期徒刑。他正处于盛期的创作也戛然而止。随着王尔德的身陷囹圄，英国与爱尔兰的唯美主义思潮也趋于沉寂。

1895年5月至1897年5月，王尔德在狱中服刑，大部分时间被关押在离伦敦不远的小城雷丁的监狱里。在此期间，王尔德还经历了破产、丧母、妻离子散等一连串的悲剧，他也对自己的人生道路、感情乃至美学思想都进行了深刻的反思。这些反思的成果都体现在1897年初出狱前夕写给阿尔弗雷德·道格拉斯勋爵的一封长信中，这封重要的长信多年后被罗斯以《自深处》之名(也译《狱中记》)发表。1897年5月26日，王尔德从狱中获释，随即乘当晚夜间航班横渡英吉利海峡到法国。从此以后，王尔德流亡欧洲，再也没回英国和爱尔兰。此后，除了发表诗歌《雷丁监狱之歌》(1897)外，他再无其他作品问世。1900年11月30日，王尔德病逝于巴黎美术大街13号阿尔萨斯旅馆。在弥留之际，一直陪侍在身边的罗斯请来神甫，为他举行了皈依天主教的圣礼。王尔德的遗体先是葬于巴涅公墓，1909 年又被迁至巴黎的拉雪兹神父公墓（Pere Lachaise）。

王尔德的唯美主义思想既有对前人的继承，也有自己独到的创新。为了更加深入地理解王尔德文学创作的唯美主义特色，我们首先来探讨一下他的美学思想。作为唯美主义的后起之秀，王尔德并非该流派理论的原创者，他的美学思想是在博取康德以降各家美学理论的基础上形成的，尤其是直接受到戈蒂耶、波德莱尔、佩特、斯温伯恩等人的影响。然而，王尔德的美学思想并非像某些批评家（如韦勒克）所贬低的那样毫无创新，他不仅对前期唯美主义思想有了新的的领悟、宣扬与发展，而且以自己的创作、批评与生活风格践行了唯美主义的美学思想——尽管这一美学思考和艺术实践是充满矛盾的。概括地讲，王尔德的唯美主义美学大致可以分为两个层面：在艺术哲学层面，他追求为艺术而艺术；在处世态度层面，他倡导生活模仿艺术。

王尔德的唯美主义艺术哲学首先表现为对艺术创作自律性的追求。对于他而言，艺术创作完全出于自律，具有独立的生命，而且纯粹按自己的路线（或者说美的规律）发展。在其著名的批评对话录《谎言的衰朽》中，王尔德提出了“撒谎说”，用以反对传统的“摹仿说”，并将其作为现代发展的“现实主义”美学原则。王尔德指出，“撒谎——讲述美而不真实的故事，乃是艺术的真正目的”，因为“艺术除了表现自己以外从不表现任何东西”，而且“艺术的目的不是简单的真，而是复杂的美”。艺术家即谎言家，其目的就是“让人着迷，使人欣喜，给人娱乐”。它既不指向经验世界的真实，也不指向悬浮于经验世界之上的任何理念的真实。而且，鉴于生活本身的贫乏、无趣与丑陋，艺术如果一定要跟生活实在发生联系，那么“她是一层纱幕，而不是一面镜子”。如此一来，王尔德的“撒谎说”从根本上放逐了艺术创作中真实与否的追问。

王尔德创作自律性思想的另一个重要命题是，艺术是无关乎道德的。细致分辨，王尔德的非道德主义艺术观包含以下几个层次的意思：首先，王尔德认为，艺术家的创作超越道德，美德与邪恶都是艺术所表现的题材。其次，作为美的载体，艺术作品也是超道德的。“书无所谓道德的或不道德的。

书有写得好的或写得糟的。"最后，对于艺术作品的评价也应该是超越道德的，因为艺术领域与道德领域是截然不同的两个领域，道德绝对不能作为评价一件艺术作品的优劣之标准。鉴于艺术的目标只是为感情而感情，也可以说"一切艺术都是不道德的"。王尔德的非道德主义不仅在总体上从属于其艺术自律性诉求，而且还有其特定的批判对象，那就是带有浓郁清教主义色彩的英国维多利亚时期的伦理文化。

王尔德不仅强调了美与真、善的界限，而且认为生活和自然是单调乏味的，是无论如何不值得艺术去摹仿的；与此相反，应该是生活与自然摹仿艺术。"一个伟大的艺术家发明一个典型，生活就设法去摹仿它，在通俗的形式中复制它。"譬如，笼罩在伦敦泰晤士河上的那种可爱的银色雾霭，就是印象派画家莫奈《印象・日出》(1872)的创造。正是因为《印象・日出》画出了勒阿佛尔港口晨雾的美，伦敦才真正有了雾。学者奥雅拉在谈到王尔德的《谎言的衰朽》时曾说："王尔德并未满足于论证艺术的自律性——正如'为艺术而艺术'所要论证的那样，而且还宣布了艺术相对于生活和自然的优越性。"[①]于是，通过对摹仿说关于艺术与生活和自然关系的颠倒，王尔德进一步将艺术自律性推向了极端。

王尔德集作家与批评家于一身，因此其艺术自律性诉求在创作与批评两个方面都鲜明地得到体现，艺术批评自律性的观点构成其唯美主义艺术哲学的第二个方面。王尔德的批评理论主要集中在著名的对话录《作为艺术家的批评家》(1890)中，他对批评独立性的表述可以从以下几个层面来把握：一是批评的艺术性；二是批评的独立性；三是批评相对于创作活动的优越性。

批评的独立之于王尔德，首先意味着"批评本身就是一门艺术"。王尔德之所以强调批评的艺术性，是因为在他看来，既然批评面对的是以情感表达与形象思维为特色的艺术，那么它自然无法脱离情感与想象的因素。王尔德艺术化批评的实质主要是，以审美体验与想象来取代传统批评的逻辑推理与分析，批评的首要价值是审美价值。在王尔德看来，最典型的艺术化

① Aatos Ojala, *Aestheticism and Oscar Wilde*, Helsinki: Suomalaisen Kirjallisuuden Seuran Kirjapainon Oy, 1954, p. 111.

批评莫过于佩特对达·芬奇的名作《蒙娜丽莎》的评论。他曾高度评价佩特富于灵感的审美想象所赋予达·芬奇画作的深不可测、奇瑰多姿的想象性内涵。除此之外,王尔德认为,批评作为一门艺术,完全不必拘泥于某种固定的表达形式,而是可以任意采用戏剧、史诗、对话、小说等多种体裁。王尔德本人的重要批评理论也突破了通常的批评文体样式,如《谎言的衰朽》和《作为艺术家的批评家》以对话体写成,对话中的主要发言人通常被研究者视为王尔德的代言人。

在王尔德看来,与其他门类的艺术一样,批评也享有自主自律的权利。他强调"审美的批评家在所有的事物中只遵守美的原则",还主张解除任何关于批评的真实性与客观性的束缚,认为"最高层次的批评是个人印象最纯洁的形式"。西方谚语说:"有一千个读者就有一千个哈姆雷特。"王尔德进一步指出,"事实上,根本就不存在被称为莎士比亚的哈姆雷特的事物"。也就是说,他从根本上否认了存在某种确定的、本真性的艺术客体和艺术家意图。这一点使人自然而然联想到20世纪的韦姆萨特等新批评派的意图谬误之说法。

然而,总体而言,王尔德的唯美主义美学仍然存在明显的不足,因为它将自律性推向了绝对的极端,从而忽视了其历史性与相对性。其实,艺术自律性思想是现代社会主体性的确立、社会职能的分化、"美的艺术"从包括一般工艺与技艺的古典艺术概念中分离等各种综合因素促成的。正如当代德国学者彼得·比格尔所指出的,"从这个术语的严格的意义上说,由于王尔德将本身包含着'非真理因素'的艺术自律性观念加以绝对化、极端化,他的自律性诉求也就不断遭遇矛盾与尴尬的困境"。

王尔德的唯美主义美学思想在生活层面表现为,倡导生活模仿艺术,也可以说是主张生活审美化。如前所述,马哈菲、罗斯金、佩特、莫里斯等人对王尔德的审美性处世态度之形成都产生过重要影响,此种处世态度也最能标志唯美主义美学的重要诉求。

事实上,王尔德也的确按唯美主义思想行事。他穿着讲究,精于修饰,倡导服装革命,在报刊杂志上撰文谈论服装的历史与现状,也亲自参与服装款式的设计,甚至声称"如果我独自一人被放逐到一个荒岛上并将我的东西带在身边，我也会每天晚上都打扮得像去赴宴”[①]。

当时，在罗斯金美学思想与先拉斐尔画派的直接影响推动下，装饰艺术早已成为唯美主义运动的重要组成部分。王尔德对装饰艺术的爱好早在圣三一学院读书时就开始了，那时他就开始收集小古董。他在牛津大学的宿舍里更是摆满了各种装饰品，如青瓷花瓶、从希腊带回来的小雕像、希腊小地毯、喜爱画作的相片、画架等。此外，王尔德的装饰品还包括护身符一样的百合花与向日葵花。借助于以上物品与花卉，他为自己的寓所营造了唯美的气氛，而这种美的氛围——按照他本人的观点——正是培育艺术气质所必不可少的。据传，王尔德曾经感叹：“我发现要让自己的生活配得上我的青瓷花瓶已经越来越难了。”这一感叹，后来经乔治·杜摩里埃的讽刺漫画加以夸张，成为王尔德最有名的警句之一。[②] 后来，他与康斯坦斯在泰特街的家，也装饰得十分艺术化。他专门聘请了艺术家戈德温为设计师，并亲自参与了室内设计。王尔德对于装饰艺术的热衷还体现在书籍的装帧与插图方面，几乎没有哪个作家像他那样追求自己书籍的装帧及插图的完美。

除了讲究的服饰与装饰，谈话艺术与行为艺术也是构成王尔德审美性处世风格的重要内容。他的一个戏剧人物伊林沃兹勋爵曾说：“一个能控制伦敦宴会桌局面的人就能控制全世界。”而王尔德本人就是这样一个主导餐桌谈话的健谈家。王尔德的谈话艺术主要从两个方面体现出来：一是他的喜剧、小说、故事中的人物或拟人化角色之间的对话，这方面的例子比比皆是，卡尔·贝克森曾将其作品中的隽言妙语编成了一本集子；二是许多同时代人的生动描述与见证，如叶芝就对王尔德完美的言辞印象很深，它们好像是“前一天晚上努力写好却又以十分自然的方式讲出来”的。[③]《佩森斯：邦索恩的新娘》(1881)的两位作者之一威廉·吉尔伯特，曾不无嫉妒地讥刺王尔德说：“我希望我能像你那样谈话，可我宁愿闭口不言并且声称它是一种美德。”王尔德则机智地答道：“那是自私的！我能够拒绝自己说话的快乐，

① Richard Ellmann, *Oscar Wilde*, London: Penguin Group, 1988, p. 37.

② Ibid., pp. 43 - 44.

③ Ibid., p. 37.

但不能拒绝别人听的快乐。”[①]

能与王尔德的语言艺术相媲美的，是他奇妙莫测的行为艺术。对于王尔德而言，行为主体既是审美主体，又是审美客体，行为的真正意义也因而从效果转移到形式。对生活审美形式的强调，使他像戏剧人物一样，一举一动都带上了浓郁的表演色彩。

这种装扮出来的姿态，固然不能完全排除王尔德表现自己的才智以求迅速成名的世俗动机，但更为根本的原因仍然是他将现实人生艺术化的审美冲动。1879 年，法国名演员莎拉·伯恩哈特访问伦敦，前往轮船码头迎候的王尔德把一大束百合花撒落在她的脚下。此欢迎仪式可谓奇思妙想、妙手偶得，令这位女演员十分欢喜。[②]

王尔德不仅试图将自己的人生琢磨成耐人寻味的艺术品，而且又将这件艺术品的多面折光成功地反射到自己的小说、戏剧中去，创造了多彩多姿的纨绔子形象，如萨维尔勋爵、多里安·格雷、亨利勋爵、达林顿勋爵、伊林沃兹勋爵、戈林子爵、奇尔顿爵士等。这些人物形象虽然个性、处境并不相同，但是他们却都拥有一个共同的身份——纨绔子。这类纨绔子衣饰精美、风度优雅、妙语惊人、玩世不恭，占据了王尔德艺术世界的中心位置。唐纳德·艾瑞克森(Donald Ericksen)在谈到王尔德的最后一部喜剧《不可儿戏》(1895)时甚至声称，该剧的每一个人物形象——不论男女、不分老幼——都被赋予了纨绔子的精神气质，“这些纨绔子既不是坏人，也不是救星。他们无处不在”[③]。于是，在他的生命中，艺术世界的审美形式与经验世界的审美形式相互辉映，亦真亦幻地交织在一起。然而，生活毕竟不是艺术，打破生活与艺术的界限，将审美性处世态度推到极端，必将遭遇个人的毁灭与社会的混乱。在王尔德本人的悲剧事件及其小说《道连·葛雷的画像》中，这一点清晰可见。

---

① Richard Ellmann, *Oscar Wilde*, London: Penguin Group, 1988, p. 131.

② Ibid., p. 113.

③ See Patricia Flanagan Behrendt, *Oscar Wilde: Eros and Aesthetics*, Basingstoke: Macmillan, 1991, p. 168.

## 四、共性存在于个性之中：对爱尔兰唯美主义范本的讨论

当纯艺术与伦理发生冲突时，艺术家会招引道德抨击。对此，《多里安·格雷的画像》的出版就是例证。尽管王尔德在喜剧方面的成就更加引人注目，但是真正体现其唯美主义创作特色的，依然是他的长篇小说《多里安·格雷的画像》。作为王尔德唯一的长篇小说，《多里安·格雷的画像》最初在1890年刊载于《利平科特月刊》(*Lippincott's Monthly Magazine*)，一经面世就遭到来自各方面的攻击，攻击主要集中在小说的道德和伦理层面。有鉴于此，1891年，王尔德对小说的部分内容进行了调整，并增加了序言与一些新的章节，成书出版。

《多里安·格雷的画像》的主人公是美的化身，暗含着某种唯美倾向。小说主人公多里安·格雷本是一名长于伦敦的贵族少年，相貌极为俊美。画家贝泽尔·霍尔渥德被多里安·格雷的美深深打动，饱含赞美之情地为他画了一幅神采奕奕的画像。多里安·格雷看到画像，发现了自己惊人的美。画家的朋友亨利·沃登勋爵先看到画像，又在画室里见到多里安·格雷本人，也对少年的俊美大为叹赏，对他产生了浓厚的兴趣。亨利勋爵以自己领悟的一套"新享乐主义"思想来教导多里安·格雷，即人生苦短，美貌易逝，要趁自己年轻貌美的时候充分享受生活：

> 时光妒忌你，向你脸上的百合花和玫瑰花不断进攻。你的面色会发黄，两颊会凹陷，眼神会变暗。你会痛苦不堪……啊！要及时享用你的青春。不要浪费宝贵的光阴去恭听沉闷的说教，去挽救那不可挽救的失败，去把自己的生命用在那些愚昧、平淡和庸俗的事情上。……一种新的享乐主义——这是我们时代的需要。……要知道，你的青春所能维持的时间是很短很短的。普通的山花谢了还会开……可是我们的青春却有去无还。二十岁时在我们身上跳动的欢乐的脉搏将缓慢下来。我们的肢体将失去弹性，我们的感觉将变得迟钝。……青春……除了青春，世上的一切毫无价值！

在王尔德笔下，美存在于无拘无束之中，是永葆活力与青春的源泉。亨利勋爵劝多里安·格雷去无拘无束地生活，自由表达情感。不久，多里安·格雷在伦敦东区一家破旧的小剧院里偶遇了稚气未脱的演员西碧儿·韦恩。多里安·格雷因为西碧儿的扮相所激发的美感而爱上她，但西碧儿对这份爱意的热烈回应却反过来破坏了多里安·格雷的美感。因为她沉浸于对多里安·格雷的爱而无法进入戏剧角色，从而导致演出失败。随着美感的消失，多里安·格雷的爱也结束了。他不仅绝情地撕毁了婚约，还刻毒地、理直气壮地侮辱了对方，从而导致西碧儿吞服含毒的化妆品自杀。事后，多里安·格雷发现画像中自己的表情突然变得狰狞可怖，他意识到自己的誓愿应验了，心里一慌，将画像从客厅移到阁楼上藏起来，但他不仅没有改过，反而更加放纵自己的欲望。

很多年过去了，多里安·格雷青春貌美依旧，画像却因他的斑斑劣迹而变得丑陋不堪。画家霍尔渥德在出国远行的前夜赶来规劝，多里安·格雷却基于对画像的憎恶、对自己丑陋灵魂的厌恶，恼羞成怒地杀死了画家。18年后，西碧儿当水手的弟弟詹姆士·韦恩回来寻仇，被多里安·格雷巧言骗过，他再次找多里安·格雷寻仇时却被猎枪击中死于非命。正是詹姆士的复仇和死亡，再一次刺激了多里安·格雷脆弱的神经。恐惧和绝望之中，他举刀向丑陋的画像刺去，结果却是自己胸口中刀死去。他的面容也在瞬间变得丑恶苍老，而画像则恢复了最初的青春、美貌和神采。

《多里安·格雷的画像》的出版一石激起千层浪，抨击其不道德的论者居多，但真正有鉴赏力的读者都对其艺术上的成功给予赞赏与肯定。就外界对该小说的批评，王尔德曾撰写、发表了一系列信件，对好友或公众谈自己的创作目的和原则，这些文件现在都成了研究王尔德美学思想的重要文献。在1894年2月12日致拉尔夫·佩恩的信中，王尔德曾如此写道："贝泽尔·霍尔渥德是我认为的我个人的写照。"王尔德的上述说法，在分析小说人物形象时虽然不能过分依赖，但是其至少说明了一点，即《多里安·格雷的画像》是一部凝结了作家多年审美体验与美学思考的著作。

王尔德通过作品，提出了"新享乐主义"生活观：

> 要有一种新享乐主义来再造生活……新享乐主义的目的就是体验本身，而不是体验结出的果实……新享乐主义的使命是教人们把精力集中于生活的若干片刻……。

这种新享乐主义可能会令19世纪90年代的英国文艺圈觉得似曾相识，因为早在《多里安·格雷的画像》正式发表的十几年前，他们就已经在佩特的著作《文艺复兴：艺术与诗的研究》(1873)的结论中读到过类似的观点。佩特认为，能够以诗与美点燃激情，在爱的狂喜与伤痛中，于既定的期限内尽可能增加脉搏的跳动，才是生活的理想境界。有人甚至声称，在亨利勋爵身上可以看到佩特的身影。"新享乐主义"重视创造、捕捉、享受一切形式的美和美感，依凭生命的感官、本能和情感诗化人生，以超然的审美态度享受生命的全部激情，期望以此达到现代人生的审美救赎。

作为一个践行审美享乐主义的纨绔子，多里安·格雷的确充分地、多方面地表现了他对美的崇拜和热爱。首先，他追求艺术审美享受，包括诗歌、小说、戏剧、音乐、绘画以及其他各类艺术作品的鉴赏和品味，这种艺术鉴赏带给他精神愉悦的同时，也培养和提高了他的审美趣味。其次，多里安·格雷热衷于对各种珠宝、绣品、壁毯等工艺品与装饰品进行赏玩，小说描写他花了大量的时间与精力学习、了解相关的知识，并不惜财力去搜集与购买这些美丽的饰品。多里安·格雷审美追求的第三个层次进入了日常生活层面，这就是对精美的衣饰、器物、鲜花等日用品的享用。他视生活为"首要的、最伟大的艺术"，当然他也着迷于时尚与纨绔主义。在他看来，"时尚能把奇思异想变得风靡一时，纨绔主义则是要以其独特的方式来确证美的绝对现代性"。他的服装式样、新奇作风和不经意间流露出的潇洒气度，对于伦敦上流社会的纨绔子们产生了很大影响。值得注意的是，多里安·格雷不仅在气度的优雅、衣饰的精美、装饰的艺术等方面孜孜以求，其审美追求已直接进入了情感与感官层面。

阿多诺曾经指出，隐藏在美感体验背后的基本力量是快感官能，这就决定了美感体验的双刃性，它既可能引领人走向升华，也可能向着单纯的官能快感蜕化。小说《多里安·格雷的画像》在描绘主人公多里安·格雷的审美享乐主义生活的同时，也精细地展示了其美感蜕化的全过程。

多里安·格雷的审美追求体现了从静态到动态的转变。起初，多里安·格雷在鉴赏艺术作品、沉迷于装饰艺术与服饰艺术、追求生活艺术化的时候，他确实是在尽可能地捕捉与享受美感体验。但很快，他便不再满足于独自的、静态的审美，而是怀着强烈的好奇与渴望投身到恋爱的激情中去。在最初与西碧儿恋爱之时，多里安·格雷仍然在体验着少女的青春、美貌、戏剧艺术以及初恋的冲动所带来的审美醉感。然而，当西碧儿从莎士比亚的角色中走出来，以一个下层阶级少女的本来面目痴心爱上他时，他便再也无法在亦真亦幻之间玩味这份模棱两可的激情。于是，他毫不犹豫地抛弃了这个可怜的少女。在多里安·格雷所谓的爱情里，只有一个高高在上的、夸大的自我主体，而西碧儿作为审美对象却被冷酷地客体化了。当西碧儿服毒自尽的消息传来时，多里安·格雷有过短暂的愧疚与悔恨，然而反思自己的恶行所带来的这种负面情绪是他不愿意承受的。显然，多里安·格雷选择做一个"有自持力的人"。为他而死的少女西碧儿尸骨未寒时，他已经和别人谈论歌剧院里遇到的格温多琳夫人是如何可爱，以及女歌手唱得如何婉转动听。在他这个"新享乐主义者"看来，反思是不必要的，因为"享乐是人们活着的唯一目标。没有什么东西会像幸福那样转瞬即逝"。道连相信并奉行着这样一种"唯乐原则"，然而这一信条暗藏的凶险之处恰恰在于，它根本不可能使主体达到完全的满足。

在弗洛伊德看来，主体的满足总是转化成新的需求冲动，成为更强大的驱动力量，从而使追求快乐和满足的欲望像脱缰的野马一样失去控制，变成一种危险的、毁灭性的力量。

西碧儿的死是多里安·格雷生活中的一个关键的转折点，自此他开始突破良心、道德乃至法律的禁区，步入腐化堕落的迷途。他所追求的审美醉感也在急剧蜕化变质，以至于"有时候，他干脆把作恶看成实现他的美感理想的一种方式"。当为了逃避因杀害霍尔渥德而产生的恐惧不安，深夜潜入伦敦城里肮脏下流的巢窟寻求消遣的时候，多里安·格雷已经弃绝了优美的艺术形式，对丑恶的阴暗面愈感亲切。

多里安·格雷所谓的"新享乐主义"最终还是与他的初衷背道而驰，跟

"使感觉麻木的低下的纵欲"混为一体。多里安·格雷本身作为王尔德笔下最为著名的纨绔子,也像克里斯托夫·纳撒尔所说的那样,"退化成一个完美的颓废个例"[①]。在一定意义上,可以说多里安·格雷的悲剧预言了作家本人日后的命运。

《多里安·格雷的画像》可以被视为王尔德演绎其美学思想与审美体验的一次尝试。小说的唯美主义特色表现在多个方面:其一,它塑造了多里安·格雷这一审美享乐主义者的形象;其二,它借助一个"美而不真实的故事",对美的一系列问题进行了深度探讨。作为一个奇迹故事,《多里安·格雷的画像》与歌德的《浮士德》有着相似的神话模式,只不过艳丽绝伦的美貌代替了宗教神话中凶恶可怖的魔鬼,成为新的魔法源泉。小说推崇美的价值,表现美的魔力,探讨美与丑、美与恶、审美与感官享受以及宗教信仰之间的关系。在虚构的生活情景中,主人公多里安·格雷将现实生活中不可能完成的审美探险推到极致。

小说的第三个唯美主义特色表现为道德立场的暧昧。作家从主人公多里安·格雷的角度去思考和感受生活,即使对多里安·格雷恶行的描绘也采用了诗情画意的笔触。内容的丑与形式的美,共同构成了该书唯美主义风格的魅力与张力。在第 14 章,多里安·格雷借助于阅读戈蒂叶的诗集《珐琅与雕玉》来排遣行凶带来的内心不安。在这段描写中,曼妙的诗境、优雅的情致、绚丽的想象与可怕的罪恶无缝对接、水乳交融。在这里,行凶者的愁怀就像任何风花雪月的闲情愁绪一样,被写得轻松、潇洒、灵思逸飞,读来让人感到震撼!作家所追求的正是这种美学效果!

在艺术形式方面,《多里安·格雷的画像》也具有鲜明的唯美主义特色,不仅有精致的神话框架,而且语言极其华美。王尔德向来注重语言的美感,然而作为唯美主义的代表作,《多里安·格雷的画像》却又蕴含着反唯美主义的信息,这一点从作家对小说主人公悲剧结局的处理可以看出。

熟悉王尔德文字的读者就会发现,他的字里行间总是存在着自相矛盾之处。譬如,尽管他一再强调"一切艺术都是毫无用处的",反对赋予艺术以

① Christopher S. Nassaar, *Into the Demon Universe: A Literary Exploration of Oscar Wilde*, New Haven and London: Yale University Press, 1974, p. 37.

任何社会目的，但是他不仅支持柏拉图的美育理论，赞赏亚里士多德的净化说对艺术接受心理机制的分析，而且从文明史的宏阔视野出发，分析了批评精神在人类文化的健康发展中所起到的保障作用。他的童话作品《快乐王子》(1888)、《自私的巨人》(1888)、《少年国王》(1891)、《星孩》(1891)等也都是教导向善的作品。在《W. H. 先生的画像》中，王尔德根据莎士比亚的十四行诗中的内容，推断出它们所题献的对象是一个身份为男童演员的爱人，这显然违反了他本人反对从艺术作品中寻找艺术家本人印迹的主张。王尔德本人对自己著述中的矛盾与悖论亦并非没有自觉，但他却以一种纨绔子的任性满不在乎地声称，一个真正的批评家"绝不会允许自己成为自己观点的奴隶。因为在智力范畴内，思维如果不是一种运动，还会是什么呢"？"艺术的真理便是其反论也是真的。"其实，王尔德美学与创作中之所以存在矛盾，就是因为他的美学思想存在着严重的偏差。无论是对艺术自律性的强调，还是对生活模仿艺术的主张，都有所偏离。关于这一点，王尔德后期在《自深处》中有更加深刻、更加自觉的反思。正如纪德指出，王尔德的《自深处》是反对他前期批评著作《意图集》的。[①] 耐人寻味的是，关于王尔德思想与创作中的矛盾性，我们也可以从正面去看，即把这种矛盾性视为对唯美主义局限的矫正与超越。正是这种矫正与超越，才使王尔德的创作突破了唯美主义的理论局限，达到更为疏阔的艺术境界。在此意义上，我们可以说，《多里安·格雷的画像》是一部既极富唯美主义特色，又超越了唯美主义的作品；而王尔德也是一位既代表了唯美主义风格，同时又超越了唯美主义的作家。

## 结语

爱尔兰复杂、独特的历史渊源和政权变迁，使其社会各阶层呈现出政治、信仰和语言上的多样性。英国长期的殖民统治和政治压迫则推动社会阶层走向了两极分化，形成了新教徒和天主教徒的对立。来自英格兰的新

① Christopher S. Nassaar, *Into the Demon Universe*: *A Literary Exploration of Oscar Wilde*, New Haven and London: Yale University Press, 1974, p. 340.

教徒在政治上处于统治地位，而本岛占爱尔兰人口绝大部分的天主教徒却处于被压迫的地位。19世纪中期的大饥荒之后，一部分新教徒开始站到了民族主义立场上，从而形成了一个中间阶层，即“中间的爱尔兰”，爱尔兰的民族主义斗争也由此发展到一个新阶段。尽管爱尔兰的民族主义运动成为了这个时代的主流，但主要由新教徒组成的都柏林文化圈里仍然活跃着各种文艺思潮，在欧陆和不列颠岛内发展势头强健的唯美主义思潮也在这里找到了适宜的土壤。作为爱尔兰唯美主义的代表作家，奥斯卡·王尔德来自都柏林一个“中间的爱尔兰”家庭，家中优裕的物质生活、丰厚的文化底蕴、浓郁的文学艺术气息，培养了他早期那种超然的，更加注重个体自由、审美趣味、物质享受和精神探索的人生态度。在都柏林圣三一学院和牛津大学的读书生活，更令他接触到当时欧陆与英伦流行的唯美主义思潮和文艺作品，从而逐渐形成自己的唯美主义思想与立场。

王尔德的唯美主义美学大致可以分为两个层面：在艺术哲学层面，他追求为艺术而艺术；在处世态度层面，他倡导生活模仿艺术。在这种美学思想的指导下，王尔德不仅创作出一系列具有鲜明个人特色的文学杰作，而且追求生活艺术与行为艺术，形成独特的个人风格。王尔德最具代表性的作品是其长篇小说《多里安·格雷的画像》，该书成功地塑造了一个审美享乐主义者多里安·格雷的形象。在描绘主人公追逐审美快感的享乐主义生活的同时，作品也精细地展示了其美感蜕化的过程。《多里安·格雷的画像》在人物塑造、思想旨趣、语言形式等许多方面都表现出典型的唯美主义特征，然而作家对小说主人公悲剧结局的处理又传递出反唯美主义的信息。这种矛盾性既是作家唯美主义诉求内在悖论的体现，也可以视为他对唯美主义理论局限性的突破与超越。令人遗憾的是，王尔德的辉煌创作生涯因为1895年的诉讼而走向终结。随着王尔德被判入狱，爱尔兰的唯美主义思潮也随之趋于沉寂。

# 第四章 爱尔兰文艺复兴思潮

## 引论

爱尔兰文艺复兴思潮在以往的变革积淀里应运而生，带来了广阔而深远的影响。19世纪末至20世纪初，爱尔兰文坛掀起了一股复兴古代爱尔兰语言与文化的热潮。这股以"复兴"为特征的文化民族主义热潮，有别于以往高度学术性的凯尔特考古研究，直接以艺术复兴和文艺再创作的形式使得古代文化遗产的精华再次深入人心，其重新唤醒了爱尔兰民众对历经英国殖民者的文化打压、已经式微的爱尔兰本土语言与文化的热情，催开了爱尔兰文艺复兴的文学之花，使其娇艳绽放，并直接涉及未来独立民族国家的文化重塑问题，具有重要的政治性和文化影响力。

盖尔语的式微使爱尔兰人的民族性岌岌可危。如今常被用来界定本土爱尔兰人的两大文化标识——盖尔语(现代爱尔兰语的前身)和天主教——都形成于前殖民时代的盖尔贵族统治时期(约9—16世纪)。那一时期，爱尔兰拥有十分辉煌的本土文化，是"阿尔卑斯山以北最早拥有本族语文学的民族，比盎格鲁—撒克逊人、斯堪的纳维亚人以及威尔士人都早"[①]。但是，1690年的博因河战役(Battle of Boyne)之后，英国牢固确立起对爱尔兰的殖民统治，殖民当局对盖尔语及其文化采取打压政策。到19世纪末期，爱

① Edmund Curtis, *A History of Ireland: From Earliest Times to* 1922, London: Routledge, 2000, p.18. 本章中的英文引文，如无特殊说明，均为笔者自译，特此说明。

尔兰语(或爱尔兰盖尔语)已经成为垂死的语言,使用人数锐减,使用范围仅集中在穷乡僻壤,难成气候。以爱尔兰语为载体的那些英国占领爱尔兰之前的古代文化残留物——民间传说、神话故事、英雄史诗、文化典籍等——也因缺乏印刷出版途径而奄奄一息,主要依靠手稿和口头文学传统得以在民间残存。

19世纪末的这股"复兴"思潮便开端于对这一古代民族文化遗产的发掘和抢救工作,其既催生了以爱尔兰语为基础的文学创作,激发了一种民族精神,也推动了爱尔兰岛民族独立事业的进一步开展。一方面,抢救和复兴爱尔兰语的热情高涨,爱尔兰语及其文学创作被重新提上紧要的日程;另一方面,以斯坦迪希·奥格雷迪(Standish James O'Grady, 1846—1928)、威廉·巴特勒·叶芝(William Butler Yeats, 1865—1939)、格雷戈里夫人(Lady Isabella Augusta Gregory, 1852—1932)和辛格(John Millington Synge, 1871—1909)等为代表的具有民族主义思想的英爱(Anglo-Irish)文人,致力于用英语收集和整理那些原本口头流传的古代故事,并以书面印刷的形式使其得以保存和重新流传开来。这些重新流传的古代爱尔兰神话史诗与民间传说,又进一步给文艺复兴作家的艺术创作提供了不竭的灵感资源。库胡林(Cuchulain)、乌辛(Oisin)、芬恩(Fin)等本已鲜为人知的古代史诗人物重新成为爱尔兰家喻户晓的英雄,而且在文艺复兴作家的笔下,这些古代英雄的丰功伟绩与当时方兴未艾的民族独立事业交织在一起,形成了独特的、有别于英语文化传统的爱尔兰民族英雄观,并进一步通过1916年复活节起义(1916 Easter Rising)的深刻影响,在爱尔兰历史上留下了难以磨灭的印记。

爱尔兰文艺复兴思潮绝不仅局限在语言与文化领域,而是与19世纪末20世纪初的爱尔兰政治局势紧密相关,具有高度的政治性。作家乔治·拉塞尔(George Russell,笔名AE,1867—1935)认为,"我们必须跳过这七个世纪的斗争去研究民族的起源,就像词典学家一样,为了了解一个词的确切含义而一直追踪到它的词源"。[①] 其中,"七个世纪的斗争"指的是自12世纪英

① Requoted in Michael Mays, "'Irelands of the Heart': The Ends of Cultural Nationalism and the Limits of Nationalist Culture", *The Canadian Journal of Irish Studies* 22: 1(1996), p. 17.

国入侵爱尔兰以来，英爱之间持续发生的摩擦与斗争。拉塞尔的话点明了这一古代文化遗产复兴热潮的一个重要原因，即作家们希望像研究词源一样研究爱尔兰民族的起源，将之追溯到前殖民时期的爱尔兰，以期了解爱尔兰民族性的确切含义，从而提供一个有别于英国的历史框架，在现代重新建构爱尔兰的民族性。正是在这个意义上，古代爱尔兰语的诗歌、神话等文化遗产的现代复兴具有高度的政治性。如理查德·卡尼所指出的，这股"复兴"思潮并非单纯地"对某个被遗忘世界的怀旧"，而是具有强烈的现世关怀和文化筑基功用，"揭开了新的、前所未有的世界，开启了通往可能的其他世界的道路"。[①]

## 一、爱尔兰语的现代复兴

19世纪末的文艺复兴潮热度，首先表现于对本土语言的复兴热情。爱尔兰语的历史极为悠久，"爱尔兰盖尔语"(Irish Gaelic)简称为"爱尔兰语"(Irish)或者"盖尔语"(Gaelic)，是有纪录证明的最为古老的西欧语言文字之一，也是凯尔特语族(Celtic Language Family)现存最古老的分支，与"苏格兰盖尔语"(Scottish Gaelic)和"威尔士语"(Welsh)都有亲缘关系。

爱尔兰语自英国入侵以来一直受到歧视和压制，逐渐沦落到几近衰微的境地。英国殖民者自12世纪开始入侵爱尔兰以来，为了巩固统治，不断打压爱尔兰语，实施文化排挤和文化灭绝的政策。从1691年起，英国殖民当局还陆续颁布《刑法》(the Penal Laws)，对天主教徒和持异见者实行残酷的宗教迫害与法律歧视，试图以此强迫天主教徒改信新教。整个18世纪，没有以爱尔兰语写就的书籍面世，少量残存的爱尔兰语作品也只以手稿的形式流传。此外，英国殖民统治牢固之后，爱尔兰本土人士，尤以中上阶层人士为代表，出于政治和经济利益的考量，纷纷摒弃爱尔兰语，以说英语为荣，以说爱尔兰语为耻。在此背景下，爱尔兰语仅被缺乏受教育机会的底层

① Richard Kearney, "Myth as the Bearer of Possible Worlds: Interview with Paul Ricoeur", in M. P. Hederman and R. Kearney eds., *Crane Bag Book of Irish Studies 1977－1981*, Dublin: Blackwater Press, 1982, pp. 265－266.

贫困人口和边远地区农民当作日常语言使用。雪上加霜的是，19 世纪中叶，惨绝人寰的爱尔兰大饥荒爆发，底层贫困人口大量死亡或被迫去国离乡，从而几乎摧毁殆尽了爱尔兰语赖以存在的社会基础。到 19 世纪后半期，爱尔兰语已经名存实亡：日常使用人口极少且集中在西部、南部的小块偏远地区；因为缺乏印刷标准化的过程而没有统一的标准拼写体系；不被纳入官方教育体系，且本身又缺乏系统完整的语言教育体系。如今，依据爱尔兰的宪法，爱尔兰语是爱尔兰共和国的民族语言和第一官方语言，也是欧盟的工作语言之一。这一地位的飞升，19 世纪末 20 世纪初的盖尔语复兴热潮（Gaelic Revival）功不可没。

严格说来，学者们很早就表现出对盖尔语的研究兴趣，有关凯尔特文化的学术研究早在 18 世纪末就已如火如荼。这股考古学研究热情主要出现在欧洲大陆，研究对象是古代凯尔特的语言、文学和音乐。大约 1 世纪左右，历史上曾经盛极一时的凯尔特部族分崩离析，其统治区域绝大部分被新崛起的罗马占领。爱尔兰因为地理位置偏僻而躲过一劫，成为西欧唯一完全没有被罗马化过的古凯尔特地区。因此，爱尔兰在凯尔特文化的考古研究中占有十分重要的地位，其语言和文化是这股凯尔特复兴潮的重要研究对象，而欧洲学者在这股复兴热潮中扮演了主要角色。德国历史学家约翰·宙斯（Johann Kaspar Zeuss，1806—1856）出版的《凯尔特语法》（*Grammatica Celtica*，1853），奠定了对古爱尔兰语（Old Irish）进行科学研究的基石，由此开创了凯尔特历史语言学研究学科（Celtic philology）。此外，一些专业性的学术期刊，如《凯尔特评论》（*Revue Celtique*，1870 年创立）和《凯尔特历史语言学期刊》（*Zeitschrift für celtische Philologie*，1897 年创立）等，相继成立，影响巨大。这一时期，大批专业学者涌现出来，采取包括考古学（archeology）、历史语言学（philology）、人类学（anthropology）、人种学（ethnography）、语言学（linguistics）等在内的各种学术理论和研究方法进行研究。凯尔特研究（Celtic Studies）成为一门显学，在爱尔兰、澳大利亚、德国、法国、加拿大、美国、英国等地被列为大学的学科专业。

这股凯尔特研究热潮在客观上挖掘和保护了古代凯尔特的语言和文化遗产，为 19 世纪末 20 世纪初爱尔兰的盖尔语和盖尔语文化的复兴提供了原料和借鉴意义，但其由于种种原因而曲高和寡，并未激发起民族情绪高昂的普通民众之投身积极性。1830 年成立的阿尔斯特盖尔语社团（Ulster Gaelic Society）、1853 年建立的爱尔兰奥西安社团（the Irish Ossianic Society）、1876 年成立的保护爱尔兰语社团（the Society for the Preservation of the Irish language）等学术机构，致力于爱尔兰语的抢救和保护工作，并鼓励爱尔兰语手稿典籍的出版和研究。然而，这股复兴热潮太过学术化和精英化，受众范围太窄，并不完全契合高涨的爱尔兰民族主义情绪的需求。因此，在 19 世纪末，爱尔兰本土出现了一股新的语言复兴热潮，称为“盖尔语复兴”，其将关注对象从广泛的凯尔特语族窄化到爱尔兰本土盖尔语，并且大大提升民众的参与性，旨在复兴爱尔兰语的日常使用。

1893 年成立的盖尔语联盟（the Gaelic League）对“盖尔语复兴”起到了重要的领导作用。联盟创始人、首任主席道格拉斯·海德（Douglas Hyde，1860—1949）是知名学者和政治家，后来成为爱尔兰共和国的第一任总统（1938—1945）。另一位创始人、第二任主席约恩·麦克尼尔（Eóin MacNeill，1867—1945）也是知名学者和政治家，他在 1922 年至 1925 年间担任新生民族国家的教育部长。海德出生于英爱新教家庭，接受正规英语教育，但却从小对爱尔兰语表现出浓厚兴趣，并能熟练使用。麦克尼尔出生于罗马天主教工人阶级家庭，其家乡北爱尔兰安特里姆郡的格莱纳姆，号称是北爱历史最为悠久的村镇，是残存不多的爱尔兰语使用地区之一。麦克尼尔在贝尔法斯特女王大学（Queen's University Belfast）完成大学教育，对爱尔兰早期历史有浓厚兴趣，于 1908 年起担任爱尔兰都柏林大学（University College Dublin）的早期爱尔兰史教授，奠定了该校对爱尔兰早期中世纪历史的现代研究基础。这两位创始人的语言政策观点通过盖尔语联盟的运作，产生了极大的社会影响。

“去英国化”和“复兴盖尔语”相辅相成。1892 年 11 月 25 日，在盖尔语联盟成立前夕，海德在爱尔兰民族文学社（the Irish National Literary Society）[①]发表演讲，题为《论爱尔兰去英国化的必要性》（*The Necessity for*

① 该社于 1892 年由叶芝等人在都柏林创立，海德是其首任主席。

*De-Anglicizing Ireland*)，纲领性地提出爱尔兰应该去除英语和英语文化的影响，转而以爱尔兰语为基础来重建民族文化。海德认为，在现代复兴爱尔兰语的使用，使其成为一门活生生的日常语言，这一工作至关重要，关系到爱尔兰的民族重建过程。因此，盖尔语联盟的一个主要目标就是鼓励和教导爱尔兰人民在日常生活中使用爱尔兰语。盖尔语联盟并不是第一个致力于研究和复兴爱尔兰语的组织，但它却是第一个非学术性的、向大众普及爱尔兰语的组织。到 1904 年，该组织已经拥有约 600 多个分支机构，成员多达 5 万人，成为 20 世纪初爱尔兰社会生活中的一个重要影响因素。[①] 新一代的爱尔兰政治领袖，包括埃蒙·戴·瓦拉纳(Éamon de Valera, 1882—1975)、迈克尔·柯林斯(Michael Collins, 1890—1922)、欧内斯特·布莱斯(Ernest Blythe, 1889—1975)和帕特里克·皮尔斯(Patrick Pearse, 1879—1916)等，都是在盖尔语联盟里接触到古代爱尔兰的辉煌文明成就，并从此走上为民族独立而奋斗的革命道路的。[②] 盖尔语联盟还主办了报纸《光之剑》(*An Claidheamh Soluis*, 1899—1931)，由麦克尼尔担任首位主编。后来，1916 年复活节起义的主要领袖之一皮尔斯，以及著名的爱尔兰民俗学家肖恩·麦克加奥拉纳斯(Seán Mac Giollarnáth, 1880—1970)等先后担任主编。该报出版了大量英语和爱尔兰语的文学作品和时事评论文章，是文艺复兴时期的一个具有重要影响力的文化刊物。

其中，皮尔斯是重要的参与者，他少有壮志，怀有极其高涨的热情推动爱尔兰语的复兴。皮尔斯 4 岁便开始学习爱尔兰语，年少时便立志为爱尔兰的自由而奋斗。[③] 1896 年，年仅 16 岁的皮尔斯加入盖尔语联盟，并在 1903 年成为《光之剑》报纸的主编。皮尔斯认为，爱尔兰语的复兴是塑造民族意识的基石，而复兴语言的根本在于改革教育体制，复兴古代英雄主义精

---

① P. J. Mathews, *Revival*: *The Abbey Theatre*, *Sinn Fein*, *the Gaelic League and the Co-operative Movement*, Cork, Ireland: Cork University Press, 2003, p. 24.

② 戴·瓦拉纳是著名的政治活动家，长期担任爱尔兰主要政治党派首脑和政府主席，还是 1937 年《宪法》的主导者。柯林斯是 20 世纪早期的重要革命者、政治家，主导了《英爱和约》的谈判(1921—1922)，并于和约签订后担任临时政府主席，1922 年 8 月被反和约派暗杀。布莱斯是著名记者，曾担任过阿贝剧院的总经理，独立后先后担任财政部长、邮电部长、副总理等要职。皮尔斯是 1916 年复活节起义的主要发起人和领导人之一，起义失败后被俘，后被处死。

③ 关于皮尔斯更详细的生平可参见 Ruth Dudley Edwards, *Patrick Pearse*: *The Triumph of Failure* (London: Victor Gollancz, 1977). celt. ucc. ie//pearse. html. Accessed 12 Dec. 2018。

神。他认为,现有的教育体制只会把爱尔兰的孩子培养为温顺的英国人,因此教育改革势在必行:

> 在教育中,一则英雄故事要比欧几里德的一个命题更为重要。……现代世界最需要的,而且爱尔兰比别的国家更为需要的,是重新焕发的英雄精神。假如我们的学校能够应对这一任务,再次将骑士的勇敢、力量和真理在学生中培养起来——强调这种类型的效率,而不是英国行政职员所需的那种特殊类型的效率,那么我们的教育体制才算勉强初具雏形。[①]

皮尔斯筹集资金来开办学校,以教育作为推动爱尔兰复兴的武器。为此,皮尔斯首度进行实验,于 1908 年在都柏林郡的郊区开办圣恩达双语男童学校(St. Enda's School),采用英语和爱尔兰语双语教学,并用库胡林的英雄主义精神教育学生,吸引了许多具有民族主义思想的人士将子弟送至此处就读。1914 年,为了筹措办学资金,皮尔斯还远赴美国,宣讲其民族主义思想和复古教育理念,得到了具有民族主义情愫的爱裔美国移民的大力支持。圣恩达学院虽然存续的时间并不长,但是就皮尔斯的教育理念来说,学校办得相当成功。1916 年复活节起义中,有 5 位起义军领袖曾在圣恩达担任过教师,还有 30 多名圣恩达学院的学生一直坚守在起义军总部所在地都柏林邮政总局大楼。[②] 圣恩达成为皮尔斯实践其革命思想、培养革命骨干的一个成功的实验基地。

爱尔兰语的复兴催生了社会各界接触爱尔兰文化的热情。伴随着语言复兴热潮而来的,是对古代爱尔兰文化的全面热情。1884 年,盖尔体育协会(Gaelic Athletic Association)创立,对爱尔兰曲棍球(hurling,又译"板棍球")、盖尔式足球(Gaelic football)等盖尔体育运动的复兴热情日益高涨,如

① Patrick H. Pearse, "The Murder Machine", in Seamus Deaneet al eds., *The Field Day Anthology of Irish Writing* (*Volume II*), Derry, Northern Ireland: Field Day Publications, 1991, p. 292.

② Elaine Sisson, *Pearse's Patriots: St Enda's and the Cult of Boyhood*, Cork: Cork University Press, 2004, p. 4.

今这两项运动已经成为爱尔兰的两大国家运动。此外，音乐节（Feis Ceoil，或 Festival of Music）在各地不断举行，推动了以竖琴、风笛、爱尔兰民歌等为代表的爱尔兰音乐的现代复兴。所有这些“复兴”行为均体现出一种深刻的民族自觉意识，本已基本销声匿迹的爱尔兰曲棍球、竖琴等又再次出现在人们的视野中，成为备受珍视的民族文化表征物。

在文学方面，爱尔兰语的发展激发了爱尔兰人民用爱尔兰语进行创作的热情，而这种对爱尔兰语的热忱又推动了爱尔兰语现代文学创作的萌芽。1901 年，爱尔兰文学剧院（the Irish Literary Theatre，阿贝剧院的前身）上演了海德的爱尔兰语独幕剧《绳结》（*Casadh an tSúgáin* 或 *The Twisting of the Rope*），这是第一部在专业舞台上演出的爱尔兰语戏剧。1904 年，彼得·奥利里（Peadar Ua Laoghaire 或 Peter O'Leary，1839—1920）出版了爱尔兰语小说《肖纳》（*Séadna*，最早于 1894 年在杂志上连载），被盖尔语复兴主义者奉为圭臬，认为它提供了本土人民使用的活生生的语言。[①] 此后，皮尔斯和帕特里克·奥康纳尔（Padraic ÓConaire，1883—1928）的创作实践真正开创了爱尔兰语的现代文学创作。

皮尔斯的爱尔兰语创作在这一时期颇具代表性。除了大量的英语政论文和演讲之外，皮尔斯还用爱尔兰语创作了一些反映其革命思想的戏剧、诗歌和短篇故事等。站在 21 世纪回望，皮尔斯作品的艺术成就并不高，其主要是用一些高度寓言性、理想化的形象来阐释革命理想。以《国王》（*An Rí* 或 *The King*，1912）为例，英勇的国王与外敌作战却屡战屡败，僧侣们认为原因在于国王抛弃了对上帝的信仰，因而不能得到上帝的帮助。于是，他们从孩子中选出了纯洁无罪、信仰坚定的乔拉，加冕他为国王，并让他带兵作战。最终，敌人退却，胜利的将士们带回乔拉的尸体。[②] 这部剧很明显地表达了皮尔斯将天主教信仰与民族主义革命理想结合起来的思想，从中也能看出他“血祭爱尔兰”的殉道主义精神，这与他四年后明知必死也仍然坚持发动 1916 年复活节起义的行为高度一致。皮尔斯去世之后，他的学生德斯蒙德·莱恩（Desmond Ryan，1893—1964）花了数年时间收集、整理他的作

---

① Robert Hogan ed., *The Macmillan Dictionary of Irish Literature*, London: Macmillan, 1980, pp. 61 - 62.

② Patrick Pearse, "The King." celt. ucc. ie//published/E950004-002/index. html. Accessed 12, Dec. 2018.

品，并于1922年出版英爱双语版的《皮尔斯全集》(*Collected Works of Pádraic H. Pearse*, Phoenix Publishing)，奠定了皮尔斯作为20世纪初重要爱尔兰语作家的地位。2009年，美国康奈尔大学出版社还将学校图书馆珍藏的该版图书扫描后重新出版作为纪念，题为《皮尔斯全集：政论与演讲(1922)》(*Collected Works of Pádraic H. Pearse: Political Writings and Speeches (1922)*)。

此外，皮尔斯的爱尔兰语文学创作还在爱尔兰音乐的复兴上留下了绚烂的一笔。他借鉴爱尔兰语诗歌传统，对民谣《哦，欢迎回家》(*Óró, sé do bheatha 'bhaile*)进行的现代改编产生了深刻的文化影响力。该民谣历史悠久，本是新郎在新婚旅行之后首次带新娘回家时所唱的歌曲。皮尔斯以《芬尼亚的号角》(*An Dord Feinne*)为题，将歌词改写为武士欢迎象征爱尔兰的女性回家的革命歌曲。该诗汲取了18世纪"阿希林"(Aisling)爱尔兰语诗歌传统[①]，将爱尔兰拟人化为一位被外敌奴役、急待救援的女性形象，而拯救她的则是"格雷斯·奥马里和一千个英雄"[②]。格雷斯·奥马里(Gráinne Mhaol, c.1530—c.1603)是爱尔兰西部最后一批的盖尔贵族统治者之一，有"海盗女王"之称，在抵抗英国入侵的长期战争中影响极大。同时，她也频频在爱尔兰民间传说故事中出现，是一位重要的传奇人物。皮尔斯将她列为爱尔兰的拯救者，显然改写了历史上"阿希林"诗歌中将爱尔兰的希望寄托于法国或者西班牙的传统[③]，意在强调拯救者的纯爱尔兰身份："他们是盖尔人，既不是法国人也不是西班牙人"[④]。经皮尔斯改写之后，这首民谣在1916年复活节起义和后来的独立战争中被不断传唱，逐渐成为脍炙人口的经典革命歌曲。

与创作生涯短暂的皮尔斯相比，这一时期的另一位主要爱尔兰语作家奥康纳尔在艺术上的成就更高，堪称20世纪初最重要的爱尔兰语作家。奥

① 参见陈丽：《爱尔兰文艺复兴与民族身份塑造》，天津：南开大学出版社，2016年，第268—273页。

② Patrick Pearse, "The Dord Feinne", celt. ucc. ie//published/E950004-021/index. html. Accessed 12 Dec. 2018.

③ 曼甘所译的《黑美人罗莎琳》(详见本章下文)就是这一类型的传统诗歌的代表。曼甘该诗在文艺复兴时期影响广大，皮尔斯应该熟悉，因而他对这一处的改动更显主观刻意性，彰显了皮尔斯的政治主张。

④ Patrick Pearse, "The Dord Feinne".

康纳尔的文学创作基本全用爱尔兰语，一生笔耕不缀，著作等身，共完成 26 本书、473 个短篇故事、237 篇散文和 6 部戏剧。[①] 奥康纳尔于 1882 年出生在爱尔兰西部的戈尔韦郡，7 岁后随叔叔一家生活在康内马拉郡的爱尔兰语保留区，能熟练使用爱尔兰语。1899 年后，他移居伦敦，并逐渐接触盖尔语联盟的工作。1901 年，《光之剑》发表了他的短篇小说处女作《渔夫与诗人》(*An t-Iascaireagus an File*)。1914 年，奥康纳尔重返爱尔兰定居。奥康纳尔公认的代表作是中篇小说《流放》(*Deoraíocht*，1910)，该作品被安吉拉·博尔克(Angela Bourke)称为“爱尔兰语的现代主义小说的首部作品”[②]，是盖尔语复兴时期除《肖恩》之外的最重要作品。该作品以作者的移民经历为创作基础，作品的场景在戈尔韦和伦敦之间变化，探讨了爱尔兰移民带来的文化遗失问题。小说中表现的对弱势群体的同情，对社会不公的批判，以及它打破爱尔兰文艺复兴对乡村生活描写的常规，拒绝将农村生活浪漫化描写为城市生活的对立面的现实主义做法[③]，都令评论家大为赞扬。2017 年 11 月，奥康纳尔的雕像在其故乡戈尔韦的艾尔广场揭幕，希金斯总统(Michael Higgins)亲自参加了典礼，对这位作出重大贡献的爱尔兰语作家表达敬意。[④]

除了作家、艺术家的个人努力之外，爱国团体和教育机构的参与也进一步促进了爱尔兰语文学创作和翻译的热潮。盖尔语联盟等语言复兴机构为了辅助语言教学，将一些英语作品翻译为爱尔兰语充当教材和读物。1903 年，乔治·摩尔(George Moore，1852—1933)出版短篇小说集《未开垦的土地》(*The Untilled Field*)，其创作目的就是将作品翻译成爱尔兰语，以便盖尔语联盟用作范文，教导学生用爱尔兰语写作。摩尔曾长期旅居巴黎，是英语作家中最早汲取法国现实主义技巧的作家之一，尤其深受左拉(Emile

① Angela Bourke, ‘Legless in London: Pádraic Ó Conaire and Éamon A Búrc’, *Éire-Ireland* 38: 3/4(2003), p. 55.

② Ibid, p. 54.

③ 爱尔兰文艺复兴时期的作品对农民和农村生活倾向于浪漫化描写，将其刻画为城市生活的对立面。

④ Eibhlin O'Neill, “Statue of Irish writer and journalist Pádraic ÓConaire unveiled in Galway,” 24 Nov. 2017. transceltic. com/blog/statue-of-irish-writer-and-journalist-p-draic-conaire-unveiled-galway. Accessed 12 Dec. 2018. 该雕像是著名爱尔兰雕刻家阿尔伯特·鲍尔(Albert Power, 1881—1945)的作品，数十年来一直矗立在艾尔广场，是戈尔韦的热门旅游景点。但是 1999 年，该雕像意外遭到损毁，之后移入博物馆修复保存，此次新立的雕像是原作的等比例仿制品。

Zola，1840—1902)的影响。摩尔在1901年返回爱尔兰之前已经是成名的小说家，不过他的前期作品与爱尔兰民族主义事业并无关联。摩尔对爱尔兰文艺复兴的一大贡献在于，他将法国现实主义引入了爱尔兰文坛。《未开垦的土地》以现实主义的风格探讨了天主教会对农民生活的干预，以及底层人口被迫移民等严重影响爱尔兰国计民生的现实问题，入木三分地刻画了爱尔兰乡间令人窒息的宗教强权和农民的极度贫困，对后来成长起来的年轻一代短篇小说作家，如肖恩·奥法兰(Sean O'Faolain，1900—1991)和弗兰克·奥康纳(Frank O'Connor，1903—1966)等，都产生了较大的影响。甚至乔伊斯也被认为受惠于摩尔，他的《都柏林人》被称为"摩尔影响下的第一个直接作品"。[①]

与此同时，将古代爱尔兰语作品翻译为现代爱尔兰语作品的工作也在进行。据菲利普·奥利里的细致总结，在1922—1929年间的爱尔兰自由邦境内，现代爱尔兰语作家在处理和利用古代英雄神话时，一个重要的关注点便是如何尽快将古代爱尔兰语文学作品高质量地翻译为现代爱尔兰语，以便从古代文学中学习有用的词汇和习语，并在此基础上逐渐形成全国通用的现代爱尔兰语。[②]

综上所述，19世纪末20世纪初的盖尔语复兴对于爱尔兰语及其文学创作的现代复兴至关重要。从此之后，爱尔兰语和爱尔兰语文学虽然相较英语和以之为媒介的爱尔兰文学创作仍是涓涓细流，但是其已经从濒危的边缘挣扎了回来，摆脱了死亡的阴影，获得了新生。不过，与刚刚萌芽的爱尔兰语文学创作相比，这一时期的英语文学流传更广，影响更大，也更具艺术水准和研究价值。本章将从两个方面来探讨以英语为媒介的"复兴"浪潮，即对古代盖尔文化的现代英语译介热潮，以及从古代文化遗产中汲取灵感的现代英语文学创作。

① David H. Greene, "Ireland: 5. Literature", in *The Encyclopedia Americana International Edition* vol. 15, Danbury, Connecticut: Americana Corporation, 1980, p. 423.

② Philip O'Leary, "'Rebuilding Tara in Our Mental World': The Gaelic Author and the Heroic Tradition, 1922-1929", *Proceedings of the Harvard Celtic Colloquium* 15(1995), pp. 198-241.

## 二、古代盖尔文化的现代英语译介

英语是当代爱尔兰文化中难以抹去的一个"印记"。濒危的爱尔兰语在盖尔语联盟及其他语言复兴组织和人士的积极参与之下,出现了现代复兴的倾向。但是,英语仍然是爱尔兰最主要、最普及的语言,且是官方教育和出版的主要语言。因此,以英语为媒介的对古代爱尔兰文化进行复兴的潮流,更具文化影响力和研究价值。

这股热潮首先表现在对古代爱尔兰文化典籍和民间传说的收集、整理和译介。如前文所述,将存世的爱尔兰语古代典籍译介为英语的工作虽然早在进行,并形成了相当规模的学术研究体系,但是这些考古学、语言学、文献学等领域的学术作品读者圈狭窄,影响范围有限。直到 19 世纪后半期,具有爱尔兰民族主义思想的英爱文人介入之后,这一局面方才有所改变。首批尝试用英语来翻译和重述爱尔兰语文学精华并产生重要文学影响的先驱有詹姆斯·曼甘(James Clarence Mangan, 1803—1849)、塞缪尔·弗古逊(Sir Samuel Ferguson, 1810—1886)和斯坦迪希·奥格雷迪(Standish James O'Grady, 1846—1928)等人。

詹姆斯·曼甘出生于都柏林殷实之家,性格怪异,46 岁去世时穷困潦倒,孑然一身。他一生作品甚多,其文学价值至今尚未被完全挖掘,但文学声望却在去世前便已牢固确立。叶芝曾在《致未来岁月的爱尔兰》一诗中引曼甘与弗古逊等人为自己的文学偶像,希冀自己将来能够与之相提并论。[①] 曼甘精通多种语言,其文学翻译早期以德语诗歌(尤其是歌德)为主,后来则将主要精力放在爱尔兰语诗歌的英译上。不过,他的很多翻译事后被证明"假冒",其实是他自己的原创诗歌,却不知为何原因假托在别人名下。曼甘本人也极喜化名,用过的笔名不计其数。戴维·劳埃德(David Lloyd)在其里程碑式的曼甘研究专著中认为,这是一种拒绝身份的姿态,并

① William B. Yeats, "To Ireland in the Coming Times", *The Poems* ($2^{nd}$ *Ed.*), Richard J. Finneran ed., New York: Scribner, 1989, p. 46.

将其解读为曼甘对当时小资产阶级知识分子为主的文化民族主义的抵制，拒绝将其个人的声音完全同化融入民族主义的宏大话语中。[①] 尽管如此，曼甘仍然被奉为民族主义的先驱诗人，这种声望主要建立在其翻译的几首影响深远的古代爱尔兰语诗歌上，最著名的就是《黑美人罗莎琳》(*Dark Rosaleen*，以下简称《黑》)。

《黑》一诗虽早已有之，但却在曼甘的笔下脱去旧貌、卓然新生。依据帕特里克·科勒姆(Padraic Colum, 1881—1972)在《爱尔兰诗歌集》(*Anthology of Irish Verse*, 1922)中的评论，《黑》原本是16世纪盖尔贵族休·奥道纳尔(Aodh Ruadh Ó Domhnaill, 1572—1602)武装反抗英国占领时期流传的作品。[②] 该诗假托情诗，用"黑美人罗莎琳"来喻指爱尔兰，将爱国主义情绪寄托于诗人赞美和安慰爱人的话语中，并将救援的希望寄托于罗马教廷和西班牙："教皇送来美酒，从那绿色的海洋；西班牙啤酒也会给你希望。"[③]曼甘的"翻译"更多的是一种自由重写，被科勒姆认为"比原诗棒得多"[④]，因此《黑》后来基本被当作曼甘的原创作品一再收录，成为20世纪早期民族主义诗歌的经典作品。

在本土文学作品中，爱尔兰常被拟写成饱经磨难的女性形象，深陷泥泞、亟待救援。《黑》产生了巨大的文化影响力，其中之一便是复兴了用女性人物来喻指爱尔兰的文化传统，而前文提到的皮尔斯的爱尔兰语诗作《芬尼亚的号角》便受惠于这一传统的复兴。此外，叶芝的戏剧《胡里汉之女凯瑟琳》(*Cathleen Ni Houlihan*, 1902，以下简称《胡》)也体现出这一传统的影响，其用"胡里汉之女凯瑟琳"这一女性人物来喻指爱尔兰。而且，叶芝还进一步将"主权女神"(Goddess of Sovereignty)、"可怜的老妇人"(Poor Old Woman)等多个类似的爱尔兰传统女性喻称加以整合，在剧中塑造出一个

① David Lloyd, *Nationalism and Minor Literature: James Clarence Mangan and the Emergence of Irish Cultural Nationalism*, Berkeley: University of California Press, 1987.

② 奥道纳尔是古盖尔王国蒂康纳尔(Tyrconnell，大约今天的多尼戈尔郡)的国王，与岳父休·奥尼尔(Huge O'Neill，约1550—1616)一起先后发动1593年叛变和九年战争(1595—1602)，失败后逃往西班牙。九年战争是盖尔贵族最后一次大规模反抗英国占领的战争，其失败标志着盖尔贵族在爱尔兰的统治完全终结，爱尔兰成为英国的囊中之物。

③ James Clarance Mangan, "Dark Rosaleen", in Padraic Colum ed., *Anthology of Irish Verse* (1922). bartleby.com/250/129.html. Accessed 12 Dec. 2018.

④ Ibid.

因为被“家里太多的陌生人”[①]强抢了良田房舍而无家可归、被迫四处漫游寻找救援的老妇人形象。最终，老妇人因为青年农民迈克的自愿牺牲而在结尾处变身为庄严的年轻女王。[②] 该剧堪称叶芝最为明显地支持民族主义事业的一部戏剧。而且，和皮尔斯在《芬尼亚的号角》中所做的一样，叶芝在《胡》中同样修改了《黑》中体现的将爱尔兰的救赎寄托于外国干预之传统，将希望放在了以迈克为代表的、具有爱国主义精神的年轻爱尔兰农民身上，体现出20世纪初弥漫整个爱尔兰文坛的深刻民族自觉意识。

当然，曼甘主动模糊翻译和原创边界的做法只是个例，这一时期的大多数翻译还是严谨而规范的，而诗歌翻译和创作的类别则呈现出缤纷的色彩。乔治·塞格森（George Sigerson，1836—1925）的《芒斯特的诗人与诗作》（*The Poets and Poetry of Munster*，1860）及《盖尔诗人与外国诗人》（*Bards of the Gael and Gall*，1897）[③]将爱尔兰语诗歌与英译文并列印刷出版，不仅保存了宝贵的诗歌遗产，而且极大地促进了这些诗歌的重新流传。海德编译的爱尔兰语诗歌集——《康诺特情歌》（*Love Songs of Connacht*，1893）和《康诺特宗教诗歌》（*The Religious Songs of Connacht*，1906）——也产生了重要的文化影响。海德还用英语书写、出版了《爱尔兰文学史》（*A Literary History of Ireland*：*From Earliest Times to the Present Day*，1899），这是文艺复兴运动期间唯一一部尝试全面介绍爱尔兰语文学历史的学术作品。

除诗歌作品外，古代英雄史诗和民间传说是文艺复兴早期学者们热衷收集和整理的又一主要领域。注重爱尔兰早期史诗的翻译，是这一时期学者的一大工作重点。可以毫不夸张地说，正是爱尔兰民间传说和英雄史诗的现代英语译介，才催生了后来多种多样的文艺复兴英语文学创作。其中，

---

① William B. Yeats, “Cathleen Ni Houlihan”, in John P. Harrington ed., *Modern Irish Drama*, New York and London: Norton, 1991, p. 7.

② 关于该剧以及爱尔兰的女性化政治隐喻的更多信息，详见陈丽：《〈胡里汉之女凯瑟琳〉与爱尔兰的女性化政治隐喻》，载《外国文学评论》，2012年第1期，第121—132页。

③ “the Gall”一词在爱尔兰语中最初指“高卢人”（Gaul），后来被拓宽指称“外国人”。“Gaul”和“Gall”两个词被对比使用，前者指盖尔人，后者指入侵爱尔兰的外国人（当时是维京海盗）。参见en. wikipedia. org/wiki/Gaul以及Declan Kiberd, *Irish Classics* (Cambridge, Massachusetts: Harvard University Press, 2001), p. 416。此处的Gael and Gall应属于这一词组的变形。

奥格雷迪的两卷本《爱尔兰的历史》(*History of Ireland*: *The Heroic Period*, 1878; *History of Ireland*: *Cuculain and his Contemporaries*, 1880)以及其他以古代英雄故事为题材的罗曼史小说尤其重要,真正地将爱尔兰古代英雄史诗与民间故事普及给了大众读者。叶芝尊称奥格雷迪为"爱尔兰文艺复兴之父"。[①] 拉塞尔声称"就是他[奥格雷迪]使我认识到自己的国家并引以为豪"。[②] 还有人建议以奥格雷迪《爱尔兰历史》(下卷)的出版作为爱尔兰文艺复兴运动的起点。[③]

之后,熟悉基尔塔顿地区(Kiltartan)爱尔兰语方言的格雷戈里夫人翻译出版了《默河弗纳的库胡林》(*Cuchulain of Muirthemne*, 1902)和《神与战士》(*Gods and Fighting Men*, 1904)。这两本书源自古代爱尔兰语典籍《阿尔斯特故事集》(*the Ulster cycle*)和《芬尼亚故事集》(*the Fenian cycle*),经由格雷戈里夫人加工整理之后译出,在故事的完整性和艺术性上均有所增强。此外,著名的早期爱尔兰语史诗《夺牛记》(*Táin Bó Cúailnge*)全本也于 1904 年被威妮弗雷德·法拉第(Winifred L. Faraday, 1872—1948)首译为英文。

在民间传说的译介方面,代表性人物首推叶芝。虽然托马斯·克罗克(Thomas Crofton Croker, 1798—1854)、帕特里克·肯尼迪(Patrick Kennedy, 1801—1873)、王尔德夫妇(Sir William and Lady Jane Francesca Wilde,奥斯卡·王尔德的父母)等先驱在此方面早有贡献,但是最出名的爱尔兰民间故事集当数叶芝的《凯尔特曙光》(*The Celtic Twilight*, 1893 年初版,1902 年扩充,或译作《凯尔特黄昏》)。叶芝本人其实并不懂爱尔兰语盖尔语,但是他仍然带着极大的热忱投入到对爱尔兰语民间故事的译介工作中去,收集、整理和出版了多部爱尔兰民间故事集,包括《爱尔兰农民的神话与民间故事集》(*Fairy and Folk Tales of the Irish Peasantry*, 1888)和《凯尔特曙光》,收录了他在西部斯莱戈地区采风得到的经典民间神话故事。

---

① John Goodby ed., *Irish Studies*: *The Essential Glossary*, London: Arnold, 2003, p. 184.

② David H. Greene, "Ireland: 5. Literature", p. 421.

③ Richard Fallis, *The Irish Renaissance*: *An Introduction to Anglo-Irish Literature*, Dublin: Gill and Macmillan Ltd., 1978, p. 5.

《凯尔特曙光》一书题目中的"Twilight"一词，通常指的是日落至天黑的那段时间，可译作"薄暮""黄昏"或"朦胧"。在爱尔兰民间传说中，"Twilight"被认为是有魔法的时段，是希神（Sí 或 Banshee）活动最频繁且法力最强的一段时间。不过，据爱德华·何希（Edward Hirsch）的研究，叶芝将"朦胧"的时间改写到了天亮前的黎明时分，因为叶芝将物质世界与精神世界、黑暗与光明这两组对立面联系并置起来，认为与希神的超自然接触预示着从黑暗走向光明，所以更适合黎明时分。[①]《凯尔特曙光》中的每一则故事都讲述了一个凡人遭遇仙、魔、幽灵等超自然存在物的经历。这些离奇的遭遇，以及超自然元素的大量存在，有效地营造了文化陌生化（estrangement）的疏离效果，将爱尔兰文化与对其影响至深的英国文化剥离了开来，彰显了爱尔兰文化的独特性和差异性。这种文化原始主义策略在当时产生了极大的影响，以至于评论家理查德·法里斯（Richard Fallis）借用叶芝的题目，将整个19世纪的最后10年称为爱尔兰文艺复兴的"凯尔特曙光"阶段，认为爱尔兰文人在这一阶段对民间传说表达出高度的热情，并在这些魔法（magic）和民间信仰（folk beliefs）中找到了一个途径来界定"爱尔兰性"（Irishness）的独特之处。[②]

爱尔兰语古代典籍和民间传说的现代英语译介，对于发展和塑造一个崭新的、用英语写作的现代爱尔兰民族文学至关重要。科勒姆在点评弗古逊的民谣翻译时曾说："当他和着旋律将爱尔兰民间歌曲的歌词翻译过来时，他创造了至少半打具有'种族鲜明特点'（racial distinctiveness）的诗歌。"[③]这一评论同样适用于这一时期的其他爱尔兰语诗歌和民间故事翻译。通过大量地译介爱尔兰语作品，作家们营造了一种具有"种族鲜明特点"的文化氛围，并为表现民族精神的现代英语文学创作提供了灵感与素材。

① See Edward Hirsch, "Coming out into the Light: W. B. Yeats's 'The Celtic Twilight' (1893, 1902)", *Journal of the Folklore Institute* 18: 1(1981), pp. 12 - 13.

② Richard Fallis, *The Irish Renaissance*, p. 9.

③ Padraic Colum, "Introduction", in *Anthology of Irish Verse* (1922), 8. bartleby. com/250/1002. html. Accessed 12 Dec. 2018.

## 三、复兴浪潮中的现代英语文学创作

方兴未艾的盖尔语文化的复兴和译介热潮催生了一股带有鲜明民族主义色彩的英语文学，这也是窄义的"爱尔兰文艺复兴"（Irish Literary Revival）的核心组成。[①] 这股文学的繁荣自19世纪的后20年起开始愈演愈烈，一直到20世纪20年代之后才渐渐平息。在此期间，爱尔兰涌现了叶芝、辛格、奥凯西（Sean O'Casey，1880—1964）、乔伊斯等世界级的文学大家，以及拉塞尔、格雷戈里夫人、海德、科勒姆、爱德华·马丁（Edward Martyn，1859—1923）、詹姆斯·史蒂芬斯（James Stephens，约1882—1950）、奥斯丁·克拉克（Austin Clarke，1896—1974）、利阿姆·奥弗莱厄蒂（Liam O'Flaherty，1896—1984）等一大批优秀作家，文学创作的活跃程度令人瞩目，在诗歌、戏剧、小说、传记、散文等各个文类的创作上均出现空前的繁荣景象。并且，这些创作在内容与文类上虽然千差万别，但是都具有高度的民族自觉意识，十分关注爱尔兰题材的使用和爱尔兰人的身份塑造。

古代文化是这一时期爱尔兰文学创作的重要素材来源。除了用英语整理、纪录和翻译爱尔兰语文献与口头传说外，文艺复兴作家们的更大贡献在于对古代爱尔兰文化素材的现代加工和挪用。从那些再次被发现的古代史诗和民间传说中，叶芝、格雷戈里夫人、辛格等文艺复兴作家似乎找到了取之不竭的创作灵感和素材。兴奋的叶芝称之为"欧洲最充足的神话传奇的宝库"。[②] 艺术家们的艺术再加工和再创作，赋予了古老的爱尔兰文化遗产新的存在意义，并使其与19世纪末20世纪初的爱尔兰政治文化气候高度契合，焕发出全新的生机与活力。库胡林、芬、迪尔德丽（Deirdre）等古盖尔传说中的人物通过文艺复兴作家的作品，再次变得脍炙人口。民族主义情绪日益高涨的爱尔兰民众从古代爱尔兰神话与民间传说中（重新）发现了一

① 广义来说，爱尔兰文艺复兴是对19世纪末至20世纪初在爱尔兰爆发的复兴古代爱尔兰文化遗产的文化潮流的统称，本章即采取这种宽泛定义。但鉴于英语文学在其中的重要性，"文艺复兴"一词有时也被用来狭义地指称以叶芝为首的英爱文人主导的以英语为创作语言的文化民族主义运动。

② Requoted in Phillip L. Marcus, "Old Irish Myth and Modern Irish Literature", *Irish University Review* 1: 1 (1970), p. 67.

个湮没已久的过去，一个足以媲美和抗衡英语文化传统的古代文化遗产。

在不断的创新和糅合中，新的创作语言随之诞生。爱尔兰语的复兴热情与通用语言英语的有机结合，催生了独具魅力的"英爱方言"（Hiberno-English）。其中，约翰·辛格（John Millington Synge，1871—1909）贡献巨大。辛格出生于英爱中上阶层家庭，父亲早逝，他在都柏林圣三一学院就读期间（Trinity College，Dublin，1889—1892）接触达尔文思想，逐渐放弃新教宗教信仰，并成为温和的民族主义者。辛格接受过系统的爱尔兰语教育，他在圣三一学院学习爱尔兰语，并于 1895 年后赴巴黎大学（Sorbonne）学习中世纪文学和古爱尔兰语。他原本的兴趣在于音乐，后来从音乐转向文学创作。1896 年，辛格在巴黎遇见叶芝和莫德·冈（Maud Gonne，1866—1953），并短暂加入莫德·冈在巴黎组织的爱尔兰联盟（the Irish League）。在叶芝的建议及本身兴趣的驱动之下，辛格于 1898 年离开巴黎，前往爱尔兰西部的阿伦群岛（the Aran Islands）。27 岁的辛格在大岛阿伦摩逗留两周，之后又在中岛因尼斯曼停驻四个星期。[1] 随后四年，辛格每年夏天都会重返阿伦群岛小住，五年累计逗留时间将近五个月，大大超出大多数走马观花的西部旅行者，充分而深入地接触和了解了爱尔兰西部的居民及其生活方式。

阿伦群岛在辛格随后的艺术创作中，成为主要的灵感源泉。辛格不仅出版了著名的散文作品《阿伦群岛》（*The Aran Islands*，1907），而且其短暂一生中完成的六部戏剧作品中，有五部都或多或少与阿伦群岛有联系，包括《峡谷的阴影》（*The Shadow of the Glen*，1903）、《骑马下海人》（*Riders to the Sea*，1904）、《圣井》（*The Well of the Saints*，1905）、《西方世界的花花公子》（*The Playboy of the Western World*，1907，以下简称《西》）和《白铁匠的婚礼》（*The Tinker's Wedding*，1902—1907 年创作，1971 年首演）。

英爱方言在格雷戈里夫人的史诗翻译中初具雏形，并在辛格的笔下臻至成熟。辛格的作品以英语为基，兼收爱尔兰语的独特句法、新奇措辞和华

① 关于阿伦群岛的详细地理介绍，详见 John M. Synge，*The Aran Islands*，with drawings by Jack B. Yeats，Dublin：Maunsel & Co.，LTD，1907，p. 10。

丽夸张的文风,从而使得人物鲜活、对话生动、语言华丽、节奏独特。仅以其最著名的《西》为例,克里斯蒂在向佩吉求爱时这么形容她:

CHRISTY — [with rapture.] — If the mitred bishops seen you that time, they'd be the like of the holy prophets, I'm thinking, do be straining the bars of Paradise to lay eyes on the Lady Helen of Troy, and sheabroad, pacing back and forward, with a nosegay in her golden shawl. ①

克里斯蒂—[狂喜地]—就是冠戴齐整的主教们,假如看见那时的你,也会像那些神圣的先知们一样,我想,扒着天堂的窗棂只为看一眼特洛伊的海伦夫人,而那位夫人则在外面走来走去,金色的披巾上别着一朵香花。

他在拒绝寡妇的提议,不愿意放弃佩吉独自逃亡时又这么说:

CHRISTY. It's Pegeen I'm seeking only, and what'd I care if you brought me a drift of chosen females, standing in their shifts itself, maybe, from this place to the Eastern World? ②

克里斯蒂:佩吉是我唯一想要的。你就是给我精心挑选一群女人,哪怕只穿着内衣,从这里一直排到东方世界,那又如何?

英爱方言既融合了爱尔兰语和英语,又有迥异于两者的独具一格的特色。从引文中,我们可以清晰地看出英爱方言与常见的英式英语在拼写、措辞、句子结构和节奏上有很大的不同。而且,文中想象新奇大胆,又有浓厚的爱尔兰气息,天堂也像酒馆一样,安装有窗户栏杆,主教、先知等圣人们也会像普通小伙子一样扒着窗棂偷看美女,而那颠倒众生、引起特洛伊之战的美女海伦居然也和佩吉一样,穿着爱尔兰妇女的常见服装,裹着披巾,簪着

① J. M. Synge, "The Playboy of the Western World", in John P. Harrington ed., *Modern Irish Drama*, pp. 108 - 109. 中译文为笔者自译。

② Ibid, p. 115.

香花。第二段的引文中,克里斯蒂的话不仅夸张,而且直接用上了库胡林史诗故事的典故:库胡林在被授予武器的当天便杀死多位强敌,返回领地的途中仍然杀气腾腾,康纳乔王(Conchobar,阿尔斯特王,库胡林的国王和舅舅)担心他的怒火会殃及同胞,便派出一群裸女前去迎接,库胡林害羞之下便忘记了怒火,恢复正常。[①] 克里斯蒂在这里自比库胡林,认为哪怕是有一群这样的半裸女郎相诱,也不能改变他对佩吉的心意。此处语义夸张而意象鲜明,极富爱尔兰民族特色。

叶芝称这样的英爱方言为"富含爱尔兰语节奏和风格的英文",并且他以之为基础,提出了理论设想来表达和维护自己用英语为创作语言,书写爱尔兰民族文学的文化理想:

> 难道我们不能建立……这样的一个民族文学:以英语创作却同样地蕴含爱尔兰的精神?难道我们不能把古代文学中最优秀的部分翻译或重写为富含爱尔兰语节奏和风格的英文,以之来延续民族的命脉?难道我们不能亲自书写,并劝说其他人书写有关伟大的古代盖尔人(从内莎之子到欧文·罗)的历史和传奇故事,直至架起一座金桥沟通新旧文学?[②]

叶芝的上述设想是一种建设性的解决方案,针对的是当时沸沸扬扬的关于"英语作为殖民者的语言能否承载爱尔兰民族文学"的文化论争。激进的爱尔兰语复兴主义者,如皮尔斯、莫兰(D. P. Moran,1869—1936)等,主张只有爱尔兰语的文学才是真正的民族文学,而英语文学,不论它是英国殖民者的英语作品还是具有民族主义情愫的英爱作家(如叶芝)的英语作品,均不能称作爱尔兰民族文学(详见下文)。但这一方案的不现实之处在于,爱尔兰语的使用人口太少,不足以承载起助力民族文化崛起的重任。英爱

① Lady Gregory, *Cuchulain of Muirthemne*, London: John Murray, 1902, p. 20.

② W. B. Yeats, "The De-Anglicising of Ireland (1892)", in *Yeats's Poetry, Drama, And Prose*, ed. James Pethica, New York: Norton, 2000, p. 261. 文中的"内莎之子"即指阿尔斯特王康纳乔。欧文·罗,全名欧文·罗·奥尼尔(Owen Roe O'Neill, ca. 1590—1649),出身于阿尔斯特最为著名的奥尼尔王族。1641 年爱尔兰起义爆发后,他从西班牙回国成为起义军的杰出领袖,多次率军击败英军,被爱尔兰民族主义者视为民族英雄。

方言的出现则不仅圆满解决了英语文学的地位问题，还大大丰富了英语语言，为英语文学宝库增添了大量的瑰丽珍宝。

直到今天，英爱方言仍然是爱尔兰的英语作家们用来阐释其民族性的一个极佳工具。一个有趣的当代例子是，诗人希尼（Seamus Heaney，1939—2013）对古英语英雄史诗《贝奥武夫》的现代翻译（*Beowulf*，1999）。希尼是1995年诺贝尔文学奖得主，堪称叶芝之后最重要的爱尔兰诗人。在如何翻译《贝奥武夫》这个古英语叙事长诗时，希尼选择了具有北爱尔兰特色的英爱方言作为翻译语言，从而出乎读者意料地为原诗增添了一抹独特的爱尔兰风味。英语作为殖民者的语言，对爱尔兰产生了难以磨灭的文化影响，而希尼的选择却逆向而行，用爱尔兰风味的英语重写了现存最古老的英语文学作品，这一选择意味深长。在译者序中，希尼用史诗中的"*þolian*"（古英语，意为"受苦"）一词讲述了英爱之间的历史纠葛。该词在现代英语中早已废弃，而在诗人的家乡北爱乡村，老一辈的人们依然使用着它的衍生词"thole"。[①] 这一顿悟不仅给了诗人翻译下去的勇气和灵感，而且使他更深刻地领悟了爱尔兰的殖民历史。诗人意识到，《贝奥武夫》并非纯粹的英国文化遗产，而是扎根于一段"征服、同化和语言杂糅的阴暗历史"[②]。北爱方言的使用使得爱尔兰语/英语、凯尔特性/盎格鲁—萨克逊性的二元并置得以凸显出来，从而实现了希尼对这一古代英国文化遗产的个人挪用和重写，超越了简单的翻译，达到了原创作品的高度，将"贝奥武夫的故事首次通过爱尔兰人的眼睛展示给了世人"[③]。

除了语言之外，在创作内容上，对古代文化遗产的这股复兴潮流使得古代英雄人物与神话故事成为爱尔兰文艺复兴创作的一个持续主题。文艺复兴作家们以高昂的民族主义热情，重新赋予那些古代人物以新的时代意义，并使其再度成为家喻户晓的爱尔兰文化标识。

---

① Seamus Heaney, "Introduction." *Beowulf: A New Verse Translation (bilingual edition)*. Trans. Seamus Heaney, London: Norton, 2000, pp. xxv - xxvi.

② James Shapiro, "A Better 'Beowulf.'" *New York Times*, 27 Feb. 2000. nytimes. com/2000/02/27/books/a-better-beowulf. html. Accessed 8 January 2019.

③ Silvia Geremia, "A Contemporary Voice Revisits the Past: Seamus Heaney's *Beowulf*." *Estudios Irlandeses - Journal of Irish Studies* 2(2007), p. 58.

其中，库胡林的现代复兴最具代表性。库胡林是爱尔兰中古时期典籍《阿尔斯特故事集》中的主要人物之一，是阿尔斯特最高王康纳乔手下的第一武士。随着爱尔兰语文化的式微，库胡林的故事到19世纪末期已经基本湮没不闻。然而，爱尔兰文艺复兴之后，库胡林不仅再次成为爱尔兰家喻户晓的名字，而且被视为爱尔兰精神和英雄主义的化身。库胡林的现代复兴，是文艺复兴作家对爱尔兰文学宝库的一大贡献。

库胡林武力过人，年少成名，一生戎马，战绩无数。他曾经单枪匹马地保护自己的部落免受其他部落联军的入侵，在最后力竭战死前自缚于山石之上，站着迎接死亡。这样的英雄事迹，使他极其契合爱尔兰政治独立前夕对英雄的呼唤。奥格雷迪、格雷戈里夫人、辛格、皮尔斯和叶芝等主要作家不约而同地将库胡林的故事浓墨重彩地重新推出，借用库胡林的英雄主义来表达自己的文化主张。他们对库胡林的不同挪用，正好从一个侧面反映了文艺复兴的异质性和多样化的文化声音。

首先，奥格雷迪在库胡林的身上看到了勇挑重担的贵族英雄形象。奥格雷迪出身于典型的英爱优势阶层家庭（the Anglo-Irish Ascendancy），接受的是正统的英式教育，毕业于以亲英和保守著称的都柏林圣三一学院，并且同大多数的英爱优势阶层人士一样，他在政治上是拥护英爱合并的联盟主义者（Unionist）。因此，他在库胡林身上看到的是贵族英雄对自身的家国责任的英勇承担，认为库胡林能够给那些因为19世纪末期之后的土地改革而日益丧失其经济和政治特权的爱尔兰地主阶级提供一个高贵的榜样。在奥格雷迪看来，这一地主阶级面临困境而不知奋发图强，缺少的正是库胡林式的英勇气概和英雄领袖。另一位贵族地主出身的作家格雷戈里夫人则从其人文主义思想出发，刻意减少了原文中大量存在的神祇对库胡林命运的干预，从而使得库胡林的英雄形象更易于接近和模仿，更符合现代人对英雄的理解。对于具有自由思想的辛格而言，他的库胡林则是一位走下神坛的仿英雄。在《西》中，辛格的克里斯蒂成功完成了对库胡林的戏仿，不过这一库胡林式的"仿英雄"通过弑父发现了自我，并在结尾处完美翻盘，超越了库胡林的悲剧英雄主义，成长为"西方世界的花花公子"。对于一心要血祭爱尔兰的激进派革命作家皮尔斯而言，库胡林则为他提供了一个将古爱尔兰的武士精神、民族主义的革命牺牲精神和基督教的殉道精神融合起来的绝好机会，方便他在革命实践和文学创作中，更具体、更清晰地阐释自己的军事民族主义英雄观。相比于上述这些作家，叶芝更关注库胡林的英雄光辉背后的孤独与寂寞。在他的库胡林系列戏剧中①，库胡林在死亡阴影下的落寞与孤独是诗人关注的重点。在叶芝的笔下，"库胡林真正的伟大之处不在于其年轻时在爱情与战场上的威力，而在于他面对残暴的命运扔来的投石与箭矢时仍保持冷峻的无动于衷"。② 这一关注点完美地体现了叶芝因个人文化主张不被接受而感受到的落寞与寂寥，以及他面对失败命运仍然选择坚守的孤傲英雄的自我定位。③

库胡林的现代复兴和创作改写只是一个例子，形象地说明了20世纪初的这股复兴思潮的表现和热度。这些以古代爱尔兰文化遗产为灵感源泉、以英语为创作语言的文学作品，奠定了现代爱尔兰民族文学创作的基石，并再次将爱尔兰的民族英雄与传说故事传播于世，使其成为爱尔兰人的一种身份标识。因此，这股复兴浪潮不仅仅催生了一批优秀的文学作品，其最主要的文化功用是重新挖掘、整理和创作了一个有别于英国文化传统的爱尔兰民族文化体系，证明爱尔兰人具有作为一个民族团体的合法性，从而为后来的政治建国提供了文化上的铺垫。并且，正如库胡林的现代复兴所证明的，在实际的现代挪用过程中，古代文化遗产被不同的作家重新加工和创造，以承载不同的政治诉求与文化表达。因此，这股复兴浪潮又呈现出众声喧哗、多元共生的状态，是爱尔兰政治建国前夕的一次文化大论辩，其探讨的不仅仅是文艺美学的问题，还有未来民族国家的文化基础和政策导向问题，具有高度的政治性。

---

① 叶芝创作过很多基于库胡林故事的现代戏剧，主要包括《在贝乐的沙滩上》(*On Baile's Strand*，1904)、《绿头盔》(*The Green Helmet*，1910)、《在鹰井旁》(*At the Hawk's Well*，1917)、《艾默儿唯一的嫉妒》(*The Only Jealousy of Emer*，1919)、《与海浪战斗》(*Fighting with the Waves*，1930)和《库胡林之死》(*The Death of Cuchulain*，1939)等。

② John R. Moore, "Cuchulain, Christ, and The Queen of Love: Aspects of Yeatsian Drama," *The Tulane Drama Review* 3(1962), p. 154.

③ 详见陈丽：《库胡林的现代复兴与挪用》，载《国外文学》，2013年第4期，第63—72页。

## 四、爱尔兰文艺复兴潮的政治性

在爱尔兰政治建国的前夕，本土知识分子突然热衷于重新挖掘和传播几近湮没的、对英国官方话语颇具潜在颠覆性的爱尔兰语和古代爱尔兰文化遗产，可见这一热度本身便具有鲜明的政治性。语言和文化的外表之下包含着强烈的政治诉求，是有意识的政治性选择。综合起来看，爱尔兰文艺复兴至少在两个方面与爱尔兰的政治局势形成千丝万缕的联系和呼应：一方面，它重新挖掘出爱尔兰的历史传统和一个有别于英国的前殖民时代文化传统，从而勾画出一条完整的民族文化链条，为未来的政治建国打下了文化基础；另一方面，它的多元共生的文化争鸣，本质上是各种文化纲领的对冲与碰撞，体现出民族主义阵营内部持不同主张的各文化派别的诉求和对文化领导权的争夺。

### (一) 爱尔兰古代文化遗产的价值

对前殖民时代的凯尔特文化的现代复兴，打造的是一个有别于英国的文化传统，这一点对于正要政治建国的爱尔兰人来说，重要性不言而喻，它提供了另起炉灶、重建爱尔兰民族独特性的机会。在这一点上，1899 年的马哈菲/阿特金森事件(the Mahaffy/Atkinson affair)提供了一次极其宝贵的契机，令全爱尔兰正面认识到本土语言与文化的价值。

爱尔兰语一直以来受到坚持英语权威的亲英派的压制和贬低。1899 年初，爱尔兰总督代表女王巡视爱尔兰中学教育。盖尔语联盟希望借机将爱尔兰语纳入官方教学体系，但这一努力却遭遇都柏林圣三一学院的亲英派学术权威们的阻挠与反对。圣三一学院古代历史教授约翰·马哈菲博士(John Pentland Mahaffy, 1839—1919)在应邀回答总督咨询时表示，爱尔兰语不具备除考古学之外的任何价值，即使消亡也不可惜。他的这一观点随后又得到他的同事、另一位被咨询的圣三一教授罗伯特·阿特金森博士(Robert Atkinson, 1839—1908)的支持。阿特金森甚至抨击爱尔兰语文学道德败坏，不适合年轻人学习，并具体地以时下文艺复兴作家们所热衷的爱尔兰神话传说作为例子，认为“所有的神话传说本质上都是令人憎恶的”，并表示坚决不会允许自己的子女去学习它。[①] 在阿特金森看来，与爱尔兰神话传说相比，英国文学正典《鲁宾逊漂流记》更适合充当年轻人的读物。他还将爱尔兰与英国的另一殖民地印度相提并论，以说明本土文化的不可接受。这种价值取向明显地说明了他作为英帝国主义精英知识分子的亲英政治立场。

文化批评成了新思想觉醒的温床。马哈菲和阿特金森对本土文化的批评，引起了爱尔兰语复兴主义者的强烈不满。复兴主义者纷纷撰文声讨，并就爱尔兰语和爱尔兰语文学的价值展开了一次全国性的文化大辩论。这一辩论在本质上，是民族意识觉醒的新一代知识分子，首次公开、正面地挑战亲英、保守的老派知识分子，对其持有的帝国主义文化价值观展开正面冲锋。拉塞尔嘲弄马哈菲是“从圣三一学院的难以理解的学术圈里拉出来的一个傻瓜教授，被指派为委员，按照英国的理想来训练本民族的头脑”。[②] 海德则以严密的学术论辩，逐条反驳了马哈菲和阿特金森的论断，并引用多位知名的欧洲凯尔特研究学者的观点，以证明爱尔兰语及其文学具有重要的地位与价值。[③] 在海德看来，正是由于马哈菲这样的亲英派学术精英对爱尔兰语持有这样轻蔑的态度，普通的爱尔兰人才会对自己的本土语言和文化产生自卑心理。盖尔语联盟的报纸《光之剑》也于 1899 年 3 月 18 日刊登出社论文章，将这场争论定性为圣三一学院的学术精英对爱尔兰广大民众，乃至整个爱尔兰民族及其聪明才智的“最恶劣的攻击”，通过贬低爱尔兰的文化遗产而“给整个民族打上标签，认为其粗俗，缺乏创造力和想象力”。[④]

这次论争最终以新一代知识分子的获胜终结，1900 年实行的教育法案提高了爱尔兰语的地位。盖尔语联盟在这次文化论争中初战告捷，首次成为全爱尔兰瞩目的焦点。新一代知识分子通过这次文化争论登上了历史舞

① Robert Atkinson, *The Irish Language and Irish Intermediate Education IV: Dr. Atkinson's Evidence*, Gaelic League Pamphlet No. 14, Dublin: Gaelic League, 1901, p. 15.

② Requoted in P. J. Mathews, *Revival*, p. 37.

③ See Douglas Hyde, *The Irish Language and Intermediate Education III: Dr. Hyde's Evidence*, Gaelic League Pamphlet No. 13, Dublin: Gaelic League, 1901.

④ Requoted in P. J. Mathews, *Revival*, p. 40.

台，动摇了亲英派学术精英的权威，清晰地论述了新兴的文化民族主义立场，维护了爱尔兰语及爱尔兰语文学的尊严，并吸引了更广大的群众来关注和支持本土文化的复兴。

## （二）爱尔兰文化陌生化与去英国化

文艺复兴作家通过文化辩论和自己的艺术创作，肯定了爱尔兰古代文化遗产的价值。除此之外，他们复兴古代文化遗产的策略也独具一格，值得深究。古代爱尔兰史诗传说与民间故事中存在大量的对自然神力的崇拜和对非基督教神祇的信仰，体现了古代凯尔特文化的残留影响。例如，希神、小精灵（leprechaun）等超自然存在物能够飞翔，可以永生，具有超越人类理解力的种种神奇能力；传说中的库胡林是太阳神与人类女子结合的后代，半人半神，故而拥有诸般神力，能够取得种种非凡的成就。纵观世界，每个民族的神话传说中都有仙魔鬼怪之类的“迷信”存在，这一点并不稀奇，稀奇的是爱尔兰文艺复兴作家们对待和处理这些神话传说的态度和策略。他们并没有像常见的民俗学家那样，强调科学和理性的学术态度，以卓然超越的距离感来拉开自身作为学术研究者与研究对象的距离。相反，作家们表现得似乎笃信这些超自然存在物的真实性，并致力于在文本中营造一种超自然元素与人类和谐共存的超自然现实感，就仿佛希神、小精灵等并非是想象的虚构之物，而是与山石树木等实体物质同样真实的现实存在，并且它们流连于爱尔兰的田间地头，经常通过各种途径与爱尔兰农民进行着持续、频繁的交流，是爱尔兰生活的一部分。叶芝甚至在《凯尔特曙光》中打破采访者与被采访者的界线，亲自上阵来证明超自然元素的存在。他在其中一则故事里说：“我自己，在约十五年前的某个夜晚，便见证了疑似仙人的力量。”[①]

放在当时的时代环境下来看，爱尔兰文艺复兴对超自然力量的推崇别具风味，背离了同时代的理性基调，尤其是英国自工业革命以来的对科学与理性的普遍推崇。英国在维多利亚时期（1830—1901）国力强盛，达到日不落帝国的顶峰。同时，借助于工业革命的巨大成就，英国经历了快速工业化和快速现代化的历程，工业水平领先全球，工业生产能力超越其他所有国家

① William B. Yeats, *The Celtic Twilight*, London: A. H. Bullen, 1902, p. 137.

的总和。1851年，在伦敦举行的世界博览会见证了各国工业——尤其是英国工业——的辉煌成就，水晶宫的美轮美奂震撼世人。在普遍富庶的大环境下，维多利亚人信仰科学进步，科学的理性渗透到生活中的各个方面。到19世纪末20世纪初，科学和理性已经成为时代的主导话语。在这种时代大背景下，爱尔兰文艺复兴作家对仙魔鬼怪等超自然存在的浓厚兴趣，以及他们致力于营造超自然现实感的叙事策略，就显得与时代精神相背而驰、格格不入。

然而，从文化策略上来看，这股反科学、反现代的文化原始主义潮流却有效地将爱尔兰剥离出了英国文化传统的体系，实现了爱尔兰文化陌生化和去英国化的诉求。文艺复兴人士通过重新评价过去与现在、迷信与科学、原始与进步、本性与理性、自然与人工、纯洁与腐化、农业与工业、乡村与城市等一系列二元对立的价值高低，不仅将爱尔兰塑造成英国的对立面，而且将爱尔兰人塑造成物质简朴但精神高贵的民族，优越于唯利是图、冰冷机械的英国人。叶芝在诗中鼓励读者“鄙弃时兴的那种从头至足/全然不成形状的怪物……把你们的心思抛向往昔”，认为只有抵制当下的物质腐化，重拾往昔的简单质朴，才能重塑爱尔兰的民族意识，再现爱尔兰的英雄时代，使得“我们在未来岁月里可能/依然是不可征服的爱尔兰人”。[①] 英国现代工业社会的拜金主义、物质至上等思想，以及由之产生的各种腐败堕落被无情抨击；与此同时，爱尔兰农民生活的原始质朴被加以放大和强调，成为工业化英格兰及其各种邪恶的对立面。这种对立不仅彰显了爱尔兰与英国的差异性，还将爱尔兰（尤其是还在使用爱尔兰语，并且口头留传爱尔兰民间传说的西部偏远农村地区）刻画为没有受到英国工业文明玷污的一块精神净土。它是一个爱尔兰文化的宝库，不仅保存了珍贵的古代爱尔兰文化遗产，还通过口口相传使之绵延不绝、延续至今。这个宝库对于具有民族主义情愫的学者和民众而言意义重大，它提供了一个另起炉灶的机会，使他们能够在完全摆脱英国影响的情况下，在全新的基础上修复爱尔兰曾经断裂的文化历史链条，并重构爱尔兰的上层建筑。

① [爱尔兰]叶芝：《布尔本山下》，傅浩译，载[爱尔兰]叶芝：《叶芝精选集》，傅浩选编，北京：北京燕山出版社，2008年，第270页。

这种文化原始主义思想不仅影响了爱尔兰文艺复兴的文艺创作，使得神话剧和农民剧成为阿贝剧院乃至后来的现代爱尔兰戏剧的特色品种，而且极大地影响了爱尔兰后来的政治走向和国家定位。政治独立后的爱尔兰并没有选择快速工业化的常见道路来实现科技振兴、国民富强，而是长期将自己定位成自给自足的农业国。1943 年，时任爱尔兰共和国总统戴·瓦拉纳在圣帕特里克节对全国进行广播讲话，将理想的爱尔兰描述为一个将精神生活置于物质享受之上的农业乌托邦，人们满足于简单质朴的生活，在田间地头安居乐业，精神世界重于物质财富。[①] 讲话内容展示了上述文化原始主义的巨大影响，也总结和彰显了爱尔兰自文艺复兴以来的农业国乌托邦的理想定位。戴·瓦拉纳的政治生涯长达半个多世纪，他多次出任政府首脑和国家元首，是对爱尔兰 20 世纪上半期的政治走势产生重大影响的政治人物。戴·瓦拉纳对这一农业乌托邦的信仰，代表了这一理想在爱尔兰实际的政治运作中的胜利。

当然，站在 21 世纪回望，这一理想并不是没有其历史局限性。农业理想国的虚幻不仅不利于爱尔兰的社会经济发展建设，还产生了主导话语的压迫感，激化了国内矛盾。爱尔兰农村贫穷落后的现实被民族主义话语美化，农民的生计问题得不到实际的解决，大规模的向外移民浪潮出现，爱尔兰先烈们为之抛头颅洒热血的独立事业，眼看就要因为大量年轻人移民英国而沦为笑话，爱尔兰的政治理想岌岌可危。此外，这一文化策略过于依赖对原有的二元对立的重新评估来塑造爱尔兰文化的差异性，从而变相地承认和强化了爱尔兰的他者化，因此遭到不少后世评论家的抨击诟病。文艺复兴运动借助爱尔兰民间传说产生的文化陌生化的疏离效果，将爱尔兰成功地从英国推崇科学进步的文化框架内分离开来，彰显了其文化的独特性和差异性。但与此同时，这种差异建构反而强化了英国殖民者历史上依赖同样的二元对立对爱尔兰“他者”的贬低与排斥，相当于承认了英国殖民文化对爱尔兰“他者”异性的描写。叶芝对凯尔特农民的神秘性和未开化的野性的描写，与英国人对爱尔兰人的贬义描写具有太多的相似之处，以至于

① Éamon de Valera, “The Undeserted Village Ireland”, in Seamus Deaneet al eds., *The Field Day Anthology of Irish Writing* (*Volume III*), p. 748.

20世纪后半期的重要爱尔兰乡土诗人帕特里克·卡瓦纳(Patrick Kavanagh,1904—1967)哀叹,文艺复兴运动虽然号称具有爱尔兰特点和凯尔特气质,却不过是"一个彻头彻尾的、英国培养的谎言"[①]。事实上,这种批评早在文艺复兴运动的当时便有人提出,激烈的文化争论暴露出民族主义阵营内部的异质性。

### (三) 爱尔兰民族主义阵营内部的文化论争

虽然文艺复兴人士在复兴古代爱尔兰文化遗产来实现爱尔兰文化抵抗和去英国化诉求的文化目标上相对达成一致,但是在具体的操作过程上,爱尔兰民族主义阵营内部却存在分歧。语言、宗教、阶级、党派等因素的各种排列组合,塑造了爱尔兰语复兴主义者、天主教会、英爱人士、议会政治支持者、激进军事分裂分子、社会主义者等各具主张和立场的不同抵抗群体。虽然在对英关系上,各群体的态度比较一致,但是在抵抗阵营内部却分歧颇多,存在多重立场、多种诉求的相互竞争态势。复兴思潮的政治性不仅体现在爱尔兰为了抵制英国殖民文化而进行的文化斗争,还体现在爱尔兰民族主义阵营内部为了争夺未来民族国家的领导权和优势话语权而进行的内部斗争。

随着爱尔兰语复兴热潮的兴起,语言问题首先成为争论的焦点问题,即英语作为殖民者的语言能否承担起创造和复兴爱尔兰民族文学的重任?用英语创作的爱尔兰民族文学,从字面上看就存在悖论,颇有名不正则言不顺的感觉。对于激进民族主义者而言,古代爱尔兰语文化遗产的现代复兴不啻于雪中送炭,延续上了因为英国殖民入侵而中断的民族文化链条。他们因此主张以爱尔兰语及其文化为基础,完全抛弃英语传统,另起炉灶,重新构建以爱尔兰语为基石的民族文化。海德在题为《论爱尔兰去英国化的必要性》的著名演讲中,大胆地勾勒了一个相对完整、绵延千余年的民族文化史,并将爱尔兰民族文化的湮没推迟到19世纪初,而不是英国殖民巩固的17世纪,从而营造了爱尔兰民族文化只是近期才开始没落,稍加努力便能

① Requoted in Edward Hirsch, "The Imaginary Irish Peasant". *PMLA* 106: 5(1991), p. 1128.

够复兴的假象。[①] 海德的演讲产生了极大的文化影响，宛如吹响了文化独立的号角。海德本人一直坚持用英爱双语创作，他并非只是主张爱尔兰语文学的激进民族主义者，但他的演讲和思想却被激进民族主义者拿来宣传窄化的爱尔兰性定义，极力鼓吹爱尔兰语是构建爱尔兰性的唯一因素。这一点令海德始料未及，并最终导致他于 1915 年辞去主席职务，退出了他亲手创办、政治上却越来越激进的盖尔语联盟。

在受海德鼓舞的激进主义者中，最具代表性的当属莫兰，他在海德观点的基础上演化出了自己的"爱尔兰人的爱尔兰"(Irish Ireland)的民族主义主张。莫兰是十分活跃的政治活动家，他于 1900 年创办报纸《领袖》(*The leader*)并以其为主要阵地，宣传激进民族主义思想。1905 年，他的主要文章结集出版，题为《爱尔兰人的爱尔兰之哲学思想》(*The Philosophy of Irish Ireland*)，书中概括了莫兰的极其保守、极其窄化的爱尔兰性定义，即只有使用爱尔兰语、信仰罗马天主教、反对物质享乐并且只从事爱尔兰式体育活动的人才能被称为爱尔兰人。并且，在女性解放问题上，莫兰也持极端保守立场，反对女性平权运动。

另一位激进民族主义者丹尼尔·考克利(Daniel Corkery, 1878—1964)则从海德勾勒的颇为连贯的民族文学史中汲取灵感，并最终在其著作《隐蔽的爱尔兰：18 世纪盖尔语芒斯特诗歌研究》(*The Hidden Ireland*：*A Study of Gaelic Munster in the Eighteenth Century*, 1924)中，最为系统地阐释了这一观点。"隐蔽的爱尔兰"从此成为爱尔兰文化史上的一个著名词语，指称考克利所描述的那种历经殖民压迫却仍然延绵不绝的爱尔兰语文学传统。考克利挖掘了 18 世纪爱尔兰人被剥夺了政治、经济权力时期的几位本土爱尔兰诗人的作品，认为古爱尔兰以盖尔贵族资助专职诗人为模式创造出的灿烂文学传统，并没有随着盖尔贵族的消亡而消亡，而是在遭受到英国殖民压迫之后被迫转入地下渠道，与口头流传的民间文学有机结合，大大丰富了后者的表达方式，且与之一起艰难存续至今。虽然后续学者已经

① Douglas Hyde, "The Necessity for De-Anglicizing Ireland", in Seamus Deaneet al eds., *The Field Day Anthology of Irish Writing (Volume II)*, pp. 529 - 530.

证明考克利的"隐蔽的爱尔兰"概念更多的是一种主观论断而非历史事实[1]，但是考克利学术研究的瑕疵并不影响其著作的政治影响力。一个历经压迫却仍然绵延不绝的完整民族文学史的存在，对于刚刚获得民族独立的爱尔兰人而言，重要性不言而喻。但是，和莫兰的"爱尔兰人的爱尔兰"一样，考克利的"隐蔽的爱尔兰"提供的也是一种窄化的、排他性的文化框架，只有在这个绵延的"隐蔽"文化传统内的人才能被称为爱尔兰人，英语文学、英国传统和英爱人士都被排除在这个身份之外。

这种窄化定义显然不能被以叶芝为首的、以英语为主要创作语言的英爱文人接受。叶芝曾在1923年底接受诺贝尔文学奖的演讲中回顾了他发起爱尔兰戏剧运动的初衷，即改变当时的爱尔兰剧院里只有英国巡演公司的英国剧目的状况。[2] 民族意识日益觉醒的爱尔兰人需要爱尔兰的戏剧和爱尔兰的演员，而叶芝、辛格等人的戏剧创作正是围绕着这一初衷而结出的硕果。如此鲜明的民族自觉意识，以及爱尔兰文艺复兴作家们用英语取得的巨大文学成就，都不可能令他们接受自己被激进民族主义者排斥在外的事实。他们用英语来创造具有全新民族意识的爱尔兰文学的文化主张自有其现实的原因，即爱尔兰语不仅使用人口稀少，濒临死亡，而且语言缺少印刷化和正规化的过程，没有统一完整的拼写和语法体系，这使得爱尔兰语至少在短时间内难以承担重建民族文学的大任。而英语，尤其是具备爱尔兰独特韵味和风格的"英爱方言"，在他们看来足以"架起一座金桥沟通新旧文学"[3]，进而满足高度自觉的民族意识对一种崭新的、独立的民族文学的诉求。

除了创作语言之外，什么是民族文学的合适主题也成为文艺复兴作家的争论内容之一，以《每日快报》(*Daily Express*)为载体的一次文化辩论集中地展现了关于这一问题的主要观点。1898年9月至12月间，在爱尔兰文学剧社(Irish Literary Theatre)开张的前夕，埃格林顿和叶芝先后在都柏林

① See Sean O'Faolain, "Daniel Corkery", *Dublin Magazine* 11 (1936): 46 - 61; Louis Michael Cullen, "The Hidden Ireland: Reasssessment of a Concept", *Studia Hibernica* 9(1969), pp. 148 - 170.

② [爱尔兰]叶芝：《爱尔兰戏剧运动——在瑞典王家学院的讲话》，李尧译，载[爱尔兰]叶芝：《叶芝精选集》，傅浩选编，北京：北京燕山出版社，2008年，第669页。

③ W. B. Yeats, "The De-Anglicising of Ireland (1892)", p. 261.

《每日快报》的周末版上连续发表文章，争论民族文学应该是在古代史诗故事还是在现代真实生活中寻找主题。后来，乔治·拉塞尔和威廉·拉米尼(William Larminie, 1849—1900)也先后加入这一讨论。这场历时半年的争论引发了广泛的公众兴趣。1899年，这些文章被收集起来，冠以《爱尔兰的文学理想》(*Literary Ideals in Ireland*, 1899)之名结集出版。

与马哈菲/阿特金森事件不一样的是，这次论争的参与各方并非来自敌对阵营。事实上，埃格林顿、拉塞尔和叶芝等人是相识多年的朋友，这场声势浩大的公开辩论因而颇具为即将开张的爱尔兰文学剧社"炒作"的嫌疑。[①] 但是，在论争的主要参与者埃格林顿和叶芝之间，的确存在着一些美学观点上的分歧。叶芝倾向于复古，从古代神话传说中汲取创作灵感，而埃格林顿则强调崇今，认为民族文学一定要扎根于现实生活。这场高水平的美学辩论，在客观上有助于明晰爱尔兰现代戏剧运动的主题和关注点。

最早引发争论的是埃格林顿的文章《民族戏剧的主题应该是什么?》("What Should be the Subjects of National Drama?", 1898年9月17日)。埃格林顿开门见山便问:"假如爱尔兰将要出现一位戏剧天才，他应该在哪里寻找民族戏剧的主题?"[②]在埃格林顿看来，历史传说、民间故事、农民生活、爱尔兰历史以及爱尔兰的爱国主义都有可能成为备选的答案。然而，埃格林顿希望新兴的爱尔兰民族戏剧从现代生活中汲取灵感，而非古代神话传说。埃格林顿虽然承认爱尔兰的古代传说里包含了一些适合戏剧的情境与人物，但是他却担心对它们的过度迷恋会产生"美文"(belles lettres)而不是民族文学，因为"美文在经验之外寻找主题，而民族文学，或者真正意义上的任何文学，简单地产生于和表达了对生命本身的强烈兴趣"[③]。埃格林顿进一步质疑古代传说的现代适应性，认为现代读者难以对古代题材产生共鸣，因而"一个民族的戏剧或者文学必须来自于对生活、对生活中的问题以

① 爱尔兰文学剧院于1898年7月获得演出许可证，之后叶芝开始为其首场演出宣传造势。首场演出原定于12月，后来因故推迟到来年3月，剧目是叶芝的《凯瑟琳女伯爵》(*The Countess Cathleen*)和爱德华·马丁的《石南地》(*The Heather Field*)，正好兼顾了复古和现实的两种题材。

② John Eglinton, "What Should be the Subjects of National Drama?" in Seamus Deaneet al eds., *The Field Day Anthology of Irish Writing (Volume II)*, p. 956.

③ Ibid., p. 957.

及对人民所具有的强大生活能力的本土兴趣"[1]。

埃格林顿显然认为，爱尔兰人的现实生活比古代史诗故事更适合充当民族文学的主题。对此，叶芝很快做出回应，表达了不同意见。在投给《每日快报》的《关于民族戏剧的一点补充》（"A Note on National Drama，" 1898 年 9 月 24 日）一文中，他以挪威剧作家易卜生（Henrik Ibsen，1828—1906）和德国剧作家瓦格纳（Richard Wagner，1813—1883）为例，证明古代神话传说不仅适合成为现代戏剧的主题，而且还使得这些作家的剧作成为本国民族文学的主要成就。叶芝极其自信地宣布，爱尔兰的历史传说具有同样甚至更高的文学价值，"与挪威和德国的历史传说相比，爱尔兰的传说，不论是在流行的口头传统还是古代盖尔语文学中，数量更多而且同样优美，并且在伟大的欧洲传说中，只有爱尔兰的传说具有全新事物的美丽与新奇"[2]。

随后的几篇论争文章从不同方面介入这一争论，其秉持的观点各不相同。尽管艺术家们对于民族文学的写实性（贴近现实的、当下的生活真实）和艺术性（超越生活向艺术性靠拢）的取向各执一词，未能达成一致意见，但是这一辩论在客观上有助于肯定古代文化遗产作为爱尔兰现代文学题材的合理性，并且他们就如何使用古代文化遗产的策略初步达成一致。作为"岁月积累的美"[3]，古代历史传说故事值得人们陶醉其中，并应在现代被赋予新的时代精神与内涵。正如埃格林顿总结的，"芬恩和库胡林，如果他们要再次出现在文学中的话——我本人对他们表示欢迎——就必须在他们宽阔的肩膀上承载我们这个时代的疲惫与烦恼"。[4] 而在这一点上，正如前文所述的库胡林的现代复兴所证明的那样，爱尔兰文艺复兴作家们的文化实践是一致的，古代文化遗产被挪用来服务于现世的需要。如果说马哈菲/阿特金

① John Eglinton, "What Should be the Subjects of National Drama?" in Seamus Deaneet al eds. , *The Field Day Anthology of Irish Writing* (*Volume II*), p. 957.

② William B. Yeats, "A Note on National Drama", in Seamus Deaneet al eds. , *The Field Day Anthology of Irish Writing* (*Volume II*), p. 958.

③ William B. Yeats, "John Eglinton and Spiritual Art", in Seamus Deaneet al eds. , *The Field Day Anthology of Irish Writing* (*Volume II*), p. 961.

④ John Eglinton, "National Drama and Contemporary Life", in Seamus Deaneet al eds. , *The Field Day Anthology of Irish Writing* (*Volume II*), p. 959.

森事件是具有民族主义情愫的新一代知识分子对具有帝国主义思想的亲英派保守知识分子的胜利的话，那么《每日快报》的这场辩论便是新一代知识分子内部的一场美学争论，有助于明晰古代文化遗产在现代民族文学中的作用。

文学史的传承问题是继语言和主题之外的又一个主要争议话题。爱尔兰跳出英国，向欧洲大陆探寻相似性，不得不说是拓展爱尔兰历史传承性的一次尝试。土著爱尔兰人对于古代爱尔兰文化遗产具有天然的继承权，而英爱知识分子则需要大费周章才能确立自己的继承权。如前文所述，莫兰等激进民族主义者持“爱尔兰人的爱尔兰”的观点，排斥除爱尔兰语和古代盖尔文化之外的其他文学传统，将爱尔兰民族文学的源头追溯至前殖民时代的盖尔贵族统治时期。相较莫兰、考克利等人对“盖尔”一词的偏爱，叶芝等英爱文人更喜欢使用“凯尔特”一词。爱尔兰盖尔语是凯尔特语族下的一个分支，通过使用“凯尔特”一词，叶芝等人实际上拓宽了复兴的古代文化遗产的范围，使其不仅仅局限于爱尔兰一地，而是隐隐指向更广泛的、曾经同属古凯尔特属地的苏格兰、威尔士乃至西欧大陆。这种泛化的文化诉求，有利于英爱文人实现其既要保留英语，又要去除与英国的政治联系的困难任务。叶芝曾在演讲中宣称：“我们是欧洲的伟大血统之一。我们是伯克的人民；我们是格拉坦的人民；我们是斯威夫特的人民、埃米特的人民、帕内尔的人民。”[①]这种对欧洲血统的强调，与用英语来复兴凯尔特古代文化遗产的热情有异曲同工之妙，均旨在将英爱人士的国际性与其民族主义主张融合起来，并冠之以“凯尔特”的模糊标签。

伯克(Edmund Burke，1729—1797)、格拉坦(Henry Grattan，1746—1820)、斯威夫特(Jonathan Swift，1667—1745)、埃米特(Robert Emmet，1778—1803)和帕内尔(Charles Stewart Parnell，1846—1891)等人，均是对爱尔兰作出过巨大贡献的英爱人士。伯克和斯威夫特不仅是成就卓绝的学者，而且他们对英国政府的爱尔兰政策的猛烈抨击广为世人所知。格拉坦和帕内尔则是爱尔兰议会政治斗争的杰出领袖，前者一手打造的“格拉坦议

① 叶芝，1925年6月11日的参议院讲话，转引自 Richard Ellmann, *Yeats: The Man and the Masks*, New York & London: Norton, 1979, pp. 252-253。

会”(Grattan's parliament, 1782—1800)为爱尔兰赢得了历史上难得的议会和司法权的独立,被后人视为爱尔兰自治的黄金时期,而后者一度被称为爱尔兰的无冕之王,难能可贵地将爱尔兰的各股势力团结起来,差一点就通过议会实现了爱尔兰自治(home rule)。埃米特则是牺牲英烈的代表,他于1803年领导了爱尔兰人的反英起义,并在失败后壮烈牺牲。叶芝通过精心挑选的代表人物,试图拓宽“爱尔兰人的爱尔兰”的狭窄定义,证明英爱人士才是爱尔兰人的优秀代表。

具体到文学方面,叶芝不止一次地将其文学传统追溯到以斯威夫特、伯克等人为代表的17世纪至18世纪英爱文化成就的巅峰时期。当然,我们今天站在21世纪回望,斯威夫特等作家虽然与爱尔兰有着千丝万缕的联系,但是其本人从未否认过自己的英帝国臣民属性,不会自认为是爱尔兰人。他们对英国的爱尔兰政策的抨击和批评,也是出于更好地维护英国统治的目的。然而,叶芝在他们身上发现了他所熟悉的反科学、反现代的立场,并悄悄地将之等同于反英的民族主义立场:

> 出生在这样一个群体里,贝克莱因其对感官知识(perception)的信仰,相信抽象概念仅是文字游戏;斯威夫特因其对完美自然和慧因马(Houyhnhnms)的热爱,以及对牛顿体系和各类机器的怀疑;哥尔斯密因其对某些生活方面的惊世骇俗的喜好;伯克因其对“不像森林之树一样缓慢生长的国家便是暴政”的信仰,均将英格兰看作一个对立面。这个对立面刺激他们去表达和明晰自己的思想。①

在叶芝看来,这种反英立场与20世纪初爱尔兰高涨的民族主义情绪有着共通之处。叶芝将这一共同点解释为斯威夫特等人的“爱尔兰性”,并在《致未来岁月的爱尔兰》《血与月》等诗中,将他们塑造为爱尔兰文学的先祖:

> 我宣布这座塔是我的象征;我宣布

① William B. Yeats, *Essays and Introductions*, London: Macmillan, 1961, p. 402.

这架似盘绕、转圈、螺旋的踏车般的楼梯是我祖传的楼梯;

哥尔斯密和那主教,贝克莱和伯克曾经旅行到那里。[①]

基于类似的思想,叶芝在《凯瑟琳女伯爵》(*The Countess Cathleen*, 1899)一剧中,塑造了一个宁愿将自身灵魂卖给魔鬼也要拯救佃农度过饥荒的英爱地主形象,以此证明英爱人士曾经并且一直在为爱尔兰的利益服务,他们也因此应被纳入爱尔兰人的范畴之内。然而,遗憾的是,叶芝对英爱贵族的美化塑造是有悖于历史事实的。英爱地主整体上在爱尔兰大饥荒中扮演了极不光彩的角色,他们为了摆脱自身财务负担而大规模驱逐佃户,使得天灾之外更添人祸。当时,有讽刺漫画描绘象征饥荒的死神站在手拿棍棒的英爱地主和英国警察之间,三人并肩前进,共同收割爱尔兰人的性命。[②] 因此,叶芝将爱尔兰文学传统指向哥尔斯密、斯威夫特、贝克莱和伯克等英爱文人的努力很难得到大范围的认可。著名爱尔兰文学研究专家谢默斯·迪恩在专著《凯尔特复兴》中认为,叶芝的这一特殊版本的18世纪文学和文化史"显然是荒谬的",因为他误读了贝克莱等人的文化思想。[③] 与叶芝同时代的莫兰也用极其辛辣的笔调讽刺了叶芝的自欺欺人:

一定要理解的是,爱尔兰此时完全被说服相信她拥有一个以英语创作的爱尔兰文学。她骄傲地指向哥尔斯密、谢里顿和其他人……什么是爱尔兰文学?这是个简单的问题,但一代又一代的爱尔兰人出于良好的本能一直回避这一问题。他们害怕真相。出生在爱尔兰的英语人士和出生在英格兰的英语人士写出的一流文学作品显然没有本质上的区别。但是我们必须得加以区别……一个新的虚假理由得被捏造出来。

……马修·阿诺德(Mathew Arnold, 1822—1888)愉快地适时出

① [爱尔兰]叶芝:《血与月》,傅浩译,载[爱尔兰]叶芝:《叶芝精选集》,傅浩选编,北京:北京燕山出版社,2008年,第178—179页。"那主教"指的是斯威夫特,他曾任都柏林圣帕特里克大教堂的主教。

② 详见[法]格雷:《爱尔兰大饥荒》,邵明、刘宇宁译,上海:上海人民出版社,2005年,第126页。

③ Seamus Deane, *Celtic Revivals*, p. 29.

现，在一篇被经常引用的文章中宣称，凯尔特诗歌的特色之一便是“自然魔力”(natural magic)。……我们像鹰一样扑向这一短语。于是我们称呼自己为凯尔特人——这个词似乎用来指称一个民族，但那个民族是谁，似乎没有人知道，事实上也极少有人在意。……我们现在知道了英国文学和爱尔兰文学之间的差异，并且很满意地知道莎士比亚显然是一个凯尔特人。于是又一个新的爱尔兰虚假理由诞生了，它被命名为“凯尔特调子”(The Celtic Note)，叶芝先生是它的发起人。“凯尔特文艺复兴”(Celtic Renaissance)是这时发明的另一个名字，我们被要求来对我们曾经和将要施加于英国文学的影响而感到骄傲。……整个局面真正充满了滑稽的元素。一个将政治误当作民族性、将英国文学误当作爱尔兰文学的混淆黑白的混乱国度得到了一小撮神秘主义者(mystics)的服务。……不过必须得承认的是，这些神秘主义者起到了一个有用的功用，尽管这并非他们的本意。通过严肃而认真地试图用英语创造一个鲜明的爱尔兰文学，他们提出了这样的问题，“什么是爱尔兰文学”？盖尔语联盟占据了一个符合逻辑的、毫不妥协的立场，并打了一场激烈的，而且事实证明是决定性的战役，去年夏天叶芝先生已经缴械投降，从此之后爱尔兰文学不会再在爱尔兰语的范围之外被考虑。[①]

文中提到的“去年夏天叶芝先生已经缴械投降”的“战役”指的是1899年的春夏之际，莫兰、皮尔斯等人以《光之剑》为主要阵地，对叶芝及其新剧《凯瑟琳女伯爵》进行的一场声势浩大的口诛笔伐。[②] 从4月到7月，《光之剑》多次发表专门文章，抨击叶芝的新剧和他用英语创作爱尔兰文学的理念。叶芝从中汲取了重要的教训，认识到争取天主教民族主义者的支持对于其戏剧运动的成败十分重要，因此从当年的年底起，他便开始改变强硬姿

① D. P. Moran, “The Philosophy of Irish Ireland (1905)”, in Seamus Deaneet al eds., *The Field Day Anthology of Irish Writing* (*Volume II*), pp. 554-555.

② 详情可参见 P. J. Mathews, “An Irish Drama in English? ‘Let Us Strangle it at Its Birth’”, in *Revival*, pp. 57-60。

态，甚至对外宣称自己又开始学习盖尔语。[①] 虽然叶芝做了一定的让步，但是莫兰的激进民族主义观点使他对叶芝以及英爱文学的论断有失偏颇，并且他关于叶芝"缴械投降"的结论也下得为时太早。事实上，叶芝不仅没有缴械投降，反而在1904年帮助妹妹伊丽莎白(Elizabeth Yeats, 1869—1940)重组了后来在文艺复兴中发挥了重要作用的夸拉出版社(Cuala Press)，并于该年底成立阿贝剧院，正式拉开了轰轰烈烈的爱尔兰戏剧运动的帷幕。不过，莫兰对叶芝的文化诉求的尴尬处境所做的评论倒是一针见血。虽然后来莫兰所主张的极端窄化的爱尔兰性定义并未成为主流话语，而且叶芝等人的英爱文学创作在民族戏剧和其他文类方面均结出了硕果，但是叶芝所梦想的通过凯尔特复兴来连接新旧文化、贯通宗教和语言鸿沟的理想终究未能实现。对此倍感失望的叶芝只好放弃他的"缀满剪自古老/神话的花边刺绣"的"外套"[②]，在后期的创作和生活中日益转向保守主义和神秘主义，以寻求慰藉。

## 结语

综上所述，19世纪末20世纪初在爱尔兰文坛出现的这股复兴古代爱尔兰语言和文化的热潮，是一次具有高度的民族自觉意识的本土文化复兴，在本质上起到了政治建国前的文化铺垫作用，对后续的现当代爱尔兰文学与文化产生了深远的影响。

这股复兴热潮首先起源于具有民族主义情愫的爱尔兰知识分子对本土语言和文化的重新重视和抢救性保护。爱尔兰语的现代复兴，以及古代史诗人物和民间传说的再度流行，都得益于这一时期的大量收集、整理和译介工作。在此基础上逐渐繁荣起来的爱尔兰语和英语的文学创作，均从复兴的古代文化遗产中汲取了大量的灵感，古为今用地进一步丰富和扩展了爱尔兰民族文学，乃至整个英语文学的宝库。

① 详情可参见 P. J. Mathews, "An Irish Drama in English? 'Let Us Strangle it at Its Birth'", in *Revival*, p. 60。

② [爱尔兰]叶芝：《一件外套》，傅浩译，载[爱尔兰]叶芝：《叶芝精选集》，傅浩选编，北京：北京燕山出版社，2008年，第88—89页。

重新被发现和流传的古代爱尔兰文化遗产，为政治建国前夕的爱尔兰提供了一个去除英国殖民文化影响，另起炉灶地打造爱尔兰民族特性的宝贵机会。关于爱尔兰语和爱尔兰语文学价值的争论，充分体现了新一代爱尔兰知识分子的民族自觉意识和去英国化的文化诉求。虽然对外诉求基本一致，但是民族主义阵营内部却并非铁板一块，不同的主张和诉求形成了多元共生的复调效应。对于一些关键问题的文化争论——英语能否承载爱尔兰民族文学的语言之争，古老的史诗故事是否适合现代民族戏剧的题材之争，以及民族文学的源头是追溯到前殖民时期的盖尔文化还是历史上辉煌一时的英爱文化的文学史之争——不仅进一步明晰了现代民族文学的特点和走向，还体现出了各个不同的文化利益集团对文化领导权的争夺，具有极强的文化政治性。在议会政治和军事斗争的形势没有明朗之前，这些文化论争在文化领域触及了未来建国的一些关键问题，各种不同政治诉求之间的交流与碰撞，促成了爱尔兰文艺复兴的百花争鸣局面。

# 第五章　爱尔兰意识流小说[①]

## 引论

19 世纪末至 20 世纪中期，随着世界变革，多种文学流派纷纷涌现。在这些流派中，象征主义、意象主义、未来主义、表现主义、超现实主义、存在主义、迷惘的一代、意识流小说等文学思潮更是跌宕起伏。

在探讨意识流小说之前，我们有必要讨论促使它兴起的文化、哲学与心理学等领域的非理性主义（Irrationalism，或反理性主义）思潮。19 世纪以前的整个西方文学，理性主义（rationalism）占据主导地位。然而，随着工业化与现代化的到来，当异化的社会现实严重地压制住人性时，人的完整性便遭到了前所未有的挑战。从 20 世纪开始，非理性主义逐渐在心理学、哲学、伦理学、政治、社会等领域流传，出现了一批反传统理性主义思想的哲学家和文学家。

① 有关"意识流小说"是否构成一个文学流派，在中外学界是一个争论不休的议题。有人认为"意识流"不是一个流派，而是一种方法，因为它既无统一的理论纲领，也无具体的组织形式，那些运用了意识流手法的作家之间也不存在横向联系，没有创作上的交往，不构成一个真正的文学流派。但也有人认为，在 20 世纪 20—40 年代，"意识流"在现代小说中以异乎寻常的方式涌现，如法国的普鲁斯特、英国的伍尔芙、爱尔兰的乔伊斯、美国的福克纳等，这些作家都直接或间接地受到了詹姆斯、柏格森、弗洛伊德的思想影响，有意或无意地把人物的意识活动作为主要的描写对象，体现出现代小说向内心挖掘的共同趋势，故"意识流"是小说的一种形式。在此，我们接受美国批评家罗伯特·汉弗莱（Robert Humphrey）的比较折中的说法，即意识流在大多数情况下是"技术之鸟"与"流派之兽"这二者的"畸形结合"。无论我们是否把"意识流小说"视为一个文学流派，或仅仅视为一种写作方法，都不妨碍我们来思考意识流小说的革命性意义。参见[美]罗伯特·汉弗莱：《现代小说中的意识流》，程爱民、王正文译，长沙：湖南人民出版社，1987 年，第 4—5 页。

德国哲学家叔本华(Arthur Schopenhauer，1788—1860)的唯意志论开创了西方非理性主义之先河。理性主义在科学上的具体体现之一，是法国哲学家孔德(Auguste Comte，1798—1857)的实证主义，其强调通过"实证"确认的经验现象与经验事实才是"确知的"，这就消除了神学与想象在思想中的存在。维也纳科学哲学家马赫(Ernst Mach，1838—1916)的实证主义进一步强调，只有能还原到感觉或实验数据的现象，才能被认为是物理上的真实，也就是"眼见为实"(what you see is what you get)，因此想象在其中不起任何作用，一切超出表象的东西都只是幻觉。

对孔德和马赫的实证主义哲学的反动来自于唯心主义的复兴，其中最有冲击力的是柏格森(Henri Bergson，1859—1941)的生命哲学，其强调创造中无法用科学解释的生命冲动和信念的重要性。在《时间与自由意志》(*Time and Free Will*，1889)中，柏格森(Henri Berson，1859—1941)提出真正的时间是依赖直觉(tuition)才能把握的"心理时间"(psychological time)，它不同于"钟表时间"或"物理时间"(objective time)，思想或意识的状态是相互渗透融合，不能像外在事物那样被分割成可以计量的数字。柏格森还提出了一个重要的概念——"绵延"(duration)，认为时间的现代包含着过去，也孕育着未来。如果我们要想获取对世界最纯的感知就必须抛弃理性主义，通过直觉才能表达自身，而只有艺术家具有这种"直觉"的天赋。

奥地利精神分析家弗洛伊德(Signund Freud，1856—1939)从心理学的角度考察了人类意识的深层次结构，提出了非理性本能在整个人类精神生活的深层次根据，为非理性主义的研究提供了科学的基础。

非理性主义在现代意识流小说中得到了异乎寻常的展示，其代表人物是普鲁斯特(Marcel Proust，1871—1922)、多萝西·理查生(Dorothy Richardson，1882—1957)、詹姆斯·乔伊斯(James Joyce，1882—1941)、弗吉尼亚·伍尔芙(Virginia Woolf，1882—1941)和福克纳(William Fanlkner，1897—1962)等。

"意识流"(stream of consciousness)这个术语最早(1884)见于美国心理学家威廉·詹姆斯(William James，1842—1901)的《心理学原理》(*The*

*Principles of Psychology*，1890），即“意识并不是一节一节地拼起来的。用‘河’或者‘流’这样的比喻来描述它才说得上是恰如其分。此后再谈到它的时候，我们就称它为思维流、意识流或主观生活之流吧”[①]。

意识流小说家往往抛开常规叙述所关心的外在事物，把焦点投射在描写心理内部暧昧不明的领域，只叙述对“当下”或“瞬间”的强烈感受。总之，意识流小说以意识时间为出发点，以断裂和漂游的时间碎片展现现代人对历史整体感的丧失，对人类历史的宏大叙述的怀疑，显示了个人的特殊性和差异性在一个片面化、系统化和机械化的工业文明社会中为争取自己的灵魂和生命体验而进行的痛苦挣扎。

意识流小说不受传统的时间和空间概念的束缚，借助内心独白、自由联想、异地同台、时空交错的变换形式，全方位地描写不受理性控制的意识流动状态，表现人的意识活动而不是客观外部世界。于是，传统小说中的客观时间被人物意识的瞬间领悟或连接不断、支离破碎的回忆取而代之，时空的连续性、完整性和因果性被打破成为碎片之后，以一种新的方式重新组合起来。线性发展的事件在人物瞬间意识状态中呈现出空间上的（蒙太奇）并置和排列，时间空间化的结果导致事件彻底脱离了故事时间的延续性。意识流小说打破了传统小说有条有理的因果秩序，在人物主观心理时空的屏幕上自由地表现人物的感观、幻想、记忆和联想等。小说向音乐、绘画和电影等视觉与听觉艺术的靠近，神话、史诗以及象征主义技巧的广泛运用，进一步淡化了故事情节，叙述语言和文体形态也相应发生了变化。所有这些新颖的艺术试验，使意识流小说成为现代主义文化的先锋。

在列维-施特劳斯（Claude Levi-Strauss，1908—2009）、拉康（Jacques Lacan，1901—1981）、德里达（Jacques Derrida，1930—2004）、巴特（Roland Barthes，1915—1980）、艾科（Umberto Eco，1932—2016）等后现代批评理论中，爱尔兰小说《为芬尼根守灵》（*Finnegans Wake*，1939）的“不可觉察”“文本踪迹”“自我涂抹”“自身反身”等特点得到了某种程度上的阐释。德里达赞扬《为芬尼根守灵》提供了一个“伟大的范式”（great paradigm），“为了

① ［美］威廉·詹姆斯：《思维流、意识流或主观生活之流》，象愚译，载柳鸣九主编：《意识流》，北京：中国社会科学出版社，1993年，第346页。

作品的主题和运作，他使用重复、滑动和混合词汇逐渐获得这种模棱两可的效果。他试图通过最可能的并置方式，以最快的速度来挖掘每一个词语音节中潜在的最丰富的意义，这使得写作变成了分裂的原子，以便完全负荷包括神话、宗教、哲学、科学、心理学和文学在内的人类整个记忆的无意识部分”。[①] 他认为爱尔兰小说《尤利西斯》(*Ulysses*, 1922)和《为芬尼根守灵》是20世纪的两本“终极的书”，并声称“没有乔伊斯，就没有解构”[②]。在贝克特(Samuel Beckett, 1906—1989)、罗伯·格里耶、托马斯·品钦、唐纳德·巴塞尔等后现代作家眼里，乔伊斯文本中的词语佯装、伪造和引用所催生的语汇游戏、游离、滑动、饶舌、列举、“无意展开的赘语”、“存货清单”等风格化叙述得到了进一步扩展，不确定的语言游戏为文学的“意义”从结果转向过程开辟了道路。

作为“时间之书”与“语言之书”，《尤利西斯》和《为芬尼根守灵》是乔伊斯对叙述文体和语言潜力的极端探索。乔伊斯渴望把词语玩弄在自己的掌心中，试图使词语世界呈现另外的景观(现实世界、历史世界、无意识梦境)，表现出了一种用词语超越时空并征服世界的野心。乔伊斯的作品艰涩难懂，虽然他有卖弄学问、炫技、故弄玄虚之嫌，但是大家不能不承认他的意识流小说开拓了现代文学的可能性，标志着一种新的叙述形式的诞生。

在《等待戈多》(*En attendant Godot*，写于1948—1949年，于1953年首映；或*Waiting for Godot*, 1955)这部荒诞派戏剧一举成名之前，爱尔兰作家贝克特已经发表了几部具有意识流风格的小说，如《莫菲》(*Murphy*, 1938)、《瓦特》(*Watt*, 1942)，以及用法语写的长篇小说三部曲《莫洛瓦》(*Molloy*, 1951)、《马龙之死》(*Malone meurt* 或 *Malone Dies*, 1951)和《无名氏》(*L'innommable* 或 The Unnamable, 1953)等。《莫菲》体现了乔伊斯的明显影响，如淡化小说情节、语言支离破碎与含混不清、挖掘无意识、词语重复、不确定性、思绪跳跃等。贝克特在小说中刻画了一个“精神衰弱的唯我主义者”莫菲的形象，热恋中的女友西利亚希望能让他回到现实世界中，

① [英]Derek Attridge编：《剑桥文学指南：詹姆斯·乔伊斯》，上海：上海外语教育出版社，2005年，第278页。
② Bernard Ben Stock, ed., *James Joyce: The Augmented Ninth*, Syracuse: Syracuse University Press, 1988, p. 78.

找一份工作，过上一种普通而安稳的体面生活，但这注定是失败之举。莫菲宁可了无牵挂、自由自在地在虚空中漫游，也不愿意脚踏实地安顿下来。莫菲把心智和意识分为光明、半光明和黑暗三个领域，只有在黑暗的无意识状态中，他才能够看清楚万物的真谛。最后，莫菲甚至到精神病院去当了一名护理员，沉浸在无我非我的、消解了意识的境界中。贝克特运用晦涩破碎的语言、悖论和谬论，描写类似于莫菲这一类试图找寻自我身份却注定失败的孤独者形象。

我们看到，从乔伊斯到贝克特，他们对于人性的非理性、梦、潜意识的勘探，对语言无限可能性的叩问，对传统小说形式的极端反叛与解构，对时空不确定性的追求，构成了20世纪爱尔兰文学的非理性主义与荒诞主义的一道风景线。

## 一、灵悟：对日常事物的感知与觉醒

在乔伊斯的作品中，“灵悟”(epiphany，或译作“顿悟”)是一个重要的叙事手法。乔伊斯使用“灵悟”手法，揭示了主人公在一刹那间的精神顿悟，预示着人物命运的转变。“灵悟”一词具有宗教内涵，来源于古希腊语中的“epiphaneia”，字面意思是“进到光中”或“进到视线之中”，即“出现”或“显现”(manifestation)，常用来指“神直接把自己显现于人眼之前”。琉西王朝的安提阿古四世(Antiochus IV，公元前175—163年在位)曾称自己为“神的形象”或“显现的神”(Antiochus Theos Epiphanes)。基督教传统中的“主显节”(Feast of the Epiphany)，就是纪念出生第12夜(1月6日)的耶稣向东方博士的显现。于是，“epiphany”用于表示“圣灵的显示”，即用可视的外在符号显示内在的精神圣恩。一些批评家认为，文学中的“灵悟”与基督教神学的道成肉身说、变体说以及托马斯·阿奎那的美学理论有内在关联，也与基督新教的神圣恩典(divine grace)有密切关系，“典型的清教徒灵悟指日常生活背景下的新的光照式感知。……当乔伊斯将‘灵悟’这一术语应用于美学经验，以此来将其世俗化的时候，他使用的小说形式本身即是来自清教徒精神自传——对个体与神圣恩典相遇的记录——的这一传统”①。不过,乔伊斯故意剥离了“灵悟”的神学含义,把它转化为一个美学的术语,一种艺术的写作原则。“灵悟”一词被用来描述这样一种时刻,在此瞬间中,日常生活中的事物或者场景突然变得光芒四射,对于主人公充满着某种启示。

在对客观对象的知觉中,事物潜藏的意义被观察者领悟出来。按照乔伊斯的解释,这种“灵悟”是突如其来的精神显现,无论是日常的言行举止还是心灵自身的难忘活动。对于乔伊斯而言,都柏林人被来自宗教、环境、家庭和社会的各种传统势力遮掩、压制,这有赖于艺术家凭借想象力来揭示和救赎,只有这样他们才能获得自由,从困惑麻痹中解脱出来。在此意义上,艺术家成为了“想象力的牧师”(the priest of the imagination)。

在《斯蒂芬英雄:〈艺术家年轻时的写照〉初稿的一部分》(*Stephen Hero*: *Part of the first draft of A Portrait of the Artist as a Young Man*, 1944)中,乔伊斯区分了两种类型的“灵悟”,一种是通过人物之间的“某种粗俗的言语或动作”(vulgarity of speech and gesture)的戏剧对话来表现,这是外在的观察。主人公通过对他人行为的迅速一瞥,顿时看清了自己的困境,从而获得某种对人生的启示。②

另一种“灵悟”是通过描写人物“心灵自身难忘的活动”(a memorable phase of the mind itself),这是心灵内在的洞察与觉醒。在乔伊斯短篇小说《死者》(*The Dead*)③中,都柏林人加布里埃尔携妻子格莉塔专程从英国回到都柏林,参加朱莉娅、凯特两位姨妈开办的圣诞节晚会。加布里埃尔毕业于皇家大学,在英国某大学工作,常写些书评,假期到法国、德国度假,是一名在众人眼里才华出众的成功人士。在圣诞晚宴上,切鹅和发表洋洋洒洒的致辞一直是加布里埃尔的拿手戏。但事实上,这位知识分子对凯尔特民

① [美]金容希(Sharon Kim):《神学与文学灵悟》(*Theology and Literature Epiphany*),载《基督教文学学刊》,2008年秋第20辑,北京:宗教文化出版社,2008年,第142—146页。

② 参见[爱尔兰]詹姆斯·乔伊斯:《斯蒂芬英雄:〈艺术家年轻时的写照〉初稿的一部分》,冯建明、张亚蕊等译,上海:上海三联书店,2019年,序言第2页。约翰·J.斯洛克姆与赫伯特·卡洪指出,“乔伊斯习惯用自己的记录去揭露一些普普通通时刻,以作将来之用。对坡脚乞丐和检察员加维先生的描写直接基于两种幸存的顿悟,这两种顿悟出现在《乔伊斯集》里,现存于布法罗大学洛克伍德纪念图书馆。继而这些页面有时又影响了后来的作品”。

③《死者》是《都柏林人》中篇幅最长的短篇小说,它于1907年撰写于的里雅斯特,最终与其他故事一起被收入《都柏林人》。

族集团、爱尔兰岛和都柏林人缺乏真正的了解，他被艾弗丝小姐斥为“西布立吞人”（威尔士人），她讽刺他的言行举止不像真正的爱尔兰人。宴席上的一首爱尔兰民谣《奥格里姆的姑娘》（*The Lass of Aughrim*）则引发了妻子对来自爱尔兰西部戈尔韦的初恋情人迈克尔·富里的悲伤记忆。面对爱尔兰圣诞夜这场三十年未曾见过的漫天大雪，加布里埃尔突然领悟到自己作为一个爱尔兰人的身份缺失与内心匮乏，经历了一次对爱情、生死、自我命运的前所未有的觉悟。

《艺术家年轻时的写照》[①]（*A Portrait of the Artist as a Young Man*，1916，或译作《一个青年艺术家的画像》，以下简称《画像》）揭示了年轻人的顿悟或“灵悟”过程。《画像》是一部半自传性小说，描述了都柏林人斯蒂芬·迪达勒斯早期的成长经历。长大后的斯蒂芬决心摆脱家庭、社会、学校、宗教等方面的束缚，完成艺术家的创新使命。《画像》的叙事轴线是关于斯蒂芬，其叙事主题是斯蒂芬“灵悟”后，摆脱束缚，要远走高飞，献身于新理想。此主题贯穿《画像》全书，并把该书的五个部分巧妙地连起来。

“灵悟”不仅构成《画像》主题的重要部分，还对展示各种意象起到巨大作用。主人公对自己名字所具有的象征意味的“灵悟”，就是一个不断发展的意识流过程。圣斯蒂芬，或译作“圣司提反”（Saint Stephen/Stéphanos，约公元 5 年—约公元 34 年），是基督教的第一个殉教士，据说他在一次犹太教公会宣传基督教时被反对者用乱石砸死。这象征着小说主人公也是周围堕落环境的受害者，他就像圣斯蒂芬一样成为一名殉道的艺术家（a martyred artist）。迪达勒斯是希腊神话中制造米诺斯迷宫的能工巧匠，他曾经用蜡、麻绳和鸟的羽毛为原料，制作了两个巨大的翅膀，与儿子伊卡罗斯一起飞越出关押牛头人身怪兽的迷宫。可是，伊卡罗斯没有遵循父亲的叮嘱，飞得太高，因翅膀融化而坠入大海淹死。乔伊斯不仅用迪达勒斯作为小说主人公的名字，还在小说的扉页引用了古罗马作家普布利乌斯·奥维

① 关于“*A Portrait of the Artist as a Young Man*”的译名，文洁若、金隄等把它译作《艺术家年轻时的写照》。乔伊斯不用“A Portrait of a Young Artist”，而用“A Portrait of the Artist as a Young Man”，表明这时候的主人公还没有成为一名艺术家。本书使用的中译本为安知翻译的《一个青年艺术家的画像》（成都：四川文学出版社，1995 年）。

德·纳索(Publius Ovidius Naso,公元前43年—约公元17年)《变形记》(*Metamorphoses*)中的拉丁文诗句:“他倾注全部才智创作从未有过的物品。”[①]该句暗示了主人公追随“老父亲、古老的工匠”迪达勒斯的足迹,成为一名伟大的艺术创造者,一个世俗化时代的“帕特里克”式的艺术先知。斯蒂芬的形象暗示着,20世纪初,爱尔兰岛的艺术家要摆脱束缚,在艺术创新中表达个人理想。

在《画像》第五章,斯蒂芬伫立在图书馆前的台阶上,仰头端详着那些飞来飞去的鸟儿,竭力想理解它们飞翔和声音的意义。在小说最后一部分,斯蒂芬与鸟似乎合二为一:“他感到,他依赖盘旋迅飞的鸟儿和头顶上惨白天空所作的鸟卜,全不过来自他的心间,他的心也正像一只静静地而且迅捷地从一个高塔上下飞的小鸟。这是依依惜别的象征还是形只影单的象征呢?”[②]可以说,鸟的形象既是别离的预兆,也是艺术家孤独命运的象征,它们可以超越现实的桎梏和日常的烦恼,达到自由的境界。正是在对“迪达勒斯”这个名字及有关“鸟”的象征意义的“灵悟”中,斯蒂芬意识到自己的使命是成为一个用这个地球上毫无生气的东西去创造一个崭新的生命形象的艺术家。在小说结尾,斯蒂芬决定像迪达勒斯一样飞出都柏林迷宫,远走异乡。

斯蒂芬是乔伊斯的代言人,他认为最完美的艺术家应“和创造万物的上帝一样,永远停留在他的艺术作品之内或之后或之外,人们看不见他,他已使自己升华而失去了存在,毫不在意,在一旁修剪着自己的指甲”[③]。这种“作家退出小说”和“非人格化”的叙述手法被包含在意识流小说的美学原则内。通过用人物内心分析的叙述方式来展示事件进程,作家尽可能采取不介入的超然物外态度,小说成为自足自在的审美文本,意义的阐释在读者相对主观的理解中呈现多元化的趋势。

与《追忆似水年华》(*A la recherhce du temps perdu*, 1913—1927)和

① 此文参考A. Walton Litz的*James Joyce*. Rev. ed. (Boston: Twayne Publishers, 1972)中所引用Golding的英译中有关Daedalus的段落而译出。

② [爱尔兰]詹姆斯·乔伊斯:《一个青年艺术家的画像》,安知译,成都:四川文学出版社,1995年,第309页。

③ 同上,第293页。

《到灯塔去》(*To the Lighthouse*, 1927)一样,《画像》是一个人的青春期成长自传,同时也是现代主义作家的心灵历程,是艺术家对生命意义的启悟之旅。“这个‘变形’(metamorphosis)的过程,因内心永不停息的冲动而不断地发生,跃跃然而难以确定下来。只有当生理上的发育成熟不可挽回地到来时,‘变形’才渐渐地停息下来,固定形成‘成熟’和稳定的自我。小说为成长画了句号,人物的完整形象就被塑造了出来,主人公存在的意义在这短暂而多彩绚丽的生命区间中被揭示出来:个人的青春年华在现代性的整体中获得了超越生命本身的意义,它与不断进步的人类历史和存在的全部意义联系了起来。”[①]斯蒂芬作为艺术家的成长过程见证了新旧时代的决裂,他要挣脱一切枷锁的束缚,寻找属于自己的现代主体身份。

“灵悟”的瞬间视像具有了一种精神深度,可以揭示人物内在的生命和精神蜕变过程。乔伊斯将“灵悟”这一带有宗教经验的神圣术语用于美学经验,从而将其世俗化,探索人物内在精神世界。虽然“灵悟”并不完全等同于“意识流”,但是它们都是对人物的主观世界和瞬间意识的重要揭示。在《画像》《尤利西斯》和《为芬尼根守灵》中,乔伊斯依然围绕“灵悟的瞬间”组织叙事,“灵悟”逐渐发展为一种“意识的绵延”。尽管《画像》还算不上典型的意识流小说,但是乔伊斯在其中尝试的各种艺术手段,如“灵悟”、内心独白、蒙太奇拼接、现实生活与神话传说的对照、音乐结构、象征意象、变幻的文体等,为他写作《尤利西斯》奠定了坚实的基础。

## 二、 意识流小说: 直觉对理性超越的载体

在小说中,意识流作为一种叙事手法,用于刻画人物多变的心理活动,展示人类神秘的内在世界。从文艺理论上讲,意识流叙事手法是认识世界的又一个角度,人们也可以凭借直觉来理解世界的本质,从而实现直觉对理性的超越。

《尤利西斯》既是爱尔兰现代主义意识流小说的顶峰之作,又是世界文

① 王炎:《小说的时间性与现代性——欧洲成长教育小说叙事的时间性研究》,上海:外语教学与研究出版社,2007年,第79页。

学天地里的一块丰碑，它堪称意识流小说教科书，可谓爱尔兰文学推动世界文学发展的又一见证。意识流巨著《尤利西斯》与托马斯·斯特恩斯·艾略特（Thomas Stearns Eliot，1888—1965）的长诗《荒原》（*The Waste Land*，1922）并驾齐驱，被誉为“现代主义小说与诗歌的双子峰”。1998年，美国兰登书屋下属的“现代文库”编辑委员会评选出20世纪百部最佳英语小说，《尤利西斯》排名第一，《画像》）排名第三。1999年，英国水石书店评选出20世纪最有影响力的10部小说，《尤利西斯》又是名列榜首。

可以说，要了解20世纪不断更迭的文学思潮，乔伊斯是无法回避的一位重要作家，他的创作反映了20世纪西方文学从现实主义（象征主义）向现代主义、后现代主义演变的历程。我们不仅可以从他的意识流小说中窥视20世纪上半叶西方各种文学理论与思潮的发展轨迹，而且也能了解到古老悠久的爱尔兰文化遗产及其承前继后的文学创新。正如文学教授约翰·萨瑟兰（John Sutherland）所言，如今乔伊斯成为了“爱尔兰的莎士比亚，它的歌德，它的拉辛，它的托尔斯泰”。[①]

作为叙事手法，意识流并不侧重逻辑性，它一定会招来多种评价。有人称《尤利西斯》为一部对人类进行恶毒侮辱的疯狂的书，也有人认为它和梵文书一样不忍卒读。作家的爱尔兰同胞叶芝在读了许多遍后，意识到“这是一种全新的事物——不是眼睛看见的，也不是耳朵听见的，而是信马由缰的思绪随时随地想到什么或是幻见了什么。他的强度肯定超过了我们这时代的任何小说家。……这书有我们爱尔兰人的残酷性，也有我们那种力度”。[②] 萧伯纳声称，《尤利西斯》描写的就是都柏林的现实，他自己就是因为厌恶它而逃到了英格兰，因此要用一个围栏把都柏林围起来，强迫城里15—30岁的男人都去阅读《尤利西斯》，看看能否在所有这些充满脏话和肮脏思想的嘲弄与污秽中找到开心的东西。但萧伯纳也抱怨，没有爱尔兰人愿意花150法郎去买一本书，这不是乔伊斯的悲哀，而是爱尔兰的悲哀。英国评论家艾略特认为，《尤利西斯》是“在现代情况和古代情况之间安排一系

① 参见 http://ks.cn.yahoo.com/question/1590000146264.html。
② [美]理查德·艾尔曼：《乔伊斯传》（下），金隄、李汉林、王振平译，北京：十月文艺出版社，2006年，第599页。

列绵延不断的类比关系”，具有“一种相对于科学发现的重要性”。[①] 还有批评家赞赏《尤利西斯》“没有一页是草率的，没有片刻是疲软的，在这里全部章节都是力量的丰碑和文字的荣耀，它本身就是创造性的智慧对混沌的未被创造之物的胜利，是奉献的胜利，在我看来是我们这个时代最重要的和最美的作品”。[②]

### （一）时空“三一律”：主观心理时空的艺术呈现

无论在形式还是内容方面，《尤利西斯》都与传统小说背道而驰。它毫无戏剧性情节可言，通过意识流手法展现的是人杂乱无序、隐秘零散的潜意识活动和思绪，描写了都柏林 1904 年 6 月 16 日这天早上 8 点到晚上 2 点约 18 个小时左右的都柏林人的生活，主要围绕三个人物展开，即青年斯蒂芬·迪达勒斯（《画像》主人公）、中年犹太裔广告商利奥波尔德·布卢姆（Leopold Bloom），以及布卢姆的妻子、女高音歌手马里恩·布卢姆（Marion Bloom，又称作摩莉）。如果说布卢姆是小说的中心人物，那么斯蒂芬和摩莉就是三张相联图画中两侧的画面。《尤利西斯》叙述的展开是以一个静态的时间截面为支点，即用漫长时间中的一天、一地这个微观时空来体现主人公全部的生活和历史。故事从任意一点开始（早上 8 点），又在任意一点结束（晚上 2 点），叙述情节的推进极其缓慢，没有戏剧性的变化，从这一点到下一点的时间过渡显得并不重要，前后章节之间缺乏因果关联。一个外部的、客观的物理时空是确定而有限的，人物内心无限的心理时空却想极力突破这种束缚。这两种时空结构之间的张力，给人一种相对感和反讽感。

意识流作家在面对处于前语状态的意识流时，又使用各种“理性”的外在形式来施加严格的规范或束缚，如同规范江水激流的牢固堤岸。为了控制人物这种混乱不堪、瞬息变化的意识流，作家必须赋予小说内在结构以统一性和完整性。传统小说往往通过行为和人物的统一（即连贯的情节）来获得小说的统一模式，意识流小说却不得不依赖其多种模式，使混乱的题材处于一种有序形式的控制下，包括“三一律”原则、以往既定的文学模式（史诗、

① ［美］理查德·艾尔曼：《乔伊斯传》（下），金隄、李汉林、王振平译，北京：十月文艺出版社，2006 年，第 595 页。
② Robert H. Deming ed., *James Joyce Critical Heritage*, London: Routledge, 1997, p. 239.

神话、滑稽剧)、音乐结构、主导动机、(历史或自然)循环系统等。乔伊斯在《尤利西斯》中成功地使用了以上列举的多种模式来使每个人的意识流显得井然有序,形成有机的统一体。"所有学问、各种文体和手法在这里都有,在驾驭一切可表现对象的过程之中,没有遗漏任何表现方式。"[1]

《尤利西斯》的每一章都有固定的时间、地点、人物、学科、文体、意义、人体器官、象征物和颜色。乔伊斯将《尤利西斯》视为"人体史诗",除了结构方面的考虑外,他也看重身体在生活中的必要性。灵与肉两方面的不可或缺,有助于我们理解更为复杂的现代人性。因此,要理解《尤利西斯》,我们有必要掌握其严密准确的时空结构中内在要素之间的复杂交织关系。除了严格遵循"三一律"的时空结构外,神话结构、音乐模式、叙述文体,以及包括各种颜色、学科和人体在内的种种象征手法,都赋予了《尤利西斯》以统一性。

《尤利西斯》在叙述中恪守"三一律"原则,正是为了更有效地表现人物意识流呈现的主观心理时空。在小说中,表层叙述的时空统一成为把握混乱状态下四处流溢着的意识活动的参照系。因此,意识流并非完全无迹可寻,它必须受制于外部客观时空的引导刺激,且竭力突破有限时空的约束,遵循着心理时空法则,同时又受叙述语言的限制。意识流小说人物的高度统一,有益于集中表现每个人的意识流,从而避免了情节的零散无序。《尤利西斯》第1—3章叙述的是年轻斯蒂芬想象和哲思的意识流,第4—17章叙述的是中年布卢姆较为现实、成熟的内心活动,第18章则全面地展示了摩莉富有女性想象、奔放热情的意识流。乔伊斯通过三个人物各具鲜明特色的意识流,表现了三种观察世界的方法或情欲人性的三个方面。这种多元化的叙述角度比起传统小说全知全能的叙述方式,更能表明乔伊斯对"作家退出小说"的追求,不稳定的叙述者造成了小说价值判断的相对性。

(二) 三环叙事结构:意识流的封闭性和流动性

尽管《尤利西斯》描写的是一时一地这个狭窄的时空领域里发生的平凡琐事,但是其却被批评家誉为现代社会的伟大史诗,这大大得益于乔伊斯对神话结构的运用,现实主义和神话诗学被统一起来。从一开始写作,乔伊斯

① Robert H. Deming ed., *James Joyce: The Critical Heritage*, London: Rouledge, 1997, p. 454.

就特别倾心于借助神话来构筑小说的叙述方法：《都柏林人》(*Dubliners*，1914)中的短篇小说《圣恩》(*Grace*)[1]对《神曲》(*Divina Commedia*，1307—1321)的"地狱、炼狱、天堂"三段式结构作了戏谑性的模仿；《死者》结尾使用了基督耶稣殉难的骷髅岗场面；《画像》中的年轻艺术家名字和形象皆运用了希腊与希伯来神话；戏剧《流亡者》(*Exiles*，1918)中的主人公与《圣经》中的人物形成对比。传统小说家也或多或少地利用神话、典故作为小说的主题或结构，但那些神话总是处于修饰从属的地位，或者只是故事内容的组成部分，而《尤利西斯》从主题到结构、从局部到整体，以及从书名(尤利西斯是奥德修斯的拉丁语)到各个情节、意象、细节等，几乎全方位地使用了《奥德赛》(*Odyssey*)。现代奥德修斯的构想满足了乔伊斯对人类历史的探究欲，希腊文明与犹太文明的起源、奥德修斯半神话性的漂泊之旅等，都激发着他把古老的神话融汇到都柏林现实之中的惊人想象。

要理解《尤利西斯》，就必须同时理解《奥德赛》。乔伊斯从三个方面对《奥德赛》进行了分解：在主题上，《奥德赛》的"寻父"主题对应现代人的父子精神认同；在结构上，《奥德赛》的象征结构有效地控制着对小说情节、形象、细节和人物的评价；在情节上，《尤利西斯》较严格地遵循着《奥德赛》的叙述程序。具体说来，《尤利西斯》的三个部分对应着《奥德赛》的三大块内容：第一部分"忒勒玛基亚"(*Telemachia*)包括第1—3章，斯蒂芬对应奥德修斯的儿子忒勒玛科斯；第二部分"奥德修斯的漂泊"(*Odyssey*)从第4—15章，都柏林的布卢姆与史诗英雄奥德修斯相对照；第三部分"回家"(*Nostos*)包括第16—18章，布卢姆的妻子摩莉和奥德修斯的妻子珀涅罗珀形成对比。在《尤利西斯》的撰写提纲中，每一章均以《奥德赛》中的名称作为标题，其情节也对《奥德赛》做了某种暗示、模拟或变形处理。尽管后来发表小说之际，为使读者关注文本而不必拘泥于神话，乔伊斯删除了《尤利西斯》每章标题，仅保留了书名，但是两者的平行对应关系依然存在。

在叙事结构上，由三个部分组成的《尤利西斯》包含了三条象征性的环形线路，即布卢姆的环形漂泊线路、斯蒂芬的环形流浪线路及摩莉的环形运

[1] 1914年，《圣恩》与其他短篇小说一起被收录于《都柏林人》。

动路线。

其一,布卢姆早上先是在家中露面,之后便外出漂泊,最后于次日凌晨回家,其漂泊线路构成一个环。

其二,斯蒂芬在《尤利西斯》的第一部分离开家(租住地圆形炮塔),在第三部分来到布卢姆家;布卢姆被视为斯蒂芬的精神父亲,因此布卢姆家象征斯蒂芬"家";从象征性上,斯蒂芬的流浪路线也是一个环。

其三,如果忽略回忆,单看摩莉在 6 月 16 日和 17 日的活动,可以得知,她几乎没离床,她是"床上的女人";因此,摩莉的象征性运动线路又是一个环。

这三条象征性的环形运动线路,对应了意识流的封闭性和流动性。

神话主义之所以成为 20 世纪小说的标志之一,是因为它赋予了混乱无序的现代社会以一种秩序(order)、一个可以理解的框架(frame),如艾略特《荒原》关于现代人寻找圣杯的神话,福克纳《喧哗与骚动》(*The Sound and the Fury*, 1929)的叙述时间所对应着的基督教复活节,托马斯·曼《魔山》(*Der Zauberberg*, 1924)中的神话时间和历史时间的交织,劳伦斯《虹》(*The Rainbow*, 1915)对《圣经》意象的大量引用,马尔克斯《百年孤独》(*Cien años de soledad*, 1967)对古老的印第安神话的复活,等等。同样,神话模式使得《尤利西斯》日常普通的一天与久远古老的历史连接起来,超越了有限的时空和个人故事,从而具有了现代史诗的巨大历史性、概括性和深刻性。它不仅在内容上拓展了事件所要表达的象征意义,而且赋予日益分解变化的日常现实以统一、稳定的秩序。在表现现代社会混乱无序的精神状态时,乔伊斯把断裂的时代同久远的神话和历史融合起来,为的是筑起通向未来的桥梁,铸造爱尔兰的凯尔特民族集团或语言集团的新良心。正是在荷马神话与乔伊斯的都柏林世界的古今对照下,漂浮在短暂时流中的《尤利西斯》获得了历史的纵深感和史诗感,此时与彼时、现在与过去构成了走向未来的历史长河中的一个整体。于是,"现在"这一时刻里重现的过去,是对现在的救赎和对未来的展望。

### (三) 蒙太奇:诸多内心活动之间的叠印

意识流活动的特征类似于电影中的"蒙太奇"(Montage)手法。"蒙太奇"最早被苏联电影导演爱森斯坦(Sergei M. Eisenstein，1898—1948)用来阐明两个以上独立的镜头剪辑在一起所产生的独特效果，从而显示思想活动之间的内在关系或相互联系。一连串影像的快速运动、影像的重叠或相关影像包围中心影像等，可以使事件如流水般流动起来。有学者以此描绘了意识流的两种类型：一种是时间蒙太奇，即主体在空间上保持不动，而人物意识却在时间上移动，或此时间的影像及思想活动与彼时间的影像及思想活动相互"叠印"；另一种是空间蒙太奇，即时间保持不动，而让空间因素发生变化，即同时出现数种影像，这种多画面构图方法就是所谓的"同步叙述"。[①] 乔伊斯在《尤利西斯》中使用的同步叙述、蒙太奇等手法，具有了现代小说的空间形式(The Spatial Form of Modern Literature)。由此而言，《尤利西斯》是一部叙述时间几乎处于停滞状态的"空间小说"，一部按照空间而非时间组织的小说，加拿大学者艾拉·B. 纳达尔称之为"东方时间"(Oriental time)。在纳达尔看来，乔伊斯的"空间力量"与文本实践，正是源自于中国汉字、雕版印刷和绘画艺术的影响。

"内心独白"属于"时间蒙太奇"，即人物的意识在时间上逐渐移动，过去与现在彼此交织叠印。这是一种内聚焦的叙述方式，旨在表现处于意识范围内的各个层次上的意识活动的内容和过程，一般分为两种类型，即"间接内心独白"与"直接内心独白"。此外，"内心独白"还有一种特殊的形式，即"戏剧式内心独白"。"间接内心独白"(indirect interior monologue)是指在描写人物的内心独白时，叙述者时不时出现在文本中，悄然地加以指点和引导。《尤利西斯》第一章的开头有一段斯蒂芬的意识流：

> (1)斯蒂芬一只肘支在坑洼不平的花岗石上，手心扶额头，凝视着自己发亮的黑上衣袖子那磨破了的袖口。(2)痛苦——还说不上是爱的痛苦——煎熬着他的心。(3)她去世之后，曾在梦中悄悄地来找过他，她那枯槁的身躯裹在宽松的褐色衣衾里，散发出蜡和黄檀的气味；当她带着微嗔一声不响地朝他俯下身来时，依稀闻到一股淡淡的湿灰

① [美]罗伯特·汉弗莱：《现代小说中的意识流》，程爱民、王正文译，长沙：湖南人民出版社，1987年，第63页。

气味。(4)隔着槛褛的袖口,他瞥见被身旁那个吃得很好的人的嗓门称作伟大可爱的母亲的海洋。(5)海湾与天际构成环形,盛着大量的暗绿色液体。(6)母亲弥留之际,床畔曾放着一只白瓷钵,里边盛着黏糊糊的绿色胆汁,那是伴着她一阵阵的高声呻吟,撕裂她那腐烂了的肝脏吐出来的。①

在这段间接内心独白中,叙述者尽可能客观地介入了人物意识流之中。全段由6个句子构成,第(1)(4)句是作者的叙述语,描述了斯蒂芬在当下的一举一动;第(2)(4)句既可视为是作者的叙述语,也可视为是斯蒂芬的意识活动;第(5)句通过"大海"的意象,开始过渡到人物的意识流;第(3)(6)句是斯蒂芬的意识流,他回忆起母亲临死前的痛苦情形,过去的记忆在"现在"被追回了。在这段斯蒂芬的意识流中,此时的影像(观察大海的同时感到自己对母亲的死负有不可推卸的责任)与彼时的影像(母亲临终前痛苦的情形,以及亡灵在回忆中的痛苦印象)发生"叠印"。斯蒂芬的内心联想由外部世界的蓝色海水转向了母亲的绿色胆汁,两件不相关的事物因为绿色液体和大海母亲的隐喻而联系在一起。此后,母亲亡灵的形象一直徘徊在斯蒂芬的回忆中,成为他这一天郁郁寡欢的主导因素之一,表明了他对母亲及其所象征的爱尔兰既爱又恨的复杂心理。

### (四) 直接内心独白:作者退场

在《尤利西斯》中,三个主要人物各具特色,因此呈现出三种不同特点的意识流:利奥波德·布卢姆的意识流兼具逻辑性与混乱性,并夹杂了文雅用词和粗俗语句;摩莉的意识流几乎都缺乏逻辑性,还充满了粗言秽语;斯蒂芬·代达罗斯的意识流大多具有逻辑性,基本上由文雅词组成。意识流可归为两种类型,即直接意识流和间接意识流,或叫作直接内心独白和间接内心独白。

这两种内心独白的区别在于,作者是否现场指导读者。在直接内心独白中,作者没有在小说人物心理和读者之间起干扰作用;在间接内心独白

① [爱尔兰]詹姆斯·乔伊斯,《尤利西斯》,萧乾、文洁若译,北京:文化艺术出版社,2002年,第43页。

中，作者则在小说人物心理和读者之间起干扰作用。在意识流小说的人物塑造上，作家往往根据具体情况，要么只选一种内心独白，要么描写两种内心独白。爱尔兰作家乔伊斯和贝克特都创作出典型的意识流小说，他们虽采用两种内心独白，但多倾向于以直接内心独白来塑造人物。

"直接内心独白"(direct interior monologue)也可用另一种方式解释，即在假定没有其他人倾听的情况下，人物把自己的所感所思毫无顾忌地直接表露出来，自言自语。这时，叙述者几乎完全退出，让人物自身的思想流动。

《尤利西斯》最后一章是"直接内心独白"最完美的展现，在摩莉连续不断的直接内心独白中，叙述者已完全退出，人物的意识活动直接呈现出来，像江河一样滔滔不绝地流动，一气呵成(该章有两万四千多个词，八个自然段，只有两个标点符号)。[①] 此时已是凌晨 2 点多钟，摩莉躺在床上，枕着一只胳膊，独自默想着与睡在旁边的布卢姆一起度过的、逝去的美好生活，她的想象从一个特别的词"对啦"(Yes)开始，又以这个词结束：[②]

> YESBECAUSE HE NEVER DID A THING LIKE THAT before as ask to get his breakfast in bed with a couple of eggs since the *City ARMS* hotel when he used to be pretending to be laid up with a sick voice doing his highness to make himself interesting to that old faggot MrsRiordan …… yes and how he kissed me under the Moorish wall and I thought well as well him as another and then I asked him with my eyes to ask again yes and then he asked me would I yes to say yes my mountain flower and first I put my arms around him yes and drew

① 在乔伊斯的小说中，"意识流文体"在标点符号上的创新，是用破折号(——)取代引号("")，甚至取消标点。据说，没有标点的写作风格是乔伊斯受到了文化水平不高的妻子诺拉的写信风格的启发。"她在深夜匆匆写给他的信一定给了他重要提示，使他能够创造出一个即将入睡时充满激情的滔滔不绝地宣泄自己感情的多情女子。"参见[英]布伦南·马多克斯，《乔伊斯与诺拉》，贺明华译，天津：百花文艺出版社，1997 年，第 20—21 页。

② 在不同的《尤利西斯》中译本中，"Yes"这个词的翻译有所不同，萧乾、文洁若的中译本根据语境翻译为"对啦""喏""好吧"，金隄的中译本翻译为"是的"，刘象愚的中译本翻译为"没错儿"。《乔伊斯与诺拉》提及，"摩莉著名的口头语'对'源于诺拉的朋友莉莲·华莱士：一天下午，乔伊斯在华莱士家的花园里打瞌睡，隐隐约约听见莉莲在和一个朋友交谈，不断地说'对，对'，他立刻意识到将如何结束这部作品"。参见[英]布伦南·马多克斯：《乔伊斯与诺拉》，贺明华译，天津：百花文艺出版社，1997 年，第 208 页。

him down to me so he could feel my breasts all perfume yes and his heart was going like mad and yes I said yes I will Yes. [①]

在深夜半睡半醒的状态中，摩莉的直接内心独白以第一人称的语气展开，意识流动的中心始终围绕着布卢姆（两人相爱以及婚后生活）和与之相关的人事；时态则受她思绪的支配，或过去时，或现在时，或完成时，或条件句；独白以时间上的任意一点开始，第一个字母为“Yes”，句式是过去时；在经历了漫长曲折的流动之后又回到了始点，最末尾一个字母仍是“Yes”，句式为现在时；起点与终点在时间上恰好形成了一个轮回，过去和现在重合，构成循环往复的圆圈，与女主人精神的流变过程是吻合的。在最后一句“yes I said yes I will Yes”中，前半部分用的是过去时态，是对过去的肯定；后半部分用的是将来时态，是对未来的肯定。“Yes”不仅在行云流水般的意识中具有标点符号的功能，而且也表明了摩莉对布卢姆爱情的接受和对生活的肯定。1931 年 10 月 27 日，乔伊斯在写给友人哈丽雅特·韦弗的信中提到，“在《尤利西斯》中，为了表现一个半梦半醒的女人的咕哝，我希望用所能找到的词来收尾。我找到了‘是的’，它几乎不出声，又可以表示接受、委身、放松、终止一切反抗。在《进行中的作品》（即《为芬尼根守灵》）中，我想更进一步”。[②]

以“yes”这个词为始尾的叙述形成了一个循环，它与日夜、季节、年月的自然循环融为一体，为人类的死亡与再生提供了一种永恒不变的模型。时间对于斯蒂芬来说是一场他正“设法从恶梦中醒过来”的历史，往昔对于布卢姆来说是一个失落的幸福乐园，他们要么力图摆脱过去的噩梦，要么拼命沉溺往昔的幸福，而只有在摩莉身上，过去、现在和未来汇集在一起，通过“yes”形成一个时间循环，象征着永恒的生命之河无始无终、绵延不绝。连心理学家荣格在读完之后也赞叹道：“我想魔鬼的奶奶也许能对一个女人的

① James Joyce, *Ulysses*, London: Wordsworth Editions Limited, 2010, p. 628.

② Louis Gillet, 'The Living Joyce', in Willard Potts ed., *Portraits of the Artist in Exile: Recollections of James Joyce by Europeans*, Seattle: University of Washington Press, 1979, p. 197.

心理了解得这么清楚，我可不行。”[①]

乔伊斯声称布卢姆是一个“全面的人”、一个“好人”。不同于古代英雄奥德修斯的大男子主义，布卢姆最为生动的一面，恰恰是他的“一切主义”。他既像皇帝、神父、市长一样尊贵威严，又像奴隶、仆人、戴绿帽子的丈夫甚至妓女、男宠一样被人凌辱、欺骗和蹂躏；他有时是一个宣传社会新思潮的雄心勃勃的改革家，有时又是兢兢业业、为生计奔波的广告商；他有时是梦想发财的幻想家，有时是富于同情心的忠实朋友；他有时是戴绿帽子的丈夫，有时也是与其他女人调情的匿名者或阳萎者；他既被女人崇拜，又被女人鞭打；他既是像耶稣一样的圣者，又是庸庸碌碌的寻常百姓；他既是犹太人，又是爱尔兰人；他既被认为是“来到异邦人当中的新使徒”，又具有东方佛陀的气质。当面对“公民”的嘲弄与袭击时，布卢姆义正辞严地说：“暴力，仇恨，历史，所有这一切。对男人和女人来说，侮辱和仇恨并不是生命。”[②]寻找精神父亲的斯蒂芬也说出了与布卢姆几乎同样的话：“你知道自己在说些什么吗？爱——是的，大家都晓得的字眼。爱乃由于给予对方之欲望，使之幸福。要某物，则属对自己愿望之满足。”[③]虽然布卢姆形象的可塑性如此巨大，但是并不令人感到突兀或不可信，反而给人非常完整、有机统一的感觉。这一切建立在乔伊斯对真正“全面人性”的理解上，即“是爱使他能够尊重女性和弱者，也是爱使他可以把自己放在很低的位置上去理解一切，接受一切。……他无疑代表着都柏林的社会生活”。[④]

如果说昔日英雄时代的奥德修斯面对的敌人来自自然界的狂风暴雨、妖魔鬼怪，那么当代社会的俗人布卢姆面对的却是更为险恶的人世环境，如人类的罪恶、堕落、种族的歧视等。倘若他暂时改变不了这种丑恶，那么他也坚决不与之同流合污。这就是为什么布卢姆宽容、忠诚、善解人意的高贵品性赢得了斯蒂芬的信任，并且赢回了妻子的爱情。《尤利西斯》深化了我们对现代英雄品格的认识，这不再是一种行动上的英雄主义，而是一种只能

① [美]理查德·艾尔曼，《乔伊斯传》(下)，金隄、李汉林、王振平译，北京：十月文艺出版社，2006年，第711页。

② [爱尔兰]詹姆斯·乔伊斯：《尤利西斯》，萧乾、文洁若译，北京：文化艺术出版社，2002年，第627页。

③ 同上，第379页。

④ 戴从容：《乔伊斯小说的形式试验》，北京：中国戏剧出版社，2005年，第207页。

在失败中存在的英雄主义，一种意识流动中的英雄主义。我们看到，乔伊斯在《都柏林人》中对爱尔兰人瘫痪症的揭露与诊治，他到了《尤利西斯》中提供的答案是，父与子、妻（女性）与夫（男性）冲破重重隔离之后的呼唤、拥抱、宽恕与团圆，或者说就是那一个字——爱。

乔伊斯旨在通过《尤利西斯》，建构一部以色列与爱尔兰两个种族的精神史诗，以保存包罗万象的爱尔兰文化遗产——信仰、庆典、仪式、民俗、歌谣、神话传说与狂欢化的语言风格，铸造"爱尔兰身份意识"（地域性）与"世界主义意识"（世界性）。布卢姆这个平凡的犹太裔爱尔兰人在 1904 年 6 月 16 日穿越都柏林的行程，也象征着爱尔兰与以色列民族，乃至整个人类历史的艰难跋涉。

## 三、语言实验：唯语言论立场的艺术阐释

用恰当的文体和语言风格来证明小说的形式与小说的主题不可分离，这是乔伊斯持有的艺术至上信念的一部分。乔伊斯将文学视为"语法和性格的科学"，"都柏林那既乏味又闪光的氛围，它的幻影般的雾气、碎片般的混乱、酒吧里的气氛、停滞的社会——这一切只能通过我使用的词语的肌质传递出来。思想和情节并不像某些人说的那么重要"[①]。乔伊斯的这种唯语言论的立场，最终导致他对叙述文体和语言的宣战。

### （一）叙事文体：不同主题、人物、情境的文学展示

在《都柏林人》中，乔伊斯使用一种谨慎的、刻薄的文体来表现都柏林人的精神瘫痪症，并且用骤然警觉的灵悟来治愈这种病症。《画像》的每一章、每一节几乎都使用了符合情景和主题的多变的文体风格，并随着主人公的成长而不断变形，从简单到复杂，从具体到抽象，从延续到跳跃，从现实到浪漫，从低沉抑郁到激情飞翔。例如，第一章开头是幼儿故事体，通过词语和句法来模仿一个小孩的思维过程。



① Arther Power, *Conversation with James Joyce*, Chicago: The University of Chicago Press, 1974, p. 98.

从前有一个时候，并且那时恰好赶上一个好年头，一头哞哞鸣叫的奶牛沿着大道走来，沿着大道走过来的这头鸣叫着的奶牛与一个漂亮的孩子相逢，他的名字叫馋嘴娃娃……

他父亲给他讲过这个故事：他父亲从一面镜子里看着他：他的脸上布满汗毛。

他那时即是馋嘴娃娃。那哞哞不已的奶牛是自贝蒂·伯恩居住的那条道路上走过来的。贝蒂·伯恩家售卖柠檬木盘子。[①]

"从前有一个时候"的开头，往往是父母在给幼儿讲故事，这比较符合描述对象的年龄和智力；"奶牛"与"孩子"的相逢，象征着斯蒂芬未来人生的艰险道路。在"镜子"的反光中，我们通过孩子的视角看到了父亲布满汗毛的形象，这也吻合幼儿的感知方式。这一段的句式使用的是孩子能够理解的词汇，叙述语言本身就展示了一个幼童的思维过程，如侧重儿童的听觉、触觉、味觉、视觉等感官。当斯蒂芬逐渐长大，他对周围世界的认知越来越复杂，随之而来的叙述语言也发生了相应的变化，语言到第五章变得越来越抽象、冗长，充满诗意。

用变化多端的文体和语言风格来相应地表现叙述情境的转换和时间的流逝，可见在《尤利西斯》中，乔伊斯把文体实验运用到了极致，这为他赢得了"本世纪最出色的散文文体家"的美誉。[②]《尤利西斯》被认为是文体的百科全书或"大杂烩"，包括了新闻体、广告体、戏剧体、教义问答体、女性杂志体等英语历史上重要的文体形式。十八章就使用了十八种以上的叙述文体，每一章都有与此事件、人物、地点、时间、情景等相适应的叙述风格。第一章用庄严、肃穆的布道文体来表现穆利根模拟牧师祷告的虚伪神情；第二章中的斯蒂芬在历史课上与学生对话的文体是天主教教义问答体；第三章是斯蒂芬一个人的内心独白，句式抽象冗长，语言晦涩玄妙，如同海神"普洛

① James Joyce, *A Portrait of the Artist as a Young Man*, London: Penguin Group, 1996, p. 7.[爱尔兰]詹姆斯·乔伊斯：《一个青年艺术家的画像》，安知译，成都：四川文学出版社，1995 年，第 3—4 页。

② Alexander G. Gonzalez, *Modern Irish Writers: A Bio-critical Sourcebook*, London: Greenwood Press, 1997, p. 133.

调”所呈现的状态那样变化多端；第四章表现的是布卢姆和摩莉两人的对话，布卢姆的内心独白比较实际，有自我陶醉之态；第五章在叙述布卢姆阅读报纸广告时，相应使用了广告体；第六章叙述布卢姆参加朋友的葬礼，使用了梦魇式文体；第七章的背景是报馆，出现了黑体标题排版，使用了各种演讲术、修辞术以及简短叙述的新闻报道式文体，反映了布卢姆作为广告推销员的职业特征；第八章在叙述布卢姆吃饭的过程时运用了蠕动式的散文体，出现了一系列与吃和肠胃有关的词汇；第九章使用了旋涡式的辩证文体，表现斯蒂芬众人在图书馆的辩论；第十章使用迷宫一般的流动文体，呈现都柏林人在大街上移动的生活状态；第十一章是以巴赫赋格曲的音乐形式模拟希腊神话中的仙女用美妙歌声引诱航海人的主题，语言铿锵有力、节奏明快、熠熠生辉；第十二章是巨大症的膨胀文体，使用了法律体、史诗体、科学体、新闻体、维多利亚时代的优雅话语、中世纪传奇体、圣经体等多种文体；第十三章以“勃起—松弛”的文体表现布卢姆的幻想爱情；第十四章使用了英国历史上有代表性的散文文体到混合现当代的各种方言俚语、福音派教会演讲辞等三十多种文体，以此对应布卢姆探望正在医院生孩子的产妇这一事件；第十五章是幻觉中的呓语；第十六章是老年人的松弛散文；第十七章运用了非个人的天主教教义问答，是对话、平静、融化的文体；第十八章是摩莉的内心独白，符合女性在黑夜的思维状态，总共只有两个标点，把摩莉在半夜活跃而纷乱的思绪如流水一般呈现出来。用众多繁杂的文体来体现相应的主题、人物与情境，这在世界文学史上确实是一个惊人之举。[①]

顺应小说故事时间的流动变迁，《尤利西斯》的文体从明晰清楚、富有逻辑和从容不迫的特征逐渐转向毫不连贯、时断时续的风格，最后是一泻千里、持续不断的文体，以适应深夜那种毫无时间感的梦幻状态。同样是意识流的表现，却由于人物的身份、性别、文化修养、趣味、职业和气质等方面的差异而呈现出不同的状态。斯蒂芬的意识流多用抒情、富有诗意的笔调，文字艰涩繁复，句子冗长复杂并充满哲理和玄思，意象之间跳跃大，联想多为空间毗邻关系，连贯性差；相比之下，布卢姆爱就事论事，联想多为时间的类

① Stuart Gillbert ed., *Letters of James Joyce*, London: Faber & Faber, 1966, p. 139.

比关系，句法简单明练，常用无头无尾的词或短语，类似科学用语干涩而准确。摩莉的内心独白则富有女性特征，丰富多彩、联想广阔，散发着强烈的生命气息，具有包容万象的气势。乔伊斯刻意用复杂、艰涩多变的语言来延宕读者对都柏林生活的感受过程，如他大量使用双关语、同音异义词、典故、方言俗语、拟声词、自造字、颠倒词序、拆散句式、多种语言混用、戏仿经典风格等手法，向陈腐僵硬的英语发起了进攻，重构了一种现代晦涩风格的流动的语言。《尤利西斯》的叙述形式与内容达到了完美的统一，如同时间不再依附于叙述情节一样，叙述语言具有了自我规范的封闭式的象征体系，文本的意义不是存在于语言的能指之中，而是存在于语言的所指之外。

乔伊斯的文体和语言创新体现在叙述过程中的形式与内涵达成了一种象征关系。从小说对历史和现实的反映而言，传统小说那种通俗平易、前后连贯、清楚流畅的文风与现实严整有序、井井有条的秩序一致，而现代小说的"滑稽模仿和拼贴，以及运用多种语言等都显示出当代社会中情节和文字表达的贫乏。小说包含了象征所必须超越的颓废历史；而对于技巧的追求成了除艺术之外别无连贯性可言这样一个世界的特征"①。不过，意识流小说在颠覆传统小说基于绝对时空观建立的价值体系之后，并未放弃在精神领域构筑一个稳定价值体系的努力，其只不过是把人的关注从外部(因为它不再是绝对秩序)转向内心(它可以重建精神秩序)，在瞬间的体验中思考关于人类命运、存在时间和生命意义的哲学命题，从而获得对人生的灵悟。从本质上看，现代主义作家信奉的艺术至上论，依然是传统逻格斯中心主义的一种现代翻版。

乔伊斯从《都柏林人》与《画像》对社会一本正经的严肃批判，转向了《尤利西斯》中的充满喜剧效果的幽默讽刺，这在很大程度上源于文体的戏拟、揶揄、夸张所引发的反讽和喜剧效果，也体现了作家人生观与艺术观的不断成熟发展，他认为"艺术中，悲剧是不完美的形式，而喜剧才是完美的形式"②。乔伊斯本人特别喜欢开玩笑、恶作剧，经常收集各种民间笑话和闹剧及喜剧歌曲，以一种幽默喜剧的态度观照人物的命运，这大概与爱尔兰人与

① [美]马·布雷德伯主编：《现代主义》，胡家峦等译，上海：上海外语教育出版社，1992年，第377页。
② [英]S.波尔特(Sydney Bolt)：《乔伊斯导读》(*A Preface to Joyce*)，北京：北京大学出版社，2005年，第54页。

生俱来的幽默感不无关联。在乔伊斯看来,"人在这个世界的存在根本上是悲剧性的,但也可以看作是幽默的"。[①] 悲剧效果使观众产生的是悲悯和恐怖,而喜剧效果使观众产生的却是快乐与同情的。可以说,乔伊斯是现代作家中的喜剧导演,无论是他的人生经历还是他的小说,都体现出一种令人欲哭却笑、欲恨则爱的幽默感或荒诞感,揭示了世俗人间的百态。

### (二) 首尾重合的叙事主线:历史循环观的暗喻

在完成了《尤利西斯》这样一本表现人类生活的"白天之书"(Book of the Day)后,乔伊斯耗费了余生的 17 年,完成了一本"黑夜之书"(Book of the Dark)——《为芬尼根守灵》。后现代主义批评家哈桑(Ihab Hassan, 1925— )将《为芬尼根守灵》视为后现代主义的来临,认为"它比《追忆似水年华》、《喧哗与骚动》、《魔山》、《恋爱中的女人》(*Women in love*, 1920),甚至《城堡》(*Das Schloss*, 1926)蕴含着更多的可能"。美国批评家哈罗德·布卢姆(Harold Bloom, 1930—2019)声称,《为芬尼根守灵》是比《尤利西斯》"更堪称我们这个世纪真正能够与普鲁斯特的《追忆似水年华》相抗衡的作品"。[②]

《为芬尼根守灵》的书名"*Finnegans Wake*"可以拆解为"Fin-again-Wake"。"Finnegan"源自"Finn",为芬恩的后裔,是爱尔兰人的一个姓。[③] "Wake"的名词意义是"守灵",动词意义是"苏醒"。这个书名源自爱尔兰的一曲民谣"Finnegan's Wake",讲的是一个叫蒂姆·芬尼根的泥瓦匠因为喝醉了酒,从梯子上坠地身亡,如同一个正在酣睡的巨人,亲友们为他守灵。乔伊斯把这个民谣的"Finnegan's"改为复数的"Finnegans",旨在把一个人的故事转化为一群人、一个民族或整个人类的故事。《为芬尼根守灵》主要叙述了都柏林小酒馆老板汉弗莱·钦普登·埃里克(Humphrey Chimpden Earwicker,简称"HCE")[④]、妻子安娜·利维娅·普卢拉贝勒(Anna Livia Plurabelle,简称"ALP")、两个孪生儿子文人山姆(Shem the

---

① Arthur Power, *Conversations with James Joyce*, Chicago: The University of Chicago Press, 1974, p. 98.

② [美]哈罗德·布卢姆:《西方正典:伟大作家和不朽作品》,江宁康译,南京:译林出版社,2005 年,第 331 页。

③ 参见高玉华等:《英语姓名词典》,北京:外语教学与研究出版社,2002 年,第 141 页。

④ HCE 这个名字寓意丰富,它可以解读为 Here Comes Everybody,即"所有的人都来了";human, erring and condonable,即"犯错误但可以原谅的人";Haveth Childers Everywhere,即"到处拥有孩子";或者 Howth Castle and Environs,即"霍斯堡和郊外",等等。

Penman)与邮差肖恩(Shaun the Post)、女儿伊西(Issy)一家发生在晚上8点到早晨6点之间的各种事件。像许多家庭充满着争吵又不断包容一样,孪生兄弟山姆与肖恩之间经常发生冲突,女儿伊西则对父亲或兄长怀有爱慕,埃里克在外边风流,妻子安娜如河流一般包容着丈夫和孩子们。与《尤利西斯》中精确有序的白天时间不同,《为芬尼根守灵》是一部关于混乱、黑暗、变形的夜晚的史诗,人类历史、人物类型与主题被抽象为几个有限的模式,即追逐与诱惑(一个男人与两个女人或两个男人与一个女人)、暴力与权力(两个男人之间的争斗、老一辈与年轻一辈的更替)、现实与梦境、死亡与更生、历史与未来等。在历史的循环往复中,具体的个人命运获得了超越时空的永恒性和普遍性。

《为芬尼根守灵》是在写睡眠和梦,是爱尔兰乃至整个人类的集体无意识。弗洛伊德提出,“梦显然是睡眠期的心理活动,并与清醒时的心理活动有某些类似之处,但同时又存在着重大的不同”。[①] 拉康也认为,“无意识如同语言,是以最极端的方式建构起来的”。[②] 为了表现这个梦幻状态中的集体无意识,相应的文学语言也必定以非理性的形式呈现出来。梦中的事物是无法用理性和逻辑来揭示的,在梦中一切皆有可能,事物充满着偶然性和不可知性。黑夜与梦境之所以吸引乔伊斯,是因为他认为人与人之间在白天有差别,可是到了夜晚和睡眠中,一切差别都消失了。“睡眠是一种伟大的平均化的力量:睡梦中的人统统成了同样的人,人们的一切情况都成了相同的情况。民族之间消失了界线,社会阶层不再分明,语言谈吐难分雅俗,时间和空间也消失了划分界限的作用。人的一切活动,都开始融入人的其他一切活动:出一本书融入生一个孩子;打一场战争融入追一个女人。”[③]梦者既是一个人,也是一个抽象的群体,他通过变形使自己化身人类。因此,《为芬尼根守灵》既是描写人的夜晚睡眠,也是描写人类力图从文化人类学家詹巴蒂斯塔·维科(Giambattista Vico, 1668—1744)的历史循环中

① [奥地利]西格蒙德·弗洛伊德:《精神分析引论》,贺爱军、于应机译,西安:陕西人民出版社,2006年,第99页。

② Jacques Lacan, *Ecrics*: *A Selection*, New York: Norton, 1977, p. 234.

③ [美]理查德·艾尔曼:《乔伊斯传》(下),金隄、李汉林、王振平译,北京:十月文艺出版社,2006年,第807页。

摆脱这个噩梦。

在《新科学》(*Scienza nuova*，1725)中，维科认为，人类经历了从生到灭的过程，而人类史由一系列螺旋式循环组成，人类史是“神的时代”“英雄时代”“人的时代”和“野蛮时代”的“过程和再过程”。乔伊斯把《为芬尼根守灵》分为四个部分，即“父母篇”“双子篇”“平民篇”和“更生篇”，这四个部分对应了维科提出的循环往复的人类史四阶段。维科的循环模式从《为芬尼根守灵》的第一个字母开始就得以体现：

> riverrun, past Eve and Adam's, from swerve to shore to bend of bay, brings us by a commodiusvicus of recirculation back to Howth Castle and Environs.[①]

即

> 河在流，流经夏娃和亚当教堂，拐个弯儿汇入弯曲的海湾，途经一条终而复始的宽阔的维科路，把我们带回到霍斯城堡和都柏林市郊。[②]

这里，“riverrun”是“river”和“run”的合成词。“river”指利菲河，也象征人类历史之河。“river”和“run”连写表示利菲河在流动，还暗喻人类历史之河在延续；“river”前有定冠词“the”，只是“the”被放在全书结尾。该书结尾句“A way a lone a last a loved a long the”[③](一条路一条孤独的一条最终的一条人人爱的一条漫长的)中的“the”是限定“river”的。“A way a lone a last a loved a long the”中的“way”也有象征意义，它与“riverrun”中的“river”一样，表示利菲河及人类历史之河。

把《为芬尼根守灵》的“首段”与“末尾词句”连接起来，我们可以看到一个整句：“A way a lone a last a loved a long the riverrun, past Eve and

① James Joyce, *Finnergans Wake*, New York: Penguin Books, 1976, p. 3.

② 冯建明：《乔伊斯长篇小说人物塑造》，北京：人民文学出版社，2010 年，第 172 页。

③ James Joyce, *Finnergans Wake*, New York: Penguin Books, 1976, p. 628.

Adam's, from swerve to shore to bend of bay, brings us by a commodiusvicus of recirculation back to Howth Castle and Environs."(一条路一条孤独的一条最终的一条人人爱的一条漫长的河在流，流经夏娃和亚当教堂，拐个弯儿汇入弯曲的海湾，途经一条终而复始的宽阔的维科路，把我们带回到霍斯城堡和都柏林市郊。)

可以看到，《为芬尼根守灵》从一个句子的中间开始，又在该句的中间结束；或者说，(一部书的)开头是(一个句子的)结尾，而(一部书的)结尾竟然是(一个句子的)开头，即"开头"与"结尾"重合了。当一条叙事主线"开头"与"结尾"重合时，其延伸线路为"环"。这个"环"是对维科的历史循环观的一种艺术阐释，或者说是一个暗喻。《为芬尼根守灵》由四个部分组成，这四个部分对应了《新科学》中论述的人类历史的四个阶段。

乔伊斯特意点出了都柏林的利菲河，他用音乐般的舒缓流畅的旋律，描绘了这个城市的标志性景点——利菲河(代表时间)与霍斯城堡(代表空间)。表面上看，这与传统小说的风景描写没有什么两样，但其中的意象却充满着深刻的隐喻，包含了复调的双重时空世界。一个意象是位于都柏林利菲河边的名为"夏娃与亚当"的教堂或河边的一个同名小酒馆，但乔伊斯有意省略了"教堂"或"酒馆"一词；另一个意象出自《创世记》(*Genesis*)，亚当与夏娃堕落之后，被驱逐出伊甸园。在"宽阔的维科路"句中，作家将"宽阔的"(commodious)一词去掉了一个字母"o"，变成了一个自造词"commodius"，它既可以理解为"宽阔的"，又与罗马暴君康茂德(Commodus，161—192)联系起来。古罗马的历史也令人联想到圣帕特里克把基督教带到爱尔兰的历史。"vicus"是一个不存在于字典上的词，有人解为"堕落的"，有人解为"维科路"或"维多利亚(Victoria)"的缩写，还有人认为这是拉丁语，意为"成排的街道、房屋或村庄"。这个词也是维科的拉丁文拼写，与后面的"终而复始"(recirculation)一起，提示了维科有关人类历史的循环论。"霍斯城堡和都柏林市郊"是都柏林海湾边高耸的海岬，上面建有城堡，代表垂直的空间，与地面代表时间的利菲河形成对比。在这个富有丰富的联想意味的叙述句中，从人类伊始、古罗马，到20世纪的都柏林、利菲河之水，不断循环往复，如时间之流，贯穿了人类的历史。

"Howth Castle and Environs"可简写为"HCE","HCE"对应"Howth Castle and Environs",象征着"霍斯城堡和都柏林市郊"是埃里克的化身。"River Liffey"(利菲河)流过"霍斯城堡和都柏林市郊"。其实,"River Liffey"还叫"Anna Liffey"(安娜·利菲),"Anna"在爱尔兰语中是"river"(河)。因此,"Anna Liffey"就是"river of Life"(生命河流)。"利菲河"(Liffey)的谐音代表着"live"(生活)。"Howth Castle and Environs"(霍斯城堡和都柏林市郊)和"river"(利菲河)的意象,暗指着小说的故事原型与人类的历史。男人如山,使历史充满了暴力、争斗的事件;女人是水和生活的象征,是大地母亲,使历史和生命得以延续与更生;男男女女、老老少少一起,代表了时空和历史的展开与轮回。《为芬尼根守灵》的这个简洁而充满寓意的开头,包容了历史与现实、过去与当代、男人与女人、堕落与赎罪、人类与自然、空间与时间等多重主题。

### (三)语言游戏:超出规范语言效果的文字实验

既然传统文学所使用的清醒语言、规范语法和连贯情节无法表达人的半意识或无意识状态,那么只有使用变形语言、不规范语法和破碎情节才可能传达这一梦幻情境。乔伊斯提及,"描写夜晚的时候,我确实不能,我觉得,按照常规方式使用语言。否则,词语无法传递出在夜间、在另一个舞台上的事物的面貌——意识,然后半意识,然后无意识。我发现按照习惯搭配使用词语无法取得这一效果"。[①] 乔伊斯在《尤利西斯》中使用多样变化的语体来表达不同的思想状态,甚至适应一天内不同的时间安排,但这主要依赖于在不同章节采用不同的叙述风格、特殊的词语和文体;而在《为芬尼根守灵》中,"灵魂的黑夜"只能用"黑夜的语言"(即"语言之语言"或"元语言")进行叙述,这面临着前所未有的难度。为了模仿头脑中潜意识的构词和构造形象的复杂过程,乔伊斯不得不使日常语言发生变形,他拆解现成的词语和形象,并自造拼接出多种新词汇。例如,为了表现轰隆隆的雷声,乔伊斯竟然使用了由 100 个字母组成的单词进行模仿;他还把表示世界上主要河流的词汇组合在一起,以此表达悠久而广阔的时空感。这种对于语言的拆解与

① Robert H. Deming ed., *James Joyce: The Critical Heritage*, London: Routledge, 1997, p. 417.

组合游戏,代表了追求文字技巧所能达到的极限。乔伊斯执迷于开发语言的代码功能,通过"语言自治"(the autonomy of language)来编织一个"自我反身文本"(self-reflexive text)。也就是说,文本的意义是一个封闭的自我循环。

在这部小说的结尾,直接内心独白达到了登峰造极的程度。与《尤利西斯》最后一章摩莉的直接内心独白一样,《为芬尼根守灵》的结尾是安娜近十页的一气呵成的意识流。在晨光熹微、鸡鸣报晓的时刻,安娜躺在床上回忆往事,她原谅了丈夫所做的和可能做的一切错事,百感交加、思绪万千,所有的时间与空间飘过。安娜倾听着利菲河的奔腾声,感觉自己不再是妻子了,而是似乎与这条母亲河(女人河)合为一体,欢快地流向都柏林海湾(父亲)的怀抱。

> Soft morning, city! Lsp! I am leafy speafing. Lpf! Folty and folty all the nights have falled on to long my hair. Not a sound, failing. Lispn! No wind no word. Only a leaf, just a leaf and then leaves. The Woods are fond always. As were we their babes in. …… I go back to you, my cold father, my cold mad father …… My leaves have drifted from me. All. But one clings still. I'll bear it on me ...... We pass through grass behush the bush to. Whish! A gull. Gulls. Far calls. Coming, far! End here. Us then. Finn, again! Take. Bussoftlhee, mememormee! Till thousendsthee. Lps. The Keys to. Given! A way a lone a last a loved a long the[①]
>
> 即
>
> 美好的早晨,我的城市!利菲河在说话!我像利菲河那样在说话。所有的黑夜都落在我的长发上。万籁俱寂。听!无风无语。只有一片树叶,只是一片,随后是许多的树叶。树林总是可爱,因为我们是林中

① James Joyce, *Finnergans Wake*, New York: Penguin Books, 1976, p. 619 & p. 628.

的孩子。……我回到你身边了,我冷酷的父亲,我冷酷狂暴的父亲。……我的叶子掉了。所有的。但还有一片。我会带着它。……我们穿越草地、灌木。呼呼声/希望!一只海鸥。一群海鸥。在远处叫。过来了,飞远了!停在这里。于是我们。芬恩,再来!拿着。轻轻地,记住我!直到千年!利菲河在说话。钥匙。给予!一条路一条孤独一条最终一条爱一条漫长的①

众河归海,万物为一。《为芬尼根守灵》以"the"结尾,没有句号,并且用"a"分隔特殊句子,如连绵不绝的河流汇入大海。"the"(这)与小说开头的"riverrun"一词连接在一起,头尾衔接,自我循环。与摩莉一样,安娜的这一段内心独白既是对个人生活的回望,也是对利菲河的一种赞美;既是对所有女性的认同,也是对历史循环和自然更生的一种召唤。此时,意识流成为自身的意识流,如同河流一样的词语也归复自身,文学由此接近了无意识,语言的音乐性、抒情性和非理性特质得到了前所未有的释放。"《为芬尼根守灵》和《尤利西斯》在结尾上的相似性暗示:生活不能完全依靠理性,生活需要率性的自然。……虽然情感、意志、欲望和本能等非理性因素并非万能,但非理性在人性中占极为重要的地位。"②

《为芬尼根守灵》充分体现了叙述话语的随意性、巧合性和不确定性。在写作过程中,乔伊斯会把现场听到的话放入文本;有些打字员在打印书稿的过程中,由于看不懂作家的手迹,往往瞎猜或自以为是地改动,乔伊斯反倒认为这样很好,因为偶然性也是现实生活的一部分。乔伊斯使用大量变形的词语或自造的词语,语言的能指已经超出了语言的所指,它不再指涉外部世界和现实时空,而是指涉语言本质和时空本质,指涉"自我世界"和"梦幻世界"。《为芬尼根守灵》中的语言的复义性、模糊性、偶然性和不确定性令人望而却步,其理想读者大概是那类犯有失眠症的人。虽然学术界发展了专门研究乔伊斯作品的"乔学工业",许多能干的注释家和专家为誉为天

① 中译文参考了李维屏:《乔伊斯的美学思想和小说艺术》,上海:上海教育出版社,2004年,第266页;戴从容:《自由之书:〈芬尼根的守灵〉解读》,上海:华东师范大学出版社,2007年,第324页,稍有修改。

② 冯建明:《乔伊斯长篇小说人物塑造》,北京:人民文学出版社,2010年,第247页。

书的《尤利西斯》和《为芬尼根守灵》提供了解读的路径，但是至今仍然没有任何一个人声明乔伊斯是可以被完全理解的。

## 结语

乔伊斯的意识流作品具有十足的"爱尔兰性"或爱尔兰文化特征，代表了意识流小说的最高成就，是世界文学宝库的绚丽瑰宝，它们永远也说不尽，值得不断探讨。因为乔伊斯和贝克特的意识流小说具有世界影响力，所以分析他们的作品其实就是在讨论意识流小说的艺术魅力。

在情节构思上，乔伊斯和贝克特的意识流小说并不旨在迎合普通读者的阅读趣味，而是侧重于描写人物内心的各种体验。在现实主义小说中，涉及外在观察的描写往往颇具逻辑性，并与人物之间的矛盾冲突连在一起，从而使得作品雅俗共赏、老少皆宜。然而，在乔伊斯等人的意识流小说中，不断变化的人物内心体验重于多彩的外在场景和各种矛盾冲突，而且叙事视角任意变换，这些都使得叙事情节看似支离破碎，毫无逻辑可言。可见，乔伊斯等人注重人物的知觉感知，从个体角度来感知外部世界的碎片特征和荒诞性，从而借助小说来体现直觉主义的部分理念，即用非理性并凭借直觉来理解世界的本质。

在爱尔兰意识流小说中，人物的意识虽然并不总是有逻辑性，但是也绝非展示一堆毫无关联的意识碎片，而是体现了思维的流动或思想的变化，象征着主观生活之流，暗示了直觉对理性的超越。

乔伊斯和贝克特的一些作品是意识流小说的范本，也是世界叙事作品的经典文本，它们是20世纪上半叶爱尔兰文学思潮的阶段性反映，以及现代人类文明和文化发展的历史见证。乔伊斯和贝克特等爱尔兰小说家虽然没有建立系统的意识流创作理论，但是通过创作实践，他们为意识流小说的理论研究提供了宝贵资料，其叙事技巧、语言特色、人文关怀和创作理念构成了爱尔兰意识流小说的核心内容。以乔伊斯和贝克特为代表的爱尔兰人以其创作成就，推进了意识流小说的发展，让现代主义文学得到更广泛的关注，奠定了后现代主义叙事作品的创作基调。

# 第六章　爱尔兰荒诞派戏剧

## 引论

文学反映社会，当然与历史相关。关于这一点，爱尔兰文学可作为范例来讨论。谈及爱尔兰文学中的戏剧，不可不说爱尔兰的历史。在20世纪初的爱尔兰岛，文学名家辈出，以威廉·巴特勒·叶芝（William Butler Yeats，1865—1939）和詹姆斯·乔伊斯（James Joyce，1982—1941）为最。叶芝引领的文艺复兴运动和乔伊斯推崇的非理性思潮举世闻名。然而，1939年和1941年，随着叶芝与乔伊斯相继辞世，爱尔兰岛的文学在全球的影响力陡降。1939年，第二次世界大战爆发。世界局势的风云变幻也引起了社会思想的骤变，在文学上表现为荒诞派戏剧在20世纪中期的风行全球。旅居海外的萨缪尔·贝克特（Samuel Beckett，1906—1989）一柱擎天，为爱尔兰文学重新赢得了世界的瞩目，而他的出生地爱尔兰岛却没有出现过荒诞作品的大师。在探究这一矛盾的现象之前，我们有必要回顾一下当时爱尔兰共和国内的情形，从而可以理解贝克特为什么宁愿待在战火纷飞的欧洲，也不愿回到和平的爱尔兰岛，以及荒诞派戏剧为什么在爱尔兰岛内好似石子投进河水，除了荡起一点涟漪外，几乎没有什么反响。

这片曾大师辈出的土地在20世纪中叶日渐荒芜，政治外交上的孤立是首要原因。二战爆发后，爱尔兰下议院几乎全票通过了保持中立的协议。爱尔兰把自己和欧洲、美国隔绝开来，看似同盟国和轴心国两边都不得罪，实际上两边都不讨好。爱尔兰的中立疏远和狭隘封闭,使得当时的爱尔兰作品在国外不受读者欢迎。这一时期,除了长居法国的贝克特之外,爱尔兰文学在世界上的影响非常小。

接连战乱和封闭保守的经济政策,为新生的爱尔兰自由邦带来了巨大的财政压力。爱尔兰内战后,政府负债累累、入不敷出。独立后的爱尔兰并没有迈入发达国家的行列,居民生活条件亟待改善。与当时落后的经济状况一致的,是文学创作上的裹足不前。"与名义上宣称的社会现代化进程相比,19 世纪 30 年代并没有预示着欧洲实验戏剧的到来,而是被视为长期衰落和颓废的开端。"[①]

天主教在爱尔兰占据统治地位,阻碍着这个国家的文学进步。保守的教会限制了思想的自由驰骋,使得社会传统日趋封闭,陷入停滞瘫痪状态。弗兰克·奥康纳(Frank O'Connor, 1903—1966)认为,爱尔兰独立前的文化复兴所催生的活力和思想已经为一种令人窒息的停滞所取代,这种停滞扼杀了文学。他把 20 世纪 40 年代和 50 年代描述为,狭隘的民族主义天主教统治下的死气沉沉的时期。[②] 以 1958 年的爱尔兰国际戏剧节为例,都柏林大主教要求以弥撒作为戏剧节的开场,并撤下奥凯西的"反教会的"《奈德神父的鼓》(*Drums of Father Ned*),以及改编自"淫秽的"《尤利西斯》部分内容的舞台剧。在爱尔兰天主教的反对下,这两部剧都被撤出了演出名单。奥凯西愤怒地给予反击,禁止爱尔兰出版他所有的剧作。贝克特也予以声援,退出了戏剧节。

爱尔兰成为自由邦后,政府对文学的干预政策数次改弦更张,影响颇深。在埃蒙·德·瓦莱拉(Eamon De Valera, 1882—1975)统治时期,爱尔兰的文化政策倾向于守旧。1929 年 7 月 16 日,爱尔兰通过了《出版审查法》。由于这一苛刻且保守的审查制度,许多先进的文学作品被禁止出版发行。出版环境的恶劣限制了作家的创作,导致国内文学家的成就落后于流亡国外的爱尔兰文学家。直到 1967 年,爱尔兰政府对《出版审查法》进行了

---

① Fintan O'Toole, "Irish Theatre: The State of the Art", *Ireland: Towards New Identities?* Karl-Heinz Westarp and Michael Boss eds., Aarhus: Aarhus University Press, 1998, p. 166.

② Aaron Kelly, *Twentieth-century Irish literature*, New York: Palgrave Macmillan, 2008, p. 40.

修订,将图书禁令的期限最长定为12年,作家的创作环境才有了一些改善。

政治孤立、经济停滞、宗教桎梏和文化封闭,这四重障碍抑制了爱尔兰作家的创造力和想象力,使得岛内本土文学暂时进入了低潮。到了20世纪60年代中后期,爱尔兰共和军在北爱尔兰制造了一系列暴力冲突事件。随着北爱冲突的加剧,爱尔兰岛的局势动荡不安,社会发生了巨大的变革,爱尔兰共和国内的文学创作也进入了一个新阶段。

回顾1939—1969年,这三十年间,爱尔兰文学的特点可以概括为双重不平衡。第一重是文学体裁的不平衡。诗歌陷入了叶芝之后、希尼之前的低谷。在小说领域,以叶芝看好的两位作家为代表,弗兰克·奥康纳和肖恩·奥费郎(Sean O'Faolain, 1900—1991)因爱尔兰政府的抵制和封杀,文学生涯都遭受了重大打击。弗朗·奥布赖恩(Flann O'Brien, 1911—1966)的两部杰作《双鸟嬉水》(*At Swim-Two-Birds*)和《第三个警察》(*The Third Policeman*)分别出版于1939年和1968年。在这中间的三十年里,他没有发表其他长篇小说,因为作为爱尔兰政府公务员,在未经部门许可的情况下,他不能公开出版作品,表达政治观点。对照之下,这一时期的戏剧表现得一枝独秀,关键原因是出版审查制度主要针对印刷品,而不是演出。戏剧的生命力扎根于舞台,从而得以在相对自由的环境下发展。第二重是爱尔兰岛内和岛外的戏剧成就的不平衡。布伦丹·贝汉(Brendan Behan, 1923—1964)、汤姆·墨菲(Tom Murphy, 1935—2018)和布莱恩·弗里尔(Brian Friel, 1929—2015)是当时爱尔兰岛内的优秀剧作家,然而和远离故土的贝克特相比,他们还是有一段差距。贝克特因明智地选择了离开爱尔兰岛,从而得以在创作上耕耘出结果。若不是贝克特在海外为爱尔兰文学赢得声誉,这一时期的爱尔兰文学在世界文学之林就要被边缘化了。

尽管贝克特在世界其他地方的声望蒸蒸日上,但是他始终缺席于20世纪中期的爱尔兰。博尔赫斯有句名言,即一个民族精神的代表人物,往往与这个民族大多数人的精神状况背道而驰。囿于当时爱尔兰政府执行封闭守旧的文化政策,贝克特的书起初无法在国内出版。直到1967年,爱尔兰放宽了出版审查制度,他的小说才得以在祖国面世。他的戏剧也陷入类似的境遇。1953年1月5日,《等待戈多》在巴黎首演。同年,派克剧院的经理阿兰·辛普森写信给贝克特，请求得到在都柏林演出《等待戈多》的授权。贝克特于11月17日回信拒绝，理由是该剧不可能通过爱尔兰的审查制度。他在1954年7月4日写给导演唐纳德·奥伯里（Donald Albery，1914—1988）的一封信中，再次拒绝在都柏林演出《等待戈多》，信中写道"我对你的提议——去伦敦之前，先在都柏林演出该剧，想了很久。我觉得这样做是不明智的。我在这个城市的名声很差，即使是在这里呈现最高水准的《等待戈多》演出，也很可能引起非常敌对的反应。真的，我认为，就这出戏来说，最好忘掉任何形式的地方巡演，直接在伦敦演出。"[①]贝克特的戏剧首次在阿贝剧院的孔雀小剧场亮相是1967年，而他的代表作《等待戈多》直到1969年12月，即他获得诺贝尔奖的六周后，才得以在阿贝剧院的主剧场上演。此时，距离该剧的首演已经过去了十五年！整整十五年后，贝克特才得到祖国的正式认可。通过贝克特在爱尔兰的遭遇，人们不难理解，为什么爱尔兰岛内没有知名的荒诞文学家。在当时令人窒息的爱尔兰岛，许多进步作家遭到打压扼杀。假如贝克特长期待在那里，他的作品要么因大胆无畏被禁，要么因离经叛道而无人问津。事实是，他明智地远离故土，旅居气氛宽松、开放、自由的法国，阅读吸收了多种新思想，披荆斩棘地开辟了一条前所未有的创作路径，成了荒诞派戏剧的集大成者。因此，下文将以贝克特为代表，通过解读他的小说和戏剧来论述爱尔兰的荒诞派戏剧。

## 一、时代语境与爱尔兰荒诞派戏剧的源泉

荒诞派戏剧本身就是一种文学流派，体现了一种文学思潮，它不是横空出世的，而是当时社会情形在文学上的反映。在20世纪上半叶，全球发生了惊天动地的变化，战争频繁、社会动荡、信仰崩溃、科技发展、思潮迭起，这些变化无一不为文学艺术的变革奠定了基础。艺术反映生活，荒诞作品应时而生。人类的生存困境在荒诞派戏剧中得到了鲜明的体现，许多荒诞作品反映了人们被困在一个没有理性、没有意义、没有希望的世界里。

---

① Collins, Christopher, and Mary P. Caulfield, eds., *Ireland, Memory and Performing the Historical Imagination*, Hampshire: Palgrave Macmillan, 2014, p. 43.

两次世界大战对荒诞派戏剧的问世产生了重大的影响。此起彼伏的战争导致人们生活在废墟和恐惧中，没有安全感。战后，人们的心理创伤依然存在，难以在短期内愈合。即便大规模的军事战争暂时告一段落，全球的政治危机仍未解除。在这种紧张的社会局势下，人们被焦虑、痛苦、无助、恐惧、绝望等负面情绪困扰。战争不仅打破了宁静的生活，还对人的信仰产生了巨大的冲击。人类曾经坚定的信仰崩塌，他们的行动失去了准则，生活陷入了混乱。人们不再信赖上帝，变得空虚失落，找不到方向和出路。因此，荒诞小说的崛起与战后西方社会的精神危机不无关系。在荒诞作品中，对生活的迷惘、无助和恐惧是常见的主题。贝克特从未明确写哪种恐怖威胁人的生活，但是隐隐约约的威胁无处不在；他的小说和戏剧里没有战争，但是让人感觉到危险四伏、黑云压顶；他不谈政治，但是政治的阴影无处不在，人类的生活被不可摆脱的阴霾包围。

技术与经济的发展也影响了社会生活。18 世纪以来，世界经历了三次产业革命。然而，三次产业革命不仅是技术层面的改革，更是深刻的社会变革。随着工业化及现代化进程的推进，先进的生产方式和技术传播到世界各地，改变了人们的生活方式，冲击了旧的思想观念。人们曾经坚信在科学与技术的飞速发展下，社会总是在进步，然而实践证明，科学技术的发展也可能引起社会的倒退和灾难，如环境污染、军备竞赛、核武器的威胁等。这些问题有时难以控制，被诱导朝恶性方向发展，对人类的生存环境造成了巨大的破坏。科技发展的另一个负面影响是人的物化与异化，以及人际关系的疏离与隔阂。工业化程度越高，金钱和个人利益越至上，人与人之间的关系被日益物化。在这种异化关系的支配下，亲密淳朴的世界逐渐消失，社会变得愈发无情冷漠。生存在这样的环境里，人们的苦闷孤独日益加深。

在 20 世纪前期的欧洲，多种艺术潮流或手法竞相涌现，彼此参照、相互影响。象征主义、虚无主义、超现实主义、颓废主义、意识流、精神分析等，成为欧洲文明发展的一道道风景线，它们或多或少地启发了荒诞文学的创作。荒诞文学集众家之长，以新奇的手法展现了新时代的风貌。在众多现代思潮中，存在主义哲学对荒诞文学的影响最深。存在主义的代表加缪认为，人们的理想生活和社会现实之间的巨大反差引起了荒诞的感觉，导致了痛苦。

许多荒诞作品的主题思想都蕴含了上述存在主义哲学的基本观点，即世界是荒谬的，人生是痛苦的。

爱尔兰荒诞作品的问世，除了上述各种外界因素之外，还与作家的个人经历息息相关。贝克特于1906年诞生于都柏林近郊。童年的他尽管衣食无忧，但是心情并不愉快。在家庭中，母亲的严厉使得生活氛围时常紧张。在学校里，聪明的贝克特自视甚高，从而孤独离群。1927年，他获得圣三一大学的法文和意大利文学士学位后，受聘前往巴黎高等师范学院任教。1930年，24岁的贝克特从巴黎返回都柏林，担任圣三一大学的法语教师。当时的爱尔兰对外政治保守、外交孤立，对内严格审查文艺创作，这种压抑的环境令贝克特怀念自由的巴黎。贝克特敏感内向，是个有孤独气质的作家，祖国的落后封闭加剧了他内心的苦闷与感伤，而母亲对他的管制无异于雪上加霜。这些因素导致他的抑郁越来越严重。在医生的建议下，贝克特于1932年辞去了都柏林的教职，出国散心。为了能留在巴黎，他开始卖文为生。除了偶尔回国外，他开始长居法国。

贝克特从小就切身感受到战乱给人类带来的苦难。在1916年的爱尔兰复活节起义中，贝克特的父亲带着年幼的他目睹了烈火中的都柏林，熊熊火光烙印在他的脑海里。年幼的贝克特虽然没有直接卷入战争，但是目睹了战争带给爱尔兰的累累伤痕。1919年，爱尔兰独立战争爆发。1922—1923年，爱尔兰陷入内战，退役和伤亡的军人接连光顾他家附近的战争抚恤医院。一连串的战乱导致民不聊生，人民流离失所。乞丐和流浪汉在贝克特的家乡频繁出现，后来这些形象成了他许多作品里的主人公。二战期间，业已成年的贝克特加入了法国抵抗组织，抵制德军的侵略。在盖世太保的追捕下，他被迫东躲西藏，逃往法国南部避难。这一场全球浩劫打破了旧日的安宁，粉碎了他的安全感。满目疮痍的、不公平的、非理性的社会现状，让贝克特对生活产生了疑问和悲观感。

写作的困境也困扰着贝克特。贝克特早年专注于小说创作，而他的荒诞小说由于人物反常、情节淡化、结构无序及语义含混，显得晦涩难懂，不符合大众的审美标准，屡屡被出版商拒之门外，既使勉强出版了也销路不畅。事业上的挫败，令贝克特怅惘失意。他为全人类、整个世界的苦难而痛苦，世界起初却对他不屑一顾。后来，他明智地从小说转向戏剧。对于转型，他曾解释道："我转向戏剧写作，是为了把自己从那种散文写作将我拖入的令人厌恶的沮丧中解放出来。当时的生活过于紧张，到了可怕的程度，于是我想也许戏剧可以把我解脱出来。"[①]戏剧创作的确帮他摆脱了写作困境。[②]这对贝克特的一生产生了决定性的影响，他不仅走上了事业成功的康庄大道，而且开创了戏剧史上的一个新时代。

荒诞派戏剧问世后，在欧美剧坛产生了地震般的影响，它彻底颠覆了之前约定俗成的戏剧观。荒诞派戏剧的情节支离破碎，内容不合逻辑，角色荒诞不经，台词莫名其妙，震惊了戏剧界和观众。这种戏剧居然能被搬上舞台，实在是匪夷所思。戏剧上演伊始，观剧者寥寥无几。然而，经历过世界大战的人们在断壁残垣、民不聊生的社会中，背负着巨大的生活压力，逐渐理解和接受了荒诞派戏剧。观众在经历过最初的震惊后，开始追捧它。荒诞派戏剧很快风靡全球，掀起一场翻天覆地的戏剧革命，但这不是一场有组织、有纲领、有明确目标的运动。荒诞剧作家们独立创作，他们只是因马丁·艾思林的首倡而被贴上了荒诞派的标签。这个流派的剧作家在主题上有着共性，即对人类的困境表现出担忧和关切，但他们呈现主题的技巧方式各有千秋。贝克特、尤内斯库、让·热内、阿达莫夫、爱德华·阿尔比、哈罗德·品特等文学巨亨特立独行，以各自的理解描绘了严峻的生存事实、没有意义的人生与没有希望的生活。

西方戏剧由于荒诞派戏剧的出现而再次焕发了活力，其以反传统的面貌出现在历史舞台上。贝克特作为荒诞派戏剧的代表人物，清除了根深蒂固的戏剧陈规，开辟了戏剧创作的新领域，成为本世纪最具影响力的剧作家。1999 年，英国皇家剧院曾组织 800 名剧作家、演员、导演和记者投票遴选 20 世纪最重要的英语戏剧，最后揭晓的结果是《等待戈多》。"没有任何一部戏，比这部极简主义的实验戏剧《等待戈多》，更能影响 20 世纪的欧美戏剧。它几乎在一段时间内终结了舞台上的现实主义，以及佳构剧的传

① 焦洱、于晓丹：《贝克特——荒诞文学大师》，长春：长春出版社，1995 年，第 130 页。

② [英]马丁·艾思林：《荒诞派戏剧》，华明译，石家庄：河北教育出版社，2003 年，第 53 页。

统。”[①]该剧最初于1948年以法语写成，1953年在巴黎首演法语版，1955年在伦敦首演英文版。由于《等待戈多》，贝克特声名鹊起。此后，他坚持沿着这条崎岖的道路勇往直前，探索表达荒诞世界的各种方式。1969年，贝克特荣获诺贝尔文学奖。贝克特作为爱尔兰荒诞派的杰出表述者，是现代戏剧史上的一座令人景仰的丰碑。

## 二、爱尔兰荒诞派戏剧对小说的借鉴

在叙事作品中，戏剧与小说存在一定的联系。作为爱尔兰荒诞派戏剧的杰出代表，贝克特既是戏剧大师，也是小说家。贝克特在成为举世瞩目的戏剧家之前，是凭借小说创作走上文坛的。尽管他在后期转向了戏剧，但是其剧作在主题、人物、情节、结构、语言等方面的特点与小说一脉相承。贝克特的小说创作经历，对他撰写剧本有促进作用。可以说，贝克特的戏剧对小说不无借鉴。既然如此，人们不仅可以关注戏剧与小说之间的相互影响，而且也有必要了解荒诞小说的特点，并留意荒诞派戏剧对荒诞小说的借鉴。

与爱尔兰荒诞派戏剧相似，爱尔兰荒诞小说并不注重情节的生动性，而是通过非传统的叙事方式来讲述荒诞不经的内容，构成了后现代主义文学的一个重要组成部分。以贝克特为例，其小说的荒诞性主要表现在人物卑微、情节弱化、进展无序、表述相悖、主题虚无和语言混乱这六个方面。下文将通过剖析贝克特的代表小说《莫菲》(*Murphy*，1938)、《瓦特》(*Watt*，1953)，以及三部曲《莫洛伊》(*Molloy*，1947)、《马龙之死》(*Malone Dies*，1951)和《无法称呼的人》(*The Unnamable*，1953)，探讨荒诞性在其作品中的反映。

与荒诞派戏剧一样，荒诞小说改变了传统作品的人物形象特征。由于荒诞作家无意于塑造典型环境下的典型人物，而是力图描绘人类的共性，因此他们笔下的人物形象往往是模糊的。贝克特在小说中经常不介绍人物的外表、家庭、职业、身份、住址，甚至连姓名也随意更换。《莫洛伊》中的主人

① Sanford Sternlicht, *Modern Irish Drama*, New York: Syracuse University Press, 2010, p. 103.

公莫洛伊没有职业,没有住所,没有收入,依靠老母亲才得以存活。一天,他在去找母亲的路上,因未带身份证而被捕。面对警长的询问,他想不起母亲的名字和住址,也不记得自己的名字和城市。在《无法称呼的人》中,“我”的身份不断在变换。“我”曾经是莫菲、瓦特、梅西埃,但是后来说自己不是莫菲,也不是瓦特,也不是梅西埃,不愿意再提起他们的名字。不论是出于被迫、害怕还是其他原因,总之“我”不想再认出自己。后来,“我”又在沃姆和马霍德两个名字之间转换。突然,沃姆消失了,就像从来没有存在过,但是没有关系,马霍德上场了。最后,“我”厌倦了称呼,说随便他们把“我”当成什么人好了。荒诞小说中,名字只是一个代称,它既是某一个人,也代表所有人。这些名字的随意变动,说明了称呼的无意义。贝克特借此表明,全人类大同小异,遭受相似的命运。人物形象的不可靠和不确定令读者产生困惑,使小说产生荒诞感。

在荒诞派戏剧和荒诞小说中,默默无闻的人物都不属于正常百姓,而是有这样或那样毛病的、不正常的人。莫洛伊有一条坏腿,出行得靠拐杖或是脚踏车。《莫菲》里的库珀无法坐下。《马龙之死》里的主人公马龙无法起身,整天躺在尸床上等死。女看护摩尔骨骼畸形,浑身发臭。《瓦特》里的主人诺特不断在找仆人。他喜欢找外形怪异、龌龊邋遢的人照看他。符合要求的瓦特当上仆人后,每天要把主人吃剩的饭菜喂狗,从而认识了养狗的一家人。这个大家庭的成员有着这样或那样的毛病:汤姆盲肠疼痛不已,卧病在床;乔患风湿病,残疾;吉姆驼背,又是个酒鬼;比尔失去了双腿;梅夏普是个瞎子;乔的老婆患帕金森氏综合征和神经麻痹症;吉姆的老婆浑身脓包;乔的儿子汤姆时而亢奋,时而抑郁;比尔的儿子山姆半身不遂……有这样一群人的生活,无异于人间炼狱。由于身体的缺陷,荒诞人物在日常生活中举步维艰。《瓦特》里的哈克特先生说自己没力气,起不了身。莫洛伊起初只是一条腿残疾,但另一条腿也渐渐变得僵硬无力,后来只能匍匐在地上爬行。寸步难行的马龙对什么都提不起兴趣。一只脚踏进了坟墓的他,通过讲故事来消磨时间,等待死神。起初,他还依赖棍子,勾小桌子,获得食物和尿罐;后来,他不小心把棍子弄丢了,只能被迫在床上大小便,在饥饿中撒手人寰。荒诞小说里的角色的颓废无力,是现实社会中无可奈何的人生困境的真实反映。在一个不安定的世界里，价值观崩溃，人类的生活无所依托，理想幻灭，努力是徒劳。贝克特没有解释是什么原因导致荒诞小说中的人物行动艰难，但是读者可以从他们身上联想到客观现实中混乱残破的大环境对人类活力的束缚和扼杀。

虽然荒诞小说中的人物已遭遇不幸，但是贝克特仍旧竭力地描绘了穷困和脏乱的环境。莫菲在饭馆里故意找茬，只为占一点点便宜，他通过付1杯茶钱，喝掉将近1.83杯茶，并尽可能多地享用免费的糖和牛奶。一位女士的小狗偷吃了他的饼干，莫菲先是心痛得口不能言，待缓过神来后气得大叫大嚷。这是穷困的悲哀。为了饱腹，他别无选择，不得不卑贱到骨子里。冬天来了，没有足够御寒衣物的莫洛伊，在身上绑满一张张报纸。他还在实践中发现，《泰晤士报文学增刊》的御寒效果最好，它结实无孔、久经考验，放屁也不会使之破裂。与莫洛伊相比，马龙更糟糕，连一件遮蔽的衣服都没有，赤裸裸地躺在被单下，从不梳洗。假如觉得自己什么地方脏了，他就用手指头蘸上点儿唾沫搓揉一番。吃喝和拉撒是生活的两个基本单元，而无法起床、连挪动身体都困难的马龙只能依赖他人上饭菜，倒尿壶。当尿壶满了的时候，他别无选择，不得不把排泄物和入口的食物一起放在桌上，让人清理。《莫菲》里的尼瑞揭开床单，身上满是褥疮。与此同时，来访的威利和库尼汉小姐看到了地板上涓涓细流的小便。《莫洛伊》里的主角去看望年迈的母亲，不时闻到臭味，他估计她就在裤裆里拉屎尿。贝克特通过各种夸张的处理，讨论人的排泄物，表现了生存环境的龌龊。人类居住在穷苦肮脏的环境下，何来幸福可言。这不仅仅是小说中角色的生活环境，更是战后的疮痍社会的写照。透过荒诞小说，读者看到了一个与现实互为镜像的、不再宜居的世界。

荒诞派戏剧和荒诞小说中的人物不仅生活陷于困窘，而且心灵常常饱受孤独之苦。不同于传统小说讲述复杂的人际关系网下，人与人之间的亲密互动故事，荒诞小说里弥漫着孤寂荒凉的气氛。许多角色要么只身一人，无人关心；要么有家不如无家，亲情淡薄。《马龙之死》里的精神病人麦克曼不时玩失踪，一开始闹得人仰马翻，后来人们发现他总是躲在同一个地方。此后，每当需要找他时，精神病院不再出动众多人马，只有护工勒缪尔一人胸有成竹地走向一个灌木丛——麦克曼为自己挖掘的巢穴。不止于此，两人还经常一声不吭地待在那里很久再回来。护工和精神病人一样，都厌倦了喧嚣的尘世，渴望安宁自由，哪怕只能享受片刻。《莫菲》里的西莉亚从小父母相继去世，和爷爷相依为命。当爷爷不赞同她和莫菲交往后，西莉亚搬了出去。多年来，爷爷每周六固定去公园里放风筝。有一天，西莉亚与男友闹矛盾后，想起了爷爷，在一个周六悄悄去了公园。可是，一直等到公园关门，她也没有看到爷爷。看来老人是出事了，但是孙女始终没有去探望他。在荒诞小说里，亲人之间尚且没有多少温情，更不用提陌生人了。在《瓦特》里，瓦特一大早在火车站买了车票。清晨的车站里没有几个乘客。车站的三位工作人员并肩走的时候，中间一位突然停下脚步，和身旁两位同事说，刚才买票的顾客不见了。三个人互相看看对方，然后望向前方，一声不吭。小说就这样结束了。虽然作者没有写瓦特的结局，但是一个大活人在火车站里消失了，定是凶多吉少，车站工作人员对此却漠不关心。人命廉价得不值一提，这是现代社会剧变后的恶果。战争中，人命被视如草芥。战后，现代人的心理创伤一时难以治愈，对生活丧失热情，对他人没有兴趣。科技在突飞猛进的同时，把人异化得像机器那样没有感情，人性逐渐从冷漠发展到无情。《无法称呼的人》里的"我"没有四肢，只剩一个脑袋露在瓦罐外，脑袋上面满是脓包，叮满了绿头苍蝇。作者通过刻画外形上的畸形儿，揭露了社会对人的摧残和异化。"好心"的饭店老板娘有时往"我"嘴里塞一块肺片，或是一块骨头；大雪纷飞时，她往"我"头上扔一块挡水的篷布。可是，她的行为不是出于善心，而是出于"我"有利用价值。老板娘把"我"当成广告，在"我"的立锥之地做了一个装饰性的彩色灯笼，以招揽顾客。在荒诞小说里，现代世界仿佛是一个冷冰冰的肮脏废墟，人际关系只剩下利益算计。这些荒诞人物鲜有正常的人际交往，更不用说有亲密的朋友。《瓦特》里的主人诺特先生和仆人瓦特之间没有进行过任何对话，从不交流。更惊人的是，瓦特最好的朋友不是人，而是老鼠。这种孤独的生存状态，让读者深深感受到世界的荒芜与陌生。

荒诞小说和荒诞派戏剧里不仅没有淳朴的亲情和友情，而且也没有普世的爱情。这一点对于研究荒诞派戏剧具有启发作用。荒诞小说不歌颂尘世间相知相守的爱情，反而嘲笑戏弄这一宝贵的情感。此举看似荒谬，实则说明人物看透了爱情的虚妄，对生活的热忱化为灰烬。莫菲为了讨女友欢心，出去找工作。可是，当找到工作后，他毅然离开她，不告而别。莫菲最后一次回到两人同居的地方，只是为了取回心爱的摇椅。他喜欢把自己绑在摇椅上，在摇晃中驰骋思绪，企图挣脱肉体束缚，获得精神自由。尼瑞原本对库尼汉小姐爱得发疯，却突然发展到懒得讨厌她。当再也不爱库尼汉小姐时，他瞬间发现自己自由了。莫洛伊说如果人们去掉睾丸，他也不在意。他对男性视之如命的器官，弃之如敝履，隐含着对人的嘲弄和蔑视。所谓男性的尊严，在他看来，不过是一个笑话。爱原本是人的美好属性，但是众多荒诞人物丧失了爱的能力、动力和欲望。他们不期待、不追求、不相信美好的爱情，选择了生活在无爱的世界里。人本是群居动物，但是荒诞小说里的诸多角色宁愿独处也不合群，凸显了现代社会人情的淡薄，以及人际关系的冷漠与荒诞。

荒诞小说和荒诞派戏剧都没有传统意义上的人物，也没有传统意义上的情节。贝克特的作品里有故事，可是这些故事的故事性不强，缺乏戏剧性。“在对故事情节的要求上，普鲁斯特比福楼拜要弱些，福克纳比普鲁斯特要弱些，贝克特又比福克纳要弱些。从今以后，是其他的东西在小说中占主导地位。讲故事已经不可能了。”[①]在故事情节上，荒诞小说很少涉及引人入胜的故事，经常唠叨无聊的琐事，然而这正是现实生活的如实呈现。荒诞小说鲜明地展示了人类生活的无聊虚妄。《瓦特》讲述了仆人瓦特到主人诺特家干活的故事，而仆人的猜想占据了小说很大的篇幅。瓦特从为主人做饭菜想到了十二种可能性，从狗吃掉剩饭剩菜联想到养狗，并且从对狗的浓厚兴趣中，对狗主人林奇一家进行了探究。这些复杂的推测，把瓦特的生活塞得满满当当。一旦弄清楚了其中的规律（饭菜是怎么剩下的，狗是怎么找到的，养狗人一家是怎么回事），他就失去了兴趣，马上把心思投到其他事情上去，如猜测公路上的一个身影到底是男人、女人、牧师还是修女。荒诞人物就这样陷入一个接一个的遐想之中，永无止境。这些猜想看似是个庄重

① [法]阿兰·罗伯-葛利叶：《关于几个过时的概念》，载柳鸣九主编：《从现代主义到后现代主义》，北京：中国社会科学出版社，1994年，第396页。

的话题，实则毫无意义。人物越是一本正经地深思熟虑，越是显得荒诞可笑。对此，米兰·昆德拉解释过，上帝看到思考的人会笑，是因为人在思考，却又抓不住真理。思考琐事对人物的命运没有任何影响，对情节的开展没有任何帮助。这是在情节处理上，荒诞小说与经典现实主义小说划界的一大特征。

荒诞小说和荒诞派戏剧不仅缺乏传统小说的典型情节，其内容的进展也往往与常理相悖，不合逻辑。《莫菲》在小说伊始表现了主人公对西莉亚的深情。为了挽回女友，懒散的莫菲走出家门，去找工作。实际上，他假借求职的幌子，成天在街头闲逛。但荒谬的是，他居然在闲逛中得到了一份工作。出门的他偶遇了精神病医院护工，并且在得知对方厌恶工作后，主动提出代替对方去精神病医院上班。紧接着，作者笔锋突转。莫菲在找到工作后，放弃了爱情。他再也不想女友，只要卧室里有摇椅就幸福满足。随后，命运的神来之笔又出现了。莫菲入职前，坚持要求给自己卧室接通煤气，安装炉子。一天，不知怎么回事，有人打开了楼下的煤气阀，于是莫菲在睡梦中永远地睡去。他绝对想不到，自己主动提出的要求，居然把自己送上了天堂。主人公虽然死了，但是故事并没有结束。莫菲生前留下遗书，希望遗体火化后，葬于都柏林的阿比剧院。负责执行遗愿的库珀在酒吧喝醉了，与人争执中，他掏出骨灰，砸向对方。骨灰在墙面弹开，落到地上，被践踏，被扫掉，被倒掉。生前，莫菲渴望回归故里，葬于高雅之地；死后，他的骨灰沦为垃圾。一次次的事与愿违，正是我们无可奈何的人生。荒诞小说家通过不断的情节反转，表明生活的荒诞可笑和命运的深不可测。可见，人类试图通过理性来解释世界是行不通的。

在荒诞小说里，甚至连推理逻辑都是不可靠的。荒诞小说的人物并不能对所有事情都准确推测与精确判断，更多的时候，他们对事情百思不得其解。《马龙之死》里的萨泼斯卡先生和太太始终搞不清自己儿子的岁数，即便拿出登记薄核查，他们也一再弄错。贯穿《瓦特》的线索是瓦特到诺特先生家当仆人的事。直觉告诉瓦特，他首先要在一楼给主人干一年活，然后到二楼再做一年。为了证实这一猜想，他不停地思考揣测。小说花费长达七页篇幅来写他的推断。可是，他的苦思冥想纯属徒劳。他的干活时长和地点，无法通过理性来计算推测。《无法称呼的人》的叙述者在发了一通胡话后坦言，已经有好长一段时间不知道自己在说什么了。荒诞小说里，人物说些颠三倒四的话，思绪天马行空、漂浮不定。这些无意义的胡言乱语和胡思乱想，为读者看懂小说设置了重重障碍。小说里的逻辑推理都经不起推敲，这再次表明生活中充满了不可靠和不确定因素，变幻莫测的人生之旅使人们生活得惴惴不安。

荒诞小说和荒诞派戏剧不仅刻画了许多理不清头绪的人物，而且叙述了许多莫名其妙的事件。联系到现实，在我们的周围，反常怪异的事物比比皆是。荒诞小说看似荒诞，却力图表现人类生活的真实一面。《马龙之死》的主人公不知道自己是怎么住进房子里的。《瓦特》中的仆人瓦特到诺特先生家工作，他不知道自己是怎么进门的，后来也不知道自己为什么离开。他在打工期间，从未和主人诺特说过话，只听过主人和鸟唧唧啾啾，用奇怪的声音交流。他有时在门廊里或在花园里瞥见主人，但奇怪的是，主人的外貌每次都不一样，荒唐得难以置信。在《马龙之死》中，佩达尔夫人出于一片善心，组织了精神病人远足的活动。按常理，外出的潜在风险是精神患者发病。但不可思议的是，在旅途中，护工勒缪尔突然用小斧头砍死了另外两个无辜的护工。作者用冷静的语调，叙述了无辜的人好像牲口一般枉死。在看似无动于衷的语句背后，读者能感受到作家的悲天悯人和愤慨之情。这是小说家对战争机器的控诉。人的生命本应无价，但是在残酷的战争面前，人命却变得低廉。20世纪上半叶，战争扼杀了无数人的宝贵生命，造成了无数的家庭惨剧。众多无辜的人被卷入荒诞的历史洪流中，避无可避。

翻开荒诞小说，里面的许多语句前后矛盾，表述相悖。诸多不合逻辑的叙述，反映了作者对当时社会现状的认识。世界的风云变换，命运的神秘莫测，令人产生无尽的困惑，所以荒诞作家在作品里如实表现了错误百出、逻辑不通的内容。《瓦特》写诺特先生的一个仆人即将离去，他穿戴好了，拿着拐杖准备上路。然而，作者马上加上一句："可他头上没戴帽子，手里也没提行囊。"那么，他到底有没有穿戴好呢？作者不予解释，让读者去猜测。《莫洛伊》里的莫洛伊看到了远处熟悉的城墙，顿感欣慰。可是，穿过了城墙，他发现自己身处一个陌生的街区。他明明前头还说自己出生在这座城市，熟悉该地。莫洛伊迷路后，信使通知探员去寻找他。可是，信使的记忆糟糕得根本记不住他所传递的信息。一个健忘的、没有理解力的人被赋予传递信息的重大任务，荒唐至极。《无法称呼的人》里也出现了许多逻辑不通的语句，如“我不明白，这就是说我明白”[①]。这些前后矛盾的、缺乏理性的叙述，体现了小说的荒诞性。作者到底想表达什么意思，不仅读者，甚至作者本人也无法阐明，他只是尽可能在小说里反映出人们对社会的困惑和对世界的不解。

贝克特的人生观有很深的悲观性，他坚持在一个荒诞的社会里，人的努力徒劳无用。许多人一直在奋力拼搏，可是生活中一个偶发事件，就毫无征兆地抹杀了他们之前的辛苦付出。《马龙之死》描写了爱德蒙的母亲拣豆子。她把桌子上的豆子一粒一粒分成了两堆，但是莫名地，她突然狠狠一撸，把两堆豆子混到一起。就这样，母亲刚才的工作成果瞬间化为乌有。在《莫洛伊》中，探员莫朗接到去解救莫洛伊的指示。莫朗执意带儿子一同上路，哪怕孩子得了肠绞痛，也强迫他跟随自己出发。最后，他却被儿子孤零零地抛弃在荒野中。信使突然到访，告诉他停止搜救莫洛伊。他为了完成任务离家，失去儿子，腿脚受伤，历尽艰难，最后得到的指令是救援工作结束。一句轻飘飘的、突如其来的话，他的辛苦便化为乌有。那么，之前他的努力算什么？他的牺牲又算什么？莫洛伊在寻找母亲的路上历经艰难。刚开始，他有辆脚踏车。后来，他使劲推呀拽呀，车轮就是不转。筋疲力尽的他放弃了，扔掉车子，借助拐杖，沿着直线，日复一日地慢慢朝着母亲的方向挪动。可是，谁知道他的努力是否有效？小说结尾写到他看见一座城市，一个很熟悉的地方，但不确定母亲是否在那里。在贝克特的荒诞小说里，人生路途不是直线，也不是曲线，更像是一个圆形。事情往往在开始的地方结束，一点进展都没有。现实社会中的许多人就像小说里的角色一样，苦苦挣扎，期盼有一天得到幸福，但是无形的上帝之手仿佛在戏弄众生，让他们不时遭受突如其来的厄运，先前的努力瞬间化为乌有。

荒诞小说和荒诞派戏剧的语言都非常独特。贝克特精心设计了啰嗦



① [爱尔兰]贝克特：《无法称呼的人》，余中先、郭昌京译，长沙：湖南文艺出版社，2016年，第236页。

的、不连贯的语言。小说里冗长唠叨、支离破碎的句子让人不忍卒读，产生了荒唐之感。在《瓦特》中，瓦特的前任在离开诺特先生的家之前作了简短的陈述，但是所谓“简短的陈述”却长达28页！贝克特还喜欢把一件事啰嗦半天，颠来倒去讲。比如，尼克松先生反反复复地说自己不知道。“我真的一无所知，尼克松先生说道。完全一无所知，尼克松先生说道。跟您说，他的情况我一无所知，尼克松先生喊道。一无所知。”[①]瓦特描述自己轮流吃洋葱和薄荷的情形，整整重复了八遍。“我是说先吃一个洋葱，接着吃一根薄荷，再吃一个洋葱，接着又吃一根薄荷，再吃一个洋葱，接着又吃一根薄荷，再吃一个洋葱，接着又吃一根薄荷，再吃一个洋葱，接着又吃一根薄荷，再吃一个洋葱，接着又吃一根薄荷，再吃一个洋葱，接着又吃一根薄荷，再吃一个洋葱，接着又吃一根薄荷，如此等等。”[②]这一长串台词，若在表演中，朗诵出来将获得满堂喝彩，但在小说中，阅读起来就让人头昏脑胀。贝克特重视声音效果，力图在小说中留下富有音韵的文字。可是，有多少读者会在看书时大声朗读，以享受语言音韵所带来的美感？现实生活中，人们正如作品里的角色那样说了太多的废话，在喋喋不休中打发时间，做了一件又一件无聊的事情，人生就这样消磨在无意义的说话和琐事中。

除了啰嗦，贝克特小说语言的另一个特征是含糊。荒诞小说和荒诞派戏剧里的人物在沟通方面经常存在障碍，难以通过言语交流。作者通过小说中的人物，批判了语言的模糊和不可靠。瓦特有时去找隔壁邻居交谈，可是他说话颠三倒四，有时颠倒词语在句子中的顺序，有时颠倒字母在词语中的顺序，有时颠倒句子在句群中的顺序。更荒谬的是，不久之后，“我”就听惯了这些声音。混乱的语言居然完成了交际的任务，真是莫大的讽刺。从根本上说，贝克特不信任语言能准确地传情达意。《莫洛伊》中的主人公很少开口，他觉得把话说出来太困难了。莫洛伊的母亲发音不清，很多人都听不懂她在絮叨什么。莫洛伊也不想听她喋喋不休，于是便以轻敲她的脑壳的方式来跟她交流。母与子，本应是世界上最亲的人，但是却生疏得无话可说。亲密关系在荒诞作家笔下变得苍白单薄，一道无形的墙横亘在人与人

① [爱尔兰]贝克特：《瓦特》，曹波、姚忠译，长沙：湖南文艺出版社，2016年，第24页。
② 同上，第68页。

之间。追本溯源，现代社会是造成这种隔阂的原因之一。借助语言的重复、含混，乃至沉默，荒诞小说揭示了人与人之间的疏远，展现了生存的荒原，批判了社会的冷漠。

贝克特语言的累赘与模糊，为叙事者带来了无尽的困扰。以《瓦特》中的一段话为例：

> 瓦特预想的向东方行进的方式，比方说，就是把胸部尽力往北扭，同时把右腿尽力向南甩出去，接着，把胸部尽力朝南扭，同时把左腿尽力向北甩出去，接着，又把胸部尽力往北扭，把右腿尽力向南甩出去，接着，又把胸部尽力朝南扭，把左腿尽力向北甩出去，如此这般，反复扭、反复甩，成百次、上千次，最后到达目的地，可以坐下休息了。①

上述文字描述了演员在戏剧中一下子就能表达清楚的动作，但是在小说中，作家却需要花上一大段语言来解释。不止于此，这一长串描写还费力不讨好，令人不忍卒读。言不尽意是贝克特头疼许久的难题。没有一个清晰可靠的语言系统作为保证，小说家的意图如何准确传达？文字的费解导致贝克特荒诞小说的受众范围较为狭窄。许多作家就声称没怎么读过贝克特的作品，如多丽丝·莱辛(Doris Lessing, 1919—2013)。由于主题虚无、结构随意、情节紊乱和语言含混，荒诞小说创作似乎走到了穷途末路。正当贝克特陷入困境时，柳暗花明又一村。戏剧作为一门综合性的艺术，除了语言外，还有动作、音响、灯光、服化、道具、布景等共同起作用，以传达作者的意图，从而比小说更有表现力，更具形象性和直观性。多管齐下的表现方式，为尽可能传达作者的意图提供了可靠的保障。转入戏剧创作使得贝克特豁然开朗，他的事业也翻开了新篇章。在长达半个世纪的写作生涯中，贝克特虽然后来从小说创作转向了戏剧，但是他始终延续着早期的创作主题——描绘失败的人生和荒诞的世界。虽然捕捉并如实呈现非理性的世界很难，但是有良知的作家有坚持继续写作的责任。贝克特用一生，为践行这

① [爱尔兰]贝克特：《瓦特》，曹波、姚忠译，长沙：湖南文艺出版社，2016年，第37—38页。

一责任做出了完美的阐释。

荒诞小说和荒诞派戏剧大都发生在一个非具体的、似是而非的环境下，其通过费解的语言和无序的结构，拼贴出一个个边缘人物异化的、与社会疏远的生活困境。它们尽管与传统小说中的人物塑造、故事情节、结构逻辑、语言表达相去甚远，但是没有脱离小说是对生活的模仿这个基本原则。荒诞小说只是表面看起来陌生化，实际上却写出了人类生活中荒谬的一面，具有普遍的代表意义，是社会现实的真实反映。尽管由于情节淡化、结构无序、逻辑混乱和语义含糊，荒诞小说读起来令人困惑乏味，甚至是望而生畏，但是其依然引起了广泛的共鸣。荒诞小说致力于真实地反映人类的荒唐、可笑、孤独、困惑、无助和失败，并敢于直面苦难的人生，尝试着在荒诞的尘世间探寻生活的意义。

荒诞小说与荒诞派戏剧之间存在诸多共同点。无疑，对荒诞小说的分析，将有助于我们理解荒诞派戏剧的特征。荒诞小说和荒诞派戏剧的共性特征在于叙事主题。通过对荒诞小说的讨论，我们可以更深刻地理解荒诞派戏剧的主题与形式。

## 三、爱尔兰荒诞派戏剧的主题与形式

贝克特虽然以小说创作起步，但是他的荒诞派戏剧才是彻底撼动了世界文坛。在爱尔兰文学史上，爱尔兰荒诞派的观点在爱尔兰荒诞派戏剧中得到了集中体现。爱尔兰荒诞派戏剧与爱尔兰荒诞派的观点彼此依存、相互推动、共同发展。

荒诞派戏剧不仅是爱尔兰戏剧史，更是西方戏剧史上绕不开的一个重大潮流。它兴起于 20 世纪 50 年代，并在随后的十多年里大放异彩。这一在戏剧界掀起轩然大波的创举，被当时的文坛冠以种种名称，如转型剧、反戏剧、新戏剧、法国派、先锋派等，不一而足。到了 1961 年，马丁·艾思林(Martin Esslin, 1918—2002)的《荒诞派戏剧》(*Theatre of the Absurd*)一书问世，这个名字才得到学界的公认。贝克特是荒诞派戏剧的代表作家。如果没有贝克特，荒诞派在文学上的表现不会那么浓墨重彩，荒诞派戏剧在世界文坛也不会有那么深远的影响。

反思人们的艰难处境，表现无意义的荒芜世界，是二战及其之后的作品的常见主题。当时，许多文艺作品仍然沿袭严谨清晰、合乎逻辑的传统创作形式来表现荒诞的世界、社会和人生，但荒诞作家认为，作品的内容和形式应该保持一致。作品如果意在揭露人类生活的荒诞不经，那么就应该诉诸荒诞的方式来表现。荒诞派戏剧在主题思想上契合当时的主流，但是它在艺术手法上的先锋探索使得该流派脱颖而出。因此，荒诞派在戏剧中的成功之体现，主要是形式上的荒诞，具体表现为在情节、结构、人物、台词及情境方面打破传统，迥异于欧洲戏剧延续了两千多年的经典模式。

情节、结构和人物是组成戏剧的基本单元。从这三个重要成分来看，荒诞派戏剧都推翻了古典戏剧的藩篱。在贝克特的剧本里，儿童和青少年是罕见的，大部分角色是中老年人。他们的未来已经没有希望，生活中只留下回忆和虚幻。更有甚者，在布伦丹·贝汉的代表剧作中，主角是死囚或者即将被杀害的人质，他们在恐惧和无聊中等待死亡的到来。因此，荒诞剧作集中于表现无可挽回、无可奈何的人生。正如马丁·艾斯林所言："荒诞派戏剧不关心信息的传递，或者表现存在于作者内心世界之外的人物的问题或命运，它不详细阐述一个主题或者讨论意识形态的命题，它也不重视事件的描绘，人物命运和冒险经历的叙述，但它却关心一个人基本境遇的呈现。它是一种境遇剧，而不是情节剧。"[1]荒诞派戏剧虽然没有扣人心弦的情节，却比佳构剧更震撼心灵。贝克特的戏剧深刻地揭示了人的存在的悲剧性，剧中人物以无意义的话语和重复的动作来消磨一生。漫长无聊的人生在他的剧作里被抽象地提炼，并呈现在舞台上。瑞典皇家学会授予贝克特诺贝尔文学奖的理由是，他的作品"以新的小说和戏剧形式从现代人的窘困中获得崇高"[2]，并具有古希腊悲剧的净化作用。贝克特以令人震惊的方式，揭开了滑稽可笑掩饰下的痛苦人生，他作品的立意远高于那些"有故事的"戏剧。他的力量不在于以有趣的故事抓住观众，而在于引导人们认识到生活的可

① 杨云峰：《荒诞派戏剧的情境研究》，北京：中国戏剧出版社，2005 年，第 114 页。

② 曹波：《贝克特"失败"小说研究》，北京：商务印书馆，2015 年，第 1 页。国内绝大多数书刊上沿用的都是 1969 年的错误译文。

笑、反常和严峻，进而深思人生的意义，这思索也是一次洗涤净化心灵之旅。布莱希特提倡的陌生化效果，在荒诞派戏剧里如鱼得水、大获成功。

荒诞派戏剧不仅缺乏有吸引力的故事，在结构上也违反古典主义的戏剧观，未遵循开始、发展、高潮及结局的模式。贝克特戏剧的结尾往往和开头如出一辙。观众看完了他的戏剧，感觉什么也没有发生，什么问题也没解决，什么进展也没有，徒留空虚。《等待戈多》里的人物日复一日地等待，始终没有等到期待的人。《自由》里的维克多，不论父母、亲人、朋友、陌生人如何轮番上阵劝说，软硬兼施，依然拒绝回家。如果说结构是剧本的骨架，那么贝克特的剧本就好似无脊椎的腔肠动物，没有情节的合理推动。剧情的发展不像山峦那样跌宕起伏，而是像河流那样缓缓流动，缺乏扣人心弦的成分。《自由》里的一位假扮观众的演员忍不住跳上舞台，呵斥道："我们所有人都看够了你们像树叶一样飘来飘去，在虚无中飘荡……这场闹剧持续得太久了。"[①]此外，剧情发展的脉络缺乏条理，杂乱无序，而这恰好契合了现实生活中的无序、不合理和不确定性。读者企图清晰阐释、准确理解他的戏剧，无异于水中捞月、缘木求鱼。

荒诞派戏剧的结构看似无序散漫，实际上却是作家巧妙设计、精心安排的结果。贝克特的许多剧本在表面上显得随意而无意义，但在混乱的表层下有一个基本的结构和意义。他常见的戏剧结构是类似陀螺原地打转的结构，这种循环往复的结构设计可能是出于三方面的原因。首先，习惯可以麻痹人们的思想，减轻生存的痛苦，阻止人们进行严肃的思考，对荒诞习以为然。《终局》(*Endgame*，1957)里的克劳夫难以忍耐主人哈姆，多次说要走了，但是仍然没有离开。再难接受的事情和话语，一旦做多了，听多了，也就习以为常了。"把习惯和无聊提高到精神病的强度，这是一种贝克特觉得很迷人、很合意的心理状态，因为他随后作品中的大多数的主人公，特别是小说中的主人公，都经历过这种状态。"[②]其次，荒诞派的一个观点是，人们采取任何行动都是徒劳无功的，失败的结局早已注定。因此，我们从贝克特的戏剧中看到，演出结束了，人物还是在原地，生活没有进展。最后，现实生活就

① [爱尔兰]贝克特：《自由》，方颂华译，长沙：湖南文艺出版社，2016年，第158—159页。
② [英]阿尔瓦雷斯：《贝克特》，赵月瑟译，北京：中国社会科学出版社，1992年，第49页。

是这样平淡无奇，日复一日，循环往复。因此，在贝克特的剧作里，无聊的话语和动作一再发生。《广播剧草稿》(*Rough for Radio I*, 1961)中的"他"难耐寂寞，找"她"来陪伴说话。人来了之后，"他"又觉得厌烦，烦躁的情绪依然没有排解。两个人说来说去，只是围绕着怎么开收音机，如何把声音调大一点，调小一点……待"她"离开后，"他"和医生的助手通了四次电话，反复要求医生尽快来。剧末，作家没有写医生是否来。即使来了，读者也可以猜测到，"他"仍将像厌弃"她"一样，觉得医生烦人。《克拉普的最后一盘录音带》(*Krapp's Last Tape*, 1958)里的克拉普不停地吃香蕉。《默剧二》(*Act Without Words II*, 1956)里的赶牛棍不停地钻进和退出袋子。这些重复无聊的动作和古典戏剧要求的有吸引力的故事无法相提并论，但是它们表现了人们心里的苦闷，影射了生活的无聊，是现实人生的真实缩影。正如美国荒诞派戏剧家爱德华·阿尔比所言："如果把正视人类真实处境的戏剧叫作'荒诞派戏剧'，那么所谓的'荒诞派戏剧'无疑是我们这个时代的现实主义戏剧。"[①]

古往今来，没有人物的戏剧是不可想象的。角色是剧本的灵魂，是戏剧中最有活力的因素，他们的丰富多彩使戏剧产生了永恒的艺术魅力。许多名剧因塑造了不可磨灭的人物形象，深深印刻在观众的脑海里。但在贝克特看来，现代戏剧的目的不是塑造人物，而是描绘人类共同的生存窘境。因此，他的戏剧不是性格悲剧，也不是命运悲剧，而是荒诞世界的情境剧。在他的早期剧本中，人物缺乏个性，身份不详，给观众的印象是模糊不清的。剧作家渐渐发展到不给人物起名，仅以字母符号来指代。再后来，人物被固定在不能动的位置，丧失行动能力，如被埋在土里、躲进垃圾桶、塞入骨灰瓮。失去自由、行动受限的角色，还怎么能和他人产生频繁的互动？介绍他们的名字、家庭、工作、朋友还有多大意义？他在晚期创作中将这种风格发展到极致，甚至没有让人物整体上场，而是仅仅呈现出人体的某个部位，如头、嘴、手和脚等。贝克特认为，无需介绍人物的具体身份、地位、背景，因为戏剧中的人物不是某个独具个性的人，而是大部分人的共同象征。他笔下

① 焉若文：《爱德华·阿尔比戏剧艺术》，北京：学苑出版社，2017年，第65页。

的人物既是你，也是我，或者是他和她。同时，剧中角色的困境也摆在众人前面。为了反映全人类的相似遭遇，只要把人体的某一部分呈现在舞台上，让观众意识到指代人，就实现了作家的创作目的。明确的角色身份、鲜明的性格特征，对于贝克特的创作意图来说是南辕北辙。他甚至提出，"最好的舞台作品，其中应该没有演员也没有导演，只有戏剧本身"。[①]

荒诞派戏剧不仅在情节、结构和人物方面独树一帜，还极大地贬低传统戏剧的基本元素——语言。贝克特不信任语言的表达功能，认为语言有多义性和模糊性，不能有效传递信息，无法保证顺利沟通。为此，他最初想到弃用英语，选择用法语，以一种更简明、更清晰、更准确的语言来创作。然而，即使改用法语写作，他依然不满自己没有能力去表现试图表现的东西。面对他人的提问，关于他的写作和他关于语言不能传达意义的明确信念之间是否有矛盾，贝克特回答说："先生，我该怎么办呢？只有这些词语，除此之外，没有别的东西。"[②]在贝克特的剧作中，许多人物的讲话前言不搭后语，回答驴唇不对马嘴。晦涩不清的、支离破碎的语言拼凑成了对话，然而这样的交流是无效与无意义的。《广播剧速写》(*Rough for Radio Ⅱ*，1961)中的主审人和打字员多次修正记录，最后得到的审讯结果是，"打开你的肚子，莫德对我说，在两次亲热之间，敞开你的肚皮，不要紧的，如果他还活着，我就喂他奶吃"。[③] 打字员因记录内容极不通顺而难过得哭了，可是这并非审讯者没有尽力，是语言本身的不可靠造成的。荒诞派戏剧里的人物还偏爱使用翻案的修辞手段，即前面说过的话被重复，被修正，被否认，被再次重复，被再次修正，被再次否认。观众被彻底弄得晕头转向。贝克特最后的作品，是1988年写的诗歌《何以言表》(*What is the Word*)。这首诗探讨的是长期以来困扰他的难题，即无法找到合适的词语来准确表达想法。贝克特在创作剧本时惜墨如金。发展到后来，人物台词越来越少，无话找话，最后保持沉默，进入虚无的境地。德谟克利特的名言"没有什么比虚无更加真实的东西了"，是贝克特最喜欢的句子之一。荒诞派戏剧里的角色发出断断续

① 焦洱、于晓丹：《贝克特——荒诞文学大师》，长春：长春出版社，1995年，第203页。

② [英]马丁·艾思林：《荒诞派戏剧》，华明译，石家庄：河北教育出版社，2003年，第53页。

③ [爱尔兰]贝克特：《短剧集》(下册)，谢强、袁晓光译，长沙：湖南文艺出版社，2016年，第81页。

续的声音，各说各话或是自言自语，与其说是为了表达交流，不如说是为了逃避烦恼和空虚。剧作家意在说明，人与人之间难以沟通，缺乏密切联系，孤独地活着。

角色之间没有语言的交流——沉默无语、静止不动，在舞台上产生强烈的戏剧效果。这里不是指通常意义上的性格和情节冲突，而是指剧作与人们的期待视野相悖，对观众的心理产生强烈冲击。“自19世纪末以来，静态化是戏剧发展的一个趋势。契诃夫戏剧的静态性特征体现了这一趋势，并对20世纪戏剧的发展产生了深远的影响，荒诞派戏剧将契诃夫戏剧的静态性特征发挥到极致。”①贝克特的剧作中多次出现人物行动的阻滞、话语的停顿乃至无言，这就是戏剧静态化的典型例证。行动的阻滞是指剧情没有明显进展，人物的意图迟迟未能实现。在《戏剧片段一》(*Rough for Theatre I*, 1960)中，盲人甲偶遇截肢的乙。乙极力劝说甲和自己搭伙过日子，其间交锋数次，最后徒劳无获。《戏剧片段二》(*Rough for Theatre Ⅱ*, 1960)里的甲和乙偷溜进丙的屋子，企图找到不利于丙的证据，但是白费力气，没有搜到任何有用的资料。停顿和无言是易于被理解的静态表现。《呼吸》(*Breath*, 1969)里除了两次短暂的哭声，即象征出生和死亡的哭泣之外，只剩下呼吸的声音。《收场》(*Catastrophe*, 1982)里的主角“P”，从头到尾没有发出一点声音。《方庭》(*Quad*, 1981)里的人物自始至终不开口，观众只能听到脚步声和乐器的声音。类似静场的处理调节了戏剧的气氛与节奏，揭示了角色复杂的内心世界，如孤独无助、困惑无奈、痛苦绝望等，帮助观众深刻地理解感受到人们仿佛居住在如荒原一般凄凉的地球上。

除了上述种种变革外，荒诞派戏剧成功地构建了反传统的情境。戏剧的情境主要包含三方面内容：人物活动的具体时间和地点；对人物产生影响的具体事件；有定性的人物关系。不论从哪一方面剖析，贝克特的戏剧都是反传统的、荒诞的。

一般而言，戏剧伊始要介绍故事的背景。掌握了这个基本情境后，观众才能对后续的情节展开心中有数。但是，在贝克特的荒诞派戏剧中，剧作家

① 董晓：《论契诃夫戏剧的静态性》，载《外国文学研究》，2011年第5期，第57页。

没有明确告知故事发生的时间、地点，而是笼统地给出一个模糊的指示。贫瘠的舞台指示对人物所处的位置没有什么作用。例如，《等待戈多》的情境是一棵树和一条乡村道路。这样大众化的场景等于没有布置场景，没有典型的环境。明确的空间在贝克特的戏剧里不见了，故事的场景模糊不清，可能是这里，也可能是那里。这样一个放之四海而皆准的故事背景，意在说明演出的故事并不局限于某个特定区域，而是指涉地球上的全人类。剧作中不确定的空间，也与贝克特的流散生活有部分关联。他本人就是在异乡的漂泊者，生活在不断变换的环境下。尤其是在二战期间，为了逃避德军的追捕，他颠沛流离、居无定所。

爱尔兰荒诞派戏剧不关注生活中戏剧性的事件，不讲述爱恨情仇，侧重于描绘人类荒芜的、不合理的、无可奈何的生存状态。有评论说，贝汉的《死囚》(*Quare Fellow*, 1954)和《人质》(*The Hostage*, 1958)这两部戏剧，与贝克特的《等待戈多》一起，共同开启了爱尔兰当代戏剧运动。[①] 贝汉的两部剧作里的主人公不论做什么，都改变不了注定的结局——死亡。在荒诞的世界里，人根本就无从选择，只能木然地接受命运的安排，等待死神的到来。贝克特的剧本里没有激烈的人际冲突，没有因偶然因素而改变的人物命运，不存在迫使人物做出选择和采取行动的前提，往往是角色在对话或者是独白，谈谈现在或者回忆过去，发泄苦闷或者产生幻觉，现实和想象杂糅在一起，甚至是一言不发，什么也不做。虽然没有刻画精彩的人物，讲述动人的故事，但是他比许多剧作家更为准确地表现了人世的艰难，触动了观众心底的空虚、凄凉、无助乃至恐惧。以贝克特为首的荒诞派戏剧鲜少指出是什么压抑甚至威胁着人类，但是那种郁闷不能伸张、未来没有希望的痛苦表露无疑。它捕捉到的情绪和描述的生存状态，放之四海而皆准，几乎适用于每个人。如此高度的概括能力，令人叹为观止。

有定性的人物关系，在爱尔兰荒诞剧中也无足轻重。原本人物关系是戏剧情境最重要的、最有活力的因素，人与人之间的互动关系会构成很多戏剧性的场面，推动剧情的发展，因此有写戏的关键在于写人的说法。黑格尔

① Bernice Schrank, William W. Demastes eds., *Irish Playwrights, 1880–1995*, Westport: Greenwood Press, 1997, p. 23.

曾经说过："剧中人物不是以纯然抒情的孤独的个人身份表现自己，而是若干人在一起通过性格目的和矛盾，彼此发生一定的关系，正是这种关系形成了他们戏剧性存在的基础。"[①]黑格尔应该没有想到，一百多年后出现了一位戏剧家，塑造的角色以"纯然抒情的孤独的个人身份表现自己"，对人物关系置之不理，不营造戏剧性的情境，居然大获成功。

爱尔兰荒诞派戏剧以不寻常的艺术手法，丰富了舞台的表现方式，成功实现了作品内容与形式的统一。在主题思想上，它有力地呈现了一个被战争摧毁的时代、一个荒诞不经的世界、一群没有未来的人，其描绘的人生困境足以震惊麻木迷惘的观众，使他们看清自己的处境，呈现出对社会返回正轨的渴望和呼吁。在创作手法上，荒诞派戏剧拓宽了戏剧程式的既定边界，使戏剧表达有了新的可能，为后世剧作家开启了一扇新门，延展了原本受限的舞台世界。荒诞派戏剧尽管以非理性的方式呈现了无意义的人生，但是该流派本身是深刻严肃的。它打破了旧的戏剧创作程式，为戏剧创作开辟了一条前所未有的道路，对后世的戏剧创作产生了深远的影响，成为世界戏剧史上的一个里程碑。

## 四、 对爱尔兰荒诞派戏剧美学特质的讨论

爱尔兰荒诞派戏剧与传统的西方戏剧背道而驰。《等待戈多》一出，西方剧坛哗然。它没有遵守三一律，没有鲜明的人物，没有确定的情境，没有符合逻辑的情节，没有清晰的对话，没有严谨的结构，没有合理的结局，一切都是不确定的。这样的戏还是戏吗？虽然历史已经证明贝克特的不朽英名，但是在过去，他的戏剧与传统的审美思想格格不入，不符合读者的期待视野，因此在上演伊始遭受众多观众的责难。荒诞派戏剧是幸运的，诞生得适逢其时。20世纪宽松自由的审美大环境，是荒诞派戏剧成功的历史条件。从美学角度剖析爱尔兰荒诞派戏剧，有助于理解为什么人们对这一流派从最初的不以为然转为后来的争相追捧。

① [德]黑格尔：《美学》(第三卷)，朱光潜译，北京：商务印书馆，1981年，第249页。

自古希腊以降,美学中的理性和感性之争此消彼长。但不论西方的传统美学从何种角度探讨美,其根基都在于形式完整、和谐、美感和理性。伴随着西方社会的巨变,主宰了西方两千多年的传统美学也开始了当代转型。原本与美格格不入的、被排斥出美的范畴的丑,从19世纪开始登上了历史舞台。1853年,德国美学家罗森克兰茨率先在著作《丑的美学》中提出,丑是美学不可分割的一部分。约半个世纪后,丑铺天盖地而来,涌现在许多文艺作品中,曾经坚不可摧的古典美学被拆散得七零八落。非传统意义上的"美"频频出现在现当代的文学艺术中,美的定义不再是确定无疑的、单一标准的,而是变得含混、矛盾。

西方审美观念的转向并非偶然,而是对20世纪以来社会剧烈动荡的回应。20世纪上半叶,人类历经了两次历史大浩劫。人们发现生活中有许多无法用理性解释的偶然、混乱、残忍和无情现象,从而被紊乱、痛苦、孤寂、阴暗等负面情绪淹没。饱受磨难的读者从文艺描绘的梦幻中醒来,不再相信经典的崇高美学。由此,被传统美学拒之门外的丑乘虚而入,频频现身于文艺作品中。许多作家从歌颂生活的美好,转向揭露生活的荒诞。

爱尔兰荒诞派戏剧在剧院里呈现了人类荒唐可笑、落寞孤僻、恶心恐怖的境遇。已经形成固定审美思维的观众一时反应不过来,对此瞠目结舌。但他们在短暂的震惊之后幡然醒悟,艺术不是来源于生活吗?舞台上演出的不正是他们的人生吗?曾经人们以为不可被描绘的丑陋世界在荒诞派戏剧里实现了重生。翻开荒诞剧作看一看,那么多与高雅不可同日而语的场面、令人作呕的角色、混乱无序的情节、莫名其妙的台词等,堂而皇之地进入神圣的剧院,世界丑陋荒诞的一面从未被如此真实深刻地揭露出来。传统美学中秩序井然的世界云消雾散,取而代之的是荒诞离奇的世界。这一类戏剧容纳了不被传统接纳的东西,表现了不可表现的东西,给正统的戏剧致命的一击。以贝克特的荒诞派戏剧为例,他剧作中的丑主要表现为以下四点:

首先,非理性是以贝克特作品为代表的爱尔兰荒诞派戏剧的一大特色。19世纪之前,西方美学牢固地屹立在理性主义的基础之上。19世纪之后的文艺思潮、叔本华的意志论、尼采的虚无观、弗洛伊德的无意识、克罗齐的直觉说、柏格森的绵延说等都排斥理性，抬高感性。在多重思潮的袭击下，传统美学的理性基础崩塌了。长期被压抑的丑，昂首挺胸地走进了美学的大门，在文艺创作方面的表现就是出现了许多不合理、无逻辑的作品。例如，在《美好的日子》(*Happy Days*, 1961)里，妻子被埋在土堆里不能行走，丈夫藏在土堆后，挪动很费力，夫妇俩接触一下都很困难。该戏也没有什么情节，除了丈夫偶尔给予一点回应，全场基本上是妻子不停在唠叨。《什么哪里》(*What Where*, 1983)中有四位角色，每人接连上下场，历经春夏秋冬，拷问一个不在场的人，因没有问出结果，自己反而变成被拷问的对象。四人重复了同样的拷问和被拷问的经历后，最后发言的人上场，低头承认自己也一无所获。舞台灯光渐渐暗下来，幕终。该戏的阐释有多种可能。观众不知道剧中人物的叙述是否可靠，因为审问场景没有搬上舞台，只能通过角色的转述和猜测。贝克特本人也拒绝解释自己的作品，只是竭力还原一个未知的、不确定的世界。按照理性思维去寻找事实真相，不再行得通。荒诞派戏剧从非理性的角度审视世界和人生，这是传统美学思想失去理性根基后的必然结果。

其次，表现性是以贝克特剧作为代表的爱尔兰荒诞派戏剧的另一特征。荒诞剧不是对世界的客观再现，而是经过作家的加工、扭曲、变形，引起了观众的共鸣。《戏剧片段一》里的两个人物一瞎一瘸，生活在一个食物短缺、人迹罕至、草木不生的地方。舞台提示没有给出明确的地点，只写着街角、瓦砾。两次世界大战后幸存的人，可以从该剧联想到战争过后的一片废墟。瘸子不断凌辱瞎子，要求他跪下给自己包裹脚，用撑竿打他，威胁要拿走瞎子的小提琴，最后反被瞎子夺走了撑竿。两个残疾人，本可以相依为命，搭档寻找食物，但是在剧末却不欢而散。现代作家不再美化一个没有秩序的、缺乏道德的、不合逻辑的世界，而是把世界鄙俗不堪的一面呈现给读者，让他们看清楚自己的真实处境是多么难以生存。生活并不像传统文学作品描绘的那样井然有序、精致和谐，而是混乱晦涩、无聊丑陋。在传统美学观念中，文艺就是美的，而现代的文艺创作则与美脱离，它表现的是战乱之后世界的本来面目。

再次，卑微化是以贝克特剧作为代表的爱尔兰荒诞派戏剧的又一重要特征。西方美学史的趋势是从重视强者逐渐转向关注弱者。贝克特笔下的人物多是被困住、被囚禁、失去自由的人，如盲人、瘸子、流浪汉、孤独者、老无所依的人等。不止于此，贝克特戏剧中的人物逐渐从完整的一个人物消解为人体的一部分，如上身、头和嘴。在贝克特的晚期创作中，观众甚至看不到演员的身体，只听到来来回回的脚步声，哭泣声、叹息声等。因此，我们从贝克特的戏剧里看到了原本崇高的人物形象倒塌下来，被卑微化成为无意义、无价值的小人物，甚至是非人。

最后，虚无化是爱尔兰荒诞派戏剧注定的结局。20世纪上半叶，人们寄希望于上帝的救赎之路被堵住了，科学技术也不能带来和平与幸福。旧的依靠已经丧失，新的依靠无从寻起。因此，贝克特戏剧中的人物多生活于茫然空虚之中，对现在失去斗志，对将来不抱希望。他们的奋斗失去了意义，做任何事情都没有价值。一味的怀疑和否定，使得贝克特的戏剧不断滑向虚无。

贝克特的戏剧虽然表现了各式各样的丑，但是并不是要人们欣赏丑，以丑为美，而是让人们注意到丑，通过否定丑来肯定美、追求美。"《等待戈多》《终局》里包含着更高的伦理述求……即在那种疯狂和错乱背后潜隐着对于匡正这个脱节的世界的最后呼喊。"①在贝克特的戏剧里，人们直面真实生活的沉重和丑陋。正是这种不美的方式，让人们感受到震撼，并怀念从前的自由幸福。人们从对丑的审视和批评中反省自身，洞察到环境的丑恶、生活的颓废、人际的冷漠。通过审丑，人们意识到美的重要，树立对美的渴望，重新去发掘、欣赏和创造美，这就是荒诞派戏剧"丑"的美学价值。

传统美学是趋美避丑的，然而美与丑并非二元对立、有你无我，两者就像磁铁的南北两极，互相排斥又互相依存。"每一种优美地弯曲的事物中，必定存在着反抗，树干在弯曲时是最完美的，因为它们企图保持自己的刚直。刚直弯曲，就像正义为怜悯所动摇一样，概括了世间的一切美。万事万物都想笔直地生长，幸好这是不可能的。"②因为丑不可能孤立于美而存在，所以贝克特的戏剧除了呈现丑陋的人生和世界外，还表现了美。

首先，贝克特的荒诞派戏剧充满诗意，极具哲理。他的荒诞剧按照传统

① 孙柏：《作为文化抵抗主义的现代主义：布莱希特和贝克特》，载《读书》，2013年第4期，第128页。

② [美]李普曼：《当代美学》，邓鹏译，北京：光明日报出版社，1986年，第406页。

戏剧观念来判断是不美的，可是他创作的并不是情节剧，怎么能用经典戏剧理论来评判呢？荒诞派戏剧是新的剧种，旧的标准已经不再适用。他的戏剧旨在点醒浑浑噩噩的世人，使他们看清自己的处境，呈现出一种诗意的哲学。在《戏剧片段一》中，乙说："我再也见不到什么人，再也听不到人的声音了。"甲回答："您还没听够吗？永远同样的呻吟，从摇篮一直哼唧到坟墓。"[①]贝克特对生活的艰难深有感触，但是他用诗化的语言表达了人生中的长久苦难。他虽然描绘了丑恶的生存环境，但是又不让黑暗吞噬人类。他那看似荒诞的作品里，闪过星星点点的光亮。《等待戈多》的舞台布景前后略有变化。第一幕里有一棵光秃秃的树，在第二幕中长出了几片叶子，象征着微弱的生机。弗拉第米尔先上场，看到那棵长出叶子的树，激动得在舞台上来回乱走，提醒爱思特拉贡仔细看看有了变化的树。《终局》里的盲人哈姆要求仆人克劳夫把他的轮椅推到窗下，让他感受阳光的照耀，而后命仆人打开窗户，让他听听大海的声音。他生活于黑暗之中，心里却渴求光明，正如王尔德的名言："即使生活在阴沟里，依然有仰望星空的权利。"贝克特通过写丑恶和荒诞，映衬人们对美的无限憧憬，在这令人难以忍受的人世间寻找希望。"一个坟墓上催生出新的生命。光明闪亮了一瞬间，然后，又是黑夜降临。"[②]但不论希望多么渺茫，只要活着就有希望。这一丝微弱的光芒若隐若现地跳跃在他的字里行间，就像夜空里依稀可辨的星光，令他的作品在精神上不时闪烁着美的光环，蕴含着生活的哲理，发人深思。

贝克特的荒诞派戏剧还以简明的舞美塑造，给观众带来强烈的视觉冲击。贝克特对舞台形象的重视可以通过《收场》这部戏呈现出来，该剧表演的是导演、助手和灯光师三者设计主角形象的故事。在整部戏中，主角一言不发，任凭导演等人摆弄，不断变换造型，直到符合导演的要求。《等待戈多》的布景是乡间的一条路和一棵树，天上挂着一轮月亮。这一舞美设计源自卡斯帕·戴维·斐德里克的名画《两个男人共赏月》。除了明亮的月光和打在人物身上的灯光，大部分舞台笼罩在黑暗中，孤寂无望的情绪蔓延开来。贝克特擅长描绘凄凉荒芜的氛围。《终局》的舞台被设计成一个没有家

① [爱尔兰]贝克特：《短剧集》(下册)，谢强、袁晓光译，长沙：湖南文艺出版社，2016年，第27页。
② [爱尔兰]贝克特：《等待戈多》，余中先译，长沙：湖南文艺出版社，2016年，第151页。

具的房间。左右两边的墙上高处有两扇小窗户,但窗帘被拉上。屋角摆着两个垃圾桶,屋外是一片荒原。这一情境寓意深远,象征着我们的生存困境。人类不能在大地上诗意地栖居,却又无处可逃。越到后期,贝克特的舞台设计越简洁,空荡荡的什么背景也没有。彼得·布鲁克的名言"一个人在别人的注视之下走过这个空间,这就足以构成一幕戏剧了"[1],在贝克特的戏剧里得到了完美的呈现。《不是我》(*Not I*, 1972)一剧的舞台设置是,中间只有一张特写的"嘴"高高悬挂在黑暗中,舞台两侧分别站着一个旁观者,其余是一片漆黑。《乖乖睡》(*Rockaby*, 1981)里只有一个在黑暗中坐在摇椅上慢慢死去的女人。这些节制的舞美设计,令观众的注意力集中在角色的表演上。安德鲁·肯尼迪称贝克特是爱尔兰作家中最低调的人。[2] 贝克特有时亲自执导自己的剧作。那时,他表现得更像一个画家,特别重视剧本的视觉呈现效果。看完他的戏剧,简洁有力的形象设计深深印在人们的脑海里。他的风格是,以诗意的形象代替了有趣的故事,用极简的方式传达思想,追求艺术的纯洁。

贝克特的荒诞派戏剧还展示了尊严之美。贝克特深受叔本华的影响,对生活持悲观态度,不相信人有能力改变现状。他作品的基本主题就是人的无能和失败。人生之路就像一条死胡同,令人厌恶沮丧,却又无法摆脱,永远不会得救。但无论作品的人物多么渺小卑微,多么苦难不幸,仍然咬紧牙关,努力生活下去。这些挺身面对无尽黑暗的人物,好似明知实力悬殊、无法打赢战争的战士,以勇敢坚强获得了尊严和赞赏,令无价值的生活显示出价值。借用加缪广为人知的比喻,这就好似一个人满怀痛苦地鼓足勇气在澡盆里钓鱼,尽管事先就完全知道最终什么也钓不上来。贝克特的剧作里没有光明的未来,这是一种悲观。剧中人物清醒痛苦地意识到人生的无望,仍然坚持生活下去,赋予了戏剧更广深的阐释空间。他们并不荒谬,荒谬的是生活。剧中人物坚持在一个不适宜居住的世界上生活下去,以忍耐表现了另一种方式的抗争。《等待戈多》里的弗拉基米尔和埃斯特拉贡通过无意义的、逻辑混乱的谈话动作来消磨时间。他们不知道戈多会不会来,也

① [英]彼得·布鲁克:《空的空间》,邢历译,北京:中国戏剧出版社,1988年,第3页。
② Andrew K. Kennedy, *Samuel Beckett*, Cambridge: Cambridge University Press, 1989, p. 6.

不知道戈多能带来什么，但仍然在一天天等待。这种无望的等待，耗尽了人物的时间和精力。他们看起来陌生可笑，却得到观众的认同，因为观众从他们身上看到了自己的影子。许多人也生存在痛苦和绝望中，却没有被无意义的人生给压垮，依然默默前行，走完一生。贝克特写的多是人的悲剧一面，但是他作品中的人物没有哭泣，有的只是苦涩的笑，他们在没有意义的生活中，坚韧地负重前行，呈现出生存的意义。他们在力量悬殊的社会面前，明知没有希望，还在不自量力地努力，绝不投降认输。这种看似荒诞的无奈之举，与西西弗推巨石上山一样，彰显了人之为人的尊严，为悲观的荒诞派戏剧增添了一抹亮色。

戏剧不仅是一门视觉艺术，还是一种听觉艺术，其中声音的重要性无可辩驳。贝克特的荒诞剧还通过音乐之美，突显了爱尔兰性。爱尔兰人是富有音乐天赋的民族。贝克特的妻子是钢琴家，他的祖母、父亲、叔叔、阿姨和他本人都会弹钢琴，他的兄弟约翰是作曲家。贝克特还爱去听各式各样的音乐会。富有音乐才华的他擅长借助音乐来表现主题、渲染气氛、展现情境，充分调动观众的听觉。《夜与梦》(*Nacht und Träume*, 1982)一剧演绎了舒伯特的曲子《夜与梦》的最后七节。《跌倒的人》在幕启时，乡间农舍里传来了的舒伯特歌曲《死神与少女》，预示了后面的剧情——孩子的死亡。在《幽灵三重奏》(*Ghost Trio*, 1975)中，贝克特选用了贝多芬《第五号钢琴三重奏》进行配乐。贝克特不仅在戏剧创作中编进了许多名曲，还重视语言的音乐美。贝克特创作的戏剧中有多部广播剧，即使不在舞台上演出，只通过广播收听，也不会影响他的戏剧所要传达的意思。他在创作过程中经常大声朗读自己的作品，听一听声音的效果，细心品味每一丝声响。翻阅他的剧本，句子看起来似乎长短不一、支离破碎、意思含糊、重复拖沓、不合逻辑，但是从音乐的角度来欣赏，就能感受到文本的艺术魅力。它们读起来朗朗上口，有着丰富多样的节奏韵律变化。以《克拉普的最后一盘录音带》为例，其中有一段描写克拉普年轻时和一个女孩躺在船上的故事。贝克特说："就这段台词而言，哪怕你只拿掉一个音节，你也可能破坏水拍打船舷的声音。"[①]贝克特

① [英]詹姆斯·诺尔森：《贝克特肖像》，王绍详译，上海：上海人民出版社，2006年，第10页。

虽然常年远离故土，久居法国，但是爱尔兰人的音乐性根植在他的戏剧里。他的戏剧就像流动的音符，在听觉上带给人们美的享受。在某种意义上，可以说，他是用音乐而不是语言来创作的。

审美活动可以划分为肯定性和否定性两大类型，都在爱尔兰荒诞派戏剧中得到鲜明呈现。肯定性的审美活动赞美人，歌颂生活，描绘光明；否定性的审美活动贬低人的能力，怀疑人生，情境黑暗。贝克特的戏剧深刻洞察到人生的虚妄，揭示生活的无意义。观众通过看戏，观照自身的处境，不由得沉重地联想到全人类所遭遇的不幸，对现实警醒，意识到生活中的丑陋、不理想、不完善、无价值，激发出开创美好新生活的意愿和力量。贝克特借助戏剧，帮助人们看清自己的遭遇，疏导出心中压抑许久的苦闷，激励人们要勇敢坚强、不惧未来。在贝克特的作品里，人尽管被巨大的孤独吞噬，徘徊在痛苦的深渊，但是仍然直面生活、忍受磨难，直到最后一刻。可见，贝克特并非对人和世界进行全盘否定，而是坚持人有能力面对现实、迎接未来，他相信审美活动有肯定的意义。审美的肯定和否定积极互动，使得贝克特作品的美学思想充盈有活力。

20 世纪多元的、包容的审美情趣，令荒诞派戏剧生存、发展和壮大。反之亦然，荒诞派戏剧也推动了美学的进一步发展。艺术的最终目的是创造美，然而美的内涵千姿百态。贝克特引领的爱尔兰荒诞派戏剧超越了传统美学的框架，审美在一个更全面、更有深度的状态下得到拓展。荒诞派戏剧不美化那个时代，而是通过真实的丑化，展现了严肃作家的良知。审美活动不再是价值评判，而是表现世界的真实面目。贝克特的戏剧从局部看是混乱的，但是从整体上看是清晰的，它们清晰地揭露了一个不美的世界。他的剧作反映了现代人生活的痛苦，从对丑恶人生的观照中，激发出对美好生活的渴望和向往。在贝克特的戏剧里，美丑并置，交相辉映，其既化丑为美，又蕴含经典的美学观念，即诗意、简洁、尊严和音乐。以贝克特为首的爱尔兰荒诞派戏剧作家成功地扭转了人们对传统戏剧美学的固定成见，摧毁了僵化陈旧的美学观念，促进构建了当代美学——以丑和荒诞为审美对象，从而使得美学的疆域得到拓展和丰富。

## 五、爱尔兰荒诞派戏剧的低落

贝克特在20世纪下半叶也不时有短剧问世，虽然名气不如《等待戈多》，但是依然有影响力，只是篇幅太短。也许是尤内斯库等转行或早逝，也许是标新立异的欧洲人换了口味，荒诞派戏剧逐渐风光不再。但20世纪末，还有英国的品特、美国的阿尔比等著名戏剧家在沿着贝克特的道路前进，可以说是爱尔兰荒诞派戏剧在国外的回响。但是，作为一种体现文学思潮的文学流派，爱尔兰荒诞派戏剧在文学上的反映已经于20世纪60年代结束了。为什么这一股思潮在欧美剧坛掀起轩然大波、影响深远，持续的时间却有些短暂呢？通过该潮流的领军人物贝克特的创作经历，阐释爱尔兰荒诞派戏剧衰落的原因，可谓研究上的一个有效切入点。

### (一) 虚无艺术

贝克特的荒诞派戏剧在问世之初，就埋下了自毁性的因子。他在开辟出一条新的戏剧道路——以虚无艺术形式来呈现虚无世界的同时，作茧自缚，走入戏剧创作的死胡同。虚无，什么也没有，无法表现的东西，要被成功地创作出来，无疑是天方夜谭。但是，理论上不可能实现的设想，在某种程度上，居然被贝克特付诸实践。他穷极一生都在努力构思，试图以各种手法来呈现虚无，最后无话可说、无计可施，简单到了极致，终于以沉默告终。2000年的布克奖得主、爱尔兰作家约翰·班维尔(John Banville，1945— )曾说："今天的爱尔兰作家就分为两派，要么是乔伊斯派的，要不就是贝克特派的。乔伊斯总是想方设法把世界填得满满的，而贝克特刚好相反，总是给世界留空，等人们思考怎么办。"[①]贝克特曾经以为自己会永远追随乔伊斯的创作风格，但是一次顿悟令他与乔伊斯背道而驰。1945年，贝克特回到家乡都柏林，在此期间他对世界和人类有了新的认识。他突然意识到，乔伊斯的方式是不断增加，而他自己的方式是愈加贫乏。

① 李奕奇：《无声的音符　空白的世界——试论塞缪尔·贝克特及其作品中的沉默》，载《作家》，2011年第18期，第62页。

> 他之所以拒绝接受乔伊斯的原则，不把追求更多的知识作为创造性地了解世界并控制世界的一种手段，因为世界对他来说混乱不堪，难以控制，而且人类缺乏理性，自我缺乏内在的一致性，所以他反对直接按这一原则的写作技巧进行写作，比如，他的作品中不再充斥着名人名言和隐晦的典故，不再故弄玄虚，故作讳深莫测。他告诉我，他未来写作的重心将集中于失败、贫穷、流放和失落。[①]

上述这段引文是贝克特向好友解释他放弃乔伊斯创作原则的原因。此后，他不再使用华丽的辞藻、晦涩的语言、深奥的内容，而是致力于用最简洁的语言来表现人生的失败、无望、荒诞和虚无。简洁到极致就是空无一物。由于反理性、反传统的步伐迈得太大，贝克特的创作范围日益局限。他否定的不止是社会、生活，更是人的主体地位。戏剧中没有人，还有什么可写？他企图解构人物，却又不得不通过人物的语言和行动来传达思想。这一悖论束缚了他的创造力，使他进退维谷，绞尽脑汁至无计可施，从而日暮途穷。贝克特执意于呈现世界的虚无——生活没有意义，人生没有希望，人类没有未来。不止于此，他还力图采用虚无的表现手法来匹配虚无的创作内容，这实在是艰巨的、难以付诸实际的任务。因此，荒诞派戏剧的沉寂是必然的。

(二) 无望人生

贝克特戏剧的基调是阴沉、严肃、悲观，他在戏剧舞台上使用的颜色往往是黑白灰，象征着灰蒙蒙的生活和阴森森的死亡。这些明度很低的色彩，表现了生活的灰暗沉闷，正如他生前对墓碑的要求——只要灰色。人类在一个缺乏光明和温暖的世界中是孤独可怜的，他敏锐地意识到人生的痛苦、无助和绝望。

对非理性的、负面的东西过于挖掘是贝克特创作的遗憾，人们难以从他的戏剧中看到光明的未来。在《等待戈多》中，有个人物叫“幸运儿”。从常理上判断，该角色饱受凌辱虐待，没有任何幸运之处。有人问贝克特为什么

① [英]詹姆斯·诺尔森：《贝克特肖像》，王绍详译，上海：上海人民出版社，2006年，第39页。

称此人为“幸运儿”，他回答道：“我认为他是幸运的，因为他已经无所期待。”[①]这里所表现的——没有希望就没有痛苦，正是叔本华的人生观。叔本华的生命意志论指出，人由于对现状不满，产生了欲望，欲壑难填导致了人生的痛苦；要摆脱痛苦，就必须停止对欲望的渴求，否定生命的意志。因此，受叔本华悲观思想影响的贝克特认为，一个对未来不抱幻想的人极为幸运。

在贝克特的戏剧里，人物不采取行动来斗争，因为反抗是徒劳可笑的，失败、死亡的结局早已注定。1967 年，贝克特在柏林导演《残局》时，曾对饰演哈姆的演员说：“哈姆是一个从一开始就输了这局棋的王。他早已经知道他所走的每一步棋都是无用的，这种认识使他疲于应付。现在在结束时，他就像每个糟糕的棋手那样胡乱走了几步，而一个好棋手则早已经放弃了。他只不过是企图逃避不可避免的结束。他的每一个姿势都是延缓结局到来的、而又无益的棋步。他是一个糟糕的棋手。”[②]在这部戏中，贝克特的悲观思想表露无遗，他坚持人类难以从荒谬的命运中逃脱。自从诞生于世的那一刻起，人就必须面对这种无望人生。

从人物设定来看，儿童在贝克特的剧本里是很罕见的。贝克特的部分戏剧，如《老曲》(*The Old Tune*，1960)和《跌倒的人》(*All That Fall*，1957)，提到了人物的不孕不育症。再如《克拉普的最后一盘录音带》和《戏剧片段一》里的主人公，虽然曾经有过伴侣，但是都没有孩子。儿童即便偶尔出现在他的戏剧中，也不代表人类的希望。《跌倒的人》的结尾是一个孩子摔到铁轨上，倒在车轮下。没有生育能力的、不想繁衍后代的或是后代夭折的人类，何有未来可言？剧中常见的人物形象是备受折磨、无法摆脱苦难、只能等待死亡的中老年人。在咄咄逼人的现实压力下，他们忍辱负重、苟延残喘。他们走进了人生的暮年，离死亡越来越近。一群行将就木的人回顾年轻时的美好时光，对比当下的凄凉岁月，愈发觉得痛苦。然而，即便死亡真的到来，也不代表结束和解脱。贝克特悲观地认为，死后依然存在各种痛苦，人们在地下依然不得安宁，如《戏》(*Play*，1963)中道出了一男两女

① 焦洱、于晓丹：《贝克特——荒诞大师》，长春：长春出版社，1995 年，第 144 页。

② 同上，第 180—181 页。

的幽灵的纠葛。从根本上说，贝克特不相信人的理想、拼搏和努力，他消极地呈现了生活的苦难与不幸。

(三) 没有答案

面对生存的严峻事实，贝克特提出了问题，呈现了荒诞的人生和世界，却没有指出原因，也没有给出答案。他不相信人的努力可以改变现状，这一点与存在主义的观念背道而驰。贝克特认为，人们受社会环境、遗传基因、教育背景等诸多因素的影响甚深，所以存在主义宣传的个人有自由选择的权利并没有多大的现实意义。他坚持人在荒诞可怕的世界面前弱小无力，映射了那个时代人们的焦虑无助和痛苦绝望。贝克特曾经说过，他不是一位哲学家，与萨特相距甚远。他从未试图解释现状或探讨出路，没有提供任何解决方法，仅仅满足于呈现，这是哲学家与诗人之间的差异。贝克特曾坦言自己也不知道答案，所以才会陷入沉思，为全人类而痛苦。他从不评判，只是展现无意义、无逻辑、不美好、不自由的一面，让读者和观众自己进行反思。他让人们思考，但是不指明方向和留出希望。观看太多的荒诞剧，除了徒增人们对生活的厌恶沮丧之外，还有什么帮助呢？负重累累、对前途感到渺茫的观众本期盼在剧院中享受愉悦，暂时忘记压力，未料又被迫正视现实，再次承受痛苦。荒诞剧的成功在于，它呈现了荒诞的人生和世界，但它的缺陷和遗憾也在于只呈现了荒诞的人生和世界，却没有指出原因，没有给出解决方法答案，正所谓“成也萧何，败也萧何”。

(四) 土壤流失

戏剧的生命力在于演出，没有演出市场的、曲高和寡的戏剧能走多远呢？贝克特坚持捍卫严肃艺术，从不媚俗。不同于传统戏剧讲述一个有始有终的、精彩动人的故事，荒诞派戏剧用无逻辑的方式，呈现了一个难以理解的世界。观众在贝克特的戏剧里看到的是一团混乱，包括条理不清的内容、颠三倒四的结构、语无伦次的台词、模糊不清的人物，甚至没有人物上场。企图明确剖析荒诞派剧作的字字句句是不现实的。看完荒诞剧，许多观众在反复思索之后很可能仍然懵懵懂懂。在荒诞派戏剧里，真相似乎永远是扑朔迷离的。因此，观众看荒诞派戏剧不会有轻松的享受，反而会有煎熬之感和某种负担。对于荒诞派戏剧,上述情形无疑会导致观演市场的发展对其越来越不利。

贝克特锲而不舍地对戏剧的形式进行革新。他后期的作品越来越扼杀了戏剧的表现力,难以在舞台上演出,即使表演出来,演出效果也不理想。作为一个举世闻名的戏剧家,他是幸运的,因为他的剧作得以保留至今。诺贝尔奖的头衔保证了他可以不顾观众和市场,随心所欲地创作,不适宜演出或演出效果不佳的作品也能流传于世。但并非所有作家都有这种优势。没有他那种无可置疑的崇高声望的作家,如何在艺术与商业的两难中抉择呢?选择了艺术,他们的作品很可能缺乏演出市场,无法流传;选择了商业,剧作的高雅和严肃难以得到保证。20 世纪 70 年代后,荒诞派戏剧越发显得不合时宜。1976 年,华盛顿上演了贝克特的三部戏剧《那时》(*That Time*, 1975)、《脚步声》(*Footfalls*, 1975)和《戏剧》,观众的批评多于赞赏。评论家的态度不一:有些人保持沉默,不想违心地恭维;有些人声称这标志着戏剧的进步和新的方向。大众与学界的双重反应,预示了贝克特的戏剧在走下坡路。随着时代的前进,经济的繁荣和社会的稳定令上一辈的观众渐渐步出昔日的阴霾。新一代的观众对战争的恐怖和苦难没有切身的感受,对荒诞的主题没有深入的感悟。世界能否得到拯救?人生是否有希望?生活是否有意义?诸如此类的问题不再引发人们的兴趣。观众的观演意愿越来越弱,导致这个流派不断流失其生存土壤。以贝克特为代表的荒诞派作家以其力作,战胜了旧戏剧,却输给了新时代。

(五) 特立独行

20 世纪许多文艺流派的持续时间都不长,原因之一在于它们本身就不是组织严密的团体,而是个性化的活动。当该流派的代表作家去世后,其所特有的艺术风格和追求的艺术标杆就随之消亡。荒诞派得名于马丁·艾思林的《荒诞派戏剧》一书,但是书中被作者认为是该流派的几位代表人物,都不承认自己是荒诞派。荒诞派只是学术界为了研究的便利而给予的冠名。荒诞派是一个松散的运动,每个作家都有自己的特色。他们各自创作,没有来往。他们用不同的方式表达各自对人类社会的看法,风格迥异。他们反对集结成派别，没有指定门生继承自己的文学遗产，传播一致的艺术理念。他们的价值就在于独一无二、特立独行。这与传统上抱团行动的文艺思潮不同。19世纪之前，上层阶级为某些艺术团体提供了有利的条件和支持。作为回报，当时的文艺工作者迎合赞助人、保护者的喜好。但是，在商业化和市场化的大背景下，艺术逐渐去政治化和去权力化。艺术创作不再是为统治阶级服务，不再是带着镣铐跳舞，而是成为整个社会大众参与的活动。这是20世纪诸多流派没有传承的内在原因。荒诞派戏剧作为其中之一，也概莫能外。

除了贝克特，荒诞派戏剧的另几位代表作家，在20世纪60年代左右也陆续停止了创作。正如贝克特走向了极致，走向了虚无，无话可说，无路可走，尤内斯库在晚年也进入了类似的创作困境，继而放弃了写作，改行绘画。他解释说："一方面是我对文学感到厌倦了，另一方面是因为写悲剧的源泉已经耗尽了……我改为作画，还因为我已不喜欢语言的表达，而爱上了沉默。"[①]荒诞派戏剧的另一知名作家阿瑟·阿达莫夫早在1957年就开始摆脱荒诞派的影响，在作品中增加了政治元素和现实性。他宣称生活并不荒诞，只不过是艰难而已。1964年，法国荒诞剧作家让·热内因抛弃了恋人邦塔加而导致对方自杀，他为此深受打击，停止了写作。同年，41岁的贝汉因酗酒引发各种疾病，英年早逝于都柏林。随着各位大师停止创作或逝世，荒诞派戏剧也就寿终正寝。

荒诞派的代表作家虽然结束了创作，但是许多当代戏剧在一定程度上受到了荒诞派戏剧的影响。爱尔兰戏剧评论家、都柏林大学教授安东尼·罗奇(Anthony Roche)在其《当代爱尔兰戏剧》中写道："在当代爱尔兰戏剧中，贝克特最具才华，具有不言自明的国父地位。"[②]弗兰克·麦克吉斯(Frank McGuinness, 1953— )宣称："在贝克特之后，剧院再也不是从前的模样，尤其是对爱尔兰剧作家来说。"[③]戏剧可以没有故事，没有结构，没有人物，没有性格，没有台词，没有情景。以贝克特为例，他影响了诸多剧作

---

① 廖星桥：《荒诞与神奇》，深圳：海天出版社，1998年，第5页。

② Anthony Roche, *Contemporary Irish Drama: From Beckett to McGuinness*, Dublin: Gill and Macmillan, 1994, p. 5.

③ Bruce Weber, "On Stage and off". *New York Times*, 26 February 1993, C2.

家，包括哈罗德·品特、爱德华·阿尔比、汤姆·斯托帕德、山姆·谢泼德、彼得·汉德克、沃尔夫冈·鲍尔、托马斯·伯恩哈特、弗兰克·麦克吉斯和玛丽娜·卡尔等，这个名单还可以列得更长。他们在有选择地借鉴荒诞派戏剧的基础上，部分回归传统，讲述有故事、有情节、有人物、有台词、有情景的戏剧，使戏剧再次焕发出活力。2005年诺贝尔文学奖的获得者哈罗德·品特多次表达了深受贝克特的影响及对他的感激之情。与贝克特的荒诞剧相比，品特的作品有更多的现实主义成分，显得传统一些。

## 结语

由于林林总总的原因，荒诞派戏剧在20世纪60年代后逐渐式微，但并非无疾而终、戛然而止，它的许多艺术观念和戏剧技巧被吸收运用到现代戏剧中。无戏剧性的情节、无逻辑的台词、非连续的时间、不具体的场景、不确定的人物等，均改变了人们对戏剧的固定认识，开拓了戏剧的维度空间。诚然，荒诞派有悲观消极的一面，它呈现了一幅幅不宜居的画面，否定了在生活中寻求意义的希望，展示了虚无主义的悲观态度。因此，有人认为荒诞派的破坏性和负面影响太大。但是不破不立，它以破坏性的方式，树立了迥然不同的戏剧创作手法，打破了传统戏剧的限定，使剧坛有了新的生命力。引用英国学者沁费尔的话作为总结："就贝克特而言，他的剧作对人生所作的阴暗描绘，我们尽可以不必接受。然而他对戏剧艺术所作的贡献却足以赢得我们的感激和尊敬。他描写了人类山穷水尽的苦境，却把戏剧艺术引入了柳暗花明的新村。"[①]荒诞派戏剧运动距今已有半个世纪之遥。20世纪60年代后，当年在文艺界掀起惊涛骇浪的先锋派变成了传统作家，他们的作品成为了经典的一部分。爱尔兰荒诞派戏剧落下了帷幕，但是它在文学——尤其是戏剧——方面所引发的变革大有裨益，对后世的文艺创作产生了深远的影响。

① 金元浦等：《外国文学史》，北京：高等教育出版社，2001年，第565页。

# 第七章 当代爱尔兰的后现代戏剧

## 引论

文学发展有其内在的规律，也受到社会多元因素的影响。20世纪的西方文学从历时维度来看，一种是不断发展变化的现实主义文学思潮，另一种则是从现代主义(modernism)到后现代主义(postmodernism)的文学思潮。虽然“后现代”(postmodern)是相对于“现代”(modern)而言的一个引发争议的概念，但学界一般认为，第二次世界大战(1939—1945)之后，西方的文学艺术开始脱离既定轨道，出现了一种自我否定、自我怀疑的精神，显示出一种新的文学思潮的到来。英国历史学家阿诺德·约瑟夫·汤因比(Arnold Joseph Toynbee，1889—1975)就使用“后现代”指称这一现代时期的转型期。如果现代主义被用来概括艺术领域的印象主义、象征主义、唯美主义、表现主义、超现实主义、意识流等前卫运动，那么后现代主义则被用来描述现代主义之后的，与之决裂的文艺实践和美学取向。后现代主义的特点正如伊哈布·哈桑(Ihab Hassan，1925—2015)和让-弗朗索瓦·利奥塔(Jean-Francois Lyotard，1924—1998)等后现代批评家所指出的，体现出对“元叙述”(matanarrative)的怀疑，对宏大叙述(grand narrative)以及中心与边缘的解构，具有“不确定性”(indeterminacy)与“内向性”(immanence)、“自我质疑”与“自我指涉”、抹平深度、众声喧哗等特性。正是在这种反思现代主义精英意识和深度意识的背景下，后现代文艺思潮受到了雅克·拉康

(Jacques Lacan，1901—1981)的精神分析理论、米歇尔·福柯(Michel Foucault，1926—1984)的知识—权利话语、罗兰·巴特(Roland Barthes，1915—1980)的从结构主义向后结构主义的转向、雅克·德里达(Jacques Derrida，1930—2004)的解构策略等学说的影响，催生出后殖民主义(postcolonia-lism)、女性主义、新历史主义、东方主义等批评理论。

20世纪下半叶，在爱尔兰文坛出现的后现代戏剧体现了西方后现代主义思潮的深刻影响，或者说也是这一蜕变中的后现代主义文化的产物。20世纪50年代，以萨缪尔·贝克特(Samuel Beckett，1906—1989)、尤金·尤内斯库(Eugene Ionesco，1909—1994)、爱德华·阿尔比(Edward Albee，1928—2016)等为代表的荒诞派戏剧(Absurd Theatre)作家为后现代主义戏剧奠定了深厚的根基，他们彻底抛弃了理性主义思维，以支离破碎、杂乱无章的非理性戏剧形式表现了人类处境的荒诞性。如果生活是荒诞的，那么世界必定丧失其绝对可信的支柱。在这样一个荒诞的文学世界里，世界的意义、目的和价值同时都被质疑。戏剧家的任务就是用荒诞的戏剧形式，向观众展示事物本身的荒诞和疏离状态。贝克特的名剧《等待戈多》(*En attendant Godot* 或 *Waiting For Godot*，1952)深刻地揭示了现代人在荒诞世界中生存的无意义和无望的等待，体现出“反戏剧”的特点，对当代爱尔兰的后现代主义戏剧影响深远。作为年轻时在爱尔兰成长，但最终在法国定居的爱尔兰人，贝克特使用英语与法语进行双语写作，拥有三重文化身份(爱尔兰人、法国人、犹太人)，其不受各种爱尔兰特性概念束缚的特立独行的艺术形象，为年轻的爱尔兰作家树立了榜样。许多年轻人像他一样走出国门，把小小的爱尔兰岛与世界其他广阔的大陆连接起来，并从外部世界观察、思考爱尔兰的历史、现状与未来。

1949年4月的爱尔兰岛见证了重大的历史性事件。虽然爱尔兰岛北部的六郡尚属英国，但英国正式承认了爱尔兰共和国的地位。1955年，爱尔兰共和国成为联合国成员国，在具体事务上，与世界各国展开平等而广泛的合作，进一步在全球受到关注。上述历史事件对于爱尔兰岛的未来无不具有深远影响，也构成了左右20世纪下半叶爱尔兰岛文学观的外部要素，推动了当代爱尔兰文学的国际化进程。随着爱尔兰共和国的建立，爱尔兰迫切需要在世界舞台上呈现一种新的文化身份，一个新的国家形象。于是，我们见证了20世纪下半叶，爱尔兰作家越来越走向国际舞台。

20世纪上半叶，爱尔兰岛涌现了叶芝、乔伊斯、贝克特、肖恩·奥凯西(Sean O'Casey, 1880—1964)和弗兰克·奥康纳(Frank O'Connor 原名 Michael Francis O'Connor O'Donovan, 1903—1966)等具有爱尔兰特色的标志性作家。他们以独特的叙事手法和深邃的文学理念，震撼了欧洲大陆，也影响了东方作家的写作思维，提升了20世纪爱尔兰文学的世界影响力。到了20世纪下半叶，新一代的爱尔兰作家虽以前辈而自豪，但并没有机械模仿爱尔兰的创作先驱者，而是勇往直前、锐意创新。包括约翰·凯恩(John B. Keane, 1928—2002)、布莱恩·弗里尔(Brian Friel, 1929—2015)、托马斯·吉尔罗伊(Thomas Kilroy, 1934— )、汤姆·墨菲(Tom Murphy, 1935—2018)、谢默斯·希尼(Seamus Heaney, 1939—2013)、玛丽·琼斯(Marie Jones, 1951— )、玛丽娜·卡尔(Marina Carr, 1964— )和马丁·麦克多纳(Martin McDonagh, 1970)等在内的作家，以爱尔兰岛传统作为创作源泉，跟随欧洲动态和世界局势，借助丰富的文学想像力，撰写出一系列颇具国际影响力的文学作品。

在主题思想和创作手法上，当代爱尔兰戏剧并不完全统一。但是，20世纪下半叶的爱尔兰剧作家通过注重表现爱尔兰身份的复杂性，体现出价值观的可变性，挖掘了新旧爱尔兰重叠、杂糅而多声部的艺术内涵。20世纪下半叶，爱尔兰诗坛有大名鼎鼎的诺贝尔文学奖获得者谢默斯·希尼；同样，爱尔兰戏剧领域的成就亦熠熠生辉，构成了当代爱尔兰文学的重要组成部分。批评家奥图尔(Fintan O'Toole, 1958— )把爱尔兰的20世纪50—60年代描绘为一个惊天动地的变革时代，他说："悲剧只在某些时代和某些地点生发。那些时代经历着突然而巨大的变化，一瞬之间天翻地覆，两个并行的世界取代一个恒常一致的世界，历史融入未来，留下一个因果关系破裂的现在。在这样的时代，意图和结果之间失去了一致性。那些地点足以被戏剧化，因为前述的巨变在这样的土地上如此清晰可见。"他又将这一时代涌现出——或者不如说记载这一时代并赋予它永生意义的——作家盛誉为"不仅有着理解这一切变化的天分，还有着能承载这一切变化的手段，于是既可直抵变化的最深处，亦可超越变化的表层意义”。[①] 奥图尔所指的巨大变革，集中地体现在共和国初年在经济、社会和文化方面的全面失败，弥漫民间的失望情绪，以“第一个经济发展计划”的发布(1959)为标志的奋起一搏，以及由保守的民族主义者德·瓦莱拉(Eamon de Valera, 1882—1975)长久把控到开放的改革者勒马斯(Sean Lemass, 1899—1971)锐意求新的时代更迭。当经历过牺牲巨大的民族主义斗争，并赢得了八个世纪被殖民后的最终独立之后，爱尔兰人民似乎并未抵达叶芝和格雷戈里夫人(Isabella Augusta, Lady Gregory, 1852—1932)等复兴运动者所描述的风光迷人而自由幸福的茵梦湖。或者不如说，复兴运动所追寻的终点在20世纪40—50年代被发现无非是一场民族主义的幻梦，或仅仅是更长征途上的一个逗号。共和国依旧经济贫穷、文化停滞，南/北、天主教/新教之间纷争不断。大饥荒早已远去，爱尔兰却仍然持续地经历着与人口规模不成比例的人口外流——年轻人将贫寒农舍、保守乡里连同凯尔特迷雾一同留在故乡，成千上万地涌向英国和美国，涌向故乡的牧师视为邪恶之窝的城市角落、霓虹灯下。

当长久以来被认为与“英国性”(Englishness)相反的“爱尔兰性”(Irishness)，在爱尔兰独立建国之后失去了对立语境的背景下，文学再如何定义爱尔兰身份？它的特殊标记仍是凯尔特色彩、农耕文明和天主教意识吗？它值得骄傲的经验仍是总理德·瓦莱拉用抒情语调描绘的“梦中的爱尔兰”——温暖农家的摇曳炉火、欢笑无忧的幸福少女、来自古代先贤的精神遗产——以及由此构筑的“纯粹的盖尔爱尔兰性”么？

爱尔兰的文学，尤其是戏剧文学，历来以与社会政治的深度相嵌和对话著称。毫不例外地，上述问号正是彼时爱尔兰政治诗学讨论的中心话题。休·里昂纳德(Hugh Leonard, 1926—2009)、汤姆·墨菲、托马斯·吉尔罗伊、布莱恩·弗里尔与约翰·凯恩等剧作家，继承了来自爱尔兰文艺复兴一代作家关心社会政治话题讨论的传统，但他们开始走上一条不同的路径，反叛根深蒂固的身份神话和方便的复古标签，开始探索复杂、丰富和多元的爱

① Fintan O'Toole, "Introduction," *Tom Murphy*: *Plays 4*. P. ix.

尔兰身份，直面爱尔兰社会本身固有的问题与困境，并跳出对立的定式来思考爱尔兰与周围世界的关系。彼时，颇具影响力的知识分子团体“户外日剧社”（或译“户外日戏剧公司”，Field Day Theatre Company）亦宣称自己的使命是改变观看爱尔兰社会与历史的角度，修订与探索既有神话和话语。总而言之，戏剧家的作品和批评者的再思考都开始追问一个新的问题，即当下，身为爱尔兰人究竟意味着什么？戏剧舞台上出现了一种新的爱尔兰想象。

以弗里尔为代表的新一代戏剧家对反思爱尔兰所付出努力，当然不止于塑造了《费城，我来了！》（*Philadelphia, Here I Come*，1964）中的迷惘青年这一角色。更深远来看，该书中的青年意象的确表达了对故土的新思考。汤姆·墨菲的《在外面》（*On the Outside*，1959）与《杂货铺伙计的关键一周》（*A Crucial Week in the Life of a Grocer's Assistant*，1969）亦是透过青年的眼睛来看待爱尔兰社会，尤其是都柏林以外的乡土小镇。当勤劳的工作也无法带来命运的转机，他们开始以内壁光滑的绝望水池来比喻周遭的环境；当贫穷、琐碎和枯燥成为日常生活的基调，他们开始质疑周围初成体制的一切是否合理。墨菲颇具盛誉的作品《黑暗中的哨声》（*Whistle in the Dark*，1961）更是将反思投射向爱尔兰底层人民对自己的身份定义——如果爱尔兰人传统上被神化的善谈、敏感和好斗的“优点”并不能为自己在新的资本主义社会中赢得立足之地，那么应该做出改变的究竟是所处的社会，还是爱尔兰人自身？

随着时代变革，甚至那些透露出对古老爱尔兰之留恋的作品，也开始脱离编织神话叙事的旧路。

迈克尔·约瑟夫·莫洛伊（Michael Joseph Molloy，1914—1994）是一位在某种程度上已被遗忘的剧作家，他的作品中常能找到对农耕时代爱尔兰的怀古情调，因此被认为是诗化过往时代的挽歌作者。然而，他的作品中所描写的爱尔兰人对土地的执迷，与约翰·凯恩的《土地》（*The Field*，1965）等一样，隐隐透露出对这一国民性及其背后社会生产方式带有忧虑的思考。

爱尔兰步伐虽慢，但也在渐渐脱离复兴主义一代作家所描述的前现代伊甸园。戏剧文学不仅记载下这一过程中的苦痛、冲撞，也记载下人们对未知未来的迷茫和探索。

随着爱尔兰岛上局势的变化，爱尔兰戏剧不再保持统一的风貌，而是呈现出多元化的发展态势。

汤姆·墨菲通过戏剧，捕捉到了国外经济迅猛发展对保守贫困的爱尔兰的冲击。

约翰·基恩(John Keane, 1928—2000)的作品侧重表现现代化进程下，人们企图坚守传统的期望的落空。

约翰·博伊德(John Boyd, 1912—2002)的北爱问题剧，再现了北爱尔兰地区的暴力冲突给人们带来的阴影和灾难。

20世纪90年代的新生代作家对女性身份的重视、对城市书写的侧重、对民族身份的解构等，都表明爱尔兰文学进入了变革的新时期。

爱尔兰文学自觉的独立意识很强，文学发展的动力仍在，不同时期的剧作家都在以不同的形式表现当下的处境。

20世纪上半叶，爱尔兰文学以其革新成果享誉全球，出现了农民剧、厨房剧；20世纪50—60年代，有关移民、性别、身份、宗教意识的剧作持续出现；20世纪80—90年代，北爱问题剧、城市剧和后现代乡土剧等多种形式涌现出来。上述戏剧的主题涉及流亡、离散、伤逝、回归、悬置、错位、身份认同等。20世纪下半叶，富有创新精神的爱尔兰剧作家重新定位并拓展了爱尔兰文化身份的内涵，让历经英国八百多年殖民统治的爱尔兰得以重塑自身独特的文化身份。

## 一、英爱冲突语境下的当代爱尔兰戏剧现状

由于历史原因，英爱冲突由来已久，对爱尔兰岛的政治制度、经济状况、传统观念、文学思潮等都具有深刻影响，其影响力自然会通过文学作品反映出来。布莱恩·弗里尔(Brian Friel, 1929—2015)凭借文学家特有的深邃而敏锐之眼光，通过对当代戏剧的创作，拉开了回望英爱冲突的帷幕。他突出戏剧的实验性，以独特的艺术构思和生花妙笔，为20世纪下半叶的爱尔

兰文学发展续写了优秀篇章。

弗里尔是继贝克特、汤姆·墨菲之后，又一位世界级的爱尔兰戏剧大师，其很多作品被翻译为多国语言，在世界各地上演，并获得过许多奖项，如作家协会奖、标准晚报奖、纽约戏剧批评家协会奖以及托尼奖。弗里尔于1929年出生于北爱尔兰，他长期居住在靠近爱尔兰共和国的北爱尔兰西北部城市德里(Derry)，这座城市的历史本身就典型地反映了英爱之间的对立。几个世纪以来，该地在不同的人群中拥有不同的称谓。“Derry”源自爱尔兰语“doire”，意思是“橡树林”，它曾经是英国和爱尔兰争夺的一个战斗要塞。17世纪，德里被英军占领之后，英国国王詹姆斯一世从伦敦向该地区迁徙新教徒的移民，让他们规划建设新城市。1613年，詹姆斯一世特许它加上前缀伦敦，此后这个城市被称为“伦敦德里”。尽管新教徒称之为“伦敦德里”，但是天主教徒仍然倾向于使用“德里”。弗里尔生活在这个南北爱尔兰的交界处，亲身经历或目睹了不同宗教、不同政党、不同派别之间的交锋，深切体会到夹在两种身份之间的痛苦和迷惘。弗里尔作为一名天主教徒，在北爱尔兰属于劣势群体。弗里尔回忆起小时候小心翼翼地闯过一条短短的，但是有很多新教徒居住的街道去修鞋，那种恐惧不安的心理给作家的生活和事业都留下了深远的影响。同时，这种国籍不明、信仰在当地属于少数群体的处境，恰恰也让他感受到了历史、政治、宗教为个人成长带来的困惑与创伤，从而使他拥有了一颗敏感而慈悲的心。他期盼有一天南北爱尔兰能达成共识，从而社会稳定，人们共享和平、安居乐业。

1948年，弗里尔毕业于爱尔兰梅努斯(Maynooth)的圣帕特里克学院(St. Patrick's College)。毕业后，他回到家乡教了约十年的书，并在《贝尔法斯特电讯报》(*Belfast Telegraph*)、《爱尔兰时报》(*Irish Times*)、《纽约客》(*New Yorker*)等知名报刊上发表戏剧、短篇小说和时事评论，向读者宣传北爱尔兰的民族主义者的艰难处境。后来，他选择从创作短篇小说转向专心写作剧本，一方面是后者更能打动观众，受众面更广，能更有效地扩大政治影响，另一方面是他渴望摆脱短篇小说大师肖恩·奥弗朗和奥康纳·弗兰克的影响，不愿意被当作他们的影子。

1963年，弗里尔应导演蒂龙·格思里(Tyrone Guthrie, 1900—1971)

的邀请，前往美国明尼苏达州的明尼阿波利斯市的格思里剧院(Guthrie Theatre)观摩学习了6个月。弗里尔总结道："在美国的那几个月给了我一种解放的感觉……我第一次从封闭的爱尔兰获得假释，给予我尝试(新)事物的勇气和胆量。"[①]此时，正值美国更具实验性的后现代戏剧的创新，百老汇成为汇集各种各样后现代戏剧实验的演出地，舞台戏剧、形体戏剧、纪实戏剧、超现实戏剧、模仿戏剧、环境戏剧、结构主义戏剧、后结构主义戏剧、新杂耍戏剧等纷纷涌现，呈现出戏剧形式众声喧哗的多元化格局。这大大地打开了弗里尔的眼界，他对戏剧理论和实践技巧有了更深入的理解，回国之后开始了戏剧创作，不久便成为一名专业戏剧家。自20世纪60年代到2015年去世，他一共创作了29部戏剧，改编了7部剧本。

1964年，弗里尔的成名作《费城，我来了！》在都柏林的盖提剧院(Gaiety Theatre)上演。这部现实主义主题与表现主义技巧交叠的戏剧，直面的正是巨变中的爱尔兰现状——由于经济的落后，大量爱尔兰人口为谋生和发展，漂洋过海，移居海外，尤其是前往美国。20世纪，爱尔兰的移民潮更加汹涌，人口外流加速。到20世纪后半叶，这种移民趋势愈演愈烈，引发了爱尔兰年轻一代的身份危机与情感危机。《费城，我来了！》这部剧作的场景设在爱尔兰农村的一个人烟稀少的小镇巴里贝格("巴里"意为小镇，代表爱尔兰最具普遍性的小城镇和乡村)，青年加尔即将在次日清晨离开故乡，去往大洋彼岸的费城。他在两种情感中挣扎，一方面，他向往美国那个充满梦想和希望之国；另一方面，他对即将离开生于斯的故乡难以割舍。这个剧作宛如故乡人为加尔举行的"美国守灵"(American Wake)，亦如加尔超脱本土视角观看爱尔兰经验的多维度反思。加尔不再是此前舞台上被殖民者放逐的受害人形象，弥漫全剧的情绪也非离怨和乡愁；相反，他审视着父亲所代表的爱尔兰小农经济、郊区牧师所代表的教会强腕，以及中学教师所代表的守旧文化，他做出自己的决定——带有个人野心的决定——要离开"缠人的沼泽、一潭死水、一条死巷"。这部悲喜剧具有大胆的实验性，想象丰富，人物的潜意识和外在形象发生激烈的冲突，通过纠缠的心理活动来表达去国

① Brian Friel (1929— ), http://www.ricorso.net/rx/az-data/authors/f/Friel_B/life.htm. 2020-06-15.

离乡的无处皈依的悬置主题。这不仅仅是某个人的移民经验，而是生活在不断流动的文化中的现代人的生活经验。《费城，我来了！》最初并未首演于阿贝剧院——因为它不符合国家剧院对爱尔兰神话的维护——但它却开创了一个新的时代。因为这部剧作，1964 年被普遍认为是当代爱尔兰戏剧的元年。

20 世纪下半叶的爱尔兰陷入了多次文化、政治和军事危机，展现了一幅幅跌宕起伏的历史画卷。这是一个政治激进时期。其间，政治变革、经济发展与技术革新推动大众文化的快速发展，导致传统价值观的解体。这些纷繁复杂的局势变化，为爱尔兰戏剧家提供了丰富的素材和灵感。弗里尔的一些作品，甚至开始质疑民族主义叙事下爱尔兰的历史书写和现实书写。《创造历史》(*Making History*, 1988)将最后一位盖尔领袖休·奥尼尔的一生与史官隆巴德所撰的极尽神化、族谱化的史传相交织和对比；《城市的自由》将 20 世纪 70 年代英军在北爱尔兰枪杀平民的惨剧通过吟游诗人角度再现。以下类似的问题被反复提出：本质主义的叙事是否在扼杀真实及多元性的萌芽？它的代价究竟有多大？怎样的文学作品可以纾缓、警示甚至开解爱尔兰的困境？此时的弗里尔戏剧作品通过展现爱尔兰人的身份危机，对英爱关系，乃至爱尔兰与日益联系紧密的世界之关系的思考也到了新的阶段。如果说名剧《翻译》(*Translations*, 1980)中，英国人仍然是以优势的殖民者面貌出现，那么弗里尔已经暗暗在剧中加入了对爱尔兰本身文化僵化过时之虞的讨论。借剧中人物之口，他发声“旧的语言是对现代进步的阻碍”[①]，“一种文明可能被束缚于过时的语言疆界中，这疆界已与真实情形不相吻合”。[②]《摩莉·斯维尼》(*Molly Sweeney*, 1994)以隐喻的方式，探讨了英国在爱尔兰版土上所进行的各种社会改革的遗留效果。在悲悯却不悲观的笔触下，殖民者的社会实验不再被单单视作残酷的剥削行为，而是给爱尔兰社会自身的变革提供了微光和出口。

弗里尔的创作是回望爱尔兰与英国之间矛盾冲突的一面镜子。伴随着历史的演变，弗里尔适时推出一部部与时事紧密相连的作品，展示了作家眼

---

① Brian Friel, “Translations,” *Brian Friel: Plays 1*, p. 400.

② Ibid., p. 419.

中长达半个世纪的爱尔兰史。弗里尔为人们了解20世纪60年代之后的北爱尔兰打开了一扇窗。在其作品之中,“离家”“回家”“放逐”等主题反复出现,一种深刻的失落感与流放感弥漫其中,这与20世纪下半叶的爱尔兰历史变迁及弗里尔自身的经历都有很大关系。“弗里尔的戏剧既可以被解读为是关于爱尔兰20世纪中期移民和流亡的故事,也可以看作是更具普世意义的成长小说。”[①]现代人被卷入急速发展、日新月异的现代化进程,被悬置在两种或多种的文化夹缝中,经历着两地都找不到家的彷徨感和撕裂感,他们的形象不仅仅是一般意义上无家可归的移民,也是无所适从的现代人的象征。

## 二、后殖民语境下爱尔兰剧作家的文化身份

20世纪下半叶,诸多杰出的爱尔兰剧作家涌现出来,写出了影响和激励爱尔兰岛民社会生活的文学成果。在该创作群体中,弗里尔被誉为“当代爱尔兰戏剧的灵魂人物”[②],他通过对舞台艺术的不断探索,以实验性手法,重新界定了后殖民语境下的“爱尔兰性”,表达了新时期爱尔兰岛社会生活的丰富内涵,揭示了对爱尔兰岛民的精神生活起主导作用的核心因素。

评论界通常为弗里尔贴上后殖民作家的标签,这源于爱尔兰被英国殖民八百年的复杂历史及其沉重的文化遗产。后殖民主义是20世纪60—70年代兴起的,具有强烈的政治性和文化批评性的学术思潮,主要是对昔日欧洲殖民主义与帝国主义强权统治下的殖民地的文化、文学、历史叙述的形成进行考察与反思,揭示殖民地国家对被殖民地国家的文化进行的改写与压迫;对前宗主国的殖民遗产进行清理,剖析殖民者与被殖民者之间存在的话语权力关系,并在新的历史条件下,搁置各自的权力中心论,探索由二者的对抗走向对话的可能前景。[③] 对于处于后殖民语境中的作家而言,其写作中经常涉及的一个问题是,如何重写被殖民的历史,如何对复杂的、杂糅的(你

① 李元:《20世纪爱尔兰戏剧史》,北京:商务印书馆,2019年,第207页。
② 李成坚:《当代爱尔兰戏剧研究》,成都:四川人民出版社,2015年,第63页。
③ 参见刘象愚、杨恒达、曾艳兵主编:《从现代主义到后现代主义》,北京:高等教育出版社,2002年,第291页。

中有我，我中有你）殖民文化遗产进行挖掘、分辨与清理，消除绝对的二元对立，以便进行现代转化，营造出自由、宽松的友好氛围，开启未来。在北爱特殊的地理和文化环境中长大的弗里尔也不例外，他经历了20世纪60—70年代英爱之间的流血冲突，见证了殖民者与被殖民者之间的暴力对抗，这决定了他的戏剧必然立足于现实，具有很强的政治性，离不开强大的英国对处于弱势地位的爱尔兰所进行的漫长殖民。大到英爱冲突的宏大叙事，小到个人或家庭的不幸、讲述的语言、新教与天主教信仰的差异等，弗里尔的剧作深刻反映了后殖民时期夹在英国和爱尔兰缝隙之间的北爱尔兰人的生存困境，以及被压制的、非主流的“弱势文化”如何对占主导地位的殖民文化进行颠覆、解构。同时，弗里尔的戏剧也在历史的创伤中超越狭隘的民族主义，进行可能的对话、宽恕、沟通与协商。

弗里尔是一个深具爱尔兰乡土魅力的作家。不像前辈贝克特那样孤僻隔绝于祖国，弗里尔对自己的家乡有深切的情感，其创作牢牢扎根于故土。贝克特关心的是全人类的共同命运，而弗里尔专注于爱尔兰当地问题。在主题思想上，弗里尔的剧作也有别于荒诞戏剧的孤独和虚无，以及后现代的悲观和绝望。在情节结构上，它与荒诞戏剧的断裂、混乱、碎片、含糊也有本质的区别。因此，以弗里尔为代表，20世纪60年代后的爱尔兰戏剧发生了向后现代的转变，更加强调后殖民主义语境下爱尔兰身份的重新定位，强调不同语言本质的冲突、混合与杂糅，并对帝国话语霸权进行解构，戏仿各类经典戏剧为我所用，戏剧形式上的实验创新呈现开放、包容的多元态势。

爱尔兰有许多城镇以“巴里”开头，而弗里尔的作品就大都发生在他虚构的爱尔兰小镇巴里贝格（Balleybeg）。这个词在爱尔兰语中的意思是小镇及其周边。巴里贝格对于弗里尔，就像福克纳笔下的约克纳帕塔法。弗里尔的创作紧紧跟随着家乡的历史进程，始终没有脱离爱尔兰小镇，是一种地域认同的创作。

弗里尔早年就表达了自己的抱负，他说：“我想写一部戏剧，捕捉这个国家当下特有的精神和物质上的变化。”[1]当陷入恐怖主义、外界压迫等种种危

① Anthony Roche ed., *The Cambridge Companion to Brian Friel*, Cambridge: Cambridge University Press, 2006, p.163.

机时，弗里尔及时拿起笔作为武器，呼吁爱尔兰人深入思考岛上的危机，探寻解决问题的方法，并且他还期待引起世界对爱尔兰的关注。弗里尔曾经表示："我们（爱尔兰剧作家）必须说给我们自己听，如果我们被美国或者英国听到，那就更好了。"[①]弗里尔从爱尔兰被殖民、被压迫的政治、经济、文化事实中提炼素材，再现被殖民的历史，发出殖民统治下的边缘人的声音，冲击了帝国主义的中心叙事。

爱尔兰传统上是一个农业国。20 世纪 60 年代后，爱尔兰虽然已是主权独立的国家，但是独立并没有解决所有问题。随着殖民地国家的独立，旧的殖民政治失去了政治权力，但经济霸权还在潜在地支配着国家之间的关系，英美等发达国家仍然对爱尔兰产生着重大的影响。历史上，爱尔兰人由于英国的殖民压迫，在故土难以安居乐业，因此形成了移民的传统。弗里尔的作品延续了爱尔兰作品中常见的"流亡"主题。《费城，我来了！》讲述了爱尔兰小伙子加尔·奥唐奈即将从爱尔兰移民到美国，在家乡巴里贝格度过的最后时光。该剧和辛格的《西方世界的花花公子》有相似之处，两部戏中的主角都与父亲关系紧张，并且因爱情的挫折而试图逃离家园。然而，加尔是新一代的青年，他的生活环境与克里斯多夫相比有明显的变化。加尔把家乡比喻成一个洞穴、一潭死水、一个死胡同。20 世纪 60 年代初的爱尔兰，在总理德·瓦莱拉的保守治理下，政治封闭、经济落后，是一个令人失望、阻碍人们进步的地方。加尔的老师博伊尔向他描绘了不离开家乡的人生模样，建议加尔一旦离开爱尔兰就不要回头，努力成为一个百分百的美国人。加尔本人也多次歌唱与剧名同名的歌曲，表达即将离开爱尔兰的兴奋之情，希冀通过移民到开放、自由、富裕的美国，找到成功和幸福。这部戏如实反映了后殖民时代爱尔兰民族在英国强势文化裹挟之下的迷茫与无助，表现了传统的农村生活方式受到国外经济增长和社会快速变化的冲击，引起了当时爱尔兰人的共鸣。

弗里尔对社会变迁的感觉深刻而敏感，他针对爱尔兰的分裂和动乱，适时推出新作。1972 年 1 月 30 日（星期日），上万人在德里举行和平示威，抗

① Eric Binnie, "Brecht and Friel: Some Irish Parallels". *Modern Drama*, Vol. 31(3), 1988., p. 366.

议英国政府对待天主教徒的不公平政策。其间，十三人遭到英军枪杀，多人受伤。弗里尔也参与了此次争取民权的游行，经历了英国军队开枪的恐怖场面。事实上，英国政府的强力镇压适得其反。在这个“流血星期日”(Bloody Sunday)之后，北爱冲突愈演愈烈，暗杀爆炸不断。弗里尔善于把握时代的脉搏，他对此迅速作出回应，在事件发生后不到一年的时间里创作了《城市的自由》(*The Freedom of the City*, 1973)。该剧描述了三位手无寸铁的无辜者，偶然间进入德里市政厅，被当作恐怖分子误杀。这部作品一方面控诉了政府的蛮横暴力，另一方面又通过爱尔兰吟游诗人对该事件的重述，反思了民族主义叙事是否也在一定程度上损坏了历史的真实性和社会生活的多元性。

北爱尔兰夹在两个政府、两种宗教、两个民族之中，未来何去何从？弗里尔深切关注北爱尔兰的困境，试图像20世纪初的爱尔兰戏剧运动那样，从文学创作中探索解决爱尔兰危机的方法。弗里尔效仿叶芝等前辈建立阿贝剧院，他与演员斯蒂芬·雷(Stephen Rea, 1946— )一起，于1980年在北爱尔兰的德里成立了“户外日剧社”。董事会由分属天主教徒和新教徒的文艺名家组成，其中有天主教作家谢默斯·希尼和谢默斯·迪恩(Seamus Deane, 1940— )、新教作家汤姆·波林(Tom Paulin, 1949— )等人，代表着融合两种派别的美好愿望。他们在成立宣言中呼吁：第一，建立一个以北方为基地的戏剧公司，用独特的爱尔兰口音表演出能让全岛人都听到的精彩戏剧；第二，集中在很少有剧院的小地方进行排练和演出，然后在整个爱尔兰巡回演出。“户外日剧社”期待为所有的爱尔兰人打造一个艺术上的“第五省”(The Fifth Province)[①]，以增进南北爱尔兰之间的交流，创造一个爱尔兰共和国和北爱尔兰共享的文化环境。“第五省”象征着爱尔兰中间的意思，表达了爱尔兰作家力图创造一个不同于以往“阈界”(liminal)的想象和思考空间，超越爱尔兰统一或北爱属于英国的选择。他们设想通过戏

① 爱尔兰传统上被划分成四个省，即伦斯特、芒斯特、康诺特和阿尔斯特。“第五省”并不存在于现实政治图景中，它源自古爱尔兰语“Coiced”，同时具有“第五个”(fifth)与“省”(Province)这两个语意。据说，在凯尔特神话中，这个地方位于爱尔兰中间的一点，即优尼斯尼契山上的分隔之石。实际上，“第五省”表达的是另一类解决现实问题的思考方式，是一个想象中的存在，一个去中心化的文化概念。

剧创作和演出，把南北对峙的双方聚拢在一起，让爱尔兰的南部和北部共同意识到他们对这个岛屿的责任，改善两个敌对阵营之间的关系，找到各方都能接受的和解之道，努力建设一个和平的共同家园。文学想象中的“第五省”挑战了民族主义所定义的“纯粹地道”的爱尔兰身份认同，不受意识形态的左右，跳出了地理疆界和历史伤痛留下的纠结，开启了寻求不同宗教、不同族群、不同语言之间展开对话与和解的路径。这种思考认可了后殖民时代的爱尔兰人重新接纳了语言和文化早已混杂之事实。

“户外日剧社”的成立，就是这个充满着梦想的“第五省”在文学中的落地。“户外日剧社”不仅几乎每年推出一部大戏，南下北上演出，还不时出版宣传册和文集，在爱尔兰岛内和岛外广泛传播作家们对爱尔兰历史和现状的关注与态度。1980 年，弗里尔就为该社创作排演了一部重头戏《翻译》。弗里尔早年是坚定的爱尔兰民族主义者，但不是激进的政治分子，他晚年甚至开始反思民族主义的立场。后来，他因与公司其他成员意见不合，尤其是担心公司的“政治氛围”主导了他的创作，于 1994 年辞去董事的职务，离开了“户外日剧社”。但是，弗里尔与之合作了十多年，一人贡献了四部戏剧，有力地推动了爱尔兰的历史、文学、文化在本国乃至全世界的影响。

## 三、“翻译”：解构帝国话语霸权的一个暗喻

历史事件是短暂的，但是它产生的影响意味深长。英国人曾经在爱尔兰强制推行许多殖民政策，逐渐抹杀爱尔兰人的身份认同，让他们遗忘本民族的悠久历史和灿烂文化。弗里尔创作的一大特色，是历史事件与当代局势的紧密结合。弗里尔有很强的社会责任感，善于抓住社会变化的关键点，他以许多有里程碑意义的事件为背景，在戏剧中再现了这些历史大事，表达了自己对当下社会现实的关注。

为了揭示 20 世纪下半叶的爱尔兰仍然处于后殖民的危机中这一事实，弗里尔借助 19 世纪英军测绘爱尔兰土地的事件，创作了颇具象征意义的剧作《翻译》。作为“户外日剧团”的开场首演剧目，《翻译》上演后获得巨大成功，成为后殖民研究的一个重要范本。该剧深刻地反映了爱尔兰遭受殖民

统治期间的语言、文化和社会困境。当时，英国政府企图通过弃用爱尔兰语来祛除爱尔兰文化，根除爱尔兰人的民族传统和凝聚力，但北爱尔兰人对此进行了顽强的对抗，从而使得该剧作的标题“翻译”成为了一个颠覆帝国话语霸权、建构民族身份的暗喻。

剧中的故事被设定在1833年的巴里贝格镇。树篱学校校长的小儿子欧文陪伴英军的地图测绘队回到家乡，担任翻译工作，帮助绘制地图，将地名从爱尔兰语翻译成英语。由于爱尔兰的所有地点被重新命名，原本熟悉的东西都变得陌生，给爱尔兰人民的生活带来剧变。与此同时，英国还推行免费的英语教育，取缔爱尔兰语学校。由于学民族语言的学生减少，教爱尔兰语的老师纷纷失业。许多人需要放弃爱尔兰语转而使用英语才能生存下去。英军用英语来命名爱尔兰地图，是一种殖民策略。语言的剥夺引发了文化传统根基的丧失，以及对民族记忆和身份认同的抹杀。随着殖民地本土文化的消亡，英国可以达到从思想上统治殖民地的目的。为了抵制英国的殖民霸权，剧中人物以各种方式进行反抗。欧文故意翻错译文，不配合英军。欧文的哥哥休在英国人面前说爱尔兰语，藐视英语的权威。英军的营地被偷袭着火。英国人尤兰德因与爱尔兰人麦拉相爱，莫名失踪。剧中没有明确说出他的下落，但是从英军强迫爱尔兰人交出尤兰德可以推测，他已经凶多吉少。

《翻译》引用了古罗马诗人维吉尔（Vergilius，公元前70年—公元前19年）的《埃涅阿斯纪》（*Aeneid*，公元前19年）作为结尾：

> 据说有一个古老的城市，茱诺爱它胜于所有的地方。这位女神的目的和真挚的希望就是这个地方应该是所有国家的首都——如果命运偶然允许的话。然而实际上她发现出了一个具有特洛伊血统的种族会在某一天推翻这些泰尔人的城堡——一个有着广阔疆土和善于打仗的国主的种族，它要导致利比亚的衰亡……这就是……这就是道路……命运决定的道路……[1]

① [爱尔兰]布莱恩·弗里尔：《翻译》，袁鹤年译，载《外国文学》，1988年第6期，第53页。

然而，《翻译》的结尾是温和克制的。通过重复两遍古罗马史诗，作品回旋奏响了爱尔兰人遭受英国殖民统治的哀歌，构建起一个浪漫抒情的想象空间。爱尔兰人曾经和古希腊罗马人一样，是一个令人骄傲的、有悠久历史的民族。弗里尔缅怀失去的旧文化，为爱尔兰过去的光荣而骄傲，为今天的衰落而惋惜。他借古喻今，希望爱尔兰人不要忘记本民族的凯尔特语言和文化历史，但也无可奈何地承认，英国人强力实现了对爱尔兰的殖民统治，历史是无法逆转的，他甚至开始反思爱尔兰自身的语言和文化是否阻碍了爱尔兰的进步。

弗里尔延续了爱尔兰戏剧中书写宗教、民族和国家之间斗争的传统，但是他与先驱们对待历史的态度并不一致。20 世纪初的爱尔兰戏剧运动掀起了民族热情的高涨。叶芝、格雷戈里夫人等致力于从凯尔特文化中挖掘民族精神并将其融入戏剧创作，他们竖起民族主义旗帜，引领爱尔兰人反抗英国的殖民统治。由于弗里尔开始戏剧创作时的社会情势不同于 20 世纪初期的爱尔兰，因此与爱尔兰戏剧运动的前辈不同，他没有呼吁武装争取民族独立的道路，未在剧作中旗帜鲜明地号召爱尔兰人奋力反抗殖民统治，从而加剧双方的矛盾。多年以来，两种宗教、两个民族和两个政府的对峙，使得爱尔兰岛上的居民生活在水深火热之中，饱受流血冲突之苦。他们厌倦了恐怖袭击和战争动乱，渴望早日获得和平稳定。这对试图以武力统一爱尔兰的新芬党及其右翼武装力量爱尔兰共和军造成了巨大压力。另一方面，英国政府在被殖民国家和地区纷纷独立的国际新形势下，意识到旧的殖民政策已然失效，不得不考虑改变高压策略。因此，英爱和平协商解决冲突是社会趋势使然。弗里尔反对以暴制暴，认为武装对峙只会增加更多的仇恨，他不建议使用武力来抵制英帝国的霸权。所以，不同于叶芝，弗里尔没有激烈地抨击英国的殖民主义和帝国主义，没有煽动极端的狂热民主主义情绪。即使是叶芝本人，在临死之前也发出疑问，为自己早年的激进态度感到困惑，担忧是否由于他的戏剧的蛊惑，许多爱尔兰青年的生命被葬送在战场。在强大的英军武装面前，爱尔兰个体的自发反抗无疑是以卵击石，只能制造无谓的牺牲。

爱尔兰与英国存在共存对立、复杂矛盾的关系。面对强大的昔日宗主国，弗里尔在剧作中展现了一个爱尔兰人理智沉着对待纠纷动乱的态度。面对外来势力的入侵，弗里尔权衡力量、顺势而为，有韧性地、机动灵活地处理民族矛盾，没有陷入极端民族主义的狭隘立场，他不提倡拿起武器，走上一条决绝的不归路。弗里尔是坚定的爱国者，但不是偏激的民族主义者。他深深感受到随着英国殖民政策的强推，凯尔特民族的许多传统将被埋葬、被遗忘。但是，他不是教条式地遵循民主主义观念，为爱尔兰的被欺凌、被镇压感到悲愤。纠结爱尔兰的失败已没有意义，他知道历史的洪流滚滚向前，写历史是为了着眼未来，向前看。他从英爱冲突的历史中挖掘素材，以史为鉴，探索未来。

后殖民主义理论家霍米·巴巴（Homi K. Bhabha，1949— ）认为，殖民者对被殖民者的统治与压迫并非权力的单向运作，它们之间的关系难以进行严格的划界和区分。他使用"混杂性"（hybridity）来描述这种彼此交织的历史现实。"混杂性"一方面指生物或物种意义上的混杂，尤其是人种方面的混杂，另一方面指的是语言，尤其是不同语系、语种或方言之间的混杂。被殖民者通过带有差异的重复来模拟殖民话语，使之变得不纯，从而逐步解构、颠覆殖民话语。在《翻译》中，剧作家巧妙地运用殖民者的英语作为武器，借用戏剧舞台，讲述持有凯尔特语言的爱尔兰同胞在"话语"方面遭受的不幸，以及他们的抗争，揭露了殖民者英国对被殖民地爱尔兰的无情压迫，让观众观察和思考如何改变后殖民时期爱尔兰的两难处境，思考后殖民时代不同语言的沟通问题，从而妥善解决当下的英爱冲突。弗里尔的开放和包容态度，使他的剧作能被英国、爱尔兰共和国和北爱尔兰等其他地区的观众普遍接受。

弗里尔在戏剧中写历史故事，并不是为了还原真实的历史事件，而是为了审视当下、寻找出路。历史是被人类建构的。作家笔下的历史与历史学家的不同，其经过作家的想象、阐释和加工，与史实有出入。弗里尔只是把历史事件作为背景，虚构出能表达他政治诉求的作品。由于弗里尔未在创作中忠于史实，随意使用历史数据，因此他涉及历史的戏剧引发了不少争议。有史学家批评《翻译》中的英国人不会说拉丁语，还不如爱尔兰人有文化，明显违反事实。历史学家肖恩·康诺利(Sean Connolly，1951— )指责弗里尔歪曲了19世纪爱尔兰语言和文化发生变革的根本原因。对此，弗里尔回应道："《翻译》不是一部关于爱尔兰农民被英国工兵镇压的戏剧，戏剧与语言有关，而且只与语言有关。如果它被这种政治因素压倒，它就会消失。"[①]弗里尔担心自己的创作给观众一种"现场直播"的政治宣传印象，所以他小心谨慎地处理戏剧中的政治事件。例如，"流血星期日"实际发生在1972年，弗里尔依据该事件创作《城市的自由》时，将时间提前了三年，把"流血星期日"改写成一个虚构的，但又为观众熟知的故事。

弗里尔借古喻今，灵活机动地处理小说与历史事实的关系。他采用了"失实求似"的历史剧创作手法，在历史提供题材的基础上，提炼创作出针对现实的作品。弗里尔在职业写作生涯中，紧密结合政治历史与当代主题。当爱尔兰局势纷乱、前途未明时，弗里尔借历史剧呈现了后殖民时代爱尔兰人如何面对撕裂的现实，以及如何面对过去殖民时代留下的多重而暧昧的文化遗产，从而在消解了以英语为主导的帝国话语霸权的同时，探索当下爱尔兰的出路，在全球化、世界性的语境中确立爱尔兰文化的新身份。可以说，《翻译》中的"翻译"(Translations)，是对英爱冲突的历史语境下解构帝国话语霸权的一个暗喻。

## 四、爱尔兰语境下对外国经典的改写与戏仿

戏仿(Parody)是后现代文学的重要手法之一。英国文学评论家帕特里夏·沃(Patricia Waugh，1956— )曾指出：

> 当某种表现形式僵化之后，它只能传达有限的甚至是无关的含义，'戏仿'通过颠覆这种已经僵化的形式和意义之间的平衡，更新、维护了形式和它所能表达意义之间的张力。传统形式的破裂展现了一种自动化过程：当一种内容完全占据一种形式时，使这种形式因之就会变得

① See "Obituary: Brian Friel, the best known playwright of his generation". https://www.irishtimes.com/culture/brian-friel/obituary-brian-friel-the-best-known-playwright-of-his-generation-1.2375969. 2020-06-17.

凝固、瘫痪，而最终失去本来的艺术表现力。因此，戏仿的批评功能可以发现哪种形式对应哪种内容，而戏仿的创造功能则能将形式和内容的人为对应关系从当代艺术表达的限制之中解放出来。①

也就是说，作家在戏仿原作的同时，实际上并非是重复，而是赋予了原作以新的内容和意义，原文本与改编的文本构成了"互文性"和"对话性"。

20 世纪 80 年代后，弗里尔减少了自己的原创作品，转而以另外一种写作形式，开始联系爱尔兰现实的语境，对外国经典戏剧进行改写、戏仿和重构。他改编了一系列俄罗斯、挪威的经典戏剧，主要包括契诃夫（Anton Chekhov, 1860—1904）的《三姐妹》（*Three Sisters*，1981）、《万尼亚舅舅》（*Uncle Vanya*，1998）、《雅尔塔游戏》（*The Yalta Game*，2001）、《熊》（*The Bear*，2001）和《戏后》（*After Play*，2002），屠格涅夫（Ivan Turgenev, 1818—1883）的《父与子》（*Fathers and Sons*，1987）和《村居一月》（*A Month in the Country*，1992），亨里克·约翰·易卜生（Henrik Johan Ibsen, 1828—1906）的《海达·高布乐》（*Hedda Gabler*，2008），等等。从题材看，这些被改编的外国名作与弗里尔前期的历史剧不同。弗里尔不再把眼光瞄准重大的历史事件，而是转向叙述家庭和个人的悲剧，从而以小见大，以间接的方式表达出他对爱尔兰社会发展的忧虑。从改编的对象看，弗里尔特别青睐俄国文学。弗里尔曾经解释过他对 19 世纪俄国文学情有独钟的原因：

也许是因为剧中的人物表现得好像他们旧的确定性一如既往地维持着——尽管他们心里知道他们的社会正在瓦解，未来对他们来说既不受欢迎，也不适合。也许有点像我这一代的爱尔兰人。又或者，我觉得那些俄罗斯人是令人同情的，因为他们对爱情没有任何期望，但仍然全身心地投入。又或者，他们吸引我是因为他们似乎认为只要不停地

① Patricia Waugh, *Metafiction, The Theory and Practice of Self-conscious Fiction*, London: Routledge, 1990, pp. 68–69.

谈论问题，问题就会消失。[①]

因剧作中有明显的契诃夫风格，弗里尔被称作“爱尔兰的契诃夫”。《贵族》(*Aristocrats*，1979)描述了巴里贝格小镇一个天主教家庭的败落。由于故事发生在新教徒占据上风的北爱尔兰，因此奥唐纳所代表的爱尔兰旧贵族势力的衰败是大势所趋。这部戏很容易让人联想到契诃夫的《樱桃园》(*The Cherry Orchard*，1904)，它讲述了一个失势的贵族家庭的故事。当时，俄国处在资本主义迅速上升时期，贵族退出社会舞台是历史的必然。《三姐妹》中的姐妹们多年前随父亲从莫斯科迁到一个俄国小城，她们美丽聪明、有思想、有文化。小镇上庸俗乏味的生活让她们厌倦，她们幻想着离开令人压抑的环境，重新回到莫斯科去，但是她们返回莫斯科的梦想始终无法实现。弗里尔借此比喻爱尔兰人也被困在类似的处境里，生活保守停滞，没有希望。以《卢纳莎之舞》(*Dancing at Lughnasa*，1990)为例，剧中五姐妹的生活总体上是孤独痛苦的。虽然中间有片刻的欢愉，类似契诃夫的作品那样，哀伤中有淡淡的刹那喜悦，但是最后姐妹们的命运都以悲剧告终。

弗里尔的《戏后》是对契诃夫的《三姐妹》和《万尼亚舅舅》两部戏剧的改造与戏仿。三姐妹的哥哥安德烈，原本是全家的希望，但是自从他与一个庸俗的女人结婚后，开始蜕变堕落，毁灭了全家搬回莫斯科、开始新生活的梦想。索尼娅是《万尼亚舅舅》中的外甥女，一个勤奋能干的年轻小姑娘。在《戏后》中，弗里尔运用大胆的想象，对原作的结尾进行了改动，让不同作品中的人物——安德烈和索尼娅——不可思议地邂逅于一家破败的小咖啡馆。安德烈像在原剧中那样，一如既往地堕落，但是观众震惊地发现索尼娅变成了酗酒撒谎的老女人。弗里尔通过为两部契诃夫的悲剧续尾，从人物的被彻底毁灭上表明，个人的命运走向由社会发展趋势决定；个人的力量是渺小的，被时代的潮流裹挟着，避无可避，无力逆转时代的变化。剧作家借

① Christopher Murray ed., *Brian Friel: Essays, Diaries, Interviews: 1964-1999*, London and New York: Faber and Faber, 1999, p. 179.

此提醒爱尔兰人不要重蹈覆辙，被糟糕的社会毁了自己的生活，他呼吁众人一起努力，扭转改善爱尔兰的危险局势。弗里尔在对契诃夫的改编中，语言上更加突出爱尔兰演员的发音，情节上也与当时北爱的政治图景中的人物遥相呼应。

《村居一月》是屠格涅夫创作的心理剧，故事背景是1861年俄国改革农奴制时期，贵族阶级和平民知识分子之间产生了激烈的思想交锋和生活冲突。剧中的女主角贵族夫人娜达丽娅在乡村过着空虚乏味的日子，儿子的家庭教师别里亚耶夫的到来令她心潮澎湃。可是，她的养女薇拉与女仆卡佳也爱上了新来的大学生。别里亚耶夫虽然只来了短短的一个月，却激起了其他人物强烈的心理反应，对三位女性的一生造成了巨大的影响。这出戏情节简单，但在看似平淡的故事下，隐藏着人物内心的暗流涌动。作者主要是通过对话和心理，揭示当时俄国的社会变革给下层仆人、平民知识分子、贵族等各个阶层的人带来了生活剧变。弗里尔敏感地注意到同样处于社会动荡之中的北爱尔兰，传统的生活方式被打破，爱尔兰人何去何从是当时急需解决的大问题。现代戏剧的一大特色，是冲突由外在情节转向人物内心。弗里尔在编剧技巧上摒弃了情节的外在冲突，转向人物的情绪变化，这无疑也是在原作基础上的一次“再创作”。弗里尔在改写或戏仿的剧本中，更加重视角色的内心冲突，细致描绘人物的心理变化，揭露社会大环境带给人的影响，甚至是痛苦和创伤。弗里尔把个人的不幸命运归结到社会的层面，批判了造成普通人苦难的社会因素，深化了戏剧主题。他借个人的不幸遭遇，写出了整个时代的悲剧与社会的悲剧。弗里尔改写旧剧既是向自己喜爱的作家致敬，又是以一种新的方式开启后辈与前辈的对话，体现了他的文化自信心与才华胆识。

弗里尔最后改编的外国名剧是易卜生的《海达·高布乐》。海达生活在多重压力之下，她向往浪漫奔放的爱情，但是囿于世俗偏见和社会舆论，不得不和浪荡不羁的情人分手。她出身贵族，但是因父亲去世而家道中落，不得不嫁给一个她不爱的学者，在无聊苦闷中度日如年。她骄傲要强，却被要挟做情妇，在无路可走时开枪自杀。她的处境代表了一种彻底的现代困境。弗里尔借用海达在重重矛盾的夹缝下生活，比拟北爱尔兰人也生存在政治、宗教、思想、文化、经济的对立之中。弗里尔对外国经典戏剧的改写与戏仿，是力图通过这个异国的“他者”之声，反思爱尔兰的社会处境和变革动力，在爱尔兰与其他国家、当代与传统、自我与他者之间进行对话，找寻未来之路。

## 五、当代爱尔兰作家对后现代戏剧的创新

如果说现代主义的本质是一元论或二元论，那么后现代主义戏剧则建立在本体论怀疑基础上，其消解了一切中心，悬置了一切意义，重视非理性、潜意识的功能，主张破除艺术与生活、艺术与非艺术、高雅艺术与民间文化之间的界限，重视戏剧形式的创新，甚至将现代技术与艺术进行融合。

> 后现代戏剧，利用口述历史资料和公众档案资料，把重要的政治事件、社会新闻和法律案件通通搬上舞台，破除了文学与历史、文学与政治、文学与新闻之间的界限。[①]

在表现手法上，弗里尔并不守旧，而是进行戏剧形式的大胆创新，这主要体现在戏剧观念、戏剧语言、人物形象以及舞台布景等方面。

### (一) 在不确定的历史叙述中重构文化身份

在创作领域，作为当代爱尔兰戏剧代表的弗里尔不断探索，他写过短篇小说，之后又转向戏剧创作，以其独特的创新手法获得成功。他偏爱从社会现实中汲取题材，为北爱尔兰的发展忧心忡忡，把一些重要的历史事件与尖锐棘手的现实问题搬上舞台进行拷问。弗里尔的剧作具有很强的政治性，他通过多样化的舞台形式来展现叙事主题，避免了单一的道德说教或政治口号式的宣传。克里斯托弗·默里(Christopher Murray)认为，弗里尔戏剧的成功之处体现在“他对小说创作手法的运用，短篇小说技巧、小说推进的程序等等，都被转化，进入剧场的开阔空间，以观众集体的回应来探讨信仰、

① 刘象愚、杨恒达、曾艳兵主编：《从现代主义到后现代主义》，北京：高等教育出版社，2002 年，第 324 页。

身份和自由等命题。从这个意义上讲，叙述被戏剧化了”。[1]

> 爱尔兰戏剧就是一场旷日持久的激烈论争，面对不同观众争论同样的话题：我们从何而来，我们身处何地，我们往何处去。[2]

20世纪中后期，北爱尔兰的流血冲突与恐怖袭击不时发生，濒于危险边缘，类似随时可能爆炸的火药桶，人民的财产和人身安全无法得到保障，社会动荡给个人和社会都造成了难以估量的破坏。对这些历史事件的记录与反思，在弗里尔充满张力的历史剧《翻译》和《创造历史》中得到了呈现，他将历史问题与当代戏剧主题紧密结合。观众通过《创造历史》，重温了爱尔兰的历史，进一步了解了爱尔兰人在英国的政治、经济、军事、文化等多重影响下的生活。在这些具有创新精神的实验戏剧中，弗里尔巧妙地将故事置于历史情境中，借助重写历史上的冲突事件，表达他对英爱冲突的反思。弗里尔认为，在这种复杂的社会情形之下，个体被社会局势裹挟，挣扎是徒劳的悲剧。值得注意的是，弗里尔将虚构的生活片段嵌入既定史实之中，注重历史编撰中的情节布局，以戏剧创作的形式，展示将编年史编织成故事的过程。这充分表明，我们所谓的“历史”是一种建立在虚构与想象之上的修辞性叙事话语。他的历史剧“并不在于反映历史真实，展现历史的处境，而是历史的‘不确定性’，以及历史不确定中的冲突”。[3] 这种对历史事件的质疑和反思，体现了对戏剧如何表现历史、塑造未来的一种信念，即“不是字面的历史或所谓的历史‘事实’塑造了我们，塑造我们的是体现在语言中的过往意象……我们不能停止更新这些意象，因为一旦停止更新，我们就会固化不前”[4]。《翻译》和《创造历史》所体现的，是一种后现代的“元历史”(metahistoy，也有人翻译为“超越历史”“后设历史”)观，强调历史的文本性与虚构性，历史是文学仿制品。当代历史哲学家海登·怀特(Hayden

---

① 转引自李元：《20世纪爱尔兰戏剧史》，北京：商务印书馆，2019年，第206页。

② Christopher Murray, *Twentieth-Century Irish Drama*: *Mirror up to Nation*, Syracuse: Syracuse University Press, 2000, p. 224.

③ 李成坚：《当代爱尔兰戏剧研究》，成都：四川人民出版社，2015年，第58页。

④ Brian Friel, *Plays 1*, *Translations*, London: Faber and Faber, 1996, p. 445.

White, 1928—2018)将历史视为“一种叙述性散文语言形式的文字结构。……历史学家所做的基本上是一个诗人的行为，他预想历史的领域和范畴，使之成为能够负载他用以解释真实事件的理论的载体”。[①] 历史的诗性结构使得历史成为充满想象的虚构言说，与文学具有同质性；反之，诗人也是另一类的历史学家，正如弗里尔借用舞台——一个公开的反殖民霸权的空间，表达了他如何消解来自官方或各种权威机构的英爱历史叙述，从个体感受的视角重新思考、再现重要的历史事件，为建构新的爱尔兰文化身份探寻出路。尤其是“户外日剧社”的成员们团结一致，提出超越敌对思维的“第五省”理想，这为化解爱尔兰岛的暴力冲突和族群危机作出了巨大的贡献。

### (二) 以静制动：独白中的“静止的戏剧”

自20世纪70年代以来，以法国哲学家巴特和当代法国解构主义作家德里达为代表的后现代主义理论家反对瑞士语言学家弗迪南·德·索绪尔(Ferdinand de Saussure, 1857—1913)的结构主义语言观，否定语言的再现功能，宣告了作者的死亡，这为舞台上的语言革命提供了哲学根基。在《信仰治疗师》(*Faith Healer*, 1979)中，弗里尔让人物在舞台上各自诉说，颠三倒四，不断重复，文不对题。观众不是来看戏，而是参与到语言的游戏之中，感受语言的不确性，以及由此而来的人生意义的不确定性。贝克特戏剧的一大特征——角色自言自语，被弗里尔继承了下来。弗里尔的有些戏剧像贝克特的作品那样，可以当作广播剧来欣赏，因为其中几乎没有动作表演。人物对着观众说话，喋喋不休地自言自语，每个人与其他人的说法都有出入，前言不搭后语，不知道哪一种说法是正确的。这种意义的不确定性与人物的无动作性，吸收了贝克特的“延伸式的戏剧语言”，以静制动，使得这种“静场”中的视觉语言充满了原始意味的美感，拓展了戏剧语言的表现力。

在《信仰治疗师》中，全剧设计的四幕没有舞台动作，完全由四段独白组成，没有对话，更没有戏剧性的情节或互动的场景。信仰治疗师哈代、他的妻子格雷斯与经理泰迪三个人依次上场，每个人滔滔不绝地讲近三十分钟，

① 王逢振：《今日西方文学批评理论》，桂林：漓江出版社，1988年，第72—73页。

然后哈代再次发言，剧终。角色之间根本不交流，各说各话，讲述了对同一事件的不同记忆。他们互相矛盾的描述令观众困惑。哈代是真的有治愈疾病的天赋，还是江湖骗子？格雷斯是否流产？观众通过角色们叙述的不同版本，开动脑筋，竭力还原事情的真相。在这部戏里，弗里尔未采用传统戏剧的表现模式，而是通过打造多声部的独立话语空间，为观众献上一个类似侦探小说的故事。这是一出“静止的戏剧”，表现了一种无中心、无交汇的叙述方式，推动情节发展的是人物对过往的复调性矛盾叙述，每个人都在争夺控制权，这就形成了三种互相矛盾的叙述。人物的独白取代了舞台动作和对话，通过每个人物的不可靠叙述，这部戏剧产生了一种强烈对比的反讽效果。此外，这部戏剧在说书式的结构框架下，充斥着萨满巫师行医、咒语念诵致幻等民间巫术文化符号，从而具有了仪式化表演的色彩。人物试图借助人类表演学意义上的“表演”来追寻、重塑自我身份，最终陷入了找而不得的谜一般的悲剧之中。

《摩莉·斯维尼》也是通过一系列的独白来演出的“静止的戏剧”，每个角色都有独立的表演区域——摩莉在舞台中央，她的丈夫弗兰克在舞台右边，医生在舞台左边。摩莉第一个发言，告诉观众她在婴儿时期就失去了视力，但是在父亲的关爱下，通过触觉、听觉、嗅觉等其他方式认识事物，在一个幸福安定的环境中快乐成长，找到一份按摩师的工作。但是，她平静的生活被两个人打破了。丈夫弗兰克是个充满激情梦想的人，渴望帮助妻子恢复视力。莱斯医生也需要这次手术来证明他的能力，重攀事业高峰。在两人的推动下，摩莉同意了手术。她的视力恢复了，可是触觉和视觉无法同步，彻底颠覆了她原本安宁的生活，生活陷入一团混乱。莱斯医生为自己给病人的生活带来灾难性的影响而感到非常难过，他说现在的摩莉与他第一次见到的完全不一样。那时的她自信、大方、冷静、独立、欢乐，可是手术后的她无法面对陌生的世界，变得焦虑、痛苦、无助，生活在幻想和现实的边缘，经常恸哭，最后选择了闭上眼睛，沉浸在黑暗中，对世界视而不见。三个角色通过独白，演绎了一曲合奏曲。在情节上，这是一个简单的故事，舞台上没有多余的戏剧性动作，只是每个人都从自己的角度讲述了故事，从而呈现出多棱镜下的效果，折射出人物隐藏的多层次的复杂心理。

### (三) 角色的多重性与对话性

《费城,我来了!》可谓一出"个人心理剧"。就舞台设计而言,该剧还是遵循了传统的现实主义戏剧,厨房是故事发生的最重要场地,此外还增加了男主人公加尔的卧室和另一个非现实的空间,用以展示他的回忆。男主角一分为二,由两位演员分别扮演众人面前公共的加尔(public Gar)和内心深处私人的加尔(Private Gar)。观众能看到公共的加尔这个人物与其他角色互动,但是这个私密的加尔代表着人物真实的内心声音,只能被观众和公开的加尔看到,不能与舞台上的其他角色交流。公开的加尔沉默寡言,私密的加尔愤怒嘲讽。这种双重自我,在今天的戏剧舞台上并不少见,但是对于20世纪60年代的观众来说,新颖有创意。这种设计有助于深入人物的真实矛盾心理,丰富和延展了角色的内在与外在幅度,将两个空间(想象世界与现实世界)中的人的矛盾困境展示在观众面前。类似加尔的爱尔兰移民是被撕裂的,他一方面憧憬着新世界,另一方面对家乡既留恋又厌恶,又爱又恨。剧作家以新颖的戏剧形式,将人物的矛盾心理具象化,通过视觉空间的形式,栩栩如生地表现出来。这种戏剧的独特效果在于,加尔不仅是表演者,也是观众;他不仅表演,而且还作为导演,幽默地提出意见和解决方法。也就是说,他一个人集导演、演员、观众于一身,角色多重,自我对话的同时也进行自我批评,叙述的权威性被打破,在舞台上展示了叙述与表演之间的巨大张力,呈现出后现代戏剧形式的开放性与对话性。

### (四) 无界限与狂欢化

弗里尔在《卢纳莎之舞》中从戏剧的语言艺术转向舞蹈语言,打破了戏剧与舞蹈、生活与艺术之间的界限,使用音响、魔幻灯光、歌舞等手段,展示狂欢化的身体语言,淡化了戏剧情节。《卢纳莎之舞》采用倒叙手法,回溯了20世纪30年代巴里贝格小镇上一个贫困的天主教家庭的悲剧故事。私生子迈克尔回想起七岁时,他和母亲、姨妈在爱尔兰小镇度过的卢纳莎节。舞台被一分为二,一边是成年的迈克尔,另一边是小时候的迈克尔和亲人。在非洲传教的舅舅因改信当地异教,被教会解除教职,遣送回国。由于这个事件,以及现代化工厂的发展,担任教师和以手工编织维持生计的姨妈们失业了，生活陷入贫困。八月的那一天是丰收节，古凯尔特人崇拜的异教太阳神的节日，以点火、醉酒、狂欢和舞蹈来庆祝丰收。在音乐声的刺激下，正统严肃的天主教妇女在厨房里尖叫舞蹈。也是在那一天，迈克尔第一次见到了他的父亲带着他的母亲在田野上跳舞，他们呈现出疯狂的、不可思议的舞蹈。大胆无畏的、歇斯底里的舞动，既帮助人物释放了社会重压下的生活压力，又预示着爱尔兰社会残存的活力和奔放的力量。众人的舞蹈具有即兴表演的特色，是以"狂欢"精神对抗意义、权力和理性秩序，体现了爱尔兰人追求自由的内在精神。即便是在最绝望、最贫困的时刻，爱尔兰人也保持着对生活的热爱，在幽默诙谐、插科打诨、夸张荒诞中展示生命的激情。有趣的是，成年的迈克尔并没有介入这种疯狂的舞蹈中，他只是站在舞台的另一边进行冷静的观察。叙述中的不完整和不可靠性，为读者和观众提供了参与其中的思考空间，扩展了戏剧的张力。

这部戏剧是弗里尔创作中的一大转变，戏剧语言让位于以舞蹈为载体的身体语言。弗里尔回到了戏剧的源头——宗教仪式，用热烈奔放的舞蹈唤起人与神的相遇，这也许是为了获得某种原始的力量。弗里尔表明，个人可以从古凯尔特文化中汲取精神支撑，以获得继续生活下去的勇气。这部戏剧为弗里尔赢得了三项托尼奖，是今天风靡全球的《大河之舞》的原型，提升了爱尔兰文化在世界的知名度。

## 结语

由于爱尔兰的社会形势在20世纪中后期经历了深刻的变化，所以作为社会风向标的爱尔兰剧坛一改前期的风气，既不同于岛内传统的民族主义叙事的戏剧，又未跟随贝克特在国际上引领的荒诞戏剧潮流。当代爱尔兰戏剧家的创作和爱尔兰文学传统有着千丝万缕的联系，他们立足于怀旧的传统与现代的潮流之间，在继承凯尔特文化遗产的同时，又面对世界，在戏剧形式上不断进行实验、创新。

与叶芝、乔伊斯、贝克特等前辈作家不同，弗里尔在戏剧创作中往往采用改写、反讽、戏仿、杂糅等后现代的叙述策略，旨在暴露20世纪上半叶爱尔兰民族主义者的“爱尔兰性”叙事之虚构漏洞，揭示其对认识和言说当代爱尔兰人新经验的压制。弗里尔的戏剧撕裂了以自我为中心的狭隘而单一的身份认同叙事模式，以流动开放的、复杂新颖的经验，重构了当代爱尔兰身份认同的丰富内涵。在萧伯纳、贝克特之后，弗里尔再一次拓宽了爱尔兰实验戏剧的内涵，引领观众进入了一个崭新的后现代文学空间，记录了生活在20世纪后半叶的爱尔兰人之现实，尤其是在国家局势动荡不安、经济文化骤变之际，呈现了爱尔兰在全球化的后殖民语境中的多幅影像。作为20世纪下半叶爱尔兰戏剧的旗帜性人物，弗里尔以其过人的创作才华和敏锐的社会洞察力，在剧坛书写了光辉篇章，赋予了当代爱尔兰戏剧以意义不断叠加、维度不断丰富的“爱尔兰性”，体现出爱尔兰文学人才辈出和后继有人的创作传统。彼得·布鲁克(Peter Brook, 1925— )毫不掩饰他对弗里尔的仰慕，他说：“在所有当代作家中，我最钦佩的人莫过于布莱恩·弗里尔。”[①]弗里尔的戏剧内涵极为丰富，涉及后殖民、流散、性别、戏仿、互文性等方方面面，他对于舞台艺术的实验性探索对新生代剧作家产生了影响。

年轻一代的剧作家紧跟弗里尔，跳出爱尔兰地理和文化的疆界，从全球化、后现代的语境中重新审视爱尔兰文学的当代性与世界性，代表性人物有塞巴斯蒂安·巴里(Sebastian Barry, 1955— )、艾玛·多诺霍(Emma Donoghue, 1969— )、德莫特·博尔格(Dermot Bolger, 1959— )、玛丽·琼斯(Marie Jones, 1951— )和艾德那·沃什(Edna Walsh, 1967— )等。在他们的作品中，爱尔兰经历的殖民史与曾经被压迫的身份，皆与世界其他的地方、人种、民族相类比，显得具有共性又可变；爱尔兰的身份被细分为爱尔兰女性的身份和男性的身份，北爱尔兰人的身份和南爱尔兰人的身份，流落海外的爱尔兰人身份和留守故土的爱尔兰人身份，血脉相承的本土爱尔兰人身份和移民潮中涌入的新爱尔兰人身份。

对于爱尔兰戏剧的发展前景，爱尔兰学者克里斯托弗·莫拉希(Christopher Morash)的看法非常中肯，即“根本就没有一种爱尔兰戏剧，只有不同的爱尔兰戏剧，它们形式各异，日新月异地发展，将关于单一、统一的

① Brian Friel, *Philadelphia, Here I Come!* https://us.macmillan.com/books/9780571085866.2020-06-15.

意象、起源或命运的幻想完全置于身后”。[①] 毫无疑问，随着历史的发展和社会的变迁，生机勃勃的爱尔兰戏剧也将不断地挑战自我，在发展与创新之中发出来自“绿岛”的独特之声。

① 转引自李元：《20世纪爱尔兰戏剧史》，北京：商务印书馆，2019年，第21页。

# 结语

爱尔兰文学可以划分为“古代爱尔兰文学”“英爱文学”和“现代爱尔兰文学”。把文学作品研究置于文学、历史学、美学、民俗学等学科混合的谱系之中，可以阐发历史进程、文化传统、哲学思想、文学思潮流变等因素之间的相互作用。从思潮层面，全面、系统、深入地审视爱尔兰文学的“爱尔兰性”或爱尔兰文化特征，可以揭示爱尔兰文学作品所蕴含的遍及整个爱尔兰社会的思想趋向。

“古代爱尔兰文学”“英爱文学”和“现代爱尔兰文学”属于爱尔兰的凯尔特文化符号系统的核心内容。对于爱尔兰文学思潮流变研究，可以将“绿岛”的历史进程作为先后顺序，将“绿宝石”的凯尔特文化运动和学术流派更迭作为框架，以爱尔兰作家的思想转型为线索，用跨学科方式，讨论文学、历史学、美学、民俗学等学科范畴之间的联系，系统阐述不同时期爱尔兰文学思潮的根源、内涵、外延、共性、差异，准确梳理爱尔兰文学思潮的流变历程，详细分析影响凯尔特文化发展的社会环境、经济关系、文化因素，深入讨论爱尔兰作家的思想特征和艺术魅力。

本书重点讨论了爱尔兰文学之泉，包括凯尔特神话、爱尔兰启蒙主义思潮、爱尔兰唯美主义思潮、爱尔兰文艺复兴思潮、爱尔兰意识流小说、爱尔兰荒诞派戏剧和当代爱尔兰的后现代戏剧。以上这些方面体现了爱尔兰文学倾向变化的最重要或最基本之特征，它们或许不一定绝对适合于各个时期爱尔兰作家的具体主张，但就整体情况和发展而言，确实不可忽视，甚至是至关重要的。

爱尔兰文学思潮的流变尽管源于多重因素，但是其仍然显示出如下主要特征：

第一，大致上，爱尔兰文学思潮与欧洲哲学和欧洲美学同步发展，像一面镜子，映射出欧洲哲学发展和美学思想变化的部分轨迹。

第二，爱尔兰文学以其经典作品，为诸多西方文艺理论提供了宝贵资料；在一定程度上，爱尔兰文学思潮的流变是西方文艺理论发展的一个重要部分。

第三，在世界文学领域，爱尔兰文学思潮与英国文学思潮虽有密切关系，但我们可以基于爱尔兰岛和爱尔兰岛上的凯尔特传统，将其与颇具英伦风情的英国文学思潮区别开来；总体看来，爱尔兰诸多文学思潮无不更加显示出古老的凯尔特传统对社会发展的影响力。

第四，爱尔兰文学思潮的流变反映了爱尔兰岛上历史的变迁，构成了爱尔兰历史、政治、文化、经济、哲学、宗教、社会等领域研究的重要依据。

第五，在不同时期的爱尔兰文学思潮中，前期思潮对后世文学作品具有深刻影响；后世文学作品则进一步证明了前期文学观念的合理性，而且在某种程度上，它们甚至完善了前期的思想体系。

第六，爱尔兰文学思潮体现了爱尔兰岛上凯尔特传统的独特魅力，其流变则是爱尔兰岛上凯尔特传统在不同时期延伸和发展的结果。

第七，爱尔兰思潮体现了古希腊—罗马文化和犹太—基督文化的广泛影响，反映了古代凯尔特神话传说典故的巨大魅力。

第八，爱尔兰文学思潮留有欧洲社会变革的时代烙印，爱尔兰文学思潮流变是欧洲大陆上的社会变革对爱尔兰岛产生影响的必然结果。

第九，爱尔兰文学作品虽反映了社会变革，但其突破了对政治、宗教、思辨哲学的依附，爱尔兰文学思潮包含了艺术心理学、艺术哲学和自然科学的诸多因素。

作为爱尔兰岛上凯尔特文化基因的产物，爱尔兰文学思潮是爱尔兰历史的印记。在一定程度上，爱尔兰文学思潮的流变反映了人类群体意识特征影像的变化。因此，凯尔特神话、爱尔兰启蒙主义思潮、爱尔兰唯美主义思潮、爱尔兰文艺复兴思潮、爱尔兰意识流小说、爱尔兰荒诞派戏剧和当代爱尔兰的后现代戏剧是爱尔兰的传统习俗、文化思潮、学术流派等彼此联系、相互作用、共同推进的必然结果，这些思想趋势共同构成了爱尔兰文学思潮的历史谱系。通过分析爱尔兰经典作品，在借助现当代西方文论的基础上，系统研究爱尔兰文学思潮流变，不仅能感知全人类经验中的共相特征，也可以启发读者多关注当今西方世界的意识形态，让人时刻留意国别与区域的热点话题，在一定程度上引发大家对爱尔兰文学思潮流变与全人类命运共同体价值观联系的思考。

对于爱尔兰文学思潮的流变研究，如下三点不可忽视：

其一，将爱尔兰的历史定位为研究背景，通过分析爱尔兰历史使爱尔兰文学参与其间的动因，阐明爱尔兰文学与爱尔兰的社会、政治、个体、群体之间的相互作用。

其二，将爱尔兰作家放在历史的长河中进行考察，通过合理运用现当代中西方文艺理论，讨论爱尔兰的凯尔特传统和其他诸多外在因素对文学思潮产出、转变、消亡的强大影响力。

其三，将爱尔兰文学文本视作载体，通过对爱尔兰文学思潮的流变进行系统讨论，破解爱尔兰文学文本中的诸多谜团，从而挖掘爱尔兰文学的代表性文本之深层内涵。

本书的作者尤其关注以下两方面内容：

其一，爱尔兰文学思潮与爱尔兰独特的历史和相异的社会环境之间的联系。爱尔兰社会话语权是推动爱尔兰文学思潮流变的强大力量。在爱尔兰文学发展的历史长河中，凯尔特人的神话传说、德鲁伊教、盖尔人的神祇、圣帕特里克传教、英国入侵、爱尔兰大饥荒和爱尔兰文艺复兴运动等，对爱尔兰岛民的思维方式都有不可忽略的影响，并构成了“爱尔兰风土人情”而非“大不列颠情调”的历史背景。

其二，爱尔兰文学思潮流变与文化符号能动性的关系。爱尔兰文学思潮的产生深受爱尔兰节日庆典、重要仪式、生活禁忌、凯尔特巫术、民间俗语、日常禁忌语、爱尔兰人名、爱尔兰地名、爱尔兰幽默等历史传统、凯尔特习俗和西欧的文化环境之影响。爱尔兰文学思潮之所以与诸多因素产生紧密联系，是因为人的意识由存在决定，而文化符号是蕴藏在物质背后的凯尔特思维方式、精神蕴涵与劳动技艺。

通过对爱尔兰文学思潮流变的研究，我们可以清楚地感知如下几点：

其一，需重视多元的开放式研究方法。爱尔兰文学大师通晓历史，喜欢旁征博引，并具有很高的思想境界和哲学修养。因此，我们有必要构建文学与非文学、个体与群体、主观与客观、传统威势与新生力量相互作用的"力场"，采用多元的开放式研究方法。

其二，坚持西方文艺理论与爱尔兰文学思潮的讨论相结合。西方文艺理论的发展对爱尔兰文学思潮的发展具有很多影响。有鉴于此，我们需借助多种西方文艺理论，避免片面论述，坚持从多种角度来讨论爱尔兰文学思潮与艺术形式、创作风格、学术流派之间的相互作用。

其三，应注重历史与爱尔兰文学思潮的讨论相结合。作家因思想而伟大，也因思想而崇高。但是，社会存在决定人的思想。换言之，历史事件影响着书写者的理性认识，左右着作家艺术地表现外界事物或内心活动之方式。我们有必要依据权威历史资料，讨论爱尔兰岛上的历史发展对文学思潮之影响，进而分析爱尔兰文学作品所反映的客观理念。

扎根于爱尔兰岛的文学作品构成了爱尔兰文学思潮的完美载体，其强大的生命力来自于古老的凯尔特族群的共同家园，反映了美丽的爱尔兰岛凯尔特人那不断变幻的社会风云，并反过来创造了一种充满想象力的文学现实，体现了爱尔兰岛的作家对历史性灾难的痛苦回忆，对今世人生的深入思考，对未来世界的美好展望。爱尔兰文学思潮的流变印证了作品与人生、作品与历史、作品与权利话语之间的相互影响，展示了爱尔兰文学的"爱尔兰性"或爱尔兰文化特征的时代特质，其影响则凸显了文学的功利性，以及文学重塑人性心灵史的重要性。共性存在于个性之中，因此爱尔兰文学思潮的流变反映了欧洲价值观的变迁，构成了西方人共同价值的重要内涵。爱尔兰文学思潮的流变涉及社会的多重理念和价值观，探究爱尔兰文学思潮的流变有助于深入理解"你中有我，我中有你"命运共同体的全球价值观。

# 参考文献

Atkinson, Robert. *The Irish Language and Irish Intermediate Education IV: Dr. Atkinson's Evidence*, Gaelic League Pamphlet No. 14. Dublin: Gaelic League, 1901.

Behrendt, Patricia Flanagan. *Oscar Wilde: Eros and Aesthetics*. Basingstoke: Macmillan, 1991.

Biedemann, Hans, *Dictionary of Symbolism*. Trans. James Hulbert. New York: Facts On File, Inc., 1989.

Binnie, Eric. "Brecht and Friel: Some Irish Parallels". *Modern Drama*, Vol. 31 (3), 1988.

Bourke, Angela. 'Legless in London: Pádraic Ó Conaire and Éamon A Búrc', *Éire-Ireland* 38: 3/4(2003).

Christopher, Collins, and Caulfield, Mary P., eds. *Ireland, Memory and Performing the Historical Imagination*. Hampshire: Palgrave Macmillan, 2014.

Coakley, Davis. *Oscar Wilde: The Importance of Being Irish*. Dublin: Town House, 1994.

Cullen, Louis Michael. "The Hidden Ireland: Reassessment of a Concept", Studia Hibernica 9(1969).

Curtis, Edmund. A History of Ireland: From Earliest Times to 1922. London: Routledge, 2000.

Deming, Robert H., ed. *James Joyce Critical Heritage*. London: Routledge, 1997.

Edwards, Ruth Dudley. *Patrick Pearse: The Triumph of Failure*. London: Victor Gollancz, 1977.

Eglinton, John. “National Drama and Contemporary Life”, in Seamus Deaneet al eds. , *The Field Day Anthology of Irish Writing (Volume II)*.

Eglinton, John. “What Should be the Subjects of National Drama?” in Seamus Deaneet al eds. , *The Field Day Anthology of Irish Writing (Volume II)*.

Ellmann, Richard. *Oscar Wilde*. London: Penguin Group, 1988.

Ellmann, Richard. *Yeats: The Man and the Masks*. New York & London: Norton, 1979.

Evangelista, Stefano. *British Aestheticism and Ancient Greece: Hellenism, Reception, Gods and Exile*. Basingstoke: Palgrave Macmillan, 2009.

Fallis, Richard. *The Irish Renaissance: An Introduction to Anglo-Irish Literature*. Dublin: Gill and Macmillan Ltd. , 1978.

Feng Jianming. *The Transfigurations of the Characters in Joyce's Novels*. Beijing: Foreign Languages Press, 2005.

Friel, Brian. *Plays 1, Translations*. London: Faber and Faber, 1996.

Geremia, Silvia. “A Contemporary Voice Revisits the Past: Seamus Heaney's *Beowulf*.” *Estudios Irlandeses-Journal of Irish Studies* 2(2007).

Gillbert, Stuart, ed. *Letters of James Joyce*. London: Faber & Faber, 1966.

Gillet, Louis. ‘The Living Joyce’, in Willard Potts ed. , *Portraits of the Artist in Exile: Recollections of James Joyce by Europeans*. Seattle: University of Washington Press, 1979.

Goodby, John, ed. *Irish Studies: The Essential Glossary*. London: Arnold, 2003.

Gonzalez, Alexander G. *Modern Irish Writers: A Bio-critical Sourcebook*. London: Greenwood Press, 1997.

Greene, David H. “Ireland: 5. Literature”, in *The Encyclopedia Americana International Edition* vol. 15. Danbury, Connecticut: Americana Corporation, 1980.

Hirsch, Edward. “Coming out into the Light: W. B. Yeats's ‘The Celtic Twilight’ (1893,1902)”, *Journal of the Folklore Institute* 18: 1(1981).

Hirsch, Edward. “The Imaginary Irish Peasant”. *PMLA* 106: 5 (1991).

Hogan, Robert ed. *The Macmillan Dictionary of Irish Literature*. London: Macmillan, 1980).

Holland, Vyvyan. *Son of Oscar Wilde*. London: Oxford University Press, 1987.

Hyde, Douglas. *The Irish Language and Intermediate Education III: Dr. Hyde's Evidence*, Gaelic League Pamphlet No. 13. Dublin: Gaelic League, 1901.

Hyde, Douglas. "The Necessity for De-Anglicizing Ireland", in Seamus Deaneet al eds., *The Field Day Anthology of Irish Writing* (Volume II).

Jeffares, Alexander Norman & Kamp, Peter Van De. *Irish Literature: The Nineteenth Century, Volume I: Introduction*. Dublin: Irish Academic Press, 2006.

Joyce, James. *A Portrait of the Artist as a Young Man*. London: Penguin Group, 1996.

Joyce, James. *Finnergans Wake*. New York: Penguin Books, 1999.

Joyce, James. *Ulysses*. Ed. Hans Walter Gabler, with Wolfhard Stepe and Claus Melchior, and an Afterword by Michael Groden. The Gabler Edition. New York: Random House, Inc., 1986.

Joyce, James. *Ulysses*. London: Wordsworth Editions Limited, 2010.

Heaney, Seamus. "Introduction." *Beowulf: A New Verse Translation* (bilingual edition). Trans. Seamus Heaney. London: Norton, 2000.

Kearney, Richard. "Myth as the Bearer of Possible Worlds: Interview with Paul Ricoeur", in M. P. Hederman and R. Kearney eds., *Crane Bag Book of Irish Studies 1977-1981*. Dublin: Blackwater Press, 1982.

Kelly, Aaron. *Twentieth-century Irish literature*. New York: Palgrave Macmillan, 2008.

Kennedy, and Andrew K Kennedy. *Samuel Beckett*. Cambridge: Cambridge University Press, 1989.

Kiberd, Declan. *Irish Classics*. Cambridge, Massachusetts: Harvard University Press, 2001.

Lacan, Jacques. *Ecrics: A Selection*. New York: Norton, 1977.

Lady Gregory. *Cuchulain of Muirthemne*. London: John Murray, 1902.

Litz, A. Walton. *James Joyce*. Rev. ed. Boston: Twayne Publishers, 1972.

Lloyd, David. *Nationalism and Minor Literature: James Clarence Mangan and the Emergence of Irish Cultural Nationalism*. Berkeley: University of California Press, 1987.

Mangan, James Clarance. "Dark Rosaleen", in Padraic Colum ed., *Anthology of Irish*

*Verse* (1922).

Moran, D. P. "The Philosophy of Irish Ireland (1905)", in Seamus Deaneet al eds., *The Field Day Anthology of Irish Writing* (Volume II).

Marcus, Phillip L. "Old Irish Myth and Modern Irish Literature", *Irish University Review* 1: 1(1970).

Mathews, P. J. "An Irish Drama in English? 'Let Us Strangle it at Its Birth'", in *Revival*.

Mathews, P. J. *Revival: The Abbey Theatre, Sinn Fein, the Gaelic League and the Co-operative Movement*. Cork: Cork University Press, 2003.

Mays, Michael. "'Irelands of the Heart': The Ends of Cultural Nationalism and the Limits of Nationalist Culture", *The Canadian Journal of Irish Studies*22: 1(1996).

Moore, John R. "Cuchulain, Christ, and The Queen of Love: Aspects of Yeatsian Drama," *The Tulane Drama Review* 3(1962).

Murray, Christopher, ed. *Brian Friel: Essays, Diaries, Interviews: 1964 – 1999*. London and New York: Faber and Faber, 1999.

Murray, Christopher. *Twentieth-Century Irish Drama: Mirror up to Nation*. Syracuse: Syracuse University Press, 2000.

Nassaar, Christopher S. *Into the Demon Universe: A Literary Exploration of Oscar Wilde*. New Haven and London: Yale University Press, 1974.

O'Faolain, Sean. "Daniel Corkery", Dublin Magazine 11(1936).

Ojala, Aatos. *Aestheticism and Oscar Wilde* (Helsinki: Suomalaisen Kirjallisuuden Seuran Kirjapainon Oy, 1954).

O'Leary, Philip. "'Rebuilding Tara in Our Mental World': The Gaelic Author and the Heroic Tradition, 1922 – 1929", *Proceedings of the Harvard Celtic Colloquium* 15 (1995).

O'Neill, Eibhlin. "Statue of Irish writer and journalist Pádraic ÓConaire unveiled in Galway," 24 Nov. 2017.

O'Toole, Fintan. "Irish Theatre: The State of the Art", *Ireland: Towards New Identities*? Karl-Heinz Westarp and Michael Boss eds.. Aarhus: Aarhus University Press, 1998.

Pearse, Patrick H. "The Murder Machine", in Seamus Deaneet al eds., *The Field Day*

*Anthology of Irish Writing* (*Volume II*). Derry, Northern Ireland: Field Day Publications, 1991.

Pearse, Patrick H. "The Dord Feinne".

Pine, Richard. *The Thief of Reason*: *Oscar Wilde and Modern Ireland*. Dublin: Gill & Macmillan Ltd. , 1995.

Power, Arther. *Conversation with James Joyce*. Chicago: The University of Chicago Press, 1974.

Quintana, Richardo. *The mind and art of Jonathan Swift*. London: Methuen & CO. LTD. , 1953.

Rawson, Claude, ed. *English Satire and the Satiric Tradition*. Oxford and New York: Basil Blackwell, 1984.

Roche, Anthony. *Contemporary Irish Drama*: *From Beckett to McGuinness*. Dublin: Gill and Macmillan, 1994.

Roche, Anthony. *The Cambridge Companion to Brian Friel*. Cambridge: Cambridge University Press, 2006.

Schrank, Bernice, Demastes, William W. , eds. *Irish Playwrights*, *1880 – 1995*. Westport: Greenwood Press, 1997.

Schroeder, Horst. *Additons and Corrections to Richard Ellmann's Oscar WILDE*. Braunschweig: 2002), Print Privately.

Shapiro, James. "A Better 'Beowulf.'" *New York Times*, 27 Feb. 2000.

Sisson, Elaine. *Pearse's Patriots*: *St Enda's and the Cult of Boyhood*. Cork: Cork University Press, 2004.

Sternlicht, Sanford. *Modern Irish Drama*. New York: Syracuse University Press, 2010.

Stock, Bernard Ben, ed. *James Joyce*: *The Augmented Ninth*. Syracuse: Syracuse University Press, 1988.

Synge, John M. *The Aran Islands*, with drawings by Jack B. Yeats. Dublin: Maunsel & Co. , LTD, 1907.

Synge, John M. "The Playboy of the Western World", in John P. Harrington ed. , *Modern Irish Drama*.

*The New Encyclopædia Britannica* Vol. 5. Chicago: Encyclopædia Britannica,

Inc., 1984.

Waugh, Patricia. *Metafiction, The Theory and Practice of Self-conscious Fiction*. London: Routledge, 1990.

Weber, Bruce. "On Stage and off". *New York Times*, 26 February 1993, C2.

Valera, Éamon de. "The Undeserted Village Ireland", in Seamus Deaneet al eds., *The Field Day Anthology of Irish Writing (Volume III)*.

Yeats, William B. "Cathleen Ni Houlihan", in John P. Harrington ed., *Modern Irish Drama*. New York and London: Norton, 1991.

Yeats, William B. "A Note on National Drama", in Seamus Deaneet al eds., *The Field Day Anthology of Irish Writing (Volume II)*.

Yeats, William B. *Essays and Introductions*. London: Macmillan, 1961.

Yeats, William B. "John Eglinton and Spiritual Art", in Seamus Deaneet al eds., *The Field Day Anthology of Irish Writing (Volume II)*.

Yeats, William B. *The Celtic Twilight*. London: A. H. Bullen, 1902.

Yeats, William B. "The De-Anglicising of Ireland (1892)", in *Yeats's Poetry, Drama, And Prose*, ed., New York: Norton, 2000.

Yeats, William B. "To Ireland in the Coming Times", *The Poems (2nd Ed.)*, in Richard J. Finneran ed., New York: Scribner, 1989.

[英]阿尔瓦雷斯：《贝克特》，赵月瑟译，北京：中国社会科学出版社，1992年。

[法]阿兰·罗伯-葛利叶：《关于几个过时的概念》，载柳鸣九主编：《从现代主义到后现代主义》，北京：中国社会科学出版社，1994年。

[英]彼得·布鲁克：《空的空间》，邢历译，北京：中国戏剧出版社，1988年。

[爱尔兰]布莱恩·弗里尔：《翻译》，袁鹤年译，载《外国文学》，1988年第6期。

《不列颠百科全书》(国际中文版，20卷)，北京：中国大百科全书出版社，2002年。

[英]布伦南·马多克斯：《乔伊斯与诺拉》，贺明华译，天津：百花文艺出版社，1997年。

曹波：《贝克特"失败"小说研究》，北京：商务印书馆，2015年。

陈淳等主编：《比较文学》，北京：高等教育出版社，1997年。

陈丽：《爱尔兰文艺复兴与民族身份塑造》，天津：南开大学出版社，2016年。

陈丽：《〈胡里汉之女凯瑟琳〉与爱尔兰的女性化政治隐喻》，载《外国文学评论》，2012年第1期。

陈丽：《库胡林的现代复兴与挪用》，载《国外文学》，2013年第4期。

陈瑞红：《奥斯卡·王尔德：现代性语境中的审美追求》，北京：中国社会科学出版社，2015年。
戴从容：《乔伊斯小说的形式试验》，北京：中国戏剧出版社，2005年。
戴从容：《自由之书：〈芬尼根的守灵〉解读》，上海：华东师范大学出版社，2007年。
[英]德莱克·阿特里奇编：《剑桥文学指南：詹姆斯·乔伊斯》，上海：上海外语教育出版社，2005年。
丁振祺编译：《爱尔兰民间故事选编》，昆明：云南人民出版社，2011年。
董晓：《论契诃夫戏剧的静态性》，载《外国文学研究》，2011年第5期。
范明生：《西方美学通史（第三卷）：十七十八世纪美学》，上海：上海文艺出版社，1999年。
冯建明：《乔伊斯长篇小说人物塑造》，北京：人民文学出版社，2010年。
冯建明主编：《爱尔兰的凯尔特文学与文化研究》，北京：人民文学出版社，2016年。
冯建明：《爱尔兰作家和爱尔兰研究》，上海：上海三联书店，2011年。
高玉华等主编：《英语姓名词典》，北京：外语教学与研究出版社，2002年。
[英]格雷：《爱尔兰大饥荒》，邵明、刘宇宁译，上海：上海人民出版社，2005年。
郭国荣主编：《世界人名翻译大辞典》，北京：中国对外翻译出版社，1993年。
[美]哈罗德·布卢姆：《西方正典：伟大作家和不朽作品》，江宁康译，南京：译林出版社，2005年。
[德]汉斯·比德曼：《世界文化象征辞典》，刘玉红等译，桂林：漓江出版社，1999年。
[德]黑格尔：《美学》（第三卷），朱光潜译，北京：商务印书馆，1981年。
焦涅、于晓丹：《贝克特——荒诞文学大师》，长春：长春出版社，1995年。
[美]金容希（Sharon Kim）：《神学与文学灵悟》（Theology and Literature Epiphany），载《基督教文学学刊》，2008年秋第20辑，北京：宗教文化出版社，2008年。
金元浦等主编：《外国文学史》，北京：高等教育出版社，2001年。
李成坚：《当代爱尔兰戏剧研究》，成都：四川人民出版社，2015年。
[美]李普曼：《当代美学》，邓鹏译，北京：光明日报出版社，1986年。
李奕奇：《无声的音符　空白的世界——试论塞缪尔·贝克特及其作品中的沉默》，载《作家》，2011年第18期。
[美]理查德·艾尔曼，《乔伊斯传》（下），金隄、李汉林、王振平译，北京：十月文艺出版社，2006年。
李维屏：《乔伊斯的美学思想和小说艺术》，上海：上海教育出版社，2004年。

李维屏、张定铨等著：《英国文学思想史》，上海：上海外语教育出版社，2012 年。

李元：《20 世纪爱尔兰戏剧史》，北京：商务印书馆，2019 年。

廖星桥：《荒诞与神奇》，深圳：海天出版社，1998 年。

刘象愚、杨恒达、曾艳兵主编：《从现代主义到后现代主义》，北京：高等教育出版社，2002 年。

[美]罗伯特·汉弗莱：《现代小说中的意识流》，程爱民、王正文译，长沙：湖南人民出版社，1987 年。

[美]马·布雷德伯主编：《现代主义》，胡家峦等译，上海：上海外语教育出版社，1992 年。

[英]马丁·艾思林：《荒诞派戏剧》，华明译，石家庄：河北教育出版社，2003 年。

[美]马泰·卡林内斯库：《现代性的五副面孔》，顾爱彬、李瑞华译，上海：商务印书馆，2002 年。

[美]迈克尔·莱文森编：《现代主义》，田智慧译，沈阳：辽宁教育出版社，2002 年。

[加]诺斯罗普·弗莱：《批评的剖析》，陈慧、袁宪军等译，天津：百花文艺出版社，2006 年。

[爱尔兰]乔纳森·斯威夫特：《格列佛游记》，孙予译，上海：上海译文出版，2006 年。

[爱尔兰]乔纳森·斯威夫特：《桶的故事书的战争》，管欣译，北京：商务印书馆，2016 年 10 月。

[英]S. 波尔特(Sydney Bolt)：《乔伊斯导读》(*A Preface to Joyce*)，北京：北京大学出版社，2005 年。

[爱尔兰]贝克特：《自由》，方颂华译，长沙：湖南文艺出版社，2016 年。

[爱尔兰]贝克特：《短剧集》(下册)，谢强、袁晓光译，长沙：湖南文艺出版社，2016 年。

[爱尔兰]贝克特：《无法称呼的人》，余中先、郭昌京译，长沙：湖南文艺出版社，2016 年。

[爱尔兰]贝克特：《瓦特》，曹波、姚忠译，长沙：湖南文艺出版社，2016 年。

[爱尔兰]贝克特：《等待戈多》，余中先译，长沙：湖南文艺出版社，2016 年。

《圣经》(启导本)，香港：香港海天书楼，2003 年。

孙柏：《作为文化抵抗主义的现代主义：布莱希特和贝克特》，载《读书》，2013 年第 4 期。

王逢振：《今日西方文学批评理论》，桂林：漓江出版社，1988 年。

王苹：《〈简·爱〉里的“爱尔兰问题”》，载《外国文学评论》，2012 年第 2 期。

王炎：《小说的时间性与现代性——欧洲成长教育小说叙事的时间性研究》，上海：外语教学与研究出版社，2007 年。

[美]威廉·詹姆斯:《思维流、意识流或主观生活之流》,刘象愚译,载柳鸣九主编:《意识流》,北京:中国社会科学出版社,1993 年。

[奥地利]西格蒙德·弗洛伊德:《精神分析引论》,贺爱军、于应机译,西安:陕西人民出版社,2006 年。

焉若文:《爱德华·阿尔比戏剧艺术》,北京:学苑出版社,2017 年。

杨云峰:《荒诞派戏剧的情境研究》,北京:中国戏剧出版社,2005 年。

[爱尔兰]叶芝:《爱尔兰戏剧运动——在瑞典皇家学院的讲话》,李尧译,载傅浩选编:《叶芝精选集》,北京:燕山出版社,2008 年。

[爱尔兰]叶芝:《布尔本山下》,傅浩译,载傅浩选编:《叶芝精选集》,北京:燕山出版社,2008 年。

[爱尔兰]叶芝:《血与月》,傅浩译,载傅浩选编:《叶芝精选集》,北京:燕山出版社,2008 年。

[爱尔兰]叶芝:《一件外套》,傅浩译,载傅浩选编:《叶芝精选集》,北京:燕山出版社,2008 年。

[爱尔兰]詹姆斯·乔伊斯:《斯蒂芬英雄:〈艺术家年轻时的写照〉初稿的一部分》,冯建明、张亚蕊等译,上海:上海三联书店,2019 年。

[爱尔兰]詹姆斯·乔伊斯:《看守我兄长的人》,冯建明、张晓青、梅叶萍等译,上海:上海三联书店,2019 年。

[爱尔兰]詹姆斯·乔伊斯:《流亡者》,冯建明、梅叶萍等译,上海:上海三联书店,2020 年。

[爱尔兰]詹姆斯·乔伊斯:《斯蒂芬英雄:〈艺术家年轻时的写照〉初稿的一部分》,冯建明、张亚蕊等译,上海:上海三联书店,2019 年。

[爱尔兰]詹姆斯·乔伊斯:《一个青年艺术家的画像》,安知译,成都:四川文学出版社,1995 年。

[爱尔兰]詹姆斯·乔伊斯:《尤利西斯》,萧乾、文洁若译,北京:文化艺术出版社,2002 年。

[英]詹姆斯·诺尔森、[英]约翰·海恩斯:《贝克特肖像》,王绍详译,上海:上海人民出版社,2006 年。

周定国主编:《外国地名译名手册》(中型本),北京:商务印书馆,1993 年。

# 后记

《爱尔兰文学思潮的流变研究》是团队智慧及合作的结晶，横跨文学、美学、政治、宗教等领域，涉足抽象的哲理、动态的意识形态、敏感的宗教教义等，让研究团队的合作者们在狭窄、曲折、坎坷的小径里谨慎前行，如履薄冰地圆满完成了各自的撰写任务。

此研究团队的合作者主要由高校从事爱尔兰研究的教师组成，大家利用几年的课余时间，牺牲各种娱乐机会，潜心撰写，为作为国别研究的爱尔兰研究倾注了心血，张扬了新一代学人所珍视的探索、协作、借鉴、交流的核心理念。

为使本书撰写任务顺利完成，合作者们不断收集相关参考资料，利用多种先进科研设备，与时代共同进步。

为使本书具有原创性、系统性、前沿性，本团队注意博采百家学术精华，时刻关注人文社会科学的最新动态，积极参加国内外重要的学术活动，有意把最新理论应用于本书的撰写之中。

该团队成员利用业余时间，多次聚会，制定翻译计划，查找资料，统一格式，讨论创作疑难，反复校对，勾绘出一条时光的印迹，写就了一曲苦中作乐的求索之歌。

作为上海对外经贸大学爱尔兰研究中心主任、本翻译团队组织者、本专著的第一责任人，本人负责本课题的设计、立项、组织、审校，并撰写部分主体章节、结语、参考文献和后记。

谨向所有参加撰写和校对的合作者致谢！向上海对外经贸大学各级领导致谢！向支持本团队的各部门致谢！

特别感谢北京第二外国语大学教授刘燕博士合作撰稿！

特别感谢北京外国语大学爱尔兰研究中心副主任、教授陈丽博士合作撰稿！

特别感谢南京师范大学文学院副教授陈瑞红博士合作撰稿！

特别感谢上海对外经贸大学爱尔兰研究中心副主任、副教授秦宏博士合作撰稿！

特别感谢河北建材职业技术学院副教授、上海对外经贸大学爱尔兰研究中心客座研究员韩冰老师合作撰稿！

特别感谢复旦大学外文学院向丁丁副教授对本书第七章提出的宝贵修改意见！

特别感谢湖南师范大学曹波教授对部分文稿提出宝贵修改意见！

特别感谢广州外语外贸大学李元教授对本书第七章提出的宝贵修改意见！

特别感谢西南交通大学李成坚教授对本书第七章提出的宝贵修改意见！

特别感谢上海对外经贸大学曹怀明教授和胡怡君副教授对部分文稿提出的宝贵修改意见！

特别感谢我的优秀研究生童雨娟、王盈和许运巧对本书排版、格式校对等方面的贡献！

当然，必须感谢本人的妻子李春梅的理解和支持。为了撰写文稿，本人常以本校宾馆或办公室为家，几乎没有分担家务，也很少与家人共享假期。

但愿，本书有助于推进我国关于爱尔兰的教学和研究，能为我国文学思潮的教学和研究提供参考，帮助更多的人了解爱尔兰文学和文学的独特魅力，并吸引更多的人参与中爱文化交流和学术合作。

冯建明<br>上海对外经贸大学<br>教育部国别与区域研究中心爱尔兰研究中心<br>2021 年秋

**图书在版编目(CIP)数据**

爱尔兰文学思潮的流变研究/冯建明等著. —上海:上海三联书店,2022.9
ISBN 978-7-5426-7844-7

Ⅰ. ①爱…　Ⅱ. ①冯…　Ⅲ. ①文学研究-爱尔兰
Ⅳ. ①I562.06

中国版本图书馆 CIP 数据核字(2022)第 153861 号

# 爱尔兰文学思潮的流变研究

著　　者 / 冯建明 等

责任编辑 / 宋寅悦
装帧设计 / 一本好书
监　　制 / 姚　军
责任校对 / 王凌霄

出版发行 / 上海三联书店
(200030)中国上海市漕溪北路 331 号 A 座 6 楼
邮　　箱 / sdxsanlian@sina.com
邮购电话 / 021-22895540
印　　刷 / 上海惠敦印务科技有限公司

版　　次 / 2022 年 9 月第 1 版
印　　次 / 2022 年 9 月第 1 次印刷
开　　本 / 710 mm × 1000 mm　1/16
字　　数 / 260 千字
印　　张 / 17
书　　号 / ISBN 978-7-5426-7844-7/I・1782
定　　价 / 75.00 元

敬启读者,如发现本书有印装质量问题,请与印刷厂联系 021-63779028